HEYNE <

Frank Herberts große WÜSTENPLANET-Saga
in sechs Bänden:

Der Wüstenplanet
Der Herr des Wüstenplaneten
Die Kinder des Wüstenplaneten
Der Gottkaiser des Wüstenplaneten
Die Ketzer des Wüstenplaneten
Die Ordensburg des Wüstenplaneten

FRANK HERBERT

DER HERR DES WÜSTEN PLANETEN

Roman

Aus dem Amerikanischen
von Jakob Schmidt

WILHELM HEYNE VERLAG
MÜNCHEN

Titel der Originalausgabe:
DUNE MESSIAH

13. Auflage
Neuausgabe 03/2019
Redaktion: Alexander Martin

in der Penguin Random House Verlagsgruppe GmbH,
Neumarkter Straße 28, 81673 München
produktsicherheit@penguinrandomhouse.de
(Vorstehende Angaben sind zugleich Pflichtinformationen nach GPSR.)

Umschlaggestaltung: Das Illustrat, München
Satz: Greiner & Reichel, Köln
Druck und Bindung: GGP Media GmbH, Pößneck
Printed in Germany

ISBN 978-3-453-31954-7

www.diezukunft.de

Auszug aus dem Gespräch mit Bronso von Ix in der Todeszelle

Frage: Was hat Sie zu Ihrer besonderen Herangehensweise an eine Geschichte Muad'Dibs veranlasst?

Antwort: Warum sollte ich Ihre Fragen beantworten?

Frage: Weil ich Ihre Worte bewahren werde.

Antwort: Ah! Der ultimative Anreiz für einen Historiker!

Frage: Also werden Sie kooperieren?

Antwort: Warum nicht? Aber Sie werden nie verstehen, was mich zu meiner »Historischen Analyse« inspiriert hat. Nie. Für euch Priester steht zu viel auf dem Spiel, als dass …

Frage: Versuchen wir es.

Antwort: Es versuchen? Nun, wie gesagt – warum nicht? Mir war aufgefallen, wie oberflächlich die allgemeine Sicht auf diesen Planeten ist, die von seiner umgangssprachlichen Bezeichnung herrührt: Wüstenplanet. Also nicht Arrakis, sondern Wüstenplanet. Die Geschichtswissenschaft ist besessen von der Vorstellung dieses Planeten als einer Wüste, als Geburtsort der Fremen. Dementsprechend konzentriert sie sich auf die Gebräuche, die aufgrund der Wasserknappheit entstanden sind – und auf den Umstand, dass die Fremen in ihren Destillanzügen, die einen Großteil der von ihnen ausgeschiedenen Feuchtigkeit wiederaufbereiteten, ein halbnomadisches Leben führten.

Frage: Ist das alles denn nicht wahr?

Antwort: Tja, oberflächlich betrachtet, schon. Was unter der Oberfläche liegt, können Sie ebenso gut ignorieren, wie …

wie Sie versuchen können, sich einen Reim auf meinen Geburtsplaneten Ix zu machen, ohne zu ergründen, dass wir unseren Namen von dem Umstand abgeleitet haben, dass wir der neunte Planet unserer Sonne sind. Nein … nein. Es genügt nicht, den Wüstenplaneten nur als eine Welt wilder Stürme zu betrachten. Es genügt nicht, lediglich über die Bedrohung durch die gigantischen Sandwürmer zu sprechen.

Frage: Aber beides trägt entscheidend zum arrakischen Charakter bei!

Antwort: Entscheidend? Natürlich. Aber es führt zu einer Art Monokultur, was den Blick auf diesen Planeten angeht – so wie er auch nur einen Ertrag erbringt, weil er die einzige Quelle für das Gewürz Melange ist.

Frage: Ah ja. Hören wir uns an, was Sie über das geheiligte Gewürz zu sagen haben.

Antwort: Ja, geheiligt! Und wie alles Heilige gibt es mit der einen Hand und nimmt es mit der anderen. Das Gewürz verlängert das Leben und ermöglicht es dem Eingeweihten, seine Zukunft vorherzusehen, aber es legt ihm auch die grausamen Fesseln der Sucht an und zeichnet seine Augen, wie Ihre gezeichnet sind: durch und durch blau, ohne Weißes. Ihre Augen, das, womit Sie *sehen*, werden kontrastlos und erlauben nur noch eine Sichtweise.

Frage: Derlei ketzerische Aussagen haben Sie in diese Zelle gebracht!

Antwort: Ihr Priester habt mich in diese Zelle gebracht. Und wie alle Priester habt ihr früh gelernt, die Wahrheit als Ketzerei zu bezeichnen.

Frage: Sie sind hier, weil Sie zu behaupten gewagt haben, dass Paul Atreides etwas für seine Menschlichkeit Essenzielles verloren hat, bevor er Muad'Dib werden konnte.

Antwort: Ganz zu schweigen davon, dass er seinen Vater im Harkonnenkrieg verloren hat. Oder vom Tod Duncan Idahos, der sich geopfert hat, damit Paul und Lady Jessica entkommen konnten.

Frage: Ihr Zynismus wurde registriert.

Antwort: Zynismus! Das ist zweifellos ein größeres Verbrechen als Ketzerei. Aber Sie müssen wissen, dass ich im Grunde kein Zyniker bin. Ich beobachte und kommentiere lediglich. Als Paul mit seiner schwangeren Mutter in die Wüste geflohen ist, konnte ich bei ihm wahren Edelmut erkennen. Natürlich war sie ihm sowohl eine große Hilfe wie auch eine Bürde.

Frage: Das Problem mit euch Historikern ist, dass ihr es nie bei etwas belassen könnt. Sie erkennen also wahren Edelmut beim Heiligen Muad'Dib, aber Sie müssen noch eine zynische Anmerkung hinzufügen. Kein Wunder, dass auch die Bene Gesserit Sie verurteilen.

Antwort: Ihr Priester tut recht daran, gemeinsame Sache mit der Schwesternschaft der Bene Gesserit zu machen. Auch diese können nur überleben, indem sie im Verborgenen handeln. Aber sie können nicht den Umstand verbergen, dass Lady Jessica eine ausgebildete Schülerin der Bene Gesserit war. Sie wissen, dass Jessica ihren Sohn in den Künsten der Schwesternschaft unterwiesen hat. Mein *Verbrechen* bestand darin, dass ich dieses Phänomen als solches erörtert habe – dass ich ihre mentalen Fähigkeiten und ihre genetische Programmierung problematisiert habe. Es gefällt Ihnen nicht, wenn man darauf hinweist, dass Muad'Dib der erhoffte gefesselte Messias der Schwesternschaft, ihr Kwisatz Haderach, war, bevor er zu Ihrem Propheten wurde.

Frage: Falls ich noch irgendwelche Zweifel an der Rechtmäßigkeit Ihres Todesurteils gehabt haben sollte, haben Sie sie gerade zerstreut.

Antwort: Ich kann nur einmal sterben.

Frage: Es gibt solche Tode und solche.

Antwort: Passen Sie auf, dass Sie keinen Märtyrer aus *mir* machen. Ich glaube nicht, dass Muad'Dib … Sagen Sie mir, weiß Muad'Dib, was Sie hier in diesen Verliesen treiben?

Frage: Wir behelligen die Heilige Familie nicht mit Trivialitäten.

Antwort: (Lachen) Und dafür hat sich Paul Atreides einen Platz bei den Fremen erkämpft! Dafür hat er gelernt, wie man den Sandwurm kontrolliert und reitet! Es war ein Fehler, Ihre Fragen zu beantworten.

Frage: Dennoch werde ich mein Versprechen halten und Ihre Worte für die Zukunft bewahren.

Antwort: Tatsächlich? Dann hören Sie mir jetzt genau zu, Sie degenerierter Fremen, Sie Priester, der keinen Gott außer sich selbst kennt! Es gibt sehr viel, für das Sie sich verantworten müssen. Es war ein Fremen-Ritual, bei dem Paul zum ersten Mal eine große Dosis Melange eingenommen hat, was ihm den Blick auf seine Zukunftsvisionen geöffnet hat. Es war ein Fremen-Ritual, in dem eben jene Melange die ungeborene Alia im Bauch von Lady Jessica aufgeweckt hat. Haben Sie jemals darüber nachgedacht, was es für Alia bedeutete, bei vollem Bewusstsein in dieses Universum hineingeboren zu werden, mit allen Erinnerungen und all dem Wissen ihrer Mutter? Eine schrecklichere Vergewaltigung kann man sich nicht vorstellen.

Frage: Ohne das geheiligte Gewürz wäre Muad'Dib nicht der Anführer aller Fremen geworden. Und hätte Alia nicht diese heilige Erfahrung gemacht, wäre sie nicht Alia.

Antwort: Und ohne Ihre blinde Fremen-Grausamkeit wären Sie kein Priester. Ah, ich kenne euch Fremen. Ihr glaubt, dass Muad'Dib zu euch gehört, weil er mit Chani das Bett teilt, weil er die Gebräuche der Fremen angenommen hat. Aber zuerst war er ein Atreides, und eine Schülerin der Bene Gesserit hat ihn ausgebildet. Er verfügte über Fähigkeiten, die euch gänzlich unbekannt waren. Ihr dachtet, er hätte euch eine neue Organisationsform und eine neue Mission gebracht. Er hat euch versprochen, euren Wüstenplaneten in ein wasserreiches Paradies zu verwandeln. Und während er euch mit diesen Zukunftsvisionen geblendet hat, hat er euch eurer Jungfräulichkeit beraubt!

Frage: Ihre Ketzerei ändert nichts daran, dass die ökologische Umwandlung des Wüstenplaneten plangemäß voranschreitet.

Antwort: Und die Ketzerei bestand darin, dass ich den Wurzeln dieser Umwandlung nachgespürt und ihre Folgen untersucht habe. Die große Schlacht auf der Ebene von Arrakeen hat dem Universum gezeigt, dass die Fremen die imperialen Sardaukar besiegen konnten – aber was hat sie uns noch gezeigt? Wenn das Sternenreich des Hauses Corrino unter Muad'Dib zu einem Fremen-Reich geworden ist, was ist dann noch aus diesem Imperium geworden? Euer Dschihad hat nur zwölf Jahre gedauert, aber welch eine Lektion hat er uns erteilt! Nun begreift das Imperium, dass Muad'Dibs Ehe mit Prinzessin Irulan ein Schwindel ist!

Frage: Sie wagen es, Muad'Dib des Schwindels zu bezichtigen!

Antwort: Sie mögen mich dafür töten, aber Ketzerei ist das nicht. Er hat die Prinzessin zu seiner Konkubine gemacht, nicht zu seiner Gefährtin. Chani, sein kleiner Fremen-Liebling – sie ist seine Gefährtin. Alle wissen das. Irulan war der Schlüssel zum Thron, weiter nichts.

Frage: Es ist leicht zu erkennen, warum jene, die sich gegen Muad'Dib verschwören, Ihre »Historische Analyse« zur Mobilisierung verwenden.

Antwort: Ich werde Sie nicht überzeugen können, das weiß ich. Aber das Argument einer Verschwörung gab es schon vor meiner Analyse. Die zwölf Jahre von Muad'Dibs Dschihad haben es hervorgebracht. Diese zwölf Jahre haben die alten Machteliten vereint und die Verschwörung gegen Muad'Dib entfacht.

Ein so reichhaltiger Mythenschatz umgibt Paul Muad'Dib, den Mentaten-Imperator, und seine Schwester Alia, dass es schwer ist, die wahren Menschen hinter diesen Schleiern zu erkennen. Und doch gab es sie: einen Mann, der unter dem Namen Paul Atreides zur Welt kam, und eine Frau mit dem Namen Alia. Ihr fleischliches Wesen war Raum und Zeit unterworfen. Und auch wenn ihre Orakelkräfte sie den Beschränkungen von Raum und Zeit enthoben, waren ihre Vorfahren Menschen. Sie haben reale Erfahrungen gemacht, die reale Spuren in einem realen Universum hinterlassen haben. Um sie zu verstehen, muss man erkennen, dass ihre Katastrophe die Katastrophe der gesamten Menschheit war. Dieses Werk ist daher nicht Muad'Dib oder seiner Schwester gewidmet, sondern ihren Erben – uns allen.

– Widmung am Tabla-Memorium des Mahdi-Geisterkults (zitiert nach der Abschrift in der Muad'Dib-Konkordanz)

Muad'Dibs Herrschaft brachte mehr Historiker hervor als jede andere Ära der menschlichen Geschichte. Die meisten von ihnen vertraten eifersüchtig und sektiererisch ihre jeweiligen Standpunkte, aber es sagt einiges über die besondere Wirkung dieses Mannes aus, dass er auf so vielen unterschiedlichen Welten eine solche Leidenschaft weckte.

Natürlich waren mit ihm auch alle notwendigen Zutaten für geschichtsträchtige Ereignisse verbunden, in idealer und idealisierter

Form. Dieser Mann, der unter dem Namen Paul Atreides in eine alte, große Familie geboren wurde, erhielt von seiner Bene-Gesserit-Mutter die Prana-Bindu-Ausbildung, die ihm eine außerordentliche Kontrolle über seine Muskeln und Nerven verlieh. Darüber hinaus war er auch noch ein Mentat – ein Intellekt, dessen Fähigkeiten jene der von den Ahnen verwendeten Computer übertrafen, die man aus religiösen Gründen geächtet hatte.

Vor allem aber war Muad'Dib der Kwisatz Haderach, den die Schwesternschaft mit ihrem Zuchtprogramm über Tausende von Generationen hinweg hervorbringen wollte.

Der Kwisatz Haderach: der, der »an vielen Orten zugleich sein konnte«, der Prophet, der Mann, durch den die Bene Gesserit die Geschicke der Menschheit ihrer Kontrolle zu unterwerfen hofften – dieser Mann wurde zum Imperator Muad'Dib und ging eine Zweckehe mit einer Tochter des von ihm besiegten Padischah-Imperators ein.

Man stelle sich nur diese Paradoxie vor, das Scheitern, das diesem Moment innewohnt, denn sicherlich haben Sie noch andere Geschichtsbücher gelesen und kennen die oberflächlichen Fakten. Tatsächlich haben Muad'Dibs Fremen den Padischah-Imperator Shaddam IV. bezwungen. Sie haben die Sardaukar-Legionen und die vereinten Kräfte der Großen Häuser niedergeworfen, die Harkonnen-Truppen und die Söldner, die man mit dem Geld des Landsraads gekauft hatte. Muad'Dib hat die Raumgilde in die Knie gezwungen und seine eigene Schwester Alia auf den religiösen Thron gesetzt, von dem die Bene Gesserit geglaubt hatten, das er ihnen gehört.

All das hat er getan – und noch mehr.

Muad'Dibs Qizarat-Missionare überzogen das All mit ihrem Glaubenskrieg, dessen Triebkraft zwar schon nach zwölf Jahren erlahmte, dessen religiöser Kolonialismus jedoch mit Ausnahme eines Bruchteils das gesamte menschliche Universum unter eine Herrschaft brachte.

Das gelang ihm, weil die Eroberung von Arrakis, jener Welt, die meist als der Wüstenplanet bezeichnet wird, ihm das Monopol auf das ultimative Zahlungsmittel des Imperiums verschaffte – das geriatrische Gewürz, die Melange, das Gift, das Leben schenkt.

Hier erkennen wir eine weitere Zutat dieser idealtypischen Geschichte: ein Stoff, dessen psychoaktive Chemie die Zeit entwirrte. Ohne die Melange konnten die Ehrwürdigen Mütter der Schwesternschaft nicht ihre Meisterleistungen der Beobachtung und Menschenkontrolle vollbringen. Ohne die Melange konnten die Steuermänner der Gilde nicht im Raum navigieren. Ohne die Melange wären Milliarden und Abermilliarden Bürger des Imperiums an den Folgen des Entzugs gestorben.

Ohne die Melange konnte Paul Muad'Dib nicht in die Zukunft blicken.

Wir wissen, dass diesem Moment der größten Macht ein Scheitern innewohnte, und die einzig mögliche Lösung dieses Rätsels lautet, dass absolut zutreffende und umfassende Vorhersagen tödlich sind.

Andere Historiker sagen, dass Muad'Dib den Intrigen seiner offensichtlichen Feinde zum Opfer fiel: der Gilde, der Schwesternschaft und den wissenschaftlichen Amoralisten der Bene Tleilax mit ihren heimtückischen Gestalttänzern. Wieder andere Geschichtswerke weisen auf die Spione in Muad'Dibs näherem Umfeld hin. Sie machen viel Aufhebens um das Wüstentarot, durch das Muad'Dibs prophetische Kräfte getrübt wurden. Manche legen dar, wie man Muad'Dib dazu brachte, die Dienste eines Ghola anzunehmen, eines von den Toten Zurückgeholten, den man darauf trainiert hatte, ihn zu vernichten. Aber sie wissen auch, dass es sich bei diesem Ghola um Duncan Idaho handelte, den Atreides-Gefolgsmann, der starb, um das Leben des jungen Paul zu retten.

Und doch zeichnen sie die von Korba dem Panegyriker gelenkte Qizarat-Kabale nach. Schritt für Schritt gehen sie mit uns Korbas

Plan durch, Muad'Dib zum Märtyrer zu machen und Chani, der Fremen-Konkubine, die Schuld zuzuschieben.

Aber wie soll das die sich uns darbietenden historischen Tatsachen erklären? Nichts von alledem ist dazu in der Lage. Nur anhand der tödlichen Natur des Prophezeiens können wir das Scheitern einer so gewaltigen und weitblickenden Macht verstehen.

Hoffentlich lernen andere Historiker etwas aus dieser Erkenntnis.

– Aus: »Historische Analyse:
Muad'Dib« von Bronso von Ix

Es gibt keine Trennlinie zwischen Göttern und Menschen; das eine geht unmerklich in das andere über.

– Aussprüche Muad'Dibs

Trotz des mörderischen Charakters der Intrige, die er zu spinnen hoffte, wurde Scytale, der Tleilaxu-Gestalttänzer, immer wieder von einem reuigem Mitgefühl ergriffen.

Es wird mir leidtun, Muad'Dib Tod und Unglück zu bringen, sagte er sich.

Vor seinen Mitverschwörern hielt er dieses Gefühl sorgfältig verborgen. Allerdings verriet es ihm, dass es ihm leichter fiel, sich mit dem Opfer zu identifizieren als mit den Angreifern – was charakteristisch für die Tleilaxu war.

Versonnen schweigend, stand Scytale etwas abseits der anderen. Der Streit über psychische Gifte ging schon eine ganze Weile. Er wurde mit Leidenschaft und Nachdruck geführt, trotzdem aber höflich – auf jene leicht zwanghafte Weise, derer sich die Angehörigen der Großen Schulen befleißigten, wenn es um Themen ging, die mit ihrem jeweiligen Dogma zu tun hatten.

»Kaum meint man, ihn aufgespießt zu haben, erweist er sich schon wieder als unverletzt!«

Das war die alte Ehrwürdige Mutter der Bene Gesserit, Gaius Helen Mohiam, ihre Gastgeberin hier auf Wallach IX. Dieses schwarz gewandete Klappergestell, diese alte Hexe saß links von Scytale in einem Schwebestuhl. Sie hatte die Kapuze ihrer Aba-Robe zurückgeworfen, sodass man ihre ledrigen Wangen und ihr silbergraues Haar sah. Tief in den Höhlen liegende Augen starrten aus einem maskenhaften Schädelgesicht.

Sie verwendeten eine Mirabhasa-Sprache mit geschliffenen, vielgliedrigen Konsonantenfolgen und zusammengezogenen Vokalen – ein Instrument zur Übermittlung feinster emotionaler Nuancen. Edric, der Steuermann der Gilde, antwortete der Ehrwürdigen Mutter mit einer von Hohn umspielten verbalen Verneigung – ein wahres Kunststück in abfälliger Höflichkeit.

Scytale musterte den Abgesandten der Gilde. Edric schwamm nur ein paar Schritte entfernt in einem mit orangefarbenem Gas gefüllten Behälter, der genau in der Mitte des Kuppelsaals stand, den die Bene Gesserit für dieses Treffen hatten errichten lassen. Die Gestalt des Gildenmanns ähnelte einem grotesk gedehnten Menschen mit Schwimmflossen an den Füßen und riesigen Händen, die ebenfalls Schwimmhäute aufwiesen – ein Fisch in einem seltsamen Meer. Aus den Ventilen seines Tanks kamen blass-orangefarbene Wolken, die intensiv nach Melange rochen.

»Wenn wir so weitermachen, fallen wir unserer Dummheit zum Opfer!«

Die Sprecherin war die vierte anwesende Person, das *mögliche* Mitglied ihres Verschwörerkreises: Prinzessin Irulan, die Ehefrau (aber nicht die Bettgefährtin, wie sich Scytale ins Gedächtnis rief) ihres gemeinsamen Feindes. Sie stand an einem Ecke von Edrics Behälter, eine hochgewachsene, blonde Schönheit in einem prachtvollen Mantel aus blauem Walpelz mit dazu passendem Hut. Goldstecker glitzerten an ihren Ohren. Ihre Haltung war aristokratisch stolz, doch etwas an ihrer in sich vertieften, ebenmäßigen Miene verriet, welche Selbstkontrolle ihr die Bene-Gesserit-Ausbildung ermöglichte.

Scytales Aufmerksamkeit wandte sich von den Feinheiten der Sprache und des Minenspiels ab und den Feinheiten der Örtlichkeit zu. Auf den Hügeln rings um die Kuppel lag schmutziger, halb geschmolzener Schnee, der das Licht der über dem Meridian stehenden blau-weißen Sonne reflektierte.

Warum gerade hier?, fragte sich Scytale. Die Bene Gesserit taten nur selten etwas ohne Grund. Die offene Architektur der Kuppel beispielsweise: Ein konventioneller, stärker einengender Raum hätte beim Gildenmann womöglich zu klaustrophobischem Unbehagen geführt. Seine psychischen Handicaps rührten von seiner Geburt und seinem Leben im freien Raum her, fernab jeder Planetenoberfläche.

Doch diese Räumlichkeiten eigens für Edric zu errichten – wie deutlich das seine Schwäche hervorhob!

Was an diesem Ort, überlegte Scytale, *hebt meine Schwächen hervor?*

»Haben Sie gar nichts zu sagen, Scytale?«, fragte die Ehrwürdige Mutter unwirsch.

»Sie wollen mich in diesen närrischen Streit hineinziehen?«, erwiderte Scytale. »Nun gut. Wir haben es mit einem potenziellen Messias zu tun. Auf so jemanden führt man keinen Frontalangriff durch. Sein Märtyrertod wäre eine Niederlage für uns.«

Die anderen starrten ihn an.

»Glauben Sie, dass das die einzige Gefahr wäre?«, fragte die Ehrwürdige Mutter mit schnarrender Stimme.

Scytale zuckte mit den Schultern. Er hatte für dieses Treffen eine nichtssagende Erscheinung gewählt: ein heiteres, rundes Gesicht mit vollen Lippen und eine pummelige Gestalt. Und als er nun seine Mitverschwörer betrachtete, wurde ihm bewusst, dass er – womöglich instinktiv – die ideale Wahl getroffen hatte. Er war der Einzige in der Gruppe, der sein körperliches Erscheinungsbild über ein breites Spektrum von Statur und Gesichtszügen variieren konnte. Er war ein menschliches Chamäleon, ein Gestalttänzer, und die Form, die er sich jetzt gegeben hatte, verleitete dazu, ihn nicht für voll zu nehmen.

»Nun?«, bohrte die Ehrwürdige Mutter nach.

»Ich habe die Stille genossen«, sagte Scytale. »Unsere Feindseligkeiten bleiben besser unausgesprochen.«

Die Ehrwürdige Mutter machte einen Schritt zurück, und Scytale sah, dass sie sich ein neues Urteil über ihn bildete. Sie alle waren Produkte einer tief greifenden Prana-Bindu-Ausbildung und zu einem Maß an Muskel- und Nervenkontrolle fähig, das nur wenige Menschen je erreichten. Aber als Gestalttänzer kontrollierte Scytale zusätzlich Muskel- und Nervenverbindungen, die die anderen nicht einmal besaßen, und dazu hatte er ein besonderes Einfühlungsvermögen, den Einblick eines Nachahmers, mit dessen Hilfe er nicht nur das Gesicht, sondern auch die Psyche eines anderen Menschen imitieren konnte.

Scytale ließ der Ehrwürdigen Mutter Zeit, um ihre Neubewertung abzuschließen, dann sagte er: »Gift!« Er sprach das Wort mit jener Atonalität aus, die vermittelte, dass er allein seine geheime Bedeutung verstand.

Der Gildenmann regte sich, und seine wabernde Stimme drang aus der Lautsprecherkugel, die neben Irulan glitzernd um eine Ecke des Tanks kreiste. »Die Rede ist von einem Gift für die *Psyche*, nicht von einem für den Körper.«

Scytale lachte. Wenn man auf Mirabhasa lachte, konnte man damit seinem Gegner bei lebendigem Leib die Haut abziehen, und er hielt sich nicht zurück.

Irulan lächelte anerkennend, aber in den Augenwinkeln der Ehrwürdigen Mutter war ein Anflug von Verärgerung zu erkennen.

»Hören Sie auf damit!«, krächzte Mohiam.

Scytale hörte auf, aber nun genoss er allseitige Aufmerksamkeit. Edric sah ihn in stummem Zorn an, die Ehrwürdige Mutter in wachsamer Verärgerung, Irulan belustigt, aber auch verwirrt.

»Unser Freund Edric will andeuten, dass zwei Bene-Gesserit-Hexen trotz ihrer höchst subtilen Ausbildung nicht den wahren Nutzen der Täuschung erkannt haben«, sagte Scytale.

Mohiam drehte den Kopf und blickte auf die kalten Hügel ihrer Bene-Gesserit-Heimatwelt. Scytale sah ihr an, dass ihr langsam bewusst wurde, worum es wirklich ging. Das war gut. Bei Irulan allerdings lagen die Dinge anders.

»Sind Sie nun einer von uns, Scytale, oder nicht?«, fragte Edric.

Der Gildenmann starrte ihn aus seinen winzigen Nagetieraugen an.

»Hier geht es nicht um meine Loyalitäten«, erwiderte Scytale. Er wandte sich Irulan zu. »Sie fragen sich, warum Sie all diese Parsec gereist sind, Prinzessin? Warum Sie so viel aufs Spiel gesetzt haben?«

Sie nickte zustimmend.

»War es nur, um ein paar Plattitüden mit einem Fischmenschen auszutauschen? Oder um mit einem dicken Tleilaxu-Gestalttänzer zu debattieren?«

Irulan trat von Edrics Tank zurück und schüttelte den Kopf. Offenbar bereitete ihr der üppige Melangeduft Unbehagen.

Edric wählte diesen Moment, um eine Melangepastille einzunehmen. Er aß das Gewürz, atmete es und trank es mit Sicherheit auch, dachte Scytale. Verständlich, denn das Gewürz schärfte die Zukunftssicht des Steuermanns, verlieh ihm die Macht, einen Gilden-Heighliner mit Überlichtgeschwindigkeit durch den Raum zu steuern. Mit der Beobachtungsgabe, die ihm das Gewürz schenkte, fand er jenen Strang der Zukunft, auf dem der Heighliner möglichen Gefahren entging. Nun witterte Edric eine andere Art von Gefahr, doch mit seiner krückenhaften Vorahnung würde er sie vielleicht nicht entdecken.

»Ich glaube, es war ein Fehler, hierherzukommen«, sagte Irulan.

Die Ehrwürdige Mutter drehte sich zu ihr um. Sie öffnete und schloss die Augen wie ein merkwürdiges Reptil.

Scytale wandte seine Aufmerksamkeit von Irulan ab und dem Tank zu, womit er die Prinzessin aufforderte, es ihm nachzutun. Scytale wusste, dass sie in Edric eine abstoßende Erscheinung erblicken würde: sein unverhohlenes Starren, die monströsen Füße und Hände, die sich leicht im Gas bewegten, die orangefarbenen Rauchbänder, die ihn umwirbelten. Sie würde sich fragen, wie es um seine Sexualgewohnheiten stand, und sich vorstellen, wie seltsam es sein musste, sich mit so einem Geschöpf zu paaren. Sogar der Feldgenerator, der für Edric die Schwerelosigkeit des Alls simulierte, trennte ihn jetzt von ihr.

»Prinzessin«, sagte Scytale, »durch Edric kann der Orakelblick Ihres Mannes nicht über bestimmte Ereignisse stolpern, darunter dieses hier ... Jedenfalls gehen wir davon aus.«

»Wir gehen davon aus«, wiederholte Irulan.

Die Ehrwürdige Mutter nickte mit geschlossenen Augen. »Das Phänomen der Vorahnung wird selbst von den Eingeweihten kaum verstanden«, sagte sie.

»Ich bin ein vollwertiger Gildennavigator und verfüge über diese Macht«, sagte Edric.

Die Ehrwürdige Mutter öffnete ihre Augen wieder. Jetzt sah sie den Gestalttänzer an. Ihr Blick fixierte ihn mit der für die Bene Gesserit charakteristischen Eindringlichkeit. Sie wägte kleinste Einzelheiten ab.

»Nein, Ehrwürdige Mutter«, murmelte Scytale. »Ich bin nicht so einfältig, wie ich erscheine.«

»Wir verstehen die Kraft des zweiten Gesichts nicht«, sagte Irulan. »Das müssen wir immer in Betracht ziehen. Edric sagt, dass mein Mann nicht sehen, wissen oder vorhersagen kann, was im Einflussbereich eines Navigators geschieht. Aber wie weit erstreckt sich dieser Einflussbereich?«

»Es gibt in unserem Universum Menschen und Dinge, die ich nur anhand ihrer Wirkungen erkenne«, erwiderte Edric, wobei sich seine dünnen Fischlippen kaum voneinander lösten. »Ich weiß, dass sie hier gewesen sind ... dort ... irgendwo. Wie Wasserbewohner beim Vorbeischwimmen die Strömung aufwühlen, so wühlen Geschöpfe mit der Gabe der Vorahnung die Zeit auf. Ich habe gesehen, wo Ihr Ehemann gewesen ist. Doch ihn selbst oder jene, die seine Ziele und Loyalitäten teilen, habe ich nie gesehen. So verbirgt der Kundige die Seinen.«

»Aber Irulan ist nicht die Ihre«, sagte Scytale und warf der Prinzessin einen Blick zu.

»Wir alle wissen, warum die Verschwörung nur in meiner Anwesenheit fortgeführt werden darf«, sagte Edric.

In dem Stimmmodus, mit dem man eine Maschine beschrieb, sagte Irulan: »Offenbar haben Sie also Ihren Nutzen.«

Jetzt sieht sie ihn als das, was er ist, dachte Scytale. *Gut!* Laut sagte er: »Die Zukunft ist etwas zu Gestaltendes. Behalten Sie das immer im Kopf, Prinzessin.«

Irulan wandte sich dem Gestalttänzer zu. »Jene, die Pauls Ziele und Loyalitäten teilen«, sagte sie, »darunter auch einige seiner Fremen-Legionäre, tragen dann also seinen Schleier. Ich habe ihn für sie prophezeien sehen, habe gehört, wie sie ihren Mahdi, ihren Muad'Dib, anbeteten.«

Ihr ist der Gedanke gekommen, dass hier über sie Gericht gehalten wird, dachte Scytale. *Dass noch ein Urteil aussteht, das ihre Rettung oder ihre Vernichtung bedeuten kann. Sie erkennt jetzt die Falle, die wir ihr gestellt haben.*

Für eine Sekunde traf sein Blick auf den der Ehrwürdigen Mutter, und er hatte das merkwürdige Gefühl, dass sie beide gerade den gleichen Gedanken über Irulan hatten. Die Bene Gesserit hatten ihre Prinzessin natürlich instruiert, hatten sie mittels geschickter Lügen vorbereitet. Aber es kam immer der Moment, in dem eine Bene Gesserit auf ihre eigene Ausbildung, ihre eigenen Instinkte vertrauen musste.

»Prinzessin«, sagte Edric, »ich weiß, was Sie vom Imperator am meisten begehren.«

»Wer weiß das nicht?«, fragte Irulan.

»Sie wollen die Mutter der königlichen Dynastie sein«, fuhr Edric fort, als hätte er sie nicht gehört. »Aber wenn Sie sich uns nicht anschließen, wird es nie dazu kommen. Vertrauen Sie meiner Weissagung. Der Imperator hat Sie aus politischen Gründen geheiratet, doch das Bett werden Sie niemals mit ihm teilen.«

»Das Orakel ist also zugleich Voyeur«, sagte Irulan mit höhnischer Stimme.

»Der Imperator ist fester mit seiner Fremen-Konkubine vermählt als mit Ihnen!«, zischte Edric.

»Und doch schenkt sie ihm keinen Erben«, erwiderte Irulan.

»Die Vernunft ist das erste Opfer starker Gefühle«, sagte Scytale leise. Er spürte, wie die Wut in Irulan brodelte, und sah, dass sein Tadel Wirkung zeigte.

»Sie schenkt ihm keinen Erben«, sagte Irulan nun mit sorgfältig kontrollierter Stimme, »weil ich ihr insgeheim ein Verhütungsmittel verabreiche. Ist das die Art von Geständnis, die Sie von mir hören wollten?«

»Das sollte der Imperator wohl besser nicht herausfinden«, sagte Edric lächelnd.

»Meine Lügen liegen schon für ihn bereit«, sagte Irulan. »Er mag die Wahrheit erahnen, aber manche Lügen sind leichter zu glauben als die Wahrheit.«

»Jedenfalls müssen Sie die Entscheidung treffen, Prinzessin«, sagte Scytale. »Aber machen Sie sich klar, was es ist, das Sie beschützt.«

»Paul verhält sich fair mir gegenüber«, erwiderte Irulan. »Ich bin Mitglied seines Rats.«

»Hat er Ihnen in den zwölf Jahren als Prinzessinnenkonkubine auch nur das kleinste bisschen Wärme entgegengebracht?«, fragte Edric.

Irulan schüttelte den Kopf.

Der Gildenmann fuhr fort: »Mit seiner Fremen-Horde hat er Ihren Vater abgesetzt und hat Sie geheiratet, um sich sein Anrecht auf den Thron zu sichern, und doch hat er Sie nie zur Imperatorin gekrönt.«

»Edric appelliert an Ihre Gefühle, um Sie auf unsere Seite zu ziehen, Prinzessin«, sagte Scytale. »Ist das nicht interessant?«

Irulan warf einen Blick auf den Gestalttänzer, sah das unverfrorene Lächeln in seinem Gesicht und hob zur Antwort die Augenbrauen. Scytale merkte ihr an, dass sie sich nun darüber im Klaren war, dass ein Teil ihrer Pläne, eben diese Momente, vor Pauls hellseherischem Blick verborgen bleiben konnten, wenn sie Edrics Einflussbereich wieder verließ. Wenn sie allerdings an ihren Vorbehalten festhielt …

»Haben Sie womöglich den Eindruck, Prinzessin, dass Edric in unserer Verschwörung zu viel Einfluss genießt?«, fragte Scytale.

»Ich habe mich bereits damit einverstanden erklärt, mich bei unseren Beratungen dem besten Urteil unterzuordnen«, sagte der Gildenmann.

»Und wer entscheidet, was das beste Urteil ist?«, fragte Scytale.

Edric sah den Gestalttänzer an. »Wollen Sie, dass die Prinzessin uns wieder verlässt, ohne unseren Plan zu unterstützen?«

»Er will, dass sie wirklich überzeugt ist«, grummelte die Ehrwürdige Mutter. »Zwischen uns darf es keine Täuschung geben.«

Scytale beobachtete weiter Irulan. Die Prinzessin hatte die Hände in den Ärmeln ihres Gewands verborgen und eine entspannte, nachdenkliche Haltung eingenommen. Mit Sicherheit dachte sie über Edrics Köder nach: *Eine Herrscherdynastie zu begründen!* Und vermutlich fragte sie sich, was die Verschwörer ausgeheckt hatten, um sich vor ihr zu schützen. Es gab viel für sie abzuwägen.

»Scytale«, sagte Irulan schließlich, »es heißt, dass ihr Tleilaxu ein eigenartiges Ehrensystem habt. Eure Opfer müssen immer eine Möglichkeit haben, zu entkommen.«

»Ja«, erwiderte Scytale. »Wenn sie die Möglichkeit finden.«

»Bin ich ein Opfer?«

Scytale brach in lautes Lachen aus.

Die Ehrwürdige Mutter schnaubte.

»Prinzessin«, sagte Edric dann mit sanfter, lockender Stimme, »machen Sie sich keine Sorgen. Sie sind doch schon eine von uns. Spionieren Sie die Familie des Imperators denn nicht für Ihre Bene-Gesserit-Oberen aus?«

»Paul weiß, dass ich meinen Lehrerinnen Bericht erstatte«, sagte Irulan.

»Aber Sie geben ihnen das Material, mit dem sie Propaganda gegen Ihren Imperator machen können, nicht wahr?«, sagte Edric.

Nicht »unseren« Imperator, bemerkte Scytale. *Sondern »Ihren« Imperator. Als Bene Gesserit kann Irulan diesen kleinen Versprecher unmöglich überhören.* Er trat näher an den Behälter des Gildenmanns und sagte: »Das alles ist eine Frage der Macht und wie sie eingesetzt werden kann. Wir Tleilaxu glauben, dass es im Universum nur den unstillbaren Hunger der Materie gibt. Dass die Energie das einzig wirklich *Feste* ist. Und Energie lernt. Hören Sie mir gut zu, Prinzessin: Energie lernt. Das ist es, was wir als Macht bezeichnen.«

»Sie haben mich noch nicht davon überzeugt, dass wir den Imperator besiegen können«, sagte Irulan.

»Wir haben uns noch nicht einmal selbst davon überzeugt«, erwiderte Scytale.

»In welche Richtung wir uns auch wenden«, sagte die Prinzessin, »sehen wir uns mit seiner Macht konfrontiert. Er ist der Kwisatz Haderach, der, der an vielen Orten zugleich sein kann. Er ist der Mahdi, dessen kleinste Laune ein unverrückbarer Befehl für die Qizarat-Missionare ist. Er ist der Mentat, der mit seinem analytischen Verstand die fähigsten Computer der Alten übertrifft. Er ist Muad'Dib, der mit seinen Fremen-Legionen ganze Planeten entvölkert. Er verfügt über hellseherische Kräfte, mit denen er die Zukunft vorhersagen kann. Er weist das genetische Muster auf, nach dem wir Bene Gesserit seit …«

»Wir kennen seine Eigenschaften«, fiel die Ehrwürdige Mutter Irulan ins Wort. »Und wir wissen auch, dass dieses Scheusal, seine Schwester Alia, das gleiche genetische Muster aufweist. Und doch sind sie beide Menschen. Also haben sie Schwächen.«

»Und was sind das für menschliche Schwächen?«, fragte Scytale. »Sollen wir beim religiösen Arm seines Dschihads danach suchen? Lässt sich der Qizarat des Imperators gegen ihn wenden? Was ist mit der zivilen Autorität der Großen Häuser? Ist der Landsraad zu mehr imstande als zu verbalem Getöse?«

»Ich schlage die Merkantile Allianz für Fortschritt und Entwicklung im All vor«, sagte Edric, während er sich in seinem Tank umwandte. »Die MAFEA ist eine Geschäftsorganisation, und Geschäfte macht man dort, wo es Gewinne zu holen gibt.«

»Oder vielleicht die Mutter des Imperators«, sagte Scytale. »Soweit ich es mitbekommen habe, weilt Lady Jessica auf Caladan, befindet sich aber in regelmäßigem Kontakt mit ihrem Sohn.«

»Dieses verräterische Miststück«, sagte Mohiam in einem überraschend gelassenen Ton. »Könnte ich es, so würde ich mich von meinen eigenen Händen lossagen, mit denen ich sie ausgebildet habe.«

»Wir brauchen einen Hebel für unsere Verschwörung«, sagte Scytale.

»Wir sind mehr als nur Verschwörer«, sagte die Ehrwürdige Mutter.

Scytale nickte. »Ah ja! Wir sind energisch, und wir lernen schnell. Das macht uns zur wahren Hoffnung, zur sicheren Rettung der Menschheit.« Er sprach in der Modalform für absolute Gewissheit, was aus dem Mund eines Tleilaxu der größte denkbare Hohn war.

Offenbar verstand nur die Ehrwürdige Mutter seine unterschwellige Botschaft. »Warum?«, fragte sie Scytale.

Bevor der Gestalttänzer antworten konnte, räusperte sich Edric und sagte: »Verzichten wir doch auf den Austausch philosophischer Unsinnigkeiten. Alle Fragen lassen sich auf eine herunterbrechen: Warum gibt es überhaupt irgendetwas? Und jede Entscheidung, sei sie religiöser, geschäftlicher oder politischer Natur, hat diese eine Folgerung: Wer wird die Macht ausüben? Allianzen, Kombinate, Organisationen – sie alle jagen Trugbildern nach, wenn sie nicht auf die Macht hinarbeiten. Alles andere ist sinnlos – was die meisten denkenden Wesen auch früher oder später begreifen.«

Scytale zuckte mit den Schultern, eine Geste, die nur für die Ehrwürdige Mutter bestimmt war. Edric hatte ihre Frage für ihn beantwortet. Dieser salbadernde Narr war ihr größter Schwachpunkt! Um sicherzugehen, dass die Ehrwürdige Mutter das verstand, sagte der Gestalttänzer: »Wenn man dem Lehrer aufmerksam zuhört, wird man früher oder später gebildet.«

Die Ehrwürdige Mutter nickte langsam.

»Prinzessin«, sagte Edric, »treffen Sie Ihre Wahl. Man hat Sie zu einem Werkzeug des Schicksals bestimmt, das denkbar präziseste …«

»Sparen Sie sich Ihr Lob für diejenigen, die sich durch so etwas beeindrucken lassen«, fiel ihm Irulan ins Wort. »Zuvor erwähnten Sie einen Geist, einen Wiedergänger, mit dem wir den Imperator kontaminieren könnten. Erklären Sie mir das.«

»Der Atreides wird sich selbst besiegen!«, frohlockte Edric.

»Hören Sie auf, in Rätseln zu sprechen«, fuhr Irulan ihn an. »Was hat es mit diesem Geist auf sich?«

»Es ist ein sehr ungewöhnlicher Geist. Er hat einen Leib und einen Namen. Der Leib – dabei handelt es sich um den Körper eines bekannten Schwertmeisters namens Duncan Idaho. Der Name …«

»Idaho ist tot. Paul hat seinen Tod häufig in meiner Anwesenheit beklagt. Er hat gesehen, wie Idaho von den Sardaukar meines Vaters getötet wurde.«

»Nun, selbst in der Niederlage haben die Sardaukar Ihres Vaters nichts von ihrer Klugheit verloren. Nehmen wir an, ein Sardaukar-Kommandant hat in der Leiche eines von seinen Leuten getöteten Mannes den Schwertmeister erkannt. Was dann? Für solch einen Körper und eine solche Ausbildung gibt es viele Verwendungen … wenn man schnell handelt.«

»Ein Tleilaxu-Ghola«, flüsterte Irulan und warf Scytale einen Blick zu.

Scytale, dem ihre Anspannung nicht entging, brachte seine Fähigkeiten als Gestalttänzer zum Einsatz. Formen flossen ineinander, Fleisch bewegte sich und rutschte an eine neue Position. Im nächsten Augenblick stand ein schlanker Mann vor ihr. Das Gesicht war zwar immer noch eher rund, aber dunkler und mit ebenmäßigeren Zügen. Über den hohen Wangenknochen ruhten Augen mit deutlich erkennbaren doppelten Lidfalten. Das Haar des Mannes war schwarz und zerzaust.

»Ein Ghola, der so aussieht«, sagte Edric und deutete auf Scytale.

»Oder nur ein weiterer Gestalttänzer?«, fragte Irulan.

»Kein Gestalttänzer«, erwiderte der Gildenmann. »Unter längerer Beobachtung riskiert ein Gestalttänzer entlarvt zu werden. Nein. Stellen wir uns vor, dass unser kluger Sardaukar-Kommandant Idahos Leichnam für die Axolotl-Tanks aufbewahren ließ. Warum auch nicht? Diese Leiche barg Fleisch und Nerven eines der besten Schwertkämpfer aller Zeiten, eines Beraters der Atreides, eines militärischen Genies. Was für eine Verschwendung wäre es gewesen, eine solche Ausbildung und solche Fähigkeiten einfach verloren zu geben, wenn man diesen Mann doch als Lehrmeister für die Sardaukar wiederbeleben könnte.«

»Ich habe nicht das leiseste Gerücht von etwas Derartigem gehört, und ich habe immer das Vertrauen meines Vaters genossen«, sagte Irulan.

»Ah, aber Ihr Vater war ein geschlagener Mann, und nur wenige Stunden später hat man Sie an den neuen Imperator verschachert.«

»Ist es also tatsächlich geschehen?«

Mit kaum zu ertragender Selbstgefälligkeit sagte Edric: »Gehen wir davon aus, dass unser kluger Sardaukar-Kommandant Idahos konserviertes Fleisch in dem Wissen, dass Eile geboten war, unverzüglich an die Bene Tleilax schickte. Gehen wir weiter davon aus, dass der Kommandant und seine Männer gestorben sind, bevor sie Ihrem Vater etwas davon mitteilen konnten – der ohnehin nicht viel mit dieser Information hätte anfangen können. Damit wäre nur ein physisches Faktum übrig, ein Stück Fleisch, das man den

Tleilaxu geschickt hatte. Und natürlich gab es nur eine Möglichkeit, es ihnen zu schicken, nämlich mit einem Gilden-Heighliner. Wir Gildenleute wissen nun aber von jeder Fracht, die wir transportieren. Und da wir auch von dieser Fracht gewusst hätten, hätten wir es nicht für weise gehalten, diesen Ghola als Geschenk, das eines Imperators würdig ist, zu erwerben?«

»Sie haben es also getan«, sagte Irulan leise.

Scytale, der wieder seine vorherige leicht pummelige Gestalt angenommen hatte, sagte: »Wie unser geschwätziger Freund andeutet, haben wir das.«

»Wie hat man Idaho konditioniert?«, fragte die Prinzessin.

»Idaho?«, sagte Edric und sah dabei den Tleilaxu an. »Kennen Sie einen Idaho, Scytale?«

»Wir haben Ihnen ein Geschöpf namens Hayt verkauft«, erwiderte Scytale.

»Ah, ja … Hayt. Und warum haben Sie ihn uns verkauft?«

»Weil wir schon einmal einen Kwisatz Haderach für uns selbst gezüchtet haben.«

Mit einer raschen Kopfbewegung blickte die Ehrwürdige Mutter zu Scytale auf. »Davon haben Sie uns nichts erzählt!«, zischte sie anklagend.

»Sie haben nicht danach gefragt«, gab Scytale zurück.

»Wie haben Sie Ihren Kwisatz Haderach besiegt?«, fragte Irulan.

»Ein Geschöpf, das sein Leben darauf verwendet, eine bestimmte Repräsentation seines Selbst zu erschaffen, stirbt eher, als zur Antithese dieser Repräsentation zu werden«, sagte Scytale.

»Das verstehe ich nicht«, sagte Edric zögerlich.

»Er hat sich umgebracht«, knurrte Mohiam.

»Folgen Sie mir aufmerksam, Ehrwürdige Mutter«, sagte Scytale und verwendete dabei eine Modalstimme, mit der er zum Ausdruck brachte: *Sie sind kein Sexualobjekt, Sie waren niemals ein Sexualobjekt und werden niemals eines sein.*

Der Tleilaxu wartete einige Sekunden, um seine unverhohlene

Betonung sacken zu lassen. Sie durfte seine Absichten auf keinen Fall falsch deuten. Auf das Verstehen mussten erst Zorn und dann die Erkenntnis folgen, dass er so eine Anschuldigung unmöglich erheben konnte, da er doch ganz genau wusste, was das Zuchtprogramm der Schwesternschaft von ihren Mitgliedern verlangte. Doch seine Worte bargen eine ungeheure Beleidigung, die so gar nicht zu einem Tleilaxu passte.

Rasch versuchte Edric in der Beschwichtigungsmodalität des Mirabhasa die Wogen zu glätten. »Scytale, Sie sagen also, dass Sie uns Hayt verkauft haben, weil Sie unseren Wunsch nach der Art seiner Verwendung teilen.«

»Edric, Sie werden schweigen, bis ich Ihnen die Erlaubnis zum Sprechen erteile«, gab Scytale scharf zurück.

Als der Gildenmann zu einer Erwiderung anhob, blaffte die Ehrwürdige Mutter: »Halten Sie den Mund, Edric!«

Zappelnd vor Empörung zog sich Edric weiter in seinen Tank zurück.

»Diese flüchtigen Emotionen sind bei der Lösung unseres gemeinsamen Problems nicht hilfreich«, sagte Scytale dann. »Sie vernebeln unsere Urteilskraft, weil die einzige in diesem Zusammenhang relevante Emotion die grundlegende Angst ist, die uns zu diesem Treffen veranlasst hat.«

»Das ist uns klar«, sagte Irulan und warf dabei der Ehrwürdigen Mutter einen kurzen Blick zu.

»Sie müssen die gefährliche Beschränkung unseres Schutzschilds erkennen«, fuhr Scytale fort. »Ein Orakel kann nicht zufällig auf etwas stoßen, das es nicht versteht.«

»Sie sind wirklich verschlagen, Scytale«, sagte die Prinzessin.

Sie darf nicht erraten, wie verschlagen, dachte Scytale. *Wenn all das hinter uns liegt, dann besitzen wir einen Kwisatz Haderach, den wir kontrollieren können. Und die anderen werden nichts besitzen.* »Wir haben mit verschiedenen reinen Essenzen experimentiert«, sagte er. »Mit dem reinen Guten und dem reinen Bösen. Von einem reinen

Schurken, dem nichts als die Erzeugung von Schmerz und Schrecken Vergnügen bereitet, kann man sehr viel lernen.«

»Der alte Baron Harkonnen, der Großvater unseres Imperators – war er eine Schöpfung der Tleilaxu?«, fragte Irulan.

»Nein, er stammte nicht von uns«, erwiderte Scytale. »Aber die Natur bringt oft ebenso tödliche Geschöpfe hervor wie wir. Wir erzeugen sie lediglich unter Bedingungen, unter denen wir sie studieren können.«

»Ich lasse mich nicht derart übergehen und behandeln!«, protestierte Edric aus der Tiefe seines Tanks. »Ich, der ich dieses Treffen vor dem Imperator …«

»Sehen Sie?«, unterbrach ihn Scytale. »Wessen bestes Urteil verbirgt uns? Und was für ein Urteil?«

»Ich möchte besprechen, in welcher Weise wir Hayt dem Imperator übergeben«, insistierte Edric. »So, wie ich es verstehe, repräsentiert Hayt die alte Moral, die dem Atreides auf seiner Geburtswelt gelehrt wurde. Er soll es dem Imperator erleichtern, seinen moralischen Charakter zu erweitern und die positiv-negativen Elemente des Lebens und der Religion zu markieren.«

Scytale lächelte und ließ seinen Blick wohlwollend an seinen Mitstreitern entlangwandern. Sie alle entsprachen seinen Erwartungen. Die alte Ehrwürdige Mutter schwang ihre Emotionen wie eine Sense. Irulan war gut für eine Aufgabe ausgebildet worden, bei der sie versagt hatte, eine mangelhafte Schöpfung der Bene Gesserit. Edric war nicht mehr (und nicht weniger) als die Hand des Zauberkünstlers: Er verbarg und lenkte ab.

Nun verfiel der Gildenmann wieder in beleidigtes Schweigen, als die anderen ihn nicht weiter beachteten.

»Habe ich das richtig verstanden, dass dieser Hayt Pauls Psyche vergiften soll?«, fragte Irulan.

»Mehr oder weniger«, sagte Scytale.

»Und was ist mit dem Qizarat?«

»Es braucht nur die winzigste Verlagerung des Schwerpunkts,

eines kleinen emotionalen Rucks, um aus Neid Feindschaft zu machen.«

»Und die MAFEA?«

»Die wird sich dorthin wenden, wo es etwas zu verdienen gibt.«

»Was ist mit den anderen Machtgruppen?«

»Die eine schimpft sich Regierung. Die weniger mächtigen werden wir im Namen von Moralität und Fortschritt übernehmen. Unsere Gegner werden an ihren eigenen Verstrickungen zugrunde gehen.«

»Auch Alia?«

»Hayt ist ein Vielzweck-Ghola. Die Schwester des Imperators ist in einem Alter, in dem sie sich leicht durch einen charmanten Vertreter des männlichen Geschlechts ablenken lässt. Seine Männlichkeit und seine Fähigkeiten als Mentat werden sehr anziehend auf sie wirken.«

Mohiam weitete ihre alten Augen vor Überraschung. »Der Ghola ist ein Mentat? Das ist ein gefährliches Manöver.«

»Um zutreffende Vorhersagen zu machen«, sagte Irulan, »braucht ein Mentat zutreffendes Datenmaterial. Was, wenn Paul ihn darum bittet, den Zweck zu bestimmen, den wir mit unserem Geschenk verfolgen?«

»Dann wird Hayt die Wahrheit sagen«, erwiderte Scytale. »Aber das macht keinen Unterschied.«

»Sie lassen also einen Fluchtweg für Paul offen«, sagte Irulan.

»Ein Mentat!«, knurrte Mohiam.

Scytale sah zu der Ehrwürdigen Mutter und erkannte den uralten Hass, der in ihrer Reaktion zum Ausdruck kam. Seit den Tagen von Butlers Dschihad, als man die »Denkmaschinen« beinahe im gesamten Universum ausgelöscht hatte, erregten Computer Misstrauen. Auch die Vorstellung von einem menschlichen Computer war von diesen alten Gefühlen geprägt.

»Mir gefällt Ihr Lächeln nicht«, sagte Mohiam unvermittelt in der Wahrheitsmodalität und starrte Scytale wütend an.

Der Gestalttänzer erwiderte in der gleichen Modalität: »Und mich beschäftigt die Frage, was Ihnen gefällt, nicht besonders. Aber wir müssen zusammenarbeiten. Das ist uns allen klar.« Er warf dem Gildenmann einen Blick zu. »Nicht wahr, Edric?«

»Sie erteilen schmerzhafte Lektionen«, sagte Edric. »Ich nehme an, Sie wollten mir klarmachen, dass ich mich nicht gegen das gemeinsame Urteil meiner Mitverschwörer stellen darf.«

»Sehen Sie, er ist lernfähig«, sagte Scytale.

»Ich sehe auch noch andere Dinge«, sagte Edric. »Die Atreides haben ein Monopol auf das Gewürz. Ohne Gewürz kann ich nicht die Zukunft ergründen. Und die Bene Gesserit verlieren ihren Wahrheitssinn. Wir haben Vorräte, doch die sind begrenzt. Die Melange ist eine mächtige Währung.«

»Unsere Zivilisation hat mehr als nur eine Münze«, sagte Scytale. »Deshalb versagt das Gesetz von Angebot und Nachfrage.«

»Sie beabsichtigen, das Geheimnis zu stehlen«, keuchte Mohiam. »Aber es befindet sich auf einem Planeten, der von seinen verrückten Fremen bewacht wird!«

»Die Fremen sind höflich, wohlerzogen und unwissend«, sagte Scytale. »Sie sind nicht verrückt. Man hat sie dazu ausgebildet, zu glauben, nicht zu wissen. Glaube lässt sich manipulieren. Nur Wissen ist eine Gefahr.«

»Aber wird mir denn etwas bleiben, das als Vater eines Herrschergeschlechts dienen kann?«, fragte Irulan.

Sie alle hörten der Prinzessin ihre Entschlossenheit an, aber nur Edric lächelte darüber.

»Etwas«, sagte Scytale. »Etwas wird bleiben.«

»Das bedeutet das Ende dieses Atreides als herrschender Kraft«, sagte Edric.

»Nun, ich stelle mir vor, dass bereits weniger begabte Hellseher diese Voraussage getroffen haben«, sagte Scytale. »Für sie gilt *mektub al mellah*, wie die Fremen sagen.«

»Dies wurde mit Salz geschrieben«, übersetzte Irulan.

Und während sie das sagte, erkannte Scytale, was die Bene Gesserit hier für ihn bereitgestellt hatten: eine wunderschöne und intelligente Frau, die niemals ihm gehören würde. *Nun ja*, dachte er, *vielleicht ahme ich sie einmal für jemanden nach.*

Alle Zivilisationen haben es mit einer unbewussten Kraft zu tun, die nahezu jede bewusste Absicht des Gemeinwesens blockieren, untergraben oder widerrufen kann.

– Tleilaxu-Theorem (unbewiesen)

Paul setzte sich auf die Bettkante und zog die Wüstenstiefel aus. Sie stanken ranzig vom Schmiermittel für die Pumpen, die von den Hacken angetrieben wurden und den Destillanzug funktionstüchtig hielten. Es war spät. Er hatte den Abendspaziergang ausgedehnt und seinen Lieben damit Sorgen bereitet. Zugegebenermaßen waren diese Spaziergänge gefährlich, doch es handelte sich um eine Art von Gefahr, die er erkennen und auf die er unverzüglich reagieren konnte. Es hatte etwas Verlockendes, nachts unerkannt durch die Straßen von Arrakeen zu laufen.

Er warf die Stiefel in die Ecke unter dem einzigen Leuchtglobus im Zimmer und widmete sich den Verschlusssiegeln des Destillanzugs. Bei allen Göttern der Tiefe, wie müde er war! Aber die Müdigkeit betraf nur seine Muskeln – in seinem Verstand brodelte es. Wann immer er die Leute bei ihrem alltäglichen Treiben beobachtete, beneidete er sie zutiefst. Am Großteil dieses außerhalb der Mauern seiner Festung dahinströmenden Lebens konnte ein Imperator nicht teilhaben, aber … eine öffentliche Straße entlangzugehen, ohne Aufmerksamkeit zu erregen: Welch ein Privileg! An den bettelnden Pilgern vorbeizulaufen, zu hören, wie ein Fremen einen Ladenbesitzer verfluchte: »Du hast feuchte Hände!« …

Während er seinen Destillanzug abstreifte, brachte die Erinnerung daran Paul zum Lächeln.

Dann stand er nackt und seiner Welt merkwürdig wohlgesonnen da. Der Wüstenplanet war zu einem paradoxen Ort geworden – einer Welt unter Belagerung und doch im Zentrum der Macht gelegen. Er kam zu dem Schluss, dass es das unausweichliche Schicksal der Macht war, belagert zu werden. Er sah auf den grünen Teppichboden hinab, spürte die groben Fasern unter den Fußsohlen.

Der Wüstensand, vom Stratuswind über den Schildwall geweht, lag knöcheltief in den Straßen. Die Füße der Passanten verwirbelten ihn zu Staub, der die Filter der Destillanzüge verstopfte. Noch jetzt konnte Paul diesen Staub riechen, obwohl er sich am Gebläse am Festungseingang gereinigt hatte. Es war ein Geruch voller Wüstenerinnerungen.

Andere Zeiten ... andere Gefahren.

Verglichen mit jenen anderen Zeiten, waren die Gefahren bei seinen einsamen Spaziergängen wahrlich gering. Doch wenn er einen Destillanzug überzog, zog er die Wüste über. Dieser Anzug mit all seinen Vorrichtungen zur Wiedergewinnung von Körperflüssigkeit gab seinem Denken eine unterschwellige Richtung, ließ ihn bei seinen Bewegungen in ein Wüstenmuster verfallen. Er wurde zu einem wilden Fremen. Der Anzug war mehr als eine Verkleidung, er machte ihn zu jemandem, der seiner Stadtpersönlichkeit fremd gegenüberstand. Im Destillanzug ließ er alle Sicherheitsbedenken fahren und kleidete sich in seine alten, grausamen Fähigkeiten. Städter und Pilger hielten den Blick gesenkt, wenn sie an ihm vorbeikamen. Sie ließen die wilden Fremen aus gebotener Vorsicht in Frieden. Wenn die Wüste für die Städter ein Gesicht hatte, dann war es ein hinter den Mund- und Nasenfiltern eines Destillanzugs verborgenes Fremen-Gesicht.

Tatsächlich bestand dieser Tage eigentlich nur noch die nicht allzu große Gefahr, dass ihn jemand aus den alten Sietch-Zeiten an seiner Gangart, seinem Geruch oder seinen Augen erkannte. Und selbst dann war die Wahrscheinlichkeit, einem Feind zu begegnen, sehr gering.

Das Rascheln der Türvorhänge und das einfallende Licht rissen Paul aus seinen Gedanken. Chani trat mit einem Platintablett, auf dem das Kaffeegeschirr klirrte, ein. Die zwei gebundenen Leuchtgloben, die ihr folgten, flitzten auf ihre Positionen: Einer ans Kopfende des Bettes, während der andere neben ihr schwebte, um ihr bei ihrer Tätigkeit zu leuchten.

Chanis Bewegungen haftete etwas Altersloses an, eine Aura zerbrechlicher Macht – so in sich ruhend, so verwundbar. Etwas an der Art, mit der sie sich über das Kaffeegeschirr beugte, erinnerte Paul an ihre ersten gemeinsamen Tage. Ihr Gesicht war noch immer dunkel und elfenhaft, als hätten ihr die vielen Jahre nichts anhaben können – nur in den äußeren Winkeln ihrer tiefblauen Augen konnte man bei genauem Hinsehen kleine Falten erkennen: »Sandspuren«, wie die Fremen der Wüste sie nannten.

Dampf stieg aus der Kanne auf, als Chani den Deckel mit dem Griff aus Hagar-Smaragd hob. An der Art, wie sie ihn wieder aufsetzte, erkannte Paul, dass der Kaffee noch nicht fertig war. Die Kanne – silbern, die Form einer schwangeren Frau – war ihm als Ghanima zugefallen, als Trophäe, nachdem er ihren Vorbesitzer im Zweikampf getötet hatte. Jamis, so hatte der Mann geheißen ... Jamis. Welch seltsame Art der Unsterblichkeit ihm Jamis' Tod doch verliehen hatte. Hatte Jamis im Wissen, dass sein Tod unausweichlich war, eben jenes Stück in der Hand gehalten?

Chani platzierte die Tassen. Blaue Scherben, die wie Bittsteller vor der gewaltigen Kanne kauerten. Es waren drei Tassen – eine für jeden Trinkenden und eine für alle Vorbesitzer.

»Gleich ist er so weit«, sagte sie.

Dabei blickte sie Paul an, und er fragte sich, wie er wohl für sie aussah. War er noch immer der exotische Außenweltler, schlank und drahtig, aber im Vergleich zu den Fremen dennoch wasserfett? War er der Usul seines Stammesnamens geblieben, der sie im Fremen-Tau zu sich genommen hatte, während sie durch die Wüste geflohen waren?

Paul sah an sich hinab: Harte Muskeln, schlank … ein paar Narben mehr, aber im Wesentlichen hatte er sich in den zwölf Jahren als Imperator nicht groß verändert. Als er aufblickte, sah er im Spiegel für einen kurzen Moment sein Gesicht. Fremen-Augen, blau in blau, das Zeichen der Gewürzabhängigkeit; die markante Atreides-Nase. Er sah ganz und gar aus wie der Enkel jenes Atreides, der einst in der Stierkampfarena gestorben war, um die Schaulust seines Volkes zu befriedigen.

Worte, die der alte Mann einmal zu ihm gesprochen hatte, stahlen sich in Pauls Gedanken: *»Wer herrscht, übernimmt unwiderruflich Verantwortung für die Beherrschten. Du bist ein Hirte. Das erfordert zuweilen einen selbstlosen Akt der Liebe, der die Beherrschten womöglich nur belustigt.«*

Das Volk erinnerte sich noch immer voller Zuneigung an den alten Herzog Atreides.

Und was habe ich für den Namen der Atreides getan?, fragte sich Paul. *Ich habe den Wolf auf die Schafe losgelassen.*

Er dachte an all die Toten, an all die Gewalt, die in seinem Namen verübt wurde.

»Ins Bett jetzt!«, sagte Chani in einem scharfen Befehlston, der die Untertanen des Imperators schockiert hätte.

Paul gehorchte. Er lehnte sich zurück und ließ sich von der angenehmen Vertrautheit ihrer Handgriffe einlullen.

Mit einem Mal empfand er den Raum um sie herum als ziemlich belustigend. Er entsprach vermutlich ganz und gar nicht dem, was sich das gemeine Volk unter dem Schlafgemach des Imperators vorstellte.

Das gelbe Licht der unruhigen Leuchtgloben bewegte die Schatten zwischen den bunten Gläsern, die auf dem Regalbrett hinter Chani standen. In Gedanken zählte Paul auf, was sich in den Gläsern befand: die getrockneten Bestandteile der Wüstenapotheke, Salben, Weihrauch, Erinnerungsstücke … eine Prise Sand vom Sietch Tabr, eine Haarlocke ihres Erstgeborenen, der schon lange tot war … vor zwölf Jahren gestorben … ein Opfer der Schlacht, die Paul zum Imperator gemacht hatte.

Der üppige Duft des Gewürzkaffees erfüllte nun den Raum. Paul atmete tief ein, und sein Blick fiel auf eine gelbe Schale neben dem Tablett, auf dem Chani den Kaffee zubereitete. Sie enthielt gemahlene Nüsse. Der Giftschnüffler, der unter dem Tisch angebracht war, wedelte mit seinen Insektenarmen über der Schale herum. Das Gerät ärgerte Paul. In den Wüstentagen hatten sie nie Schnüffler benötigt!

»Der Kaffee ist fertig«, sagte Chani. »Hast du Hunger?«

Pauls wütende Verneinung wurde vom Jaulen eines Gewürzleichters verschluckt, der vom Startfeld draußen vor Arrakeen ins All hinaus jagte.

Aber Chani sah ihm die Wut an. Sie schenkte ihnen beiden Kaffee ein und stellte eine Tasse neben Pauls Hand. Dann setzte sie sich ans Fußende des Bettes, machte seine Beine frei und rieb seine Muskeln dort, wo sie vom Gehen im Destillanzug verhärtet waren. Leise, mit einer Beiläufigkeit, die ihn nicht täuschte, sagte sie: »Lass uns über Irulans Wunsch nach einem Kind sprechen.«

Paul riss die Augen auf und musterte Chani. »Irulan ist noch keine zwei Tage von Wallach zurück. Liegt sie dir jetzt schon in den Ohren?«

»Wir haben nicht über ihre Unzufriedenheit gesprochen.«

Paul zwang sich zur Konzentration und betrachtete Chani nun im kalten Licht der minutiösen Beobachtung, jener Bene-Gesserit-Kunst, die ihm seine Mutter unter dem Bruch ihrer Eide beigebracht hatte. Bei Chani tat er das nicht gerne. Der Umstand, dass sie ihn noch immer in ihren Bann schlagen konnte, hing auch damit zusammen, dass er bei ihr nur selten Kräfte einsetzte, die Spannungen erzeugten. In den meisten Fällen vermied Chani es, indiskrete Fragen zu stellen, sie hatte sich das Fremen-Verständnis von guten Manieren bewahrt. Viel öfter stellte sie praktische Fragen. Was Chani interessierte, waren Tatsachen, die sich auf die Position ihres Mannes auswirkten: seine Macht im Rat, die Treue seiner Truppen, die Fähigkeiten und Begabungen seiner Verbündeten. Ihr Gedächtnis verwahrte einen Katalog von Namen, Einzelheiten und Querverweisen. Mühelos konnte sie die wichtigsten Schwachpunkte jedes ihrer bekannten Feinde aufzählen, die potenzielle Haltung, die oppositionelle Kräfte einnehmen würden, die Schlachtpläne ihrer militärischen Anführer, die Ausstattung und die Produktionskapazitäten ihrer wichtigsten Industrien.

Warum, überlegte Paul, fragte sie jetzt nach Irulan?

»Ich habe dich beunruhigt«, sagte Chani. »Das war nicht meine Absicht.«

»Was war deine Absicht?«

Sie lächelte scheu und sah ihm in die Augen. »Wenn du wütend bist, Liebster, verberge es bitte nicht.«

Paul lehnte sich an das Kopfende des Bettes. »Soll ich sie wegsperren? Sie ist mir nur noch begrenzt von Nutzen, und die Ahnungen, die ich über ihre Heimreise zur Schwesternschaft habe, behagen mir nicht.«

»Du wirst sie nicht wegsperren.« Chani fuhr damit fort, seine Beine zu massieren. Ihr Tonfall war neutral. »Du hast schon viele Mal gesagt, dass sie die Verbindung zu deinen Feinden ist – dass du von Irulans Handlungen deren Pläne ablesen kannst.«

»Warum sprichst du dann ihren Wunsch nach einem Kind an?«

»Ich denke, es würde deine Feinde aus der Fassung und Irulan in eine verwundbare Position bringen, wenn du sie schwängern würdest.«

An der Art, wie sich Chanis Hände an seinen Beinen entlang bewegten, spürte er, was sie diese Worte kosteten. Ihm schnürte sich die Kehle zu. Leise sagte er: »Chani, Geliebte, ich habe geschworen, sie nie zu mir ins Bett zu nehmen. Ein Kind würde ihr zu viel Macht verleihen. Möchtest du, dass sie dich verdrängt?«

»Ich habe keinen Platz, von dem man mich verdrängen könnte.«

»Das stimmt nicht, Sihaya, mein Wüstenfrühling. Woher kommt diese plötzliche Sorge um Irulan?«

»Es ist Sorge um dich, nicht um sie! Wenn sie ein Atreides-Kind in sich trüge, würden ihre Freunde ihre Loyalität in Zweifel ziehen. Und je weniger Vertrauen unsere Feinde in sie haben, desto weniger nützt sie ihnen.«

»Ein Kind in ihr könnte deinen Tod bedeuten. Du weißt, wie hier Intrigen gesponnen werden.« Paul machte eine Armbewegung, die die ganze Festung einschloss.

»Du brauchst einen Erben!«

»Ah!«

Das war es also: Chani hatte kein Kind für ihn zur Welt gebracht, also musste es eine andere tun. Warum nicht Irulan? So funktionierte Chanis Verstand. Und das Kind musste in einem Akt der Liebe gezeugt werden, weil sich das Imperium, was künstliche Methoden anbelangte, starke Tabus auferlegt hatte. Chani war zu einer Fremen-Entscheidung gelangt.

Paul musterte ihr Gesicht im Licht dieser Erkenntnis. Er kannte dieses Gesicht in mancher Hinsicht besser als sein eigenes. Er hatte es von zärtlicher Leidenschaft erfüllt gesehen, im süßen Schlaf und von Ängsten, Zorn und Kummer gezeichnet.

Er schloss die Augen, und einmal mehr trat ihm Chani als junge Frau gegenüber – verschleiert im Frühling, singend, neben ihm aus dem Schlaf erwachend. So wirklich, dass ihn der Anblick in den Bann schlug. In seinen Erinnerungen lächelte sie … ein schüchternes Lächeln zuerst, doch dann schien das Lächeln gegen die Fesseln der Vision anzukämpfen, so als wollte Chani ihr entfliehen.

Pauls Mund wurde trocken, und für einen Moment schmeckte er den Rauch einer verheerten Zukunft und hörte die Stimme einer anderen Art von Vision, die ihm befahl, sich zu lösen … zu lösen … zu lösen. So lange schon belauschte er mit seinen Visionen die Ewigkeit, schnappte Bruchstücke fremder Sprachen auf, hörte Steinen zu, hörte Fleisch zu, das nicht seines war. Seit dem Tag der ersten Begegnung mit seiner furchtbaren Bestimmung hatte er in die Zukunft gespäht – in der Hoffnung, dort Frieden zu finden.

Natürlich gab es einen Weg. Er kannte ihn in- und auswendig, ohne sein Wesen wirklich zu begreifen – eine auswendig gelernte Zukunft, die eine klare Anweisung für ihn bereithielt: Löse dich, löse dich, löse dich …

Paul öffnete die Augen und sah die Entscheidung in Chanis Gesicht. Sie massierte ihm nicht mehr die Beine, sondern saß still da – nach reinster Fremen-Art. Ihre Züge unter dem blauen Nezhoni-Kopftuch waren nach wie vor vertraut, doch sie trug nun die Maske der Entschiedenheit, die eine uralte und für Paul fremde Art des Denkens mit sich brachte. Seit Tausenden von Jahren teilten Fremen-Frauen ihre Männer miteinander – nicht immer friedlich, aber ohne dass sich dabei zerstörerische Wirkungen entfaltet hätten. In dieser Hinsicht war etwas zutiefst Geheimnisvolles, etwas Fremenhaftes in Chani vorgegangen.

»Du wirst mir den einzigen Erben schenken, den ich will«, sagte Paul.

»Hast du das *gesehen*?«, fragte Chani. Ihre Betonung machte es offensichtlich, dass sie von seiner Hellsicht sprach.

Wie so oft überlegte Paul, wie er die Fragilität seiner hellseherischen Kräfte beschreiben sollte, die zahllosen Zeitstränge, die sich seinem Blick auf einem wogenden Gewebe darboten. Er seufzte leise und dachte daran, wie er einmal mit den Händen Wasser aus einem Fluss geschöpft hatte – wie das Wasser gezittert hatte und ihm zwischen den Fingern hindurchgeronnen war. Die Erinnerung daran nässte sein Gesicht. Wie konnten ihn Zukünfte nässen, die der Druck zu vieler Vorhersagen immer mehr verdunkelt hatte?

»Dann hast du es also nicht gesehen«, sagte Chani.

Da ihm diese Vision der Zukunft außer unter lebensbedrohlichen Anstrengungen kaum noch zugänglich war – was konnte sie ihnen außer Kummer zeigen? Paul hatte das Gefühl, sich in einem feindseligen Zwischenreich zu befinden, an einem wüsten Ort, wo seine Gefühle vor sich hin trieben und in unkontrollierter Ruhelosigkeit auseinanderdrifteten.

Chani bedeckte seine Beine wieder und sagte: »Einen Erben für das Haus Atreides – das überlässt man nicht dem Zufall oder einer einzigen Frau.«

Das hätte seine Mutter sagen können, dachte Paul. Hatte sich Lady Jessica heimlich mit Chani beraten? Seine Mutter würde vor allem an das Haus Atreides denken. Es war ein Muster, das ihr die Bene Gesserit durch Zucht und Konditionierung aufgezwungen hatten und das sich selbst jetzt noch durchsetzte, da sie ihre Kräfte gegen die Schwesternschaft gewandt hatte.

»Du hast zugehört, als Irulan heute bei mir war«, sagte er in einem etwas schärferen Tonfall.

»Ich habe zugehört«, erwiderte Chani, ohne ihn anzusehen.

Pauls Gedanken fokussierten sich auf das Gespräch mit Irulan. Er hatte den Familiensalon betreten, wo ihm ein noch unfertiges Gewand auf Chanis Webstuhl aufgefallen war. Der Raum war von einem beißenden Wurmgeruch erfüllt gewesen, ein übler Duft, der die unterschwellige Zimtnote der Melange fast zur Gänze überdeckt hatte. Irgendjemand hatte nicht-umgewandelte Gewürzessenz verschüttet und nicht aufgewischt, sodass sie in einen auf Gewürzbasis produzierten Teppich einsickern konnte. Keine sehr glückliche Kombination. Die Gewürzessenz hatte den Teppich zersetzt; dort, wo er gelegen hatte, waren nur ölige Schlieren auf dem Plasteinboden geblieben. Paul hatte gerade nach jemandem schicken wollen, um die Reste beseitigen zu lassen, da war Harah, Stilgars Frau und Chanis engste Freundin, leise eingetreten und hatte Irulans Kommen angekündigt.

So war er gezwungen gewesen, das Gespräch mit Irulan inmitten dieses üblen Geruchs zu führen, heimgesucht von dem Fremen-Aberglauben, dass üble Gerüche Unglück verhießen.

Harah zog sich zurück, als Irulan das Zimmer betrat.

»Willkommen«, sagte Paul.

Irulan trug einen Mantel aus blauem Walpelz. Sie zog ihn fest um sich und berührte mit der Hand ihr Haar. Er sah ihr an, dass sie sein milder Tonfall verwirrte, spürte, wie die zornigen Worte, die sie sich offensichtlich für dieses Treffen zurechtgelegt hatte, von Zweifeln vertrieben wurden.

»Du bist hier, um mir zu berichten, dass die Schwesternschaft den letzten Rest an Moralität verloren hat«, sagte er.

»Sind derartige Albernheiten nicht gefährlich?«, erwiderte sie.

»Albernheit und Gefahr, eine fragwürdige Allianz«, sagte er. Seine illegale Bene-Gesserit-Ausbildung ließ ihn erkennen, dass Irulan den Impuls unterdrückte, sich zurückzuziehen, und die Mühe, die sie das kostete, ermöglichte ihm einen Blick auf ihre unterschwellige Angst. Er sah, dass man ihr eine Aufgabe übertragen hatte, die ihr missfiel. »Sie erwarten etwas zu viel von einer Prinzessin königlichen Geblüts.«

Irulan war mit einem Mal wie versteinert, und Paul wurde klar, dass sie sich eisern unter Kontrolle hielt. Es war tatsächlich eine schwere Bürde, dachte er und fragte sich, warum ihm seine Vorahnungen keinen Blick auf diese mögliche Zukunft gewährt hatten.

Langsam entspannte sich Irulan wieder. Sie war zu dem Schluss gekommen, dass es keinen Sinn hatte, vor der Angst zu kapitulieren und sich zurückzuziehen. »Du hast erlaubt, dass das Wetter einem sehr primitiven Muster folgt«, sagte sie und rieb sich durch den Mantel die Arme. »Es war trocken, und es gab heute einen Sandsturm. Willst du es denn nicht endlich regnen lassen?«

»Du bist doch bestimmt nicht gekommen, um über das Wetter zu reden.« Paul fühlte sich, als würde er in einem Meer aus Doppeldeutigkeiten schwimmen. Versuchte Irulan ihm etwas mitzuteilen, was ihr ihre Ausbildung offen auszusprechen verbot? Es schien so. Es war ihm, als befände er sich auf offener See und müsste heftig strampeln, um wieder festen Boden unter den Füßen zu bekommen.

»Ich muss ein Kind haben«, zischte Irulan.

Paul schüttelte langsam den Kopf.

»Ich muss!«, fuhr sie ihn an. »Wenn es nötig ist, finde ich einen anderen Vater. Ich werde dir Hörner aufsetzen und sehen, ob du es wagst, mich offen zu beschuldigen.«

»Du kannst mir gerne Hörner aufsetzen. Aber ein Kind darf es nicht geben.«

»Wie willst du mich davon abhalten?«

Mit einem von größter Güte erfüllten Lächeln sagte er: »Ich würde dich strangulieren lassen, wenn es dazu käme.«

Für einen Moment lang schwieg Irulan schockiert. Paul spürte, dass Chani hinter den schweren Vorhängen zu ihren Privatgemächern zuhörte. »Ich bin deine Frau«, flüsterte Irulan schließlich.

»Lass uns auf diese albernen Spielchen verzichten«, erwiderte er. »Du erfüllst eine Rolle, weiter nichts. Wir wissen beide, wer meine Frau ist.«

»Ich bin dir also nützlich, weiter nichts.« Ihre Stimme war voller Verbitterung.

»Ich habe kein Verlangen danach, grausam zu dir zu sein.«

»Du hast mich für diese Position ausgewählt.«

»Nicht ich. Das Schicksal hat dich ausgewählt. Dein Vater hat dich ausgewählt. Die Bene Gesserit haben dich ausgewählt. Die Gilde hat dich ausgewählt. Und nun haben sie dich erneut ausgewählt. Aber wofür, Irulan?«

»Warum kann ich nicht dein Kind bekommen?«

»Weil das eine Rolle ist, für die du nicht ausgewählt wurdest.«

»Es ist mein Recht, den Thronerben zur Welt zu bringen! Mein Vater war …«

»Dein Vater war und ist ein Biest. Wir beide wissen, dass er praktisch jegliche Verbindung zu der Menschheit verloren hatte, die er hätte beherrschen und beschützen sollen.«

»War er weniger verhasst als du?«

»Eine gute Frage.« Ein sardonisches Lächeln umspielte Pauls Lippen.

»Du sagst, dass du nicht grausam zu mir sein willst. Und doch …«

»Und genau deshalb darfst du dir jeden Liebhaber aussuchen, den du möchtest. Nur lass dir eines gesagt sein: Nimm dir einen Liebhaber, aber bring kein mit Bitterkeit gezeugtes Kind in mein Haus. Ich würde es nicht anerkennen. Ich missgönne dir keine männliche Gesellschaft, solange du dich diskret verhältst – und kinderlos bleibst. Unter den gegebenen Umständen wäre es albern von mir, anders zu empfinden. Aber bilde dir nicht all zu viel auf diese Freiheit ein, die ich dir schenke. Wenn es um den Thron geht, bestimme ich, wessen Blut ihn erbt. Weder die Bene Gesserit noch die Gilde üben darüber irgendeine Kontrolle aus. Das ist eines der Privilegien, die ich gewonnen habe, als ich die Sardaukar-Legionen deines Vaters draußen auf der Ebene von Arrakeen geschlagen habe.«

»Dann ist das alles deine Verantwortung«, blaffte Irulan, wirbelte herum und rauschte aus dem Zimmer …

Paul tauchte aus der Erinnerung an dieses Gespräch auf und konzentrierte sich wieder auf Chani, die neben ihm auf dem Bett saß. Er verstand seine ambivalenten Gefühle bezüglich Irulan, und er verstand auch Chanis Fremen-Entscheidung. Unter anderen Umständen wären Chani und Irulan womöglich Freundinnen gewesen.

»Was hast du entschieden?«, fragte Chani.

»Kein Kind«, sagte er.

Mit Zeigefinger und Daumen der rechten Hand machte Chani das Krismesserzeichen der Fremen.

»Dazu könnte es durchaus kommen«, pflichtete er ihr bei.

»Denkst du nicht, dass ein Kind die Probleme mit Irulan lösen würde?«

»Nur ein Dummkopf würde das denken.«

»Ich bin nicht dumm, Geliebter.«

Wut erfasste Paul. »Das habe ich auch nicht behauptet! Aber wir reden hier nicht über irgendeinen Liebesroman. Diese Frau dort am anderen Ende des Korridors ist eine echte Prinzessin, aufgewachsen inmitten der abscheulichen Intrigen des imperialen Hofes. Und sie selbst spinnt mit der gleichen Leichtigkeit Intrigen, mit der sie ihre blödsinnigen Geschichtsbücher schreibt.«

»Sie sind nicht blödsinnig, Geliebter.«

»Ja, vielleicht nicht.« Paul bekam seine Wut wieder unter Kontrolle und ergriff Chanis Hand. »Es tut mir leid. Aber diese Frau verfolgt viele Pläne – Pläne, in denen sich weitere Pläne verbergen. Wenn man ihr bei einem ihrer Ziele nachgibt, dann fördert man damit womöglich auch ein anderes.«

Mit sanfter Stimme erwiderte Chani: »Habe ich nicht immer genau das gesagt?«

»Natürlich hast du das.« Er sah sie an. »Was willst du mir eigentlich mitteilen?«

Sie legte sich neben ihn und schmiegte den Kopf an seinen Hals. »Sie sind zu einem Entschluss darüber gelangt, wie sie dich bekämpfen wollen. Irulan stinkt nach geheimen Entscheidungen.«

Paul strich ihr über das Haar. Ihre Worte hatten etwas in ihm freigelegt – die furchtbare Bestimmung streifte ihn, ein Corioliswind in seiner Seele, er pfiff durch das Gerüst seines Daseins. Sein Körper wusste also Dinge, die Paul nie bewusst erfahren hatte. »Chani, Geliebte«, flüsterte er. »Weißt du, was ich dafür geben würde, den Dschihad zu beenden, mich von der verdammenswerten Vergötterung zu befreien, die der Qizarat mir aufzwingt?«

Sie zitterte leicht. »Du musst es nur befehlen.«

»Nein. Selbst wenn ich jetzt sterbe, würde mein Name sie weiter anführen. Wenn ich mir vorstelle, dass der Name der Atreides für immer mit dieser religiösen Schlächterei verbunden sein wird …«

»Aber du bist der Imperator! Du hast …«

»Ich bin eine Galionsfigur. Wenn einem die Göttlichkeit verliehen wird, ist das etwas, was der sogenannte Gott nicht länger kontrolliert.« Ein bitteres Lachen schüttelte Paul. Er spürte, wie die Zukunft aus noch nicht einmal erträumten Dynastien auf ihn zurückblickte. Spürte, wie sein ganzes Sein, weinend und von allen

Ketten des Schicksals befreit, ins Nichts geschleudert wurde – nur sein Name würde fortbestehen. »Ich wurde auserwählt. Vielleicht bei meiner Geburt … jedenfalls bevor ich viel dabei mitzureden hatte. Ich wurde auserwählt.«

»Dann mache diese Wahl ungeschehen.«

Er umfasste ihre Schultern. »Wenn es Zeit dafür ist, Geliebte. Gib mir noch ein wenig Zeit.« Ungeweinte Tränen brannten in seinen Augen.

»Wir sollten zum Sietch Tabr zurückkehren«, sagte Chani. »In diesem Zelt aus Stein hier gibt es viel zu viel, was uns plagt.«

Paul nickte, wobei sich sein Kinn auf dem weichen Tuch bewegte, das ihr Haar bedeckte. Ihr Gewürzduft umfing ihn, beruhigte ihn.

Sietch. Dieses uralte Chakobsa-Wort nahm ihn gefangen: ein Ort des Rückzugs und der Sicherheit in Zeiten der Gefahr. Chanis Vorschlag weckte in ihm die Sehnsucht nach dem offenen Dünenmeer, wo man einen sich nähernden Feind schon von weitem erkennen konnte.

»Die Stämme erwarten, dass Muad'Dib zu ihnen heimkehrt.« Chani hob den Kopf und sah ihn an. »Du gehörst zu uns.«

»Ich gehöre einer Vision«, flüsterte er.

Und er dachte an den Dschihad, an die Vermischung von Genen über viele Parsecs hinweg und an die Vision, die ihm verraten hatte, wie er dem ein Ende setzen konnte. Sollte er den Preis bezahlen? Der ganze Hass würde verfliegen, ersterben wie ein Feuer ohne Nahrung, Scheit für Scheit. Aber – ach! Der schreckliche Preis!

Ich wollte nie ein Gott sein, dachte er. *Ich wollte nur verschwinden wie eine Tauperle, die vom Morgen überrascht wird. Ich wollte den Engeln und den Verdammten entrinnen, allein – als hätten sie mich einfach übersehen.*

»Kehren wir zum Sietch zurück?«, fragte Chani mit fester Stimme.

»Ja«, flüsterte Paul. Und dachte dabei: *Ich muss den Preis bezahlen.*

Chani seufzte schwer und drückte sich an ihn.

Ich habe gezaudert, dachte Paul. Und er erkannte, dass er zwischen Liebe und Dschihad hin- und hergerissen gewesen war. Aber was war ein Leben – egal, wie sehr es ihm am Herzen lag – gegen all die Leben, die der Dschihad kosten würde? Wog das Leid eines Einzelnen die Todesqualen der ungezählten Massen auf?

»Geliebter?«, sagte Chani in einem fragenden Ton.

Er legte ihr eine Hand auf die Lippen.

Ich gebe mich auf, dachte er. *Ich renne hinaus, solange ich noch die Kraft dazu habe. Ich fliege durch eine Lücke, die selbst ein Vogel nicht finden würde.* Er wusste, das war ein nutzloser Gedanke. Der Dschihad würde seinem fliehenden Geist folgen.

Was konnte er nur antworten? Welche Erklärung geben, wenn die Menschen ihn mit ihrer grausamen Dummheit bewerteten? Wer konnte das alles verstehen?

Ich wollte einfach nur zurückblicken und sagen: Da! Da ist ein Sein, das mich nicht festhalten konnte. Seht ihr! Ich verschwinde! Keine menschengemachte Fessel und kein menschengemachtes Netz können mich je wieder einfangen. Ich schwöre meiner Religion ab! Dieser glanzvolle Augenblick gehört mir allein! Ich bin frei!

Welch leere Worte!

Nach einer Weile sagte Chani: »Gestern hat man vor dem Schildwall einen großen Wurm gesichtet. Über hundert Meter lang, angeblich. So große Würmer kommen nur noch selten in diese Gegend. Das Wasser schreckt sie wohl ab. Es heißt, dass er gekommen ist, um Muad'Dib nach Hause in seine Wüste zu rufen.« Sie kniff Paul in die Brust. »Lach nicht über mich!«

»Ich lache nicht.«

Paul, den die Hartnäckigkeit des Fremen-Mythos um seine Person immer wieder zum Staunen brachte, spürte, wie sich etwas um sein Herz zusammenzog. Etwas zwang sich ihm auf: Adab, die fordernde Erinnerung. Er erinnerte sich an sein Kinderzimmer vor vielen Jahren auf Caladan … finstere Nacht zwischen den

Steinwänden … eine Vision! Das war einer seiner ersten hellsichtigen Momente gewesen. Er spürte, wie sein Geist in die Vision eintauchte, sah durch eine nebelverhangene Erinnerung (eine Vision in der Vision) hindurch eine Reihe von Fremen in staubigen Gewändern. Sie zogen an einer Lücke zwischen hohen Felsen vorbei. Sie trugen eine längliche, in Stoff gewickelte Last.

Und Paul hörte sich selbst in der Vision sagen: »Zumeist war es süß … doch du warst die Süßeste von allen …«

Das Adab gab ihn wieder frei.

»Du bist so schweigsam«, sagte Chani. »Was ist mit dir?«

Paul erschauerte. Er setzte sich auf und wandte den Blick ab.

»Du bist zornig, weil ich am Rand der Wüste war«, sagte Chani.

Wortlos schüttelte er den Kopf.

»Ich bin nur dorthin gegangen, weil ich ein Kind will.«

Paul brachte kein Wort heraus. Die rohe Kraft jener frühen Vision hatte ihn ausgezehrt. Die furchtbare Bestimmung! In diesem Moment war sein ganzes Leben ein Arm, der erzitterte, als ein Vogel von ihm abhob … und dieser Vogel hieß *Zufall*. Freier Wille.

Ich bin der Lockung des Orakels erlegen, dachte er.

Und er ahnte, dass er sein Leben auf eine Spur festlegte, indem er dieser Lockung folgte. Könnte es sein, dass das Orakel überhaupt nicht die Zukunft *vorhersagte*? Sondern die Zukunft *erschuf*? Hatte er sein Leben einem Netz verborgener Fäden ausgeliefert, gefangen in jenem Erwachen, das er damals, vor so langer Zeit, erlebt hatte, das Opfer einer spinnengleichen Zukunft, die sich ihm in eben diesem Moment mit ihren fürchterlichen Beißzangen näherte?

Ein Axiom der Bene Gesserit stahl sich in seine Gedanken: *Rohe Kraft einzusetzen bedeutet, sich unendlich verwundbar gegenüber noch größeren Kräften zu machen.*

Chani berührte ihn am Arm und sagte: »Ich weiß, dass dich das zornig macht. Es stimmt, dass die Stämme die alten Gebräuche und Blutopfer wieder aufleben lassen, doch ich habe mich daran nicht beteiligt.«

Paul nahm einen zitternden Atemzug. Die Flut seiner Vision versiegte und verwandelte sich in etwas Tiefes, Stilles, dessen reißende Strömungen sich jenseits seiner Reichweite bewegten.

»Bitte«, sagte Chani. »Ich will ein Kind. Unser Kind. Ist das denn so schlimm?«

Paul liebkoste die Hand, mit der sie ihn berührte. Dann stieg er aus dem Bett, löschte die Leuchtgloben, ging ans Balkonfenster und zog die Vorhänge auf. Hier drang die tiefe Wüste nur mit ihren Gerüchen zu ihnen durch. Eine fensterlose Wand erhob sich ihm gegenüber in den Nachthimmel. Mondlicht fiel schräg in einen Innengarten, auf weit auseinanderstehende Bäume, auf breite Blätter, auf feuchtes Laub. Zwischen den Blättern spiegelte ein Fischteich das Licht der Sterne wider, und hier und da leuchteten weiße Blüten in den Schatten. Für einen kurzen Moment sah er den Garten mit Fremen-Augen: fremdartig, bedrohlich, eine gefährliche Verschwendung von Wasser.

Er musste an die Wasserverkäufer denken, deren Lebensweise durch die üppigen Gaben seiner Hände zerstört worden war. Sie hassten ihn. Er hatte die Vergangenheit ermordet. Und es gab noch andere – selbst die, die einst erbittert um die Sols zum Kauf von kostbarem Wasser gekämpft hatten, hassten ihn trotzdem dafür, dass er die alten Gebräuche geändert hatte. Während das von Muad'Dib diktierte ökologische Muster die Landschaft des Planeten umgestaltete, nahm der Widerstand der Menschen zu. War es nicht anmaßend, sich einzubilden, dass er einen ganzen Planeten neu erschaffen konnte – sodass alle Pflanzen dort wuchsen, wo er es ihnen befahl, und so, wie er es ihnen befahl? Und selbst, wenn er Erfolg hatte, was war mit dem Universum dort draußen? Fürchtete es, dass ihm eine ähnliche Behandlung zuteil werden würde?

Abrupt zog Paul die Vorhänge wieder zu, verschloss die Belüftungsklappen und drehte sich zu Chani um, spürte, wie sie im Dunkeln auf ihn wartete. Ihre Wasserringe klimperten wie die Bettelglöckchen eines Pilgers. Er tastete sich zu dem Geräusch vor, fand ihren ausgestreckten Arm.

»Geliebter«, flüsterte sie. »Habe ich dich beunruhigt?«

Ihre Arme umfingen seine Zukunft, wie sie ihn umfingen.

»Du nicht«, sagte er. »Nein … du nicht.«

Die explosive Wechselwirkung von Feldprozessorschild und Lasgun, die für den Angegriffenen wie für den Angreifer tödlich ist, bestimmt die gegenwärtige Ausrichtung der Waffentechnologie. Auf die besondere Rolle von Atomwaffen müssen wir nicht eingehen. Der Umstand, dass jede Familie in meinem Imperium ihre Atomwaffen zum Einsatz bringen könnte, um die Planetenbasen von fünfzig oder mehr anderen Familien zu zerstören, sorgt zwar für eine gewisse Beunruhigung, aber jeder von uns verfügt über Notfallpläne für vernichtende Gegenschläge. Gilde und Landsraad halten diese Zerstörungskraft unter Kontrolle. Nein, es geht mir um die Entwicklung von Menschen zu speziellen Waffen. Hier haben wir es mit einem praktisch unbegrenzten Feld zu tun, das nur von einigen wenigen Mächten erforscht wird.

– Muad'Dib: Vortrag am Kriegskolleg
(aus den Stilgar-Chroniken)

Der alte Mann stand in seiner Tür und spähte mit seinen ganz und gar blauen Augen nach draußen. Die Augen waren von jenem urwüchsigen Misstrauen verhangen, das die Wüstenleute Fremden gegenüber an den Tag legten. Bittere Falten umlagerten seinen Mund, soweit man ihn durch den weißen Bart sehen konnte. Er trug keinen Destillanzug, und es war vielsagend, wie er diesen Umstand in dem vollen Bewusstsein ignorierte, dass durch die offene Tür Feuchtigkeit aus seinem Haus entwich.

Scytale verbeugte sich und machte das Begrüßungszeichen der Verschwörer.

Von irgendwo hinter dem alten Mann kam das Geräusch einer Rebec, die klagend den atonalen Dissonanzen der Semuta-Musik nachspürte. Nichts deutete darauf hin, dass der alte Mann von Drogen benebelt war, was vermuten ließ, dass es sich bei dem Semuta um die Schwäche eines anderen handelte. Es kam Scytale allerdings merkwürdig vor, an diesem Ort ein so gehobenes Laster vorzufinden.

»Grüße aus der Ferne«, sagte er und lächelte mit dem flachen Gesicht, das er für dieses Treffen ausgewählt hatte. Es kam ihm in den Sinn, dass der alte Mann dieses Gesicht vielleicht erkennen würde – einige der älteren Fremen auf dem Wüstenplaneten hatten Duncan Idaho noch gekannt.

Die Wahl dieses Gesichts, die ihm amüsant erschienen war, war womöglich ein Fehler gewesen. Doch Scytale wagte es nicht, seine Züge hier draußen zu verändern. Nervös blickte er die Straße hinunter. Wollte der Alte ihn nicht endlich hineinbitten?

»Kannten Sie meinen Sohn?«, fragte der Alte.

Diese Erwiderung zumindest war eines der verabredeten Geheimzeichen. Scytale gab die dazu passende Antwort und hielt dabei die Augen nach allem offen, was ihm in der näheren Umgebung verdächtig erschien. Es gefiel ihm hier nicht. Die Straße war eine Sackgasse, die vor diesem Haus endete. Die Häuser in dieser Gegend waren für Veteranen des Dschihads erbaut worden. Sie bildeten eine Vorstadt von Arrakeen, die sich an Tiemag vorbei bis ins imperiale Becken erstreckte. Die Wände, die die Straße einrahmten, bestanden aus kahlem, dunklen Plasschmelz, unterbrochen von den Schatten versiegelter Türen und, hier und da, hingekritzelten Obszönitäten. Direkt neben dieser Tür hatte jemand mit Kreide die Mitteilung hinterlassen, dass ein Beris eine abscheuliche Krankheit zurück nach Arrakis gebracht hat, die ihn seiner Männlichkeit beraubt hat.

»Kommen Sie in Begleitung?«, fragte der Alte jetzt.

»Ich bin allein«, erwiderte Scytale.

Der Alte räusperte sich. Sein Zögern machte Scytale schier wahnsinnig. Doch er mahnte sich zur Geduld. Solche Kontaktaufnahmen brachten stets ganz eigene Gefahren mit sich. Vielleicht hatte der alte Mann ja gute Gründe dafür, die Dinge hinauszuzögern. Allerdings war Scytale genau zur abgemachten Zeit gekommen. Die blasse Sonne stand beinahe exakt über ihren Köpfen, und die Menschen in diesem Viertel blieben während des heißesten Teils des Tages in ihren Häusern, um zu schlafen.

War es der neue Nachbar, der dem Alten Sorgen machte?, fragte sich Scytale. Er wusste, dass man das Nachbarhaus Otheym zugewiesen hatte, der einst Muad'Dibs gefürchteten Fedaykin-Todeskommandos angehört hatte. Und Bijaz, der Katalysator-Zwerg, wartete bei Otheym.

Scytale wandte sich wieder dem Alten zu, wobei ihm der leere Ärmel, der von der linken Schulter herabbaumelte, und der fehlende Destillanzug auffielen. Eine Aura von Autorität umgab den Mann, im Dschihad war er ganz sicher kein einfacher Fußsoldat gewesen.

»Dürfte ich erfahren, wie mein Besucher heißt?«, fragte der Alte.

Scytale unterdrückte einen Seufzer der Erleichterung. Man würde ihn nun also doch einlassen. »Ich bin Zaal.« Das war der Name, den man ihm für diese Mission zugewiesen hatte.

»Ich bin Farok«, gab der Alte zurück. »Ehemaliger Baschar der neunten Legion im Dschihad. Sagt Ihnen das etwas?«

Scytale hörte aus diesen Worten eine Drohung heraus. »Sie wurden im Sietch Tabr geboren und gehörten zu Stilgars Leuten.«

Farok entspannte sich und trat zur Seite. »Sie sind in meinem Haus willkommen.«

Scytale schlüpfte an ihm vorbei in ein schattiges Atrium – der Boden blau gekachelt, die Wände mit glitzernden Kristallverzierungen versehen. Gegenüber befand sich ein überdachter Innenhof. Das durch das Filterglas einfallende Licht verbreitete einen Schimmer, so silbrig wie die weiße Nacht des ersten Mondes. Hinter Scytale fiel die Tür zur Straße knirschend in die Feuchtigkeitssiegel.

»Wir sind ein edles Volk«, sagte Farok und ging voran Richtung Innenhof. »Wir waren keine Ausgestoßenen. Wir haben nicht in irgendeinem Graben-Dorf gewohnt – wie diesem hier! Wir hatten einen Sietch im Schildwall über dem Habbanya-Grat. Mit einem Wurmritt gelangten wir in die Kedem, die innere Wüste.«

»Anders als hier«, pflichtete Scytale bei. Er verstand nun, was Farok zu einem Mitverschwörer gemacht hatte. Der Fremen sehnte sich nach den alten Zeiten und Gebräuchen.

Sie betraten den Innenhof.

Scytale spürte, dass Farok mit einer starken Abneigung gegen seinen Besucher zu kämpfen hatte. Fremen misstrauten allen Augen, die nicht das reine Blau des Ibad aufwiesen. Außenweltler, so die Meinung der Fremen, hatten einen schweifenden Blick, mit dem sie Dinge sahen, die sie nicht sehen sollten.

Bei ihrem Eintreten war die Semuta-Musik verstummt. Stattdessen erklang nun ein Balisett, auf dem erst ein Neuntonleiter-Akkord gezupft wurde und dann die klaren Noten eines auf den Narajwelten sehr beliebten Liedes.

Als sich seine Augen an das Licht gewöhnt hatten, sah Scytale einen jungen Mann, der im Schneidersitz auf einem flachen Diwan saß. Türbögen zu seiner Rechten. Anstelle von Augen hatte der Junge leere Höhlen, und mit dem leicht unheimlichen Gespür eines Blinden begann er in genau dem Moment zu singen, in dem sich Scytales Blick auf ihn richtete:

»Ein Wind hat das Land fortgeweht
Und den Himmel fortgeweht
Und all die Menschen!
Wer ist dieser Wind?
Die Bäume stehen ungebeugt,
Und trinken, wo einst Menschen tranken.

Ich habe zu viele Welten gekannt,
Zu viele Menschen,
Zu viele Bäume,
Zu viele Winde.«

Scytale fiel auf, dass es sich nicht um den ursprünglichen Liedtext handelte. Farok führte ihn von dem Jungen weg zu den Türbögen auf der anderen Seite, wo der Alte auf einige am Boden verteilte Kissen deutete. Die Kacheln hier zeigten Bilder von Meeresgeschöpfen.

»Es gibt hier ein Kissen, auf dem im Sietch einst Muad'Dib saß«, sagte Farok. Er deutete auf eines der Kissen. Es war rund und schwarz. »Es gehört nun Ihnen.«

»Ich stehe in Ihrer Schuld«, erwiderte Scytale und ließ sich auf das schwarze Kissen nieder. Er lächelte. Farok zeigte sich klug. Ein weiser Mann spricht von Treue, selbst wenn er Liedern mit geheimer Bedeutung und Worten mit verborgenen Botschaften lauscht. Wer konnte bestreiten, wie verheerend die Kräfte der Tyrannen-Imperators waren?

Farok sprach in die Musik hinein, ohne den Takt zu konterkarieren: »Stört Sie der Gesang meines Sohnes?«

Scytale deutete auf ein Kissen ihm gegenüber, während er sich an eine kühle Säule lehnte. »Ich mag Musik.«

»Mein Sohn hat seine Augen bei der Eroberung von Naraj verloren«, sagte Farok. »Man hat ihn dort gepflegt, und er hätte bleiben sollen. Keine Fremen-Frau nimmt ihn so. Es ist allerdings bemerkenswert, dass ich Enkelkinder auf Naraj habe, die ich vielleicht nie sehen werde. Kennen Sie die Narajwelten, Zaal?«

»Als ich jung war, war ich dort zusammen mit anderen Gestalttänzern auf Tournee.«

»Dann sind Sie also ein Gestalttänzer. Ich hatte mich schon über Ihr Gesicht gewundert. Sie erinnern mich an einen Mann, den ich früher einmal kannte.«

»Duncan Idaho?«

»Ja, genau. Ein Schwertmeister im Dienste des Imperators.«

»Angeblich wurde er getötet.«

»Angeblich, ja … Sind Sie wirklich ein Mann? Ich habe Geschichten von Gestalttänzern gehört, die …« Farok zuckte mit den Schultern.

»Wir sind Jadacha-Hermaphroditen. Wir können nach Belieben das Geschlecht wechseln. Derzeit bin ich ein Mann.«

Farok spitzte nachdenklich die Lippen, dann sagte er: »Darf ich uns Erfrischungen bringen lassen? Verlangt es Ihnen nach Wasser? Oder nach geeisten Früchten?«

»Es genügt, wenn wir reden«, erwiderte Scytale.

»Der Wunsch des Gastes ist Befehl.« Farok setzte sich Scytale gegenüber auf das Kissen.

»Gesegnet ist Abu d'Dhur, Vater der Unbegrenzten Pfade der Zeit«, sagte Scytale. Und dachte: *Da! Ich habe ihm geradeheraus gesagt, dass ich von einem Steuermann der Gilde komme und durch ihn verborgen werde.*

»Dreifach gesegnet«, sagte Farok und legte die gefalteten Hände auf die rituelle Weise in den Schoß. Es waren alte Hände mit dicken Adern.

»Sieht man einen Gegenstand aus der Ferne, verrät er nur sein Prinzip«, sagte Scytale. Er meinte damit, dass er über die Festung des Imperators sprechen wollte.

»Was dunkel und böse ist, lässt sich aus jeder Entfernung als böse erkennen«, erwiderte Farok. Er riet damit zu einem Aufschub.

Aber warum?, fragte sich Scytale. Er sagte: »Wie hat Ihr Sohn seine Augen verloren?«

»Die Verteidiger Narajs haben einen Steinbrenner eingesetzt«, sagte Farok. »Mein Sohn war zu nahe dran. Diese verfluchten Atomwaffen! Auch ein Steinbrenner sollte verboten sein.«

»Er widerspricht dem Geist des Gesetzes«, pflichtete Scytale bei. Und dachte: *Ein Steinbrenner auf Naraj! Davon hat man uns nichts erzählt. Warum spricht dieser alte Mann auf Arrakis von Steinbrennern?*

»Ich habe ihm angeboten, ihm von Ihren Herren Tleilaxu-Augen zu kaufen«, fuhr Farok fort. »Aber in den Legionen geht die Geschichte um, dass Tleilaxu-Augen jene, die sie benutzen, zu Sklaven machen. Und mein Sohn hat mir gesagt, dass solche Augen aus Metall sind, während er aus Fleisch ist, und dass eine derartige Verschmelzung nur sündhaft sein kann.«

»Das Prinzip eines Gegenstands muss seinem ursprünglichen Zweck entsprechen.« Scytale versuchte, das Gespräch wieder auf die Informationen zu lenken, nach denen er suchte.

Farok kniff die Lippen zusammen. Aber er nickte. »Sprechen Sie Ihre Wünsche offen aus. Wir müssen auf Ihren Steuermann vertrauen.«

»Haben Sie jemals die Festung des Imperators betreten?«, fragte Scytale.

»Ja, ich war dort, als der Sieg auf Molitor gefeiert wurde. Es war kalt inmitten von so viel Stein – trotz der besten ixianischen Raumheizer. In der Nacht davor hatten wir auf der Terrasse von Alias Schrein geschlafen. Er hat Bäume dort drin, wissen Sie, Bäume von vielen Welten. Wir Baschars waren in unsere besten grünen Gewänder gekleidet und hatten unsere eigenen Tische. Wir aßen und tranken zu viel. Manches von dem, was ich dort sah, widerte mich an. Die wandelnden Verwundeten kamen, sie schleppten sich auf ihren Krücken dahin. Ich glaube, unser Muad'Dib weiß gar nicht, wie viele er verstümmelt hat.«

»Sie hatten Einwände gegen das Fest?«, fragte Scytale. Der Gestalttänzer wusste um die vom Gewürzbier befeuerten Fremen-Orgien.

»Es war anders als die Vereinigung unserer Seelen im Sietch. Dort gab es kein Tau. Zur Unterhaltung hatten die Truppen Sklavenmädchen, und die Männer tauschten Geschichten über ihre Schlachten und Wunden aus.«

»Sie waren also im Inneren dieses großen Steinhaufens.«

»Muad'Dib kam zu uns hinaus auf die Terrasse. ›Uns allen viel Glück‹, sagte er. Das Grußwort der Wüste an diesem Ort!«

»Wissen Sie, wo sich seine privaten Räume befinden?«

»Tief im Inneren. Irgendwo tief im Inneren. Ich habe gehört, er und Chani leben wie Nomaden – innerhalb der Mauern ihrer Festung. In den Großen Saal kommt er nur für die öffentlichen Audienzen. Es gibt Empfangssäle und offizielle Sitzungsräume, einen ganzen Flügel für seine Leibwache, Orte, an denen Zeremonien abgehalten werden, und eine Kommunikationszentrale. Und tief unter der Festung existiert angeblich ein Raum, in dem er sich einen verkümmerten Wurm hält, umgeben von einem Graben mit Wasser, das Gift für das Geschöpf ist. An diesem Ort liest er die Zukunft.«

Mythen und Fakten sind untrennbar miteinander verwoben, dachte Scytale.

»Der Regierungsapparat begleitet ihn überall hin«, fuhr Farok knurrend fort. »Sekretäre und Bedienstete und Bedienstete für die Bediensteten. Er vertraut nur solchen wie Stilgar, die ihm in der alten Zeit sehr nahestanden.«

»Ihnen nicht.«

»Ich glaube, er hat vergessen, dass es mich gibt.«

»Wie betritt und verlässt er das Gebäude?«

»Es gibt eine winzige Thopter-Landefläche, die aus einer der inneren Wände ragt. Ich habe gehört, dass Muad'Dib dort bei einer Landung niemand anderem das Steuer überlässt. Die kleinste Fehlberechnung beim Anflug, so wird gesagt, würde dazu führen, dass der Thopter wie an einer steilen Klippe hinab in einen seiner verfluchten Gärten stürzt.«

Scytale nickte. Das entsprach höchstwahrscheinlich der Wahrheit. Ein solcher Luftzugang zu den Gemächern des Imperators würde ein gewisses Maß an Sicherheit bieten. Und alle Atreides waren erstklassige Piloten.

»Er verwendet Menschen, um seine Distransnachrichten zu überbringen«, sagte Farok. »Es entwürdigt einen Menschen, wenn man ihm einen Wellentranslator einsetzt. Ein Mann sollte seiner Stimme selbst gebieten. Sie sollte nicht die Botschaft eines anderen in ihren Lauten verstecken.«

Scytale zuckte mit den Schultern. Alle großen Mächte verwendeten in diesen Zeiten Distrans. Man konnte nie wissen, welche Hindernisse zwischen Sender und Empfänger traten. Der Distrans trotzte der politischen Kryptologie, da er auf der subtilen Verzerrung natürlicher Lautmuster beruhte, die sich in höchst komplizierter Weise modulieren ließen.

»Sogar seine Steuerbeamten verwenden diese Methode«, empörte sich Farok. »Zu meiner Zeit hat man nur niederen Tieren einen Distrans eingepflanzt.«

Scytale dachte: *Aber Informationen über Erträge müssen eben geheim gehalten werden. Unzählige Regierungen wurden schon zu Fall gebracht, nachdem der wahre Reichtum der offiziellen Stellen bekannt wurde.* Laut sagte er: »Was halten Muad'Dibs Fremen-Kohorten dieser Tage von seinem Dschihad? Haben sie Einwände dagegen, dass man ihren Imperator zum Gott verklärt?«

»Die meisten von ihnen denken darüber gar nicht nach. Sie sehen den Dschihad so, wie ich ihn gesehen habe. Er ist ein Quell ungewöhnlicher Erfahrungen, des Abenteuers und des Reichtums. Dieser Graben-Bau, in dem ich wohne« – Farok machte eine weit ausladende Geste – »hat mehr als sechzig Lida Gewürz gekostet. Neunzig Kontar! Es gab eine Zeit, da konnte ich mir solche Schätze nicht einmal ausmalen.« Er schüttelte den Kopf.

Auf der gegenüberliegenden Seite des Innenhofes begann der blinde Junge auf seinem Balisett eine Liebesballade zu spielen.

Neunzig Kontar, dachte Scytale. *Wie sonderbar. Das sind wahrhaft gewaltige Reichtümer. Auf vielen anderen Welten wäre Faroks Haus ein Palast gewesen, aber alles ist relativ – sogar der Kontar. Weiß Farok, woher sein Gewichtsmaß für diese Menge Gewürz stammt? Hat er jemals daran gedacht, dass anderthalb Kontar einmal die größtmögliche Ladung für ein Kamel waren? Vermutlich nicht. Farok hat vermutlich noch nie von einem Kamel oder vom Goldenen Zeitalter der Erde gehört.*

In seltsamem Einklang mit der Melodie, die sein Sohn auf dem Balisett spielte, sagte Farok: »Einst besaß ich ein Krismesser, Wasserringe für zehn Liter, einen Speer, der schon meinem Vater gehört hat, ein Kaffeegeschirr und eine Flasche aus rotem Glas, die älter war als alles, woran sich jemand in meinem Sietch erinnern konnte. Ich hatte meinen Anteil an unserem Gewürz, aber kein Geld. Ich war reich und wusste es nicht. Zwei Frauen hatte ich: eine von gewöhnlichem Aussehen, die mir am Herzen lag, die andere dumm und widerspenstig, aber mit der Gestalt und dem Gesicht eines Engels. Ich war ein Fremen-Naib, ein Wurmreiter, ein Herr der Leviathane und des Sands.«

Der Junge am anderen Ende des Hofes spielte nun schneller.

»Ich wusste vieles, ohne darüber nachdenken zu müssen«, fuhr Farok fort. »Ich wusste, dass es tief unter unserem Sand Wasser gab, gebunden von den kleinen Bringern. Ich wusste, dass meine Vorfahren Shai-Hulud Jungfrauen geopfert haben ... bevor Liet-Kynes uns dazu gebracht hat, damit aufzuhören. Es war falsch von uns, damit aufzuhören. Ich habe die Juwelen im Mund eines Wurms gesehen. Meine Seele hatte vier Tore, und ich kannte sie alle.« Nachdenklich verstummte er.

»Und dann kam der Atreides mit seiner Hexenmutter«, sagte Scytale.

Farok nickte. »Der Atreides kam. Der, den wir im Sietch Usul nannten, sein geheimer Name. Unser Muad'Dib, unser Mahdi! Und als er den Dschihad ausrief, gehörte ich zu denen, die fragten: ›Warum soll ich dort kämpfen? Ich habe dort keine Verwandten.‹ Aber andere Männer zogen aus – junge Männer, Freunde, die Gefährten meiner Kindheit. Als sie zurückkehrten, sprachen sie von Zauberwerk, von der Kraft dieses Atreides-*Erlösers*. Er hat unsere Feinde besiegt, die Harkonnen. Liet-Kynes, der uns auf unserem Planeten ein Paradies versprochen hatte, hatte ihn gesegnet. Es hieß, dass dieser Atreides gekommen war, um unsere Welt – unser Universum – für immer zu verändern. Dass er derjenige war, der die goldene Blume in der Nacht erblühen lassen würde.« Farok hob die Hände hoch und musterte seine Handflächen. »Die Männer deuteten auf den ersten Mond und sagten: ›Dort ist seine Seele.‹ Und so nannte man ihn Muad'Dib. Aber ich verstand das alles nicht.« Er ließ die Hände wieder sinken und sah zu seinem Sohn. »Ich hatte keine Gedanken in meinem Kopf. Nur in meinem Herzen und meinem Bauch und meinen Lenden hatte ich Gedanken.«

Und wieder nahm das Tempo der Musik zu.

Faroks alte Augen starrten Scytale eisig an. »Wissen Sie, warum ich mich freiwillig für den Dschihad gemeldet habe? Ich hatte gehört, dass es etwas gab, das man Meer nannte. Es ist sehr schwer, an ein Meer zu glauben, wenn man hier zwischen den Dünen lebt. Wir haben keine Meere. Die Männer des Wüstenplaneten kannten nie ein Meer. Wir hatten unsere Windfallen. Wir sammelten Wasser für die große Veränderung, die uns Liet-Kynes versprochen hat – die große Veränderung, die Muad'Dib nun mit einem Wink herbeiführt. Ich konnte mir einen Qanat vorstellen, Wasser, das in einem Kanal durch das Land fließt. Davon ausgehend, konnte sich mein Verstand einen Fluss ausmalen. Aber ein Meer?« Farok betrachtete das lichtdurchlässige Dach über seinem Innenhof, als versuchte er, mit seinem Blick in das dahinterliegende Universum vorzudringen. »Ein Meer«, sagte er leise. »Das war zu viel, als dass ich mir ein Bild davon hätte machen können. Und doch behaupteten Männer, die ich kannte, dieses Wunder gesehen zu haben. Ich war überzeugt, dass sie logen, aber ich musste es selbst herausfinden. Das war der Grund dafür, dass ich mich freiwillig gemeldet habe.«

Der Junge schlug einen lauten Schlussakkord an und begann gleich mit einem neuen Lied, das einen seltsam wogenden Rhythmus hatte.

»Und haben Sie Ihr Meer gefunden?«, fragte Scytale.

Farok schwieg, und Scytale dachte erst, dass ihn der Alte nicht gehört hatte. Die Balisettmusik schwoll an und ebbte wieder ab wie die Gezeiten. Farok atmete im selben Rhythmus.

»Da war ein Sonnenuntergang«, sagte der alte Mann schließlich. »Einer der alten Künstler hätte ihn vielleicht so gemalt. Es war ein Rot darin – wie die Farbe meiner Glasflasche. Und ein Gold … und ein Blau. Das war auf einer Welt namens Enfeil, auf der ich meine Legion zum Sieg führte. Wir kamen durch einen Bergpass, wo die Luft krank von Wasser war. Ich konnte sie kaum atmen. Und dort unter mir das, wovon mir mein Freund erzählt hatte: Wasser, so weit das Auge reichte – und noch weiter. Wir marschierten hinunter bis ans Ufer. Ich watete hinein und trank. Das Wasser war bitter, und mir wurde übel davon. Doch das Wunder lässt mich bis heute nicht los.«

Scytale bemerkte, dass er die Ehrfurcht des alten Fremen teilte.

Farok blickte auf die in die Bodenkacheln eingearbeiteten Wasserlebewesen. »Ich bin in dieses Meer eingetaucht. Ein Mann sank in dieses Wasser – und ein anderer erhob sich daraus. Ich hatte das Gefühl, mich an eine Vergangenheit zu erinnern, die es nie gegeben hatte. Ich blickte durch Augen, die alles glauben konnten – egal, was. Ich sah eine Leiche im Wasser – einer der Verteidiger, die wir getötet hatten. Und in der Nähe schwamm ein Stück Holz, das zu einem großen Baum gehört hatte. Wenn ich die Augen schließe, kann ich es heute noch sehen. An einem Ende war das Holz von Feuer geschwärzt. Und ein Stofffetzen trieb im Wasser – ein gelber Lumpen, zerrissen und verschmutzt. Ich sah all diese Dinge und verstand, warum sie an diesen Ort gekommen waren. Weil ich sie sehen sollte.« Farok drehte sich langsam um und sah Scytale direkt in die Augen. »Das Universum ist unvollendet, müssen Sie wissen.«

Dieser Farok ist geschwätzig, aber tiefgründig, dachte Scytale. Er sagte: »Wie ich sehe, hat das bei Ihnen einen bleibenden Eindruck hinterlassen.«

»Sie sind ein Tleilaxu«, erwiderte Farok. »Sie haben viele Meere gesehen. Ich habe bisher nur dieses eine gesehen, und doch weiß ich etwas über Meere, was Sie nicht wissen.«

Scytale spürte, wie ihn eine seltsame Unruhe erfasste.

»Die Mutter des Chaos wurde in einem Meer geboren«, fuhr Farok fort. »Als ich tropfnass aus dem Wasser stieg, war ein Qizara Tafwid in der Nähe. Er war nicht ins Meer gegangen. Er stand auf dem Sand ... dem nassem Sand ... zusammen mit einigen meiner Männer, die seine Angst teilten. Er sah mich aus Augen an, die wussten, dass ich etwas erlebt hatte, was ihm versagt blieb. Ich war zu einem Meeresgeschöpf geworden, und nun fürchtete er sich vor mir. Das Meer hat mich vom Dschihad geheilt – und ich glaube, dass er das sah.«

Scytale bemerkte, dass irgendwann während dieser Worte die Musik verstummt war. Er empfand es als verstörend, dass er nicht wusste, wann genau der Junge zu spielen aufgehört hatte.

Als gäbe es einen Zusammenhang zu dem, wovon er gerade berichtet hatte, sagte Farok: »Jedes Tor wird bewacht. Es gibt keinen Weg in die Festung des Imperators.«

»Das ist ihre Schwachstelle«, erwiderte Scytale.

Farok streckte den Hals und sah ihn an.

»Es gibt einen Weg hinein«, erklärte Scytale. »Und der Umstand, dass die meisten – und wir dürfen hoffen, dass auch der Imperator darunter ist – das nicht glauben, ist unser Vorteil.« Er rieb sich die Lippen, spürte, wie seltsam sich das von ihm gewählte Gesicht anfühlte. Das Schweigen des Balisetts beunruhigte ihn. Bedeutete es, dass Faroks Sohn seine Übertragung abgeschlossen hatte? Denn so verhielt es sich: Die Botschaft war verdichtet durch die Musik übermittelt worden. Man hatte sie Scytales Nervensystem eingeprägt, damit sie im richtigen Moment durch den Distrans in seiner Nebennierenrinde ausgelöst wurde. Wenn die Übertragung abgeschlossen war, war Scytale nun ein Behälter für ihm unbekannte Worte. Er war ein Gefäß, in dem das Datenmaterial schwappte:

jede Zelle der Verschwörung hier auf Arrakis, jeder Name, jedes Losungswort – alle entscheidenden Informationen.

Mit diesen Informationen konnten sie Arrakis trotzen, einen Sandwurm fangen und mit der Kultivierung von Melange irgendwo jenseits von Muad'Dibs Machtbereich beginnen. Sie konnten das Monopol und damit zugleich Muad'Dib brechen. Es gab so vieles, was sie mit diesen Informationen tun konnten.

»Wir haben die Frau hier«, sagte Farok. »Möchten Sie sie jetzt sehen?«

»Ich habe sie bereits gesehen«, erwiderte Scytale. »Ich habe sie sorgfältig studiert. Wo ist sie?«

Farok schnippte mit den Fingern.

Der Junge nahm seine Rebec und strich mit dem Bogen darüber. Klagende Semuta-Musik stieg von den Saiten auf, und wie von diesem Klang angezogen, trat eine junge Frau aus einem Durchgang hinter dem Musiker. Ihre vollkommen blauen Augen waren von einer betäubten Stumpfheit. Sie war eine Fremen, vom Gewürz abhängig und nun auch von einem Außenwelt-Laster. Ihr Bewusstsein war tief im Semuta-Rausch und ritt auf der ekstatischen Musik.

»Otheyms Tochter«, sagte Farok. »Mein Sohn hat ihr die Drogen gegeben, in der Hoffnung, so trotz seiner Blindheit eine Fremen-Frau für sich zu gewinnen. Wie Sie sehen, ist sein Sieg ein leerer. Das Semuta beansprucht für sich, was er zu erringen hoffte.«

»Ihr Vater weiß nichts davon?«, fragte Scytale.

»Nicht einmal sie weiß etwas davon«, sagte Farok. »Mein Sohn stattet sie mit falschen Erinnerungen aus, mit denen sie sich ihre Besuche hier erklärt. Sie glaubt, dass sie ihn liebt. Das glaubt auch ihre Familie, die zwar empört ist, weil er kein ganzer Mann mehr ist, die sich aber nicht einmischt.«

Langsam verstummte die Musik.

Einer Handbewegung des Musikers folgend setzte sich die junge Frau neben ihn und beugte sich vor, um den Worten zu lauschen, die er ihr zuflüsterte.

»Was haben Sie mit ihr vor?«, fragte Farok den Gestalttänzer.

Einmal mehr beäugte Scytale den Innenhof. »Wer ist sonst noch in diesem Haus?«

»Es sind nun alle hier. Sie haben mir bisher nicht gesagt, was Sie mit der Frau vorhaben. Mein Sohn möchte das wissen.«

Als wollte er gerade antworten, streckte Scytale den rechten Arm nach vorne. Aus seinem Ärmel schoss ein glitzernder Pfeil und bohrte sich in Faroks Hals. Der alte Mann schrie weder auf, noch veränderte er seine Haltung. In einer Minute würde er tot sein, aber er saß unbewegt da, gelähmt vom Gift des Pfeils.

Scytale erhob sich langsam und ging zu dem blinden Musiker. Der Junge flüsterte Otheyms Tochter noch immer Worte zu, als ihn der Pfeil traf.

Scytale griff die junge Frau am Arm und zog sie behutsam auf die Füße. Bevor sie ihn ansah, veränderte er sein Äußeres. Sie richtete sich auf und blickte ihm ins Gesicht.

»Was ist denn, Farok?«, fragte sie.

»Mein Sohn ist müde und muss sich ausruhen«, erwiderte Scytale. »Komm, wir gehen hinten raus.«

»Wir haben uns gerade so nett unterhalten. Ich glaube, ich habe ihn davon überzeugt, sich Tleilaxu-Augen zuzulegen. Dann wäre er wieder ein richtiger Mann.«

»Habe ich das nicht schon oft gesagt?« Scytale drängte sie sanft in einen Raum im hinteren Teil des Hauses. Mit einem gewissen Stolz stellte er fest, dass seine Stimme genau zu seinen Gesichtszügen passte. Ja, es war unverkennbar die Stimme des alten Fremen, der inzwischen mit Sicherheit tot war.

Scytale seufzte. Er hatte die Tat mit Mitgefühl begangen, sagte er sich. Und die Opfer hatten gewusst, in welche Gefahr sie sich begeben hatten. Nun musste die junge Frau ihre Chance bekommen.

In der Zeit ihrer Errichtung leiden Imperien nicht unter Ziellosigkeit. Erst, wenn sie etabliert sind, gehen ihnen die Ziele verloren und werden durch unbestimmte Rituale ersetzt.

– Aus: »Die Worte Muad'Dibs«
von Prinzessin Irulan

Alia begriff, dass dies eine der schlimmeren Sitzungen des Imperialen Rates werden würde. Sie spürte eine unterschwellige, sich langsam steigernde Streitlust: Irulan wich Chanis Blick aus, Stilgar schob nervös Papiere hin und her, Paul starrte Korba den Qizara finster an.

Alia setzte sich an das Ende des goldenen Ratstisches, sodass sie durch die Balkonfenster hinaus in das staubige Nachmittagslicht sehen konnte.

Korba, der gerade etwas zu Paul gesagt hatte, ehe Alia ihn durch ihr Eintreten unterbrochen hatte, fuhr fort: »Was ich damit meine, Mylord, ist, dass es nicht mehr so viele Götter gibt wie früher einmal.«

Alia lachte auf und warf dabei den Kopf in den Nacken. Die Bewegung ließ die schwarze Kapuze ihrer Aba-Robe nach hinten fallen, und ihr Antlitz bot sich den Blicken der anderen dar: blau-in-blaue »Gewürzaugen«, das ovale Gesicht ihrer Mutter unter einem bronzeroten Haarschopf, eine kleine Nase, ein breiter, voller Mund.

Korbas Wangen nahmen beinahe den Farbton seines orangefarbenen Gewands an. Er starrte Alia böse an, ein zorniger Gnom, kahl und kochend vor Wut. »Weißt du, was man über deinen Bruder sagt?«, fragte er in herrischem Ton.

»Ich weiß, was man über deinen Qizarat sagt«, erwiderte Alia. »Ihr seid keine Heiligen, ihr seid die Spione eures Gottes.«

Korba warf Paul einen Zuspruch heischenden Blick zu. »Wir sind auf Geheiß Muad'Dibs gesandt, auf dass Er die Wahrheit über Sein Volk wisse und sein Volk die Wahrheit über ihn.«

»Spione«, zischte Alia.

Korba schürzte in verletztem Schweigen die Lippen.

Paul sah seine Schwester an und überlegte, warum sie Korba so provozierte. Plötzlich erkannte er, dass Alia zur Frau gereift war, dass ihre jugendliche Unschuld nun zum ersten Mal erblühte. Es überraschte ihn, dass ihm das bisher nicht aufgefallen war. Sie war fünfzehn – fast sechzehn, eine Ehrwürdige Mutter, die keine Mutter war, jungfräuliche Priesterin und Objekt ängstlicher Verehrung der abergläubischen Massen: die Heilige Alia des Messers.

»Dies ist weder die Zeit noch der Ort für die Späße deiner Schwester«, sagte Irulan.

Ohne die Prinzessin zu beachten, nickte Paul Korba zu. »Der Platz ist voller Pilger. Geh und leite sie beim Gebet an.«

»Aber man erwartet *dich*, Mylord«, sagte Korba.

»Setz deinen Turban auf«, erwiderte Paul. »Auf die Entfernung erkennen sie den Unterschied nicht.«

Irulan unterdrückte ihre Verärgerung darüber, dass man sie ignorierte, und sah zu, wie Korba gehorsam aufstand. Mit einem Mal kam ihr der beunruhigende Gedanke, dass Edric ihr Tun womöglich nicht vor Alia verbarg. *Was wissen wir überhaupt über die Schwester?*, fragte sie sich.

Chani, die in ihrem Schoß die eine Hand fest mit der anderen umklammert hielt, blickte über den Tisch hinweg zu Stilgar, ihrem Onkel und Pauls Staatsminister. Sie fragte sich, ob sich der alte Fremen-Naib nach dem einfacheren Leben in einem Wüstensietch sehnte. Ihr fiel auf, dass Stilgars schwarzes Haar an den Rändern grau wurde, doch seine Augen unter den dichten Brauen sahen wie früher in eine weite Ferne. Er hatte den Adlerblick der

Wildnis, und in seinem Bart war noch immer die Kerbe des Auffangschlauchs zu erkennen, die von einem langen Leben im Destillanzug zeugte.

Aufgeschreckt durch Chanis Blick, sah sich Stilgar im Raum um. Sah das Balkonfenster und Korba, der nun draußen stand. Korba streckte die Arme nach oben, um die Massen zu segnen. Durch einen Trick der Nachmittagssonne sah es aus, als erschiene ein roter Heiligenschein im Fenster hinter ihm, und für einen kurzen Moment wirkte der Hof-Qizara auf Stilgar wie eine an ein Feuerrad geschlagene Gestalt. Als Korba die Arme wieder senkte, wurde die Illusion zerstört, doch Stilgar war noch immer davon erschüttert. In hilfloser Frustration wandten sich seine Gedanken den hündischen Bittstellern zu, die im Audienzsaal warteten, und dem abscheulichen Pomp, der Muad'Dibs Thron umgab.

Wenn man auf den Imperator traf, dann hoffte man einen Makel an ihm zu entdecken, Fehler zu finden, dachte Stilgar. Es mochte ein Sakrileg sein, aber er wollte es trotzdem.

Das entfernte Murmeln der Menge drang in den Raum, als Korba zurückkam. Die Balkontür fiel hinter ihm ins Siegel und sperrte die Geräusche aus.

Pauls Blick folgte dem Qizara. Korba nahm seinen Platz an Pauls linker Seite wieder ein, seine Miene erstarrt, seine Augen vom Glanz des Fanatikers überzogen. Er hatte diesen Moment religiöser Macht sichtlich genossen.

»Der Geist wurde herabbeschworen«, sagte er.

»Dem Herrn sei Dank dafür«, sagte Alia.

Korbas Lippen wurden weiß.

Einmal mehr musterte Paul seine Schwester und fragte sich, was sie antrieb. Hinter ihrer Unschuld verbarg sich List, sagte er sich. Sie entstammte demselben Bene-Gesserit-Zuchtprogramm wie er. Was hatten die Kwisatz-Haderach-Gene in ihr hervorgebracht? Da war dieser eine, mysteriöse Unterschied: Sie war ein Embryo im Mutterleib gewesen, als Jessica das unverdünnte Melangegift eingenommen und überlebt hatte. Mutter und ungeborene Tochter waren gemeinsam zu Ehrwürdigen Müttern geworden. Aber Gleichzeitigkeit bedeutete nicht Gleichartigkeit.

Alia sagte über dieses Erlebnis, dass sie in einem einzigen, entsetzlichen Augenblick zu Bewusstsein gekommen war – als ihr Gedächtnis die ungezählten anderen Leben aufgenommen hatte, die Teil ihrer Mutter geworden waren. »Ich wurde zu meiner Mutter und zu all den anderen«, sagte sie. »Ich war ungeformt, ungeboren, aber ich bin in diesem Moment, an diesem Ort zu einer alten Frau geworden.«

Alia, die spürte, dass Paul über sie nachdachte, lächelte. Sein Gesichtsausdruck wurde sanfter. *Wie kann man auf Korba anders als mit zynischer Belustigung reagieren?*, dachte er. *Was ist lächerlicher als der Soldat eines Todeskommandos, der zum Priester geworden war?*

Stilgar tippte auf seine Papiere. »Wenn mein Herr gestattet«, sagte er. »Wir haben es hier mit dringenden und schwerwiegenden Angelegenheiten zu tun.«

»Das Tupile-Abkommen?«, fragte Paul.

»Die Gilde beharrt weiter darauf, dass wir dieses Abkommen unterzeichnen, ohne den genauen Standort der Tupile-Entente zu kennen«, sagte Stilgar. »Und einige Landsraadsabgesandte unterstützen sie.«

»Auf welche Weise haben Sie bisher Druck ausgeübt?«, fragte Irulan.

»Auf die Weise, die mein Imperator für diese Angelegenheit bestimmt hat.« Stilgars steife, förmliche Antwort vermittelte deutlich, wie wenig er von der Prinzessinnenkonkubine hielt.

»Mein Herr und Gatte.« Irulan wandte sich Paul zu, um ihn zu einer Reaktion zu nötigen.

Dass sie den nominellen Unterschied zu Chanis Position hervorhebt, zeugt von Schwäche, dachte Paul. In solchen Momenten teilte er Stilgars Abneigung gegen Irulan, die in seinem Fall jedoch durch

Mitgefühl abgemildert wurde. Was war Irulan schon mehr als eine Spielfigur der Bene Gesserit? Paul sagte: »Ja?«

Irulan sah ihn an. »Wenn du ihnen die Melange vorenthältst …«

Chani schüttelte den Kopf.

»Wir gehen behutsam vor«, sagte Paul. »Tupile ist nach wie vor die Zuflucht für besiegte Große Häuser. Es symbolisiert einen letzten Ausweg, einen Ort der Sicherheit für alle unsere Untertanen. Diese Zuflucht ins Licht zu zerren macht sie verwundbar.«

»Wenn man dort Menschen verstecken kann, kann man dort auch anderes verstecken«, knurrte Stilgar. »Eine Armee vielleicht. Oder das Frühstadium einer Melange-Kultivierung, die …«

»Man darf die Leute nicht in die Ecke drängen«, unterbrach ihn Alia. »Nicht, wenn man will, dass sie friedfertig bleiben.« Mit Bedauern stellte sie fest, dass sie in genau den Streit hineingezogen wurde, den sie vorhergesehen hatte.

»Also haben wir zehn Jahre lang vergeblich verhandelt«, sagte Irulan.

»Keine der Taten meines Bruders ist vergeblich«, sagte Alia.

Irulan nahm einen Stift in die Hand und umklammerte ihn so fest, dass ihre Knöchel weiß hervortraten. Paul erkannte, dass sie nach Art der Bene Gesserit um emotionale Kontrolle rang: Ihr Blick war durchdringend, aber nach innen gewandt, und sie atmete tief. Er konnte beinahe hören, wie sie in Gedanken die Litanei rezitierte. Schließlich sagte sie: »Was haben wir gewonnen?«

»Wir haben verhindert, dass die Gilde ihr Gleichgewicht zurückgewinnt«, erwiderte Chani.

»Wir wollen eine finale Konfrontation mit unseren Feinden vermeiden«, sagte Alia. »Wir haben kein besonderes Verlangen danach, sie zu töten. Es gibt schon genug Schlächterei unter dem Banner der Atreides.«

Sie spürt es auch, dachte Paul. Wie seltsam, welch zwanghafte Verantwortung sie beide für dieses kampfeslustige, götzenanbeterische Universum mit seinen Extremen der Ruhe und der ungezähmten

Bewegung empfanden. *Müssen wir sie vor sich selbst schützen? In jedem Moment spielen sie mit dem Nichts – leere Leben, leere Worte. Sie erwarten zu viel von mir.* Seine Kehle war wie zugeschnürt, als steckte darin etwas fest. Wie viele Augenblicke würde er verlieren? Welche Söhne? Welche Träume? War es den Preis wert, den ihm seine Visionen enthüllt hatten? Wer würde sich an die Lebenden einer fernen Zukunft wenden, wer würde zu ihnen sagen: »Wäre Muad'Dib nicht gewesen, gäbe es dich heute nicht.«

»Indem wir ihnen die Melange verweigern, lösen wir gar nichts«, sagte Chani zu Irulan. »Dann würden die Gildennavigatoren ihre Fähigkeit verlieren, in den Zeit-Raum zu blicken. Deine Bene-Gesserit-Schwestern würden ihren Wahrheitssinn verlieren. Einige Menschen würden vor ihrer Zeit sterben. Die Kommunikationsverbindungen würden zusammenbrechen. Wem würde man die Schuld geben?«

»Dazu würden sie es nicht kommen lassen«, erwiderte Irulan.

»Nicht?«, fragte Chani. »Warum nicht? Wer könnte der Gilde einen Vorwurf daraus machen? Offensichtlich würde ihnen nichts anderes übrig bleiben.«

»Wir unterzeichnen das Abkommen so, wie es ist«, sagte Paul.

Stilgar sah konzentriert auf seine Hände. »Mylord, eine Frage beschäftigt uns.«

»Ja?« Paul schenkte dem alten Fremen seine volle Aufmerksamkeit.

»Du verfügst über gewisse … Kräfte. Kannst du die Entente nicht trotz der Gilde orten?«

Kräfte!, dachte Paul. *Stilgar kann nicht einfach sagen: »Du kannst hellsehen. Kannst du nicht einen Weg in der Zukunft suchen, der nach Tupile führt?«* Er blickte auf die goldene Tischplatte. Es war immer das gleiche Problem: Wie konnte er die Grenzen des Artikulierbaren artikulieren? Sollte er von Fragmentierung sprechen, der natürlichen Bestimmung aller Macht? Wie konnte sich jemand, der die durch das Gewürz hervorgebrachte Hellsicht nie erlebt hatte, ein Bewusstsein vorstellen, das keine lokalisierte Raumzeit enthielt, keinen persönlichen Bildvektor, keine dazugehörigen sensorischen Fixpunkte?

Er sah Alia an und stellte fest, dass ihre Aufmerksamkeit auf Irulan gerichtet war. Alia nahm seine Bewegung wahr, warf ihm einen Blick zu und deutete mit dem Kopf unmerklich auf die Prinzessin. Ah, ja: Jede Antwort, die sie gaben, würde ihren Weg in einen von Irulans Berichten an die Bene Gesserit finden. Die Schwesternschaft würde ihre Suche nach einer Lösung für das Rätsel des Kwisatz Haderachs nie aufgeben.

Aber Stilgar verdiente irgendeine Art von Antwort. Und Irulan auch.

»Die Uneingeweihten versuchen sich die Hellsicht als etwas vorzustellen, das einem *Naturgesetz* gehorcht«, sagte Paul und legte die Fingerspitzen vor seinem Gesicht aneinander. »Aber es wäre ebenso zutreffend, zu behaupten, dass der Himmel zu uns spricht, dass die Fähigkeit, in der Zukunft zu lesen, ein harmonischer Akt des menschlichen Seins ist. Mit anderen Worten: Die Hellsicht ist eine natürliche Konsequenz aus der Wellenform des Gegenwärtigen. Sie trägt die Larve des Natürlichen, versteht ihr? Doch solche Kräfte kann man nicht aus einer Haltung heraus einsetzen, die Ziele und Zwecke im Vorhinein festlegt. Bestimmt ein Stück Holz, das von einer Welle mitgetragen wird, wohin es unterwegs ist? Das Orakel kennt weder Ursache noch Wirkung. Ursachen werden zu Orten der Konvektion und des Zusammenflusses, an denen die Strömungen aufeinandertreffen. Wenn man die Hellsicht für sich akzeptiert, dann füllt man sein Wesen mit Vorstellungen, die dem Intellekt zuwider sind. Deshalb weist das intellektuelle Bewusstsein sie zurück. Aber indem der Intellekt sie zurückweist, wird er zum Teil dieser Vorgänge – und ihnen damit unterworfen.«

»Du kannst es also nicht?«, fragte Stilgar.

Paul sprach in Irulans Richtung: »Wenn ich mit meiner Hellsicht Tupile sehen würde, dann würde Tupile dadurch womöglich versteckt.«

»Chaos!«, protestierte Irulan. »Das ist … das ist einfach nicht schlüssig!«

»Ich erwähnte bereits, dass es keinem Naturgesetz gehorcht«, sagte Paul.

»Dann sind dem, was du mit deinen Kräften schauen oder tun kannst, also Grenzen gesetzt?«, sagte Irulan.

Bevor Paul etwas erwidern konnte, sagte Alia: »Liebe Irulan, die Hellsicht kennt keine Grenzen. Das ist nicht schlüssig? Nun, Schlüssigkeit ist keine notwendige Eigenschaft des Universums.«

»Aber er hat gesagt …«

»Wie kann dir mein Bruder eindeutige Informationen über die Beschränkungen von etwas Unbeschränktem geben? Seine Grenzen entziehen sich dem Intellekt.«

Das war gemein von Alia, dachte Paul. Ihre Worte mussten Irulan alarmieren, die ihre Gedanken sorgsam zu ordnen pflegte und dabei so abhängig war von Werten, die sich von präzisen Beschränkungen ableiteten. Sein Blick wanderte zu Korba, der in einer Pose religiöser Andacht dasaß – *der mit der Seele lauschte*. Wie konnte sich der Qizarat dieses Gespräch zunutze machen? Um weitere religiöse Mysterien zu erzeugen? Ehrfurcht hervorzurufen? Zweifellos.

»Dann unterschreibst du also das Abkommen in seiner gegenwärtigen Form?«, fragte Stilgar.

Paul lächelte. Stilgar hatte entschieden, dass die Frage des Hellsehens damit erledigt war. Ihm ging es nur um den Sieg, nicht darum, der Wahrheit auf den Grund zu gehen. Frieden, Gerechtigkeit und verlässliche Einkünfte – das war es, was Stilgars Universum Halt gab. Er wollte etwas Sichtbares und Wirkliches: eine Unterschrift auf einem Abkommen.

»Ich unterschreibe«, sagte Paul.

Stilgar griff nach einer weiteren Mappe. »Die jüngsten Meldungen von unseren Feldkommandeuren im Sektor Ixian berichten von Agitatoren, die eine Verfassung fordern.« Der alte Fremen warf Chani einen Blick zu, die mit den Schultern zuckte.

Irulan, die ihre Augen geschlossen und beide Hände an die Stirn gelegt hatte, um sich etwas mnemonisch einzuprägen, öffnete sie nun wieder und musterte Paul eindringlich.

»Die Ixianische Konföderation bietet an, sich zu unterwerfen«, sagte Stilgar. »Aber ihre Unterhändler halten die Steuern, die sie an das Imperium abführen sollen, für ...«

»Sie wollen meinem Willen als Imperator rechtlich einschränken«, sagte Paul. »Und wer soll über mich bestimmen? Der Landsraad? Die MAFEA?«

Stilgar zog ein Blatt Instroy-Papier aus der Mappe. »Einer unserer Agenten hat dieses Memorandum von einer MAFEA-Minderheitenfraktionssitzung übermittelt.« Er las das verschlüsselte Schreiben mit ausdrucksloser Stimme vor: »Der Thron muss bei seinem Versuch, ein Machtmonopol zu erlangen, aufgehalten werden. Wir müssen die Wahrheit über den Atreides aussprechen, darlegen, wie er unter dem dreifachen Deckmantel der Landsraadsgesetze, der religiösen Maßnahmen und der bürokratischen Effizienz manövriert.« Der alte Fremen legte das Papier zurück in die Mappe.

»Eine Verfassung«, murmelte Chani.

Paul warf ihr einen Blick zu und sah dann wieder zu Stilgar. *Und so kommt der Dschihad ins Stocken*, dachte er. *Aber nicht früh genug, um mich zu retten.* Der Gedanke löste in ihm eine starke emotionale Anspannung aus. Er erinnerte sich an seine frühesten Visionen des aufziehenden Dschihads, an den Schrecken und die Abscheu, die er dabei empfunden hatte. Inzwischen waren ihm weit schrecklichere Visionen zuteil geworden: Er hatte mit der tatsächlichen Gewalt gelebt. Er hatte gesehen, wie seine Fremen, erfüllt von einer mystischen Kraft, alles in ihrer Bahn hinweggefegt hatten. Der Dschihad wurde nun um eine neue Perspektive erweitert. Natürlich war er begrenzt, im Maßstab der Ewigkeit nur ein kurzes Erzittern, aber jenseits dessen lagen Schrecken, die alles Vorangegangene in den Schatten stellten.

Und all das in meinem Namen, dachte Paul.

»Vielleicht könnte man ihnen *formal* eine Verfassung zugestehen«, schlug Chani vor. »Es muss ja keine echte sein.«

»Die Täuschung ist ein Mittel der Staatskunst«, pflichtete ihr Irulan bei.

Paul sagte: »Die Macht hat ihre Grenzen. Die, die ihre Hoffnungen in eine Verfassung setzen, stellen das früher oder später fest.«

Jetzt erwachte Korba aus seiner andächtigen Pose und straffte sich. »Mylord?«

»Ja?«, sagte Paul und dachte: *Sieh an! Da haben wir einen, der vielleicht insgeheim Sympathien für eine imaginäre Herrschaft des Gesetzes hegt.*

»Wir könnten vorerst eine religiöse Verfassung einführen«, sagte Korba. »Etwas für die Gläubigen, die …«

»Nein!«, schnappte Paul. »Wir fassen einen Ratsbeschluss. Irulan, zeichnest du das auf?«

»Ja, Mylord.« Irulans Tonfall war eisig angesichts der unwürdigen Rolle, die Paul ihr aufzwang.

»Verfassungen arten in ultimative Tyrannei aus«, sagte Paul. »Sie sind organisierte Macht in einem Maßstab, der alles andere übersteigt. Die Verfassung ist die mobilisierte Macht der Gesellschaft, und sie kennt kein Gewissen. Sie kann die Höchsten und die Niedersten zerschmettern und beraubt sie aller Würde und Individualität. Sie kennt kein Gleichgewicht und keine Beschränkungen. Ich hingegen kenne Beschränkungen. In meinem Wunsch, meinem Volk den bestmöglichen Schutz zukommen zu lassen, verbiete ich eine Verfassung. Ratsbeschluss, heutiges Datum und so weiter.«

»Was ist mit den Bedenken der Ixianer wegen der Steuern, Mylord?«, fragte Stilgar.

Paul zwang sich, seine Aufmerksamkeit von Korbas finsterer, wütender Miene zu lösen, und sagte: »Hast du einen Vorschlag, Stil?«

»Die Besteuerung muss unserer Kontrolle unterliegen, Sire.«

»Unser Preis für meine Unterschrift auf dem Abkommen von Tupile ist, dass sich die Ixianische Konföderation unserer Besteuerung unterwirft. Ohne die Transportschiffe der Gilde kann die Konföderation keinen Handel treiben. Sie werden also zahlen.«

»Sehr wohl, Mylord.« Stilgar zog eine neue Mappe hervor und räusperte sich. »Der Bericht des Qizarat zu Salusa Secundus. Irulans Vater hat seine Legionen Landemanöver abhalten lassen.«

Etwas auf Irulans linker Handfläche erregte ihr Interesse. Eine Ader pulsierte an ihrem Hals.

»Irulan«, sagte Paul. »Willst du uns immer noch erzählen, dass diese eine Legion deines Vaters nichts weiter als ein Spielzeug ist?«

Die Prinzessin sah Paul aus zu Schlitzen verengten Augen an. »Was sollte er mit einer einzigen Legion ausrichten?«

»Wenn er nicht aufpasst, bringt er sich damit um«, sagte Chani.

Paul nickte. »Und man wird mir die Schuld geben.«

»Ich kenne da einige Dschihad-Kommandanten«, sagte Alia, »die sofort über ihn herfallen würden, sollten sie von dieser Sache erfahren.«

»Aber es ist nur seine Polizeitruppe«, protestierte Irulan.

»Dann muss sie auch keine Landemanöver abhalten«, sagte Paul. »Ich schlage vor, dass deine nächste Mitteilung an deinen Vater eine offene und direkte Erörterung meiner Ansichten bezüglich seiner prekären Lage enthalten wird.«

Irulan senkte den Blick. »Ja, Mylord. Ich hoffe, damit ist die Sache erledigt. Mein Vater würde wohl einen guten Märtyrer abgeben.«

»Hm«, sagte Paul. »Meine Schwester wird den besagten Kommandanten nur dann eine Nachricht zukommen lassen, wenn ich es ihr befehle.«

»Ein Angriff auf meinen Vater birgt Risiken, die über die offensichtlichen militärischen hinausgehen«, erwiderte Irulan. »Viele

Menschen blicken mit einer gewissen nostalgischen Wehmut auf seine Herrschaft zurück.«

»Eines Tages wirst du zu weit gehen«, sagte Chani mit ihrer todernsten Fremen-Stimme.

»Das reicht jetzt!«, knurrte Paul. Er wägte Irulans Worte über die nostalgischen Gefühle der Menschen ab. Nun, es war etwas Wahres daran. Und wieder hatte Irulan ihren Wert unter Beweis gestellt.

»Die Bene Gesserit schicken ein förmliches Gesuch«, sagte Stilgar und legte dabei eine weitere Mappe auf den Tisch. »Sie möchten mit dir über die Bewahrung deiner Abstammungslinie sprechen.«

Chani warf einen Blick auf die Mappe, als würde sie eine todbringende Vorrichtung enthalten.

»Übermittle der Schwesternschaft die üblichen Ausflüchte«, sagte Paul.

»Ist das nötig?«, fragte Irulan.

»Vielleicht«, sagte Chani, »ist jetzt der richtige Zeitpunkt, um diese Angelegenheit zu besprechen.«

Paul schüttelte ruckartig den Kopf. Sie konnten nicht wissen, dass dies ein Teil des Preises war, den zu bezahlen er sich noch nicht endgültig entschieden hatte.

Aber Chani war nicht zu bremsen. »Ich war an der Gebetsmauer des Sietch Tabr, wo ich geboren wurde. Ich habe mich den Untersuchungen der Ärzte unterzogen. Ich habe in der Wüste gekniet und meine Gedanken in die Tiefen gesandt, in denen Shai-Hulud lebt. Und doch« – sie zuckte mit den Schultern – »ohne Ergebnis.«

Paul dachte: *Wissenschaft und Aberglaube haben sie gleichermaßen im Stich gelassen. Lasse auch ich sie im Stich, indem ich ihr verschweige, welche Folgen ein Erbe für das Haus Atreides haben wird?* Er sah auf und stellte fest, dass in Alias Augen ein Ausdruck des Mitgefühls getreten war. Die Vorstellung, von seiner Schwester bemitleidet zu werden, stieß ihn ab. Hatte auch sie diese schreckliche Zukunft gesehen?

»Mylord sollte wissen, in welcher Gefahr sich sein Reich befindet, solange er keinen Erben hat«, sagte Irulan und gab ihrer Stimme mithilfe der Bene-Gesserit-Kräfte einen öligen, überzeugenden Klang. »Natürlich befasst man sich nicht gerne mit solchen Angelegenheiten, aber nichtsdestotrotz müssen sie offen zur Sprache gebracht werden. Ein Imperator ist nicht nur ein Mann. Er ist eine Symbolfigur für das Reich. Wenn er ohne Erben stirbt, kommt es unweigerlich zu Unruhen. Da du dein Volk liebst, kannst du es nicht einfach so im Stich lassen.«

Paul stieß sich vom Tisch ab, stand auf und ging zu den Balkonfenstern. Draußen in der Stadt drückte ein Wind die Rauchfahnen der Feuer nieder. Der Himmel zeigte sich in einem dunkler werdenden Silberblau, das durch den vom Schildwall herabwehenden Staub aufgehellt wurde. Paul starrte nach Süden in Richtung der Felswand, die sein nördliches Reich vor dem Corioliswind schützte, und fragte sich, warum er keinen vergleichbaren Schild für seinen inneren Frieden fand.

Der Rat saß schweigend hinter ihm. Alle wussten, wie nahe er einem Zornesausbruch war.

Paul spürte, wie die Zeit auf ihn einströmte, und versuchte, sich in einen Ruhezustand, in ein Gleichgewicht zwischen zahlreichen Möglichkeiten zu zwingen, von wo aus er eine neue Zukunft würde gestalten können.

Löse dich … löse dich … löse dich, dachte er. Was würde geschehen, wenn er Chani nahm und einfach mit ihr fortging, mit ihr Zuflucht auf Tupile suchte? Sein Name würde zurückbleiben. Der Dschihad würde neue und schrecklichere Zentren finden, um die er kreisen konnte. Und auch dafür würde man ihm die Schuld geben. Plötzlich hatte er Angst, dass, wenn er die Hand nach etwas Neuem ausstreckte, er das fallen lassen würde, was ihm am kostbarsten war – dass selbst der geringste Laut von ihm das Universum zurückbranden lassen konnte, sodass er nie wieder auch nur den kleinsten Zipfel von ihm zu fassen bekommen würde.

Auf dem Platz unter ihm war unterdessen eine in das Grün und Weiß der Hadsch gekleidete Pilgergruppe eingetroffen. Sie folgte in einer lückenhaften Reihe einem weit ausschreitenden Führer aus Arrakeen. Ihr Anblick erinnerte Paul daran, dass der Empfangssaal mittlerweile voll von Bittstellern sein musste. Pilger! Ihre gewollte Heimatlosigkeit war zu einer ekelerregenden Quelle des Reichtums für sein Imperium geworden. Die Hadsch füllte die Raumwege mit religiösen Vagabunden. Sie kamen und kamen und kamen.

Wie habe ich das nur in Gang gesetzt?, fragte er sich.

Aber natürlich hatte es sich selbst in Gang gesetzt. Es lag in den Genen, die über Jahrhunderte hinweg auf solch ein kurzes Erzittern hinarbeiten konnten.

Getrieben von diesem tiefsten religiösen Instinkt, kam das Volk auf der Suche nach Wiederauferstehung. Hier endete die Pilgerfahrt: »Arrakis, der Ort der Wiedergeburt, der Ort des Sterbens«.

Manch alter Fremen behauptete höhnend, dass Paul nur das Wasser der Pilger wollte.

Was suchten die Pilger tatsächlich?, fragte sich Paul. Sie sagten, sie kämen zu einem heiligen Ort. Aber sie mussten doch wissen, dass das Universum keine paradiesische Quelle enthielt, kein Tupile für die Seele war. Sie nannten Arrakis den Ort des Unbekannten, wo alle Mysterien erklärt wurden. Eine Verbindung zwischen diesem Universum und dem nächsten. Und das Beängstigende daran war, dass sie bei ihrer Abreise äußerst befriedigt schienen.

Was finden sie hier?

In ihrer religiösen Hingabe erfüllten sie die Straßen mit reichlich Geschrei, als würde es sich bei der Stadt um ein seltsames Vogelhaus handeln. Ja, die Fremen bezeichneten sie sogar als »Zugvögel«. Und die wenigen, die hier starben, nannte man »geflügelte Seelen«.

Mit einem Seufzer dachte Paul daran, wie jeder neue Planet, den sich seine Legionen unterwarfen, neue Pilger hervorbrachte. Sie kamen aus Dankbarkeit für »den Frieden Muad'Dibs«.

Überall herrscht Frieden. Überall … nur nicht im Herzen Muad'Dibs.

Paul spürte, dass ein Teil von ihm in ewiger, eisiger Finsternis lag. Seine hellseherischen Kräfte stellten das Bild des Universums, das sich die Menschheit machte, infrage. Er hatte die Sicherheiten des Kosmos erschüttert, hatte sie durch seinen Dschihad ersetzt. Er hatte das Universum der Menschen im Kampf, im Denken und in der Vorhersage überwunden, und dennoch erfüllte ihn die Gewissheit, dass sich ihm dieses Universum nach wie vor entzog.

Dieser Planet unter seinen Füßen, der auf seinen Befehl von einer Wüste in ein wasserreiches Paradies verwandelt werden sollte – dieser Planet lebte. Er hatte einen Puls, so lebendig wie der eines Menschen. Er kämpfte gegen ihn an, leistete Widerstand, missachtete seine Befehle …

Eine Hand schob sich zwischen Pauls Finger. Als er hinabblickte, sah er Chanis besorgtes Gesicht. Ihre Augen schienen ihn aufzusaugen. »Bitte, Geliebter«, flüsterte sie, »kämpfe nicht mit deinem Ruh-Selbst.« Ein Schwall an Emotionen drang durch ihre Hand in ihn und gab ihm Energie.

»Sihaya«, flüsterte er.

»Wir müssen in die Wüste, schon bald«, erwiderte sie mit leiser Stimme.

Paul drückte ihre Hand, ließ sie dann los und kehrte zum Tisch zurück. Er blieb jedoch stehen, während Chani wieder ihren Platz einnahm.

Irulan hielt den Blick auf Stilgars Papiere gerichtet. Ihr Mund war eine dünne Linie.

»Irulan schlägt sich selbst als Mutter für den Erben des Imperiums vor«, sagte Paul. Er sah erst zu Chani, dann zu Irulan, die seinen Blick jedoch nicht erwiderte. »Wir alle wissen, dass sie keine Liebe für mich empfindet.«

Irulan regte sich nicht.

»Ich kenne die politischen Argumente«, fuhr Paul fort. »Es sind die menschlichen Argumente, die mich beschäftigen. Ich denke, wenn die Prinzessinenkonkubine nicht an die Befehle der Bene Gesserit gebunden wäre, wenn sie nicht aus dem Verlangen nach persönlicher Macht heraus handeln würde, wäre meine Reaktion eine ganz andere. Doch so, wie die Dinge liegen, lehne ich ihren Vorschlag ab.«

Irulan holte zitternd tief Luft.

Paul setzte sich. Er hatte noch nie erlebt, wie sie so sehr die Kontrolle über sich verlor. Er beugte sich in ihre Richtung und sagte: »Irulan, es tut mir aufrichtig leid.«

Die Prinzessin hob das Kinn. Reine Wut brannte in ihren Augen. »Ich will dein Mitleid nicht!«, fauchte sie und wandte sich Stilgar zu. »Gibt es noch mehr dringliche oder ernste Angelegenheiten?«

Stilgar, der den Blick starr auf Paul gerichtet hielt, sagte: »Eine Sache noch, Mylord. Die Gilde schlägt einmal mehr vor, einen offiziellen Botschafter nach Arrakis zu entsenden.«

»Eines der Tiefraumgeschöpfe?«, fragte Korba, die Stimme von fanatischer Abscheu erfüllt.

Stilgar nickte. »Das ist anzunehmen.«

»Eine Angelegenheit, die wir mit äußerster Vorsicht behandeln müssen, Mylord«, sagte Korba. »Dem Rat der Naibs würde es nicht gefallen, wenn ein echter Gildenmann nach Arrakis käme. Der Boden, auf den ein solches Wesen tritt, ist verpestet.«

»Sie leben in Tanks und berühren den Boden nicht«, erwiderte Paul und machte dabei keinen Hehl aus seiner Verärgerung.

»Womöglich nehmen die Naibs die Dinge selbst in die Hand, Mylord«, sagte Korba.

Paul starrte ihn finster an.

»Sie sind immer noch Fremen, Mylord«, beharrte Korba. »Wir erinnern uns noch gut daran, dass die Gilde unsere Unterdrücker hierher gebracht hat. Wir haben nicht vergessen, wie sie uns ein

Gewürzschutzgeld abgepresst haben, damit sie unsere Geheimnisse vor unseren Feinden bewahren. Sie haben uns ausgeblutet, bis …«

»Genug!«, fuhr ihn Paul an. »Glaubst du etwa, *ich* hätte das vergessen?«

Als sei ihm erst jetzt die Tragweite seiner Worte klar geworden, stotterte Korba etwas Unverständliches und sagte dann: »Mylord, vergib mir. Ich wollte nicht infrage stellen, dass du ein Fremen bist. Ich meinte …«

»Sie werden einen Steuermann schicken«, sagte Paul. »Und es ist unwahrscheinlich, dass ein Steuermann hierherkommt, wenn er dabei eine Gefahr vorhersieht.«

Irulan, deren Mund vor Angst plötzlich ganz trocken wurde, fragte: »Hast du … hast du *gesehen*, dass ein Steuermann hierherkommen wird?«

»Natürlich habe ich keinen Steuermann *gesehen*«, erwiderte Paul und ahmte dabei ihren Tonfall nach. »Aber ich kann sehen, wo ein Steuermann war und wo er hingeht. Sollen sie uns einen Steuermann schicken. Vielleicht habe ich Verwendung für so jemanden.«

»Damit ist es befohlen«, sagte Stilgar.

Und Irulan verbarg ein Lächeln hinter ihrer Hand und dachte: *Dann ist es also wahr. Unser Imperator kann einen Steuermann nicht sehen. Sie sind für einander blind. Die Verschwörung bleibt im Dunkeln.*

Und einmal mehr beginnt das Drama.

– Imperator Paul Muad'Dib
beim Besteigen des Löwenthrons

Durch ihr Guckloch spähte Alia hinab in den großen Empfangssaal und sah, wie sich die Gildenleute mit ihrem Gefolge näherten.

Die klaren, silbernen Strahlen der Mittagssonne ergossen sich durch die Lichtgaden auf einen Boden aus grünen, blauen und eierschalenweißen Kacheln und erzeugten die Illusion eines Flusses voller Wasserpflanzen mit einem exotischen Farbklecks hier und da, der ein Vogel oder ein anderes Tier sein könnte.

Die Gildenleute bewegten sich wie Jäger in einem bizarren Dschungel über das Kachelmuster. Sie bildeten eine Anordnung von grauen Gewändern, schwarzen Gewändern, orangefarbenen Gewändern – alle täuschend willkürlich um den durchsichtigen Behälter angeordnet, in dessen Innerem der Steuermann-Botschafter im orangefarbenen Gas trieb. Der Behälter schwebte auf einem Kraftfeld und wurde von zwei grau gewandeten Bediensteten gezogen – wie ein Schiff, das man ins Dock holte.

Direkt unterhalb von Alia saß Paul auf dem erhöhten Löwenthron. Er hatte die neue offizielle Krone mit den Fisch- und Faust-Emblemen aufgesetzt und seinen übrigen Körper mit der juwelenbesetzten Herrschertracht bedeckt. Um ihn herum schimmerte sein persönliches Kraftfeld. Links und rechts von ihm standen seine Leibwächter wie Schwingen auf Podest und Stufen. Stilgar hatte sich zwei Stufen unterhalb von Pauls rechter Hand positioniert – in weißer Robe und mit einem gelben Seil als Gürtel.

Ihr schwesterliches Einfühlungsvermögen verriet Alia, dass in Paul die gleiche Erregung brodelte wie in ihr, wobei sie allerdings bezweifelte, dass irgendjemand sonst etwas davon bemerkte. Pauls Aufmerksamkeit war auf einen der Gildenleute gerichtet, der ein orangefarbenes Gewand trug und dessen blind starrende Metallaugen weder nach rechts noch links sahen. Dieser Mann bewegte sich an der vorderen rechten Ecke des Trupps wie ein militärischer Kundschafter. Unter seinem lockigen schwarzen Haar war ein ziemlich flaches Gesicht zu erkennen, und soweit man seine Gestalt unter der Robe ausmachen konnte, zeugte jede seiner Gesten von einer bekannten Identität.

Es war Duncan Idaho.

Es konnte nicht Duncan Idaho sein – und doch war er es.

Die eingeschlossenen Erinnerungen, die Alia im Mutterleib aufgenommen hatte, als Jessica ihre Gewürzverwandlung durchlaufen hatte, identifizierten den Mann mittels einer Rihani-Entschlüsselung, die jede Art von Täuschung durchdrang. Sie wusste, dass Paul ihn aus der Perspektive unzähliger persönlicher Erlebnisse sah, geprägt von Dankbarkeit und von dem, was die beiden in seiner Jugend miteinander geteilt hatten.

Es war Duncan.

Alia erschauerte. Es gab nur eine mögliche Lösung für dieses Rätsel: Es musste sich um einen Tleilaxu-Ghola handeln, ein Geschöpf, das man aus dem toten Fleisch des Originals rekonstruiert hatte. Dieses Original war vor langer Zeit während des Harkonnen-Überfalls zu Tode gekommen. Ja, es konnte sich hier nur um ein Produkt der Axolotl-Tanks handeln.

Der Ghola bewegte sich mit der stolzen Wachsamkeit eines Schwertmeisters. Als der Tank des Botschafters zehn Schritte vor den Stufen des Podests zum Halt kam, blieb auch er stehen.

Wie es die Art der Bene Gesserit war, las Alia unwillkürlich die Zeichen von Pauls Beunruhigung. Ihr Bruder sah die Gestalt aus seiner Vergangenheit jetzt nicht mehr an – er sah sie nicht an, sondern *starrte* mit jeder Faser seines Seins. Seine Muskeln spannten sich unter der Haut, während er dem Gildengesandten zunickte und sagte: »Wie ich höre, ist Ihr Name Edric. Wir heißen Sie an unserem Hof willkommen, in der Hoffnung, damit ein neues und besseres Verständnis zwischen uns herbeizuführen.«

Der Steuermann lehnte sich in dem orangefarbenen Gas zurück und steckte sich eine Melangekapsel in den Mund, eher er Pauls Blick begegnete. Der winzige Signalwandler, der um eine Ecke seines Tanks kreiste, gab einen hustenden Laut wieder und ließ dann eine krächzende, teilnahmslose Stimme erklingen: »Ich knie vor meinem Imperator und bitte um die Erlaubnis, meine Dokumente und ein bescheidenes Geschenk zu überreichen.«

Ein Gildenmann gab Stilgar eine Schriftrolle. Dieser studierte sie, runzelte die Stirn und nickte Paul dann zu. Sowohl Stilgar als auch Paul wandten sich darauf dem Ghola zu, der geduldig am Fuß des Podests wartete.

»Tatsächlich hat mein Imperator bereits erkannt, worum es sich bei dem Geschenk handelt«, sagte Edric.

»Wir heißen Sie hier willkommen, Gesandter«, erwiderte Paul. »Erklären Sie das Geschenk.«

Edric rollte im Tank herum und sah den Ghola an. »Dies ist ein Mann namens Hayt.« Er buchstabierte den Namen. »Laut unserer Ermittler hat er einen höchst ungewöhnlichen Hintergrund. Er wurde hier auf Arrakis getötet … durch eine schwere Kopfverletzung, nach der seine Organe über viele Monate hinweg nachgezüchtet werden mussten. Sein Leichnam wurde an die Bene Tleilax als der eines Schwestermeisters der Ginaz-Schule verkauft. Uns wurde schließlich klar, dass es sich um Duncan Idaho handeln musste, den treuen Gefolgsmann Ihrer Familie. Wir haben ihn als Geschenk, das eines Imperators würdig ist, gekauft.« Edric blickte zu Paul auf. »Ist das hier nicht Idaho, Sire?«

Paul bemühte sich um einen kontrollierten, zurückhaltenden Tonfall. »Er hat sein äußeres Erscheinungsbild.«

Sieht Paul etwas, das ich nicht sehe?, fragte sich Alia. *Nein! Es ist Duncan!*

Der Mann namens Hayt stand unbewegt da, die Metallaugen nach vorne gerichtet, entspannt. Es war ihm nicht anzusehen, ob er begriff, dass von ihm die Rede war.

»Nach allem, was wir wissen, handelt es sich um Idaho«, sagte Edric.

»Und er hat jetzt den Namen Hayt«, sagte Paul. »Ein merkwürdiger Name.«

»Mylord, niemand kann sagen, unter welchen Gesichtspunkten die Tleilaxu ihre Namen vergeben«, erwiderte Edric. »Aber Namen kann man ändern. Sein Tleilaxu-Name ist von geringer Bedeutung.«

Dieser Mann ist eine Tleilaxu-Schöpfung, dachte Paul. *Da liegt das Problem.* Die Bene Tleilax hatten kaum eine Bindung an die Welt der natürlichen Phänomene. Ihre Philosophie lehrte eine eigenartige Vorstellung von Gut und Böse. Was hatten sie Duncans Fleisch wohl hinzugefügt – gezielt oder aus einer Laune heraus?

Paul warf einen kurzen Blick zu Stilgar und sah, dass der alte Fremen von abergläubischer Ehrfurcht erfüllt war – ein Gefühl, das in Pauls gesamter Fremen-Leibwache Widerhall fand. Ganz bestimmt fragte sich Stilgar, welch abscheuliche Bräuche die Gildenleute und die Tleilaxu wohl mit ihren Gholas pflegten.

Paul wandte sich dem Ghola zu und sagte: »Hayt? Ist das dein einziger Name?«

Ein sanftes Lächeln trat auf das dunkle Gesicht des Gholas. Der Blick der metallenen Augen hob sich, richtete sich auf Paul, starrte dabei jedoch weiter mechanisch geradeaus. »So werde ich genannt, Mylord. Hayt.«

In der Dunkelheit hinter ihrem Gucklock erbebte Alia. Es war Idahos Stimme. Ein Klang, der sich ihr bis in jede Zelle präzise eingeprägt hatte.

»Ich hoffe, es erfreut meinen Herrn«, fuhr der Ghola fort, »wenn ich sage, dass mir der Klang seiner Stimme angenehm ist. Die Bene Tleilax sagen, dies wäre ein Zeichen dafür, dass ich diese Stimme schon einmal gehört habe … früher.«

»Aber du weißt das nicht mit Sicherheit.«

»Ich weiß nichts über meine Vergangenheit mit Sicherheit, Mylord. Man hat mir erklärt, dass ich unmöglich Erinnerungen an mein vorheriges Leben haben kann. Was von früher geblieben ist, ist das durch meine Gene festgelegte Muster. Es gibt allerdings Nischen, in die sich einst Vertrautes wieder einfügen kann. Stimmen, Orte, Speisen, Gesichter, Klänge, Handlungen – ein Schwert in meiner Hand, die Steuerung eines Thopters …«

Paul fiel auf, wie konzentriert der Gildenmann das Gespräch verfolgte, und fragte: »Ist dir bewusst, dass du ein Geschenk bist?«

»Man hat es mir erklärt, Mylord.«

Paul lehnte sich zurück und legte die Hände auf die Armlehnen des Throns. *Was bin ich Duncans Fleisch schuldig? Der Mann ist gestorben, um mein Leben zu retten. Aber das hier ist nicht Idaho, sondern ein Ghola.* Und doch standen vor ihm jener Körper und jener Geist, die Paul beigebracht hatten, einen Thopter so zu fliegen, als würde er dessen Schwingen an den eigenen Schultern tragen. Auch konnte Paul kein Schwert in die Hand nehmen, ohne sich dabei auf die harte Ausbildung zu stützen, die ihm Duncan hatte angedeihen lassen. Ein Ghola. Ein Leib voller falscher Eindrücke, die sich leicht missdeuten ließen. Alte Assoziationen blieben erhalten. *Duncan Idaho.* Es handelte sich nicht so sehr um eine Maske, die der Ghola trug, sondern eher um das locker sitzende Gewand einer Persönlichkeit, das sich anders bewegte als das, was die Tleilaxu darunter verborgen hatten – was immer das war.

Paul räusperte sich. »Und wie kannst du uns zu Diensten sein?«

»Auf jede Weise, die Mylord wünschen und meine Fähigkeiten erlauben.«

Alia, die nach wie vor von oben zusah, war von der Bescheidenheit des Gholas gerührt. Sie bemerkte kein Zeichen von Unaufrichtigkeit an ihm. Dieser neue Duncan Idaho strahlte etwas ganz und gar Unschuldiges aus. Das Original war weltgewandt und tollkühn gewesen, doch aus diesem Körper hatte man all das getilgt. Er war eine reine Oberfläche, auf die die Tleilaxu etwas geschrieben hatten … nur was?

In diesem Moment wurden ihr die Gefahren bewusst, die dieses Geschenk in sich barg. Es kam von den Tleilaxu, und die Tleilaxu legten bei ihren Schöpfungen eine beunruhigende Hemmungslosigkeit an den Tag. Oft wurde ihr Handeln von ungezügelter Neugier gelenkt. Sie prahlten damit, aus dem richtigen menschlichen Rohmaterial *alles* erschaffen zu können: Teufel oder Heilige. Sie verkauften Killermentaten. Sie hatten auch schon einen Killerarzt erzeugt, indem sie die Suk-Blockade, die Ärzte daran hinderte, menschliches Leben zu nehmen, überwunden hatten. Zu den von ihnen gehandelten Waren gehörte willige Arbeiter, Sexspielzeuge für jede Laune, Soldaten, Generäle, Philosophen und dann und wann sogar ein Moralist.

Paul regte sich und blickte zu Edric. »Wie hat man dieses … *Geschenk* ausgebildet?«

»Wenn Mylord gestatten«, erwiderte der Botschafter, »die Tleilaxu hielten es für unterhaltsam, diesen Ghola als Mentaten und Zensunni-Philosophen auszubilden. Dafür wollten sie seine Fähigkeiten im Schwertkampf verbessern.«

»Und ist ihnen das gelungen?«

»Das weiß ich nicht, Mylord.«

Paul dachte über diese Antwort nach. Sein Wahrheitssinn sagte ihm, dass Edric den Ghola tatsächlich für Idaho hielt. Aber es steckte noch mehr dahinter. Die Wasser der Zeit, durch die sich dieser hellseherische Steuermann bewegte, wiesen auf Gefahren hin, ohne sie dem Blick preiszugeben. *Hayt.* Sein Tleilaxu-Name deutete auf eine Bedrohung hin. Paul bemerkte, dass er versucht war, das Geschenk abzulehnen. Aber noch während er diese Versuchung in sich spürte, wurde ihm bewusst, dass er sich nicht so entscheiden konnte. Dieser Körper stellte Ansprüche an das Haus Atreides – ein Umstand, um den der Feind sehr wohl wusste.

»Ein Zensunni-Philosoph also«, sagte Paul und betrachtete den Ghola. »Hast du deine eigene Rolle und deine eigenen Beweggründe analysiert?«

»Ich trete meinen Dienst in einer Haltung der Demut an, Sire. Ich bin ein gesäuberter Geist, reingewaschen von den Zwängen meiner menschlichen Vergangenheit.«

»Möchtest du Hayt genannt werden – oder lieber Duncan Idaho?«

»Mylord dürfen mich nennen, wie er wünscht, denn ich bin nicht mein Name.«

»Aber bereitet dir der Name Duncan Idaho *Freude*?«

»Ich glaube, dass das mein Name war, Sire. Er passt zu mir. Und doch … ruft er eigenartige Gefühle wach. Ich denke, dass ein Name neben angenehmen Assoziationen auch viel Unangenehmes mit sich bringt.«

»Was ist dir das Angenehmste?«

Ganz unerwartet musste der Ghola kurz lachen. Dann sagte er: »Bei anderen nach Zeichen zu suchen, die etwas über mein früheres Selbst offenbaren.«

»Siehst du hier solche Zeichen?«

»O ja, Mylord. Ihr Mann Stilgar dort ist hin- und hergerissen zwischen Misstrauen und Bewunderung. Er war mit meinem früheren Ich befreundet, aber dieser Ghola-Leib stößt ihn ab. Sie, Mylord, haben den Mann, der ich einmal war, bewundert … und Sie haben ihm vertraut.«

»Ein gesäuberter Geist … Wie kann sich ein gesäuberter Geist an uns binden?«

»Binden, Mylord? Der gesäuberte Geist trifft Entscheidungen im Angesicht unbekannter Variablen und ohne Ursache und Wirkung. Ist das eine Bindung?«

Paul zog eine finstere Miene. Das war ein Zensunni-Ausspruch, so rätselhaft wie treffend – durchtränkt von einem Glauben, der bei geistigen Handlungen jegliche objektive Funktion bestritt. *Ohne Ursache und Wirkung!* Derartige Vorstellungen erschütterten den Verstand. *Unbekannte Variablen?* Jeder Entscheidung lagen unbekannte Variablen zugrunde, selbst mit dem hellseherischen Blick. »Wäre es dir also lieber, wenn wir dich Duncan Idaho nennen?«

»Wir leben in den Unterschieden, Mylord. Wählen Sie einen Namen für mich.«

»Dann behalte deinen Tleilaxu-Namen bei. Hayt – ein Name, der zur Vorsicht mahnt.«

Hayt verneigte sich und trat einen Schritt zurück.

Und Alia fragte sich: *Woher wusste er, dass das Gespräch beendet war? Ich wusste es, weil ich meinen Bruder kenne. Aber es gab kein Zeichen, das ein Fremder hätte deuten können. Wusste der Duncan Idaho in seinem Inneren es?*

An Edric gewandt sagte Paul: »Räumlichkeiten für Ihre Botschaft stehen bereit. Es ist unser Wunsch, bei der ersten sich bietenden Gelegenheit unter vier Augen mit Ihnen zu sprechen. Wir werden nach Ihnen schicken. Darüber hinaus wollen wir Sie, bevor Sie aus anderer Quelle unzutreffende Berichte erhalten, darüber in Kenntnis setzen, dass eine Ehrwürdige Mutter der Schwesternschaft, Gaius Helen Mohiam, aus dem Heighliner entfernt wurde, der Sie nach Arrakis gebracht hat. Das geschah auf unseren Befehl hin. Die Anwesenheit der Ehrwürdigen Mutter auf diesem Schiff wird ein Thema unserer Unterredung sein.« Mit einem Wink der linken Hand entließ Paul den Botschafter. Dann sagte er: »Hayt, bleib.«

Die Gilden-Bedienstete entfernten sich mit dem Tank im Schlepptau, und Edric verwandelte sich in eine orangefarbene Bewegung im orangefarbenen Gas: Augen, ein Mund, sich sanft wiegende Gliedmaßen.

Paul sah ihnen nach, bis die großen Türen hinter dem letzten Gildenmann zugefallen waren. *Nun habe ich es also getan*, dachte er. *Ich habe den Ghola angenommen.* Diese Tleilaxu-Schöpfung war ein Köder, daran bestand kein Zweifel. Und wahrscheinlich spielte die alte Hexe Mohiam die gleiche Rolle. Aber es war die Tarot-Zeit, die er in einer frühen Vision vorhergesehen hatte. Dieses verfluchte Tarot! Es trübte die Wasser der Zeit so stark, dass die mit Hellsicht Begabten sogar Augenblicke, die kaum eine Stunde entfernt lagen, nur mit Mühe ausmachen konnten. Aber viele Fische schlucken den Köder und entkommen, rief er sich in Erinnerung. Und das Tarot arbeitete ebenso sehr für ihn wie gegen ihn. Was er nicht sehen konnte, sahen andere womöglich ebenfalls nicht.

Der Ghola stand da, den Kopf zur Seite geneigt, und wartete.

Stilgar kam die Stufen hinauf und verstellte Paul mit seinem Körper den Blick auf den Ghola. Auf Chakobsa, der Jagdsprache ihrer Sietch-Tage, sagte er: »Bei dem Geschöpf in dem Tank läuft es mir kalt den Rücken hinunter, Sire. Aber dieses *Geschenk* … Schick es fort!«

Paul erwiderte in der gleichen Sprache: »Das kann ich nicht.«

»Idaho ist tot. Das hier ist nicht Idaho. Lass mich sein Wasser für den Stamm nehmen.«

»Dieser Ghola ist mein Problem, Stil. Dein Problem ist unsere Gefangene. Ich will, dass die Ehrwürdige Mutter sorgfältig bewacht wird – und zwar von den Männern, die ich ausgebildet habe, den Lockungen der *Stimme* zu widerstehen.«

»Das gefällt mir nicht, Sire.«

»Ich werde vorsichtig sein, Stil. Und sei auch du vorsichtig.«

»Sehr wohl, Sire.« Stilgar ging die Stufen hinab und dicht an Hayt vorbei, wobei er kurz an dem Ghola roch. Dann verließ er schnell die Halle.

Das Böse lässt sich am Geruch erkennen, dachte Paul. Stilgar hatte das grün-weiße Banner der Atreides auf Dutzenden von Welten gehisst, aber er war und blieb ein abergläubischer Fremen.

Paul betrachtete das Geschenk, das ihm gemacht worden war. »Duncan, Duncan«, flüsterte er. »Was haben sie nur mit dir gemacht?«

»Sie haben mir Leben gegeben, Mylord«, erwiderte Hayt.

»Aber warum hat man dich ausgebildet und dann uns geschenkt?«

Hayt schürzte die Lippen. »Sie wollen, dass ich Mylord zerstö re.«

Die Unverblümtheit dieser Worte erschütterte Paul. Aber andererseits: Was sollte ein Zensunni-Mentat sonst antworten? Selbst in Form eines Gholas konnte ein Mentat nichts anderes als die Wahrheit sagen, insbesondere wenn er aus der inneren Ruhe des Zensunni heraus sprach. Dieser Hayt war ein menschlicher Computer, dessen Verstand und Nervensystem man den Aufgaben angepasst hatte, die vor langer Zeit die verhassten mechanischen Geräte erledigt hatten. Ihn darüber hinaus als Zensunni zu konditionieren, bedeutete ein doppeltes Maß an Aufrichtigkeit – es sei denn, die Tleilaxu hatten etwas noch Seltsameres in diesen Leib gewirkt.

Wofür zum Beispiel die mechanischen Augen? Die Tleilaxu prahlten damit, dass ihre Metallaugen viel besser waren als die Originale. Aber seltsam, dass es kaum Tleilaxu gab, die sie sich freiwillig einsetzen ließen.

Paul warf einen Blick nach oben zu Alias Guckloch. Er sehnte sich nach ihrer Anwesenheit, nach dem Rat einer Person, deren Urteil nicht von Gefühlen der Verantwortung oder der Schuld getrübt wurde.

Dann sah er erneut den Ghola an. Das war kein Geschenk, das man aus einer Laune heraus gemacht hatte. Er gab ehrliche Antworten auf gefährliche Fragen.

Es spielt keine Rolle, ob ich weiß, dass es sich hier um eine Waffe handelt, die gegen mich eingesetzt werden soll, dachte Paul und sagte: »Was sollte ich tun, um mich vor dir zu schützen?« Er wählte nun direktere Worte, benutzte kein herrschaftliches »Wir« mehr, sondern formulierte seine Frage genau so, wie er sie auch dem alten Duncan Idaho gestellt hätte.

»Schicken Sie mich weg, Mylord«, erwiderte Hayt.

Paul schüttelte langsam den Kopf. »Wie sollst du mich zerstören?«

Hayt sah zu den Wachen, die etwas näher herangerückt waren, nachdem Stilgar gegangen war. Dann drehte er sich um, ließ den Blick durch den Saal schweifen und richtete seine Metallaugen schließlich wieder auf Paul. »Dies hier ist ein Ort, an dem man sich vor den Menschen zurückzieht. Er vermittelt ein solches Maß an Macht, dass man nur darüber nachdenken kann, indem man die Endlichkeit aller Dinge bedenkt. Haben Mylords hellseherische Kräfte seinen Weg hierher vorgezeichnet?«

Paul trommelte mit den Fingern auf den Armlehnen des Throns. Der Mentat war auf der Suche nach Daten, das war klar, trotzdem irritierte ihn die Frage. »Ich bin durch starke Entscheidungen in diese Position gelangt. Entscheidungen, die nicht immer aus meinen anderen … Fähigkeiten herrührten.«

Hayt nickte. »Starke Entscheidungen. Durch sie wird das Leben eines Menschen gehärtet. Man kann gutem Metall die Härte nehmen, indem man es erhitzt und dann ganz langsam wieder abkühlen lässt.«

»Willst du mir mit Zensunni-Gerede die Zeit vertreiben?«

»Das Zensunni hat andere Pfade zu erforschen als Kurzweil und Selbstdarstellung, Sire.«

Paul befeuchtete sich mit der Zungenspitze die Lippen und holte tief Luft. Er machte aus seinem eigenen Denken ein Gegengewicht zu dem des Mentaten. Negative Antworten erhoben sich um ihn herum. Man ging nicht davon aus, dass er sich an die Fersen des Ghola heften und darüber andere Pflichten vernachlässigen würde. Nein, das war es nicht. Warum ein Zensunni-Mentat? Philosophie … Worte … Kontemplation … innere Suche … Er merkte, wie unzureichend sein Datenmaterial war.

»Wir brauchen mehr Daten«, murmelte er.

»Die Fakten, die ein Mentat benötigt, haften nicht einfach an einem wie Pollen an einem Gewand, mit dem man durch ein Blumenfeld läuft«, erwiderte Hayt. »Man wählt seine Pollen mit Sorgfalt – und betrachtet sie unter starker Vergrößerung.«

»Du musst mir die Rhetorik der Zensunni beibringen.«

Die Metallaugen glitzerten Paul einen Moment lang an, dann sagte Hayt: »Mylord, vielleicht liegt gerade das in ihrer Absicht.«

Meinen Willen mit Worten und Ideen abzustumpfen?, dachte Paul. »Ideen sind am meisten zu fürchten, wenn sie zu Taten werden.«

»Schicken Sie mich weg, Sire.« Hayts Stimme klang, wie die von Duncan Idaho geklungen hatte, wann immer er voller Sorge um den »jungen Herrn« gewesen war.

Paul fühlte sich durch diese Stimme in die Ecke getrieben. Er konnte diese Stimme nicht wegschicken, selbst wenn sie aus einem Ghola kam. »Du bleibst«, sagte er. »Und wir werden beide Vorsicht walten lassen.«

Hayt verneigte sich unterwürfig.

Mit einem Blick nach oben flehte Paul Alia darum an, ihm dieses *Geschenk* aus der Hand zu nehmen und dessen Geheimnisse ans Licht zu bringen. Gholas waren Gespenster, mit denen man Kindern Angst machte. Er hatte nie damit gerechnet, einen kennenzulernen. Um diesen Ghola kennenzulernen, musste er sich jenseits allen Mitgefühls stellen, und er war sich nicht sicher, ob er das konnte. *Duncan … Duncan …* Wo steckte Duncan Idaho in diesem maßgeschneiderten Körper? Nein, es war kein Körper – es war ein Mantel in der Form eines Körpers! Idaho lag für immer tot auf dem Boden einer Kaverne in Arrakeen. Sein Geist starrte durch Metallaugen in die Welt. Zwei Geschöpfe standen Seite an Seite im Leib dieses Wiedergängers. Eines davon war eine Bedrohung, deren Stärke und Charakter sich hinter Schleiern ganz eigener Art verbargen.

Paul schloss die Augen und erlaubte es alten Visionen, in sein Bewusstsein einzudringen. Er spürte die Geister von Liebe und

Hass, wie Gischt aus einem wogenden Meer emporgeschleudert, aus dessen Chaos sich kein einziger Fels erhob. Es gab keine Stelle, von der aus man das Tosen hätte überblicken können.

Warum hat mir keine meiner Visionen diesen neuen Duncan Idaho gezeigt? Was hat den Zeitenlauf vor dem Orakel verborgen? Andere Orakel natürlich.

Paul öffnete die Augen wieder und fragte: »Hayt, verfügst du über die Macht der Vorahnung?«

»Nein, Mylord.«

Die Stimme des Gholas klang aufrichtig. Natürlich war es möglich, dass er nicht wusste, über welche Fähigkeiten er verfügte. Das würde seine Funktionsweise als Mentat nicht beeinträchtigen. Welcher geheime Plan steckte also hinter all dem?

Die alten Visionen umwogten Paul. Würde er sich für den schrecklichen Weg entscheiden müssen? Die verzerrte Zeit deutete auf diesen Ghola in jener grausigen Zukunft. Würde Paul dieser Weg immer näher rücken, was er auch tat?

Löse dich … löse dich … löse dich …

Unermüdlich wälzte sich dieser Gedanke in seinem Kopf.

An ihrem Platz oberhalb des Throns hatte Alia das Kinn in die linke Hand gelegt und blickte auf den Ghola hinab. Eine magnetische Anziehungskraft ging von diesem Hayt aus. Die Wiederherstellung durch die Tleilaxu hatte ihm Jugendlichkeit verliehen, eine unschuldige Intensität, die sie ansprach. Alia hatte Pauls unausgesprochenes Flehen verstanden. Wenn Orakel versagten, wandte man sich echten Spionen und physischen Kräften zu. Aber sie fragte sich, wie sehr es ihr wirklich danach verlangte, diese Herausforderung anzunehmen. Sie verspürte den Wunsch, diesem *neuen* Mann nahe zu sein, ihn vielleicht sogar zu berühren.

Er ist für uns beide eine Gefahr, dachte sie.

Die Wahrheit leidet unter zu viel Analyse.

– Altes Fremen-Sprichwort

»Ehrwürdige Mutter, es lässt mich schaudern, Sie unter derartigen Umständen zu sehen«, sagte Irulan.

Die Prinzessin blieb in der Zellentür stehen und maß nach Art der Bene Gesserit die Eigenschaften des Raums. Es handelte sich um einen Würfel von drei mal drei Metern, den man mit Strahlern aus dem geäderten braunen Fels unter Pauls Festung geschnitten hatte. Er enthielt einen wackeligen Korbstuhl, in dem jetzt die Ehrwürdige Mutter Gaius Helen Mohiam saß, eine Pritsche mit einer braunen Decke, auf der die Karten des neuen Wüstentarots ausgebreitet waren, ein Wasserhahn mit Messvorrichtung über einem Wiederaufbereitungsbecken sowie eine Fremen-Toilette mit Feuchtigkeitssiegel. All das war dürftig, primitiv. In den vier Ecken des Würfels spendeten in der Wand verankerte und mit Drahtkörben eingefasste Leuchtgloben gelbes Licht.

»Hast du Lady Jessica benachrichtigt?«, fragte Mohiam.

»Ja, aber ich gehe nicht davon aus, dass sie auch nur einen kleinen Finger gegen ihren Erstgeborenen heben wird.« Irulan warf einen Blick auf die Karten. Sie sprachen davon, dass die Mächtigen den Bittstellern ihren Rücken zukehrten. Die Karte des Großen Wurms lag unter der Karte der Sandöde. Eine Mahnung zur Geduld. *Braucht es das Tarot, um das zu erkennen?*, fragte sich Irulan.

Ein Wachtposten stand draußen und beobachtete sie durch das Metaglasfenster in der Tür, und die Prinzessin wusste, dass zweifellos noch andere ihr Treffen verfolgten. Sie hatte lange überlegt und Pläne geschmiedet, bevor sie es gewagt hatte, hierherzukommen. Aber nicht zu kommen hätte ebenfalls Gefahren mit sich gebracht.

Die Ehrwürdige Mutter hatte gerade eine Prajna-Meditation absolviert, wobei sie immer wieder das Tarot begutachtet hatte. Trotz ihrer Ahnung, dass sie Arrakis nicht lebend verlassen würde, hatte sich dadurch eine gewisse Ruhe eingestellt. Die hellseherischen Kräfte mochten gering sein, aber trübes Wasser blieb trübes Wasser. Außerdem gab es immer die Litanei gegen die Angst.

Noch war sie damit beschäftigt, die Implikationen jener Handlungen zu durchdringen, die sie in diese Zelle gebracht hatten. Innerlich brütete sie über dunklen Verdächtigungen (und das Tarot deutete Bestätigendes an). War es möglich, dass die Gilde diese Ereignisse geplant hatte?

Auf der Empfangsbrücke des Heighliners hatte sie ein gelb gewandeter Qizara erwartet, ein Mann mit rasiertem Kopf und Turban, ganz und gar blauen Knopfaugen in einem ausdruckslosen, runden Gesicht und mit einer Haut, die Wind und Sonne Arrakis' zu Leder gemacht hatten. Er hatte von einer Blase Gewürzkaffee aufgeblickt, die ihm ein serviler Flugbegleiter gereicht hatte, hatte Mohiam einen Moment lang gemustert und die Blase dann zur Seite gestellt.

»Sie sind die Ehrwürdige Mutter Gaius Helen Mohiam?«

Wenn sie in Gedanken diese Worte wiederholte, erweckte sie damit auch diesen Augenblick wieder zum Leben. Ihre Kehle hatte sich in einem nicht kontrollierbaren Krampf zusammengeschnürt. Wie konnte einer der Handlanger des Imperators von ihrer Anwesenheit auf dem Heighliner erfahren haben?

»Uns ist zu Ohren gekommen, dass Sie sich an Bord befinden«, sagte der Qizara. »Haben Sie etwa vergessen, dass es Ihnen nicht gestattet ist, einen Fuß auf den heiligen Planeten zu setzen?«

»Ich bin nicht auf Arrakis«, erwiderte sie. »Ich bin Passagierin auf einem Gildenheighliner im freien Raum.«

»Es gibt keinen freien Raum, Madame.«

Aus der Stimme des Qizara las Mohiam eine Mischung aus Hass und tiefstem Misstrauen.

»Muad'Dib herrscht überall«, sagte er.

»Mein Reise führt mich nicht nach Arrakis«, insistierte sie.

»Eines jeden Reise führt nach Arrakis«, sagte er, und einen Moment lang befürchtete sie, er würde ihr die mythische Reiseroute vortragen, der die Pilger folgten. (Eben dieses Schiff hatte Tausende von ihnen gebracht.) Aber der Qizara zog ein goldenes Amulett aus seinem Gewand, küsste es, berührte damit seine Stirn und hielt es sich dann ans rechte Ohr und lauschte. Kurz darauf verbarg er es wieder in seiner Kleidung. »Sie erhalten hiermit den Befehl, Ihre Sachen zu packen und mich nach Arrakis zu begleiten.«

»Aber ich habe anderswo zu tun!«

An diesem Punkt regte sich in ihr der Verdacht, dass die Gilde sie hintergangen hatte ... oder dass der Imperator oder seine Schwester ihr durch irgendwelche transzendenten Kräfte auf die Spur gekommen waren. Vielleicht verbarg der Steuermann ihre Verschwörung doch nicht. Alia, das Scheusal, besaß mit Sicherheit die Fähigkeiten einer Ehrwürdigen Mutter der Bene Gesserit – was geschah, wenn sich diese Kräfte mit den Mächten vereinten, die in ihrem Bruder am Werk waren?

»Sofort!«, herrschte sie der Qizara an.

Alles in Mohiam sträubte sich dagegen, noch einmal einen Fuß auf den verfluchten Wüstenplaneten zu setzen. Hier hatte sich Lady Jessica gegen die Schwesternschaft gewandt. Hier hatten sie Paul Atreides verloren, den Kwisatz Haderach, nach dem sie über so lange Generationen sorgfältiger Zucht hinweg gesucht hatten.

Sie nickte. »Sofort.«

»Wir haben nicht viel Zeit«, sagte der Qizara. »Wenn der Imperator etwas befiehlt, gehorchen alle seine Untertanen.«

Der Befehl kam also direkt von Paul!

Die Ehrwürdige Mutter dachte daran, gegen diese Maßnahme beim Navigatoren-Kommandanten des Heighliners zu protestieren, besann sich aber angesichts der Hilflosigkeit einer solchen Geste anders. Was konnte die Gilde schon ausrichten? »Der Imperator hat erklärt, dass ich sterben muss, sollte ich jemals einen Fuß auf den Wüstenplaneten setzen«, sagte sie und unternahm damit einen letzten verzweifelten Versuch. »Sie selbst haben das gesagt. Wenn Sie mich dorthin mitnehmen, verurteilen Sie mich zum Tode.«

»Sagen Sie nichts weiter«, zischte der Qizara. »Es ist so bestimmt.«

In dieser Weise wurde immer von den Befehlen des Imperators gesprochen, das wusste sie. *Bestimmt!* Der heilige Herrscher, dessen Blick in die Zukunft vordrang, hatte gesprochen. Was geschehen musste, musste geschehen. Er hatte es *gesehen* – oder etwa nicht?

Und so hatte sie sich mit dem üblen Gefühl, dass sie mit einem von ihr selbst gesponnenen Netz gefangen worden war, abgewandt, um dem Befehl Folge zu leisten.

Und das Netz war zu einer Zelle geworden, in der Irulan sie besuchen kam. Mohiam stellte fest, dass die Prinzessin seit ihrem Treffen auf Wallach IX gealtert war. Neue Sorgenfalten hatten sich um ihre Augenwinkel herum gebildet. Nun … es war an der Zeit, herauszufinden, ob diese Schwester der Bene Gesserit dazu fähig war, ihren Schwüren Folge zu leisten.

»Ich war schon schlimmer untergebracht«, sagte die Ehrwürdige Mutter. »Schickt dich der Imperator?« Sie gestattete sich eine Reihe von Fingerbewegungen, die scheinbar von ihrer inneren Aufgewühltheit herrührten.

Irulan las die Fingerzeichen und ließ mit ihren eigenen Fingern eine Antwort aufblitzen, während sie sagte: »Nein. Ich bin gekommen, gleich nachdem ich von Ihrer Anwesenheit hier erfuhr.«

»Wird der Imperator nicht wütend sein?« Einmal mehr bewegten sich die Finger der Ehrwürdigen Mutter – befehlend, drängend, fordernd.

»Soll er wütend sein. Sie haben mich in der Schwesternschaft ausgebildet, so wie seine eigene Mutter. Glaubt er etwa, dass ich

Ihnen ebenso den Rücken zukehre, wie sie es getan hat?« Mit den Fingern suchte Irulan Ausreden, flehte sie.

Die Ehrwürdige Mutter seufzte. Nach außen hin war es das Seufzen einer Gefangenen, die ihr Schicksal beklagte, aber in ihrem Inneren galt es Irulan. Die Hoffnung, das kostbare Genmuster des Imperators ließe sich mittels dieses Werkzeugs bewahren, war vergeblich. So schön sie auch sein mochte, dieser Prinzessin haftete ein Makel an. Hinter der Fassade sexueller Anziehungskraft versteckte sich eine weinerliche Göre, die sich mehr für Worte als für Taten interessierte. Allerdings war Irulan nach wie vor eine Bene Gesserit, und die Schwesternschaft hatte sich gewisse Techniken vorbehalten, die sie gegen ihre schwächeren Gefäße einsetzen konnte, um dafür zu sorgen, dass entscheidende Anweisungen befolgt wurden.

Und so, verborgen hinter Gerede über eine weichere Pritsche und besseres Essen, fuhr die Ehrwürdige Mutter ihr Arsenal an Überzeugungsgesten auf und übermittelte ihre Befehle: Sie mussten sich nun mit der Möglichkeit einer Kreuzung von Bruder und Schwester befassen. (Irulan zerbrach beinahe an dieser Aufforderung.)

»Ich muss meine Chance bekommen!«, flehten die Finger der Prinzessin.

»Du hattest deine Chance«, erwiderte die Ehrwürdige Mutter. Und ihre Anweisungen waren unmissverständlich: War der Imperator jemals wütend auf seine Konkubine? Mit seinen einzigartigen Kräften fühlte er sich bestimmt einsam. Bei wem konnte er hoffen, Verständnis zu finden? Offensichtlich bei seiner Schwester, die seine Einsamkeit teilte. Sie mussten die Tiefe dieser Bindung ausnutzen. Es mussten Gelegenheiten geschaffen werden, bei denen die beiden für sich allein waren. Intime Begegnungen mussten arrangiert werden. Die Möglichkeit einer Beseitigung der Konkubine musste erforscht werden. Kummer zersetzte traditionelle Barrieren.

Irulan protestierte. Wenn Chani zu Tode kam, würde sich der Verdacht sofort auf die Prinzessinnengemahlin richten. Außerdem gab es noch ein anderes Problem. Chani hielt sich inzwischen strikt an eine alte Fremen-Diät, die die Fruchtbarkeit förderte. Dadurch hatte Irulan keine Möglichkeit mehr, ihr das Verhütungsmittel zu verabreichen.

Die Ehrwürdige Mutter konnte ihre Empörung kaum verbergen, während sie mit den Fingern weiter ihre Forderungen übermittelte. Warum hatte Irulan ihr diese Information nicht zu Beginn des Gesprächs mitgeteilt? Wie konnte die Prinzessin nur so dumm sein? Wenn Chani schwanger wurde und einen Sohn zur Welt brachte, würde der Imperator das Kind zu seinem Erben erklären!

Irulan wandte ein, dass sie sich über die Gefahren im Klaren war – dass die Gene damit aber womöglich nicht ganz und gar verloren für die Schwesternschaft waren.

Verfluchte Dummheit!, tobte die Ehrwürdige Mutter. Wer konnte schon wissen, welche Hemmnisse und genetische Verstrickungen Chanis wilde Fremen-Abstammung mit sich brachte? Die Schwesternschaft konnte nur eine reine Blutlinie gebrauchen! Und ein Erbe würde Paul zu neuen Anstrengungen bei der Konsolidierung seines Imperiums antreiben. Einen derartigen Rückschlag konnte sich die Verschwörung nicht leisten.

Irulan rechtfertigte sich, indem sie fragte, wie sie Chani von ihrer Diät hätte abhalten sollen.

Doch die Ehrwürdige Mutter war nicht in der Stimmung für Ausflüchte. Irulan erhielt nun klare Anweisungen, wie sie dieser neuen Gefahr begegnen sollte. Falls Chani schwanger wurde, musste ihr mit ihrem Essen oder Trinken ein Abtreibungsmittel verabreicht werden. Entweder das – oder sie musste getötet werden. Ein Thronerbe von dieser Seite musste um jeden Preis verhindert werden.

Ein Abtreibungsmittel wäre nicht weniger gefährlich als ein offener Angriff auf die Konkubine, wandte Irulan ein. Sie zitterte innerlich bei dem Gedanken, dass sie versuchen sollte, Chani zu töten.

War Irulan von Angst gelähmt?, wollte die Ehrwürdige Mutter wissen und übermittelte der Prinzessin mit den Fingern gleichzeitig ihre tiefste Verachtung.

Verärgert signalisierte Irulan, dass sie sehr wohl um ihren Wert als Agentin im königlichen Haushalt wusste. Wollte die Verschwörung eine so wertvolle Agentin verlieren? Wollte man sie einfach wegwerfen? Wie sonst könnten sie den Imperator so genau im Auge behalten? Oder hatten sie inzwischen einen neuen Agenten eingeschleust? War es das? Wollte man sie nun in einem Akt der Verzweiflung zum letzten Mal einsetzen?

In einem Krieg traten alle Werte in ein neues Verhältnis, erwiderte die Ehrwürdige Mutter. Die allergrößte Gefahr bestand darin, dass sich das Haus Atreides eine Herrscherlinie sicherte. Dieses Risiko konnte die Schwesternschaft nicht eingehen. Es reichte weit über die Gefahr für das Genmuster der Atreides hinaus. Sollte Paul seine Familie fest auf dem Thron verankern, dann sah die Schwesternschaft Jahrhunderten voller Störungen ihrer Zuchtprogramme entgegen.

Irulan verstand dieses Argument, doch der Gedanke, dass man beschlossen hatte, die Prinzessinnengemahlin für etwas von großem Wert zu opfern, ließ sie nicht los. Gab es da etwas, was sie über den Ghola wissen sollte?, fragte sie.

Ob Irulan meinte, dass die Schwesternschaft aus Dummköpfen bestand, erwiderte die Ehrwürdige Mutter. Hatten sie je versäumt, ihr etwas zu sagen, was sie hätte wissen *müssen*?

Irulan erkannte, dass das keine Antwort war, sondern das Eingeständnis, dass man etwas vor ihr verborgen hielt. Es bedeutete, dass man ihr nicht mehr sagen würde als das, was sie unbedingt wissen musste.

Wie konnten sie sicher sein, dass der Ghola dazu fähig war, den Imperator zu zerstören?, fragte Irulan.

Ebenso gut könnte sie fragen, ob die Melange zur Zerstörung fähig wäre, erwiderte die Ehrwürdige Mutter.

Es war ein Tadel, der eine versteckte Botschaft enthielt, begriff Irulan. Die »lehrende Peitsche« der Bene Gesserit teilte ihr mit, dass sie diese Gemeinsamkeit von Gewürz und Ghola schon längst hätte erkennen müssen. Das Gewürz war wertvoll, aber es forderte einen Preis: es machte abhängig. Es verlängerte das Leben um viele Jahre – bei manchen sogar um Jahrzehnte –, aber letztlich war es nur eine andere Art zu sterben.

Der Ghola war von tödlichem Wert.

Der offensichtliche Weg, eine unerwünschte Geburt zu verhindern, bestand darin, die potenzielle Mutter vor der Empfängnis zu töten, bedeutete die Ehrwürdige Mutter der Prinzessin und nahm damit ihren Angriff wieder auf.

Natürlich, dachte Irulan. *Wenn man beschließt, eine gewisse Summe auszugeben, versucht man, so viel wie möglich dafür zu bekommen.*

Aus dunklen Augen, in denen der blaue Schimmer der Melange-Abhängigkeit glimmte, sah die Ehrwürdige Mutter zu Irulan auf, nahm Maß, wartete, beobachtete kleinste Regungen.

Sie liest mich, dachte Irulan mit einem Anflug von Verzweiflung. *Sie hat mich ausgebildet, und dabei hat sie mich studiert. Sie weiß, dass mir bewusst ist, welche Entscheidung hier getroffen wurde. Jetzt beobachtet sie mich nur noch, um zu sehen, wie ich dieses Wissen aufnehme. Nun, ich werde es als Bene Gesserit und als Prinzessin aufnehmen.*

Irulan zwang sich zu einem Lächeln, richtete sich auf und dachte an die Worte, mit denen die Litanei gegen die Angst begann: »*Ich darf keine Angst haben. Die Angst tötet den Geist. Die Angst ist der kleine Tod, der die völlige Vernichtung bringt. Ich werde mich meiner Angst stellen …*«

Dann, als sie sich einigermaßen beruhigt hatte, dachte sie: *Sollen sie mich opfern. Ich zeige ihnen, was eine Prinzessin wert ist. Vielleicht erkaufe ich ihnen mehr, als sie erwarten.*

Nach einigen weiteren leeren Worten, mit denen sie das mündliche Gespräch zu einem Ende brachten, ging Irulan, und die Ehrwürdige Mutter widmete sich wieder ihren Tarotkarten. Sie legte sie im Muster des Feuerstroms. Sofort erhielt sie den Kwisatz Haderach aus den Großen Arkana. Die Karte kam in Verbindung mit der Acht der Schiffe zum Liegen: die hintergangene Weissagerin. Diese Karten waren kein gutes Omen – sie deuteten auf verborgene Ressourcen ihrer Feinde hin.

Mohiam wandte sich von den Karten ab, saß nervös da und fragte sich, ob Irulan vielleicht doch ihr Untergang sein würde.

Die Fremen sehen sie als Verkörperung der Erde, als Halbgöttin, deren Aufgabe darin besteht, die Stämme durch ihre grausamen Kräfte zu beschützen. Sie ist die Ehrwürdige Mutter ihrer Ehrwürdigen Mütter. Für die Pilger, die sie mit der Bitte aufsuchen, ihre Männlichkeit wiederherzustellen oder das Unfruchtbare fruchtbar zu machen, ist sie eine Art Antimentat. Sie nährt sich von dem Beweis dafür, dass dem »Analytischen« Grenzen gesetzt sind. Sie repräsentiert die ultimative Spannung. Sie ist die jungfräuliche Hure – gewitzt, vulgär, grausam und in ihren Launen so zerstörerisch wie ein Coriolissturm.

– Die Heilige Alia des Messers
(aus dem Irulan-Bericht)

Wie ein schwarz gewandeter Wachtposten stand Alia auf der Südplattform ihres Tempels, des Orakelschreins, den ihr Pauls Fremen an einer der Außenmauern seiner Festung errichtet hatten.

Sie verabscheute diesen Teil ihres Lebens, aber sie konnte dem Tempel unmöglich fernbleiben, ohne sie alle der Vernichtung preiszugeben. Die Pilger (verdammt sollten sie sein!) wurden von Tag zu Tag zahlreicher. Sie drängten sich auf der unteren Eingangsterrasse des Tempels. Zwischen ihnen liefen fliegende Händler umher, Zauberkünstler, Haruspexe und Wahrsager, die ihrem armseligen Gewerbe als Nachahmer von Paul Muad'Dib und seiner Schwester nachgingen.

Alia bemerkte, dass die roten und grünen Schachteln, die das neue Wüstentarot enthielten, unter den Waren der Händler allgegenwärtig waren. Sie fragte sich, was es mit diesem Tarot auf sich hatte. Wer warf es in Arrakeen auf den Markt? Warum war es mit einem Mal so wichtig geworden? Sollte es die Wasser der Zeit trüben? Die Gewürzabhängigkeit ging stets mit einem gewissen hellseherischen Gespür einher. War es Zufall, dass so viele dieser Menschen hier mit Omen und Vorzeichen herumspielten? Alia beschloss, bei erstbester Gelegenheit nach einer Antwort zu suchen.

Ein Wind wehte aus südöstlicher Richtung, ein Restwind, abgemildert vom Schildwall, der hier im Norden hoch aufragte. Die Kante des Walls leuchtete, angestrahlt von der tief stehenden Nachmittagssonne, orangefarben durch den leichten Staubdunst. Der Wind fühlte sich heiß auf Alias Wangen an und weckte in ihr ein Heimweh nach dem Sand, nach der Sicherheit weiter offener Flächen.

Die letzten Reste des täglichen Auflaufs traten nun einzeln oder in Gruppen den Weg über die breiten Grünsteinstufen der unteren Terrasse an. Einige hielten inne, um die Glücksbringer und heiligen Amulette an den Ständen der Straßenverkäufer zu begutachten, während andere noch einen Zauberkünstler konsultierten. Pilger, Bittsteller, Städter, Fremen, Straßenhändler, die Feierabend machten – zusammen bildeten sie einen ausgefransten Pulk, der sich auf der palmengesäumten Promenade verlief, über die man das Herz der Stadt erreichte.

Immer wieder sprangen Alia die Fremen ins Auge, sah sie ihre in abergläubischer Ehrfurcht erstarrten Mienen, die halbwilde Art, auf die sie sich von den anderen fernhielten. Diese Fremen waren ihre Stärke – und gleichzeitig das, was sie in Gefahr brachte. Nach wie vor fingen sie große Würmer, zu Transportzwecken, aus Spaß oder als Opfergabe. Sie verachteten die Pilger von anderen Planeten und hatten selbst für die Städter aus den Pfannen und Gräben wenig übrig. Sie verabscheuten den Zynismus der Straßenhändler. Einen wilden Fremen rempelte man nicht an, nicht einmal in einer Menschenmenge wie der, die zu Alias Schrein schwärmte. Zwar gab es in den Heiligen Bezirken keine Messerkämpfe, aber man hatte schon Leichen gefunden – später.

Die Menge hatte bei ihrem Abzug reichlich Staub aufgewirbelt. Der Feuersteingeruch drang Alia in die Nase, und erneut empfand sie die schmerzhafte Sehnsucht nach der offenen Bled. Sie begriff, dass ihre Wahrnehmung der Vergangenheit durch das Eintreffen des Gholas geschärft worden war. Es hatte viel Freude gegeben in jenen weniger beengten Tagen, bevor ihr Bruder den Thron bestiegen hatte: Zeit für Scherze, Zeit für die kleinen Dinge, Zeit, sich an einem kühlen Morgen oder an einem Sonnenuntergang zu erfreuen, Zeit … Zeit … Zeit … Selbst die Gefahr war in jenen Tagen etwas Gutes gewesen – eine klare Gefahr aus bekannten Quellen. Damals war es nicht nötig gewesen, die Grenzen der Hellsicht auszutesten, zu versuchen, zwischen trüben Nebelschleiern hindurch Blicke auf die Zukunft zu erhaschen.

Wie sagten die wilden Fremen doch so schön: »Vier Dinge kann man nicht verbergen: Liebe, Rauch, eine Flammensäule und einen Mann, der durch die offene Bled wandert.«

Mit einem plötzlichen Gefühl der Abscheu zog sich Alia von der Plattform in den Schatten des Gebetshauses zurück und schritt dann den Balkon entlang, der einen Blick auf ihre von einem prachtvollen Schimmer erleuchtete Halle des Orakel ermöglichte. Unter ihren Füßen schabte der Sand über die Kacheln. *Die Pilger tragen immer Sand in die Heiligen Gewölbe!*, ging es ihr durch den Kopf. Sie ignorierte die Bediensteten, die Wachtposten, die Bittsteller sowie die allgegenwärtigen Speichellecker der Qizara-Priesterschaft und betrat den spiralförmigen Gang, der hinauf in ihre Privatgemächer führte. Dort, umgeben von Diwanen, dicken Teppichen, Zeltvorhängen und Erinnerungsstücken an die Wüste, schickte sie die Fremen-Amazonen weg, die Stilgar ihr als Leibwache zugeteilt hatte. *Wahrscheinlich eher als Wachhunde!* Nachdem die Amazonen gegangen waren – zwar unter Murren und Widerworten, aber letztlich fürchteten sie Alia mehr als Stilgar –, streifte

Alia ihre Robe ab, ließ auf dem Weg ins Badezimmer ihre übrigen Kleider hinter sich auf den Boden fallen und behielt nur das Krismesser in seiner Scheide um ihren Hals an.

Er war ganz in der Nähe, das wusste sie – dieser schattenhafte Mann, den sie in ihrer Zukunft erahnen, aber nicht *sehen* konnte. Es machte sie wütend, dass ihre hellseherischen Kräfte dieser Gestalt kein Fleisch verleihen konnten, wie sehr sie sich auch anstrengte. Sie spürte ihn lediglich in überraschenden Momenten, wenn sie gerade die Leben anderer in den Blick nahm. Oder sie traf in einsamer Finsternis, wenn Unschuld und Verlangen zusammenkamen, auf einen dunstigen Umriss. Er stand knapp jenseits eines unbestimmten Horizonts, und sie spürte, dass sie ihn sehen würde, sollte sie ihre Fähigkeiten unerwartet erweitern. Er war *dort* – und bestürmte unaufhörlich ihr Bewusstsein: wild, gefährlich, amoralisch.

Feuchtwarme Luft umgab sie in der Wanne. Diese Angewohnheit hatte sie von den Wesenheiten der zahllosen Ehrwürdigen Mütter übernommen, die in ihrem Gedächtnis aufgereiht waren wie Perlen auf einer schimmernden Halskette. Wasser, warmes Wasser in einer überlaufenden Wanne, Wasser, das ihre Haut in Empfang nahm, wenn sie hinein glitt. Das Wasser war umgeben von grünen Kacheln, auf denen rote Fische prangten. Ein Meeresmuster. Hier, an diesem Ort, herrschte ein solcher Wasserreichtum, dass ein Fremen aus den alten Zeiten mehr als empört gewesen wäre, hätte er gesehen, dass man es allein zur Reinigung menschlicher Haut verwendete.

Er war nahe.

Es war eine Spannung aus Lust und Keuschheit. Ihrem Fleisch verlangte es nach einem Gefährten. Sex barg keine Geheimnisse für eine Ehrwürdige Mutter, die Sietch-Orgien vorgesessen hatte, das *Tau*-Bewusstsein ihrer anderen Ichs lieferte alle Einzelheiten. Dieses Gefühl der Nähe konnte also nichts anderes sein als Fleisch, das sich nach Fleisch streckte.

Die Notwendigkeit zu handeln und Alias Trägheit im warmen Wasser kämpften gegeneinander an.

Dann, ganz unvermittelt, stieg sie aus der Wanne und ging tropfend und nackt zum Trainingsraum neben ihrem Schlafzimmer. Dieser längliche, durch Deckenfenster erleuchtete Raum enthielt jene groben und feinen Instrumente, mit der sich die Bene Gesserit zu ultimativer physischer und geistiger Auffassungsgabe/Bereitschaft ausbildeten. Hier gab es mnemonische Verstärker, Fingermühlen von Ix, mit denen man Finger und Zehen stärkte und empfindsam machte, Temperaturverlaufsfelder, Musterstörer, die sie davon abhielten, in erkennbare Gewohnheiten zu verfallen, Alpha-Wellen-Reaktionstrainer, Lidschlag-Synchronisatoren, die die Fähigkeit zur Analyse des Licht-Dunkelheit-Spektrums steigerten …

An einer Wand stand in zehn Zentimeter hohen Buchstaben, von ihrer eigenen Hand mit mnemonischer Farbe geschrieben, die wichtigste Mahnung aus dem Glaubensbekenntnis der Bene Gesserit: »Vor uns waren alle Lernmethoden vom Instinkt befleckt. Wir haben gelernt, wie man lernt. Vor uns besaßen die von Instinkten geplagten Forscher eine begrenzte Aufmerksamkeitsspanne, die oft nicht länger währte als ein einziges Leben. Projekte, die sich über fünfzig oder mehr Lebensalter erstreckten, kamen ihnen nicht in den Sinn. Ihr Bewusstsein hatte noch keine Vorstellung von einem umfassenden Muskel-/Nerventraining.«

Als sie den Trainingsraum betrat, sah Alia ihr eigenes Spiegelbild tausendfach in den Kristallprismen eines Fechtspiegels, der in der Mitte eines Übungsziels angebracht war. Dann sah sie das lange Schwert, das sie in seiner Halterung an dem Gerät erwartete, und dachte: *Ja! Ich treibe mich in die Erschöpfung … Ich lauge das Fleisch aus und kläre so meinen Geist.*

Das Schwert fühlte sich gut in ihrer Hand an. Sie zog das Krismesser aus der Scheide an ihrem Hals, hielt es in der Linken und tippte mit der Schwertspitze auf den Aktivierungsbolzen. Ein Widerstand erwachte zum Leben, als sich die Aura des Zielschilds aufbaute und Alias Klinge langsam, aber bestimmt zur Seite schob.

Die Prismen glitzerten. Das Ziel bewegte sich geschmeidig nach links.

Alia verfolgte es mit der Spitze der langen Klinge und dachte dabei wie so oft, dass dieses Ding beinahe lebendig hätte sein können. Doch es bestand nur aus Servomotoren und komplexen Reflektorschaltkreisen, die dazu dienten, das Auge von der Gefahr wegzulocken, zu verwirren und zu lehren. Es war ein Werkzeug, das man darauf eingestellt hatte, so zu reagieren wie sie, ein Gegen-Selbst, das sich bewegte, wie sie sich bewegte, während es Licht auf seinen Prismen balancierte, immer wieder das Ziel wechselte und ihr seine Gegenklinge präsentierte.

Etliche Klingen schienen sie aus den Prismen heraus zu attackieren, doch nur eine war echt. Sie parierte die echte, ließ das Schwert durch den Schildwiderstand gleiten und berührte das Ziel. Ein Markierungslicht erwachte zum Leben: Es schimmerte rot zwischen den Prismen – eine weitere Ablenkung.

Erneut griff das Ding an. Nun bewegte es sich mit Ein-Marker-Geschwindigkeit, etwas schneller als zu Beginn.

Alia parierte und begab sich, alle Vorsicht missachtend, in die Gefahrenzone, um einen Treffer mit dem Krismesser zu landen.

Nun glommen zwei Lichter auf den Prismen.

Wieder wurde das Ding schneller, bewegte sich jetzt auf seinen Rollen, wie ein Magnet angezogen von der Bewegung ihres Körpers und der Spitze ihres Schwerts.

Attacke – Parade – Konter.

Attacke – Parade – Konter …

Vier Lichter leuchteten nun, und das Ding wurde immer gefährlicher, bewegte sich mit jedem Licht schneller, erzeugte auf immer neue Arten Verwirrung.

Fünf Lichter.

Schweiß glänzte auf Alias nackter Haut. Sie befand sich jetzt in einem Universum, dessen Dimensionen von der bedrohlichen Klinge definiert wurden, von dem Ziel, von ihren bloßen Füßen auf dem Boden des Trainingsraums, von Sinnen/Nerven/Muskeln – Bewegung gegen Bewegung.

Angriff – Parade – Konter.

Sechs Lichter … sieben …

Acht!

Noch nie zuvor hatte sie acht riskiert.

Irgendwo in ihrem Hinterkopf verspürte Alia ein nagendes Gefühl, ein Aufbegehren gegen ihre Unbesonnenheit. Das aus Prismen und Übungsziel bestehende Gerät konnte nicht denken, hatte keinen Sinn für Vorsicht, empfand keine Reue. Und es führte eine echte Klinge. Gegen etwas Geringeres anzutreten, hätte dem Sinn des Trainings widersprochen. Die angreifende Klinge konnte verstümmeln und töten. Aber selbst die besten Schwertkämpfer des Imperiums traten nie gegen mehr als sieben Lichter an.

Nein!

Alia verspürte ein gespenstisches Hochgefühl. Klinge und Ziel wurden zu verschwommenen Strichen in einem rasenden Wirbel. Das Schwert in ihrer Hand war zu eigenem Leben erwacht. Sie war eine Anti-Zielscheibe. Sie bewegte nicht die Klinge – die Klinge bewegte sie.

Zehn!

Elf!

Plötzlich sauste etwas an ihrer Schulter vorbei, wurde kurz vor dem Schild des Übungsziels langsamer, glitt durch ihn hindurch und löste den Deaktivierungsbolzen aus. Die Lichter erloschen. Prismen und Zielscheibe drehten sich noch einige Male und kamen dann zur Ruhe.

Wütend über die Unterbrechung wirbelte Alia herum, doch ihre Bewegung verwandelte sich in Anspannung, als ihr die außerordentlichen Fähigkeiten desjenigen bewusst wurden, der das Messer geworfen hatte. Der Wurf war zeitlich auf das Genaueste abgestimmt gewesen – gerade schnell genug, um es durch die Schildzone zu schaffen, aber nicht so schnell, dass das Messer abgeprallt wäre.

Und er hatte bei einem Elf-Lichter-Ziel auf den Millimeter genau die richtige Stelle getroffen.

Alia spürte, wie ihre Emotionen so wie die Bewegungen des deaktivierten Übungsziels erlahmten. Es überraschte sie kein bisschen, zu sehen, wer das Messer geworfen hatte.

Paul stand in der Tür zum Trainingsraum, Stilgar drei Schritte hinter ihm. Ihr Bruder starrte sie aus zusammengekniffenen Augen wütend an.

Alia, die sich ihrer Nacktheit bewusst wurde, dachte kurz darüber nach, sich zu bedecken. Die Vorstellung belustigte sie. Was die Augen gesehen hatten, ließ sich nicht auslöschen. Langsam schob sie das Krismesser in die Scheide an ihrem Hals.

»Das hätte ich mir denken können«, sagte sie.

»Ich nehme an, du weißt, wie gefährlich das war«, sagte Paul. Er nahm sich Zeit, die Reaktionen in ihrem Gesicht und auf ihrem Körper zu lesen: Ihre Haut war gerötet von der Anstrengung, ihre vollen Lippen schimmerten. Eine verstörende Weiblichkeit haftete ihr an, die er bisher nicht bei seiner Schwester wahrgenommen hatte. Es kam ihm merkwürdig vor, einen Menschen vor sich zu sehen, der ihm so nahestand und den er nicht mehr in den Rahmen der einst so verlässlichen, vertrauten Identität einpassen konnte.

»Das war Irrsinn«, knurrte Stilgar und stellte sich neben Paul. Seine Stimme klang zornig, aber Alia hörte auch Ehrfurcht aus ihr heraus – und sah sie in seinen Augen.

Paul schüttelte den Kopf. »Elf Lichter.«

»Ich hätte auch noch zwölf geschafft, wenn du dich nicht eingemischt hättest«, erwiderte Alia. Doch unter Pauls eindringlichen Blick erbleichte sie und fügte hinzu: »Wozu haben die verdammten Dinger so viele Lichter, wenn wir uns nicht an ihnen versuchen sollen?«

»Eine Bene Gesserit fragt nach dem Grund dafür, ein System nach oben offen zu halten?«

»Du hast vermutlich nie mehr als sieben versucht!« Alias Zorn kehrte zurück. Pauls strenger Blick begann sie zu ärgern.

»Nur ein einziges Mal. Gurney Halleck hat mich bei zehn erwischt. So peinlich, wie meine Bestrafung war, erzähle ich dir lieber nicht, was er mit mir gemacht hat. Und wo wir gerade von Peinlichkeiten sprechen …«

»Beim nächsten Mal lasst ihr euch vielleicht ankündigen.« Alia schob sich an Paul vorbei ins Schlafzimmer, suchte eine locker sitzende graue Robe heraus, streifte sie über und kämmte sich dann vor einem der Wandspiegel die Haare. Sie war verschwitzt und empfand eine Art postkoitaler Trauer, die in ihr das Verlangen nach einem weiteren Bad auslöste … und nach Schlaf. »Warum seid ihr hier?«, fragte sie.

»Mylord«, sagte Stilgar in einem seltsamen Tonfall, der Alia dazu veranlasste, sich umzudrehen und ihn anzusehen.

»Wir sind auf Irulans Drängen hier«, sagte Paul. »So seltsam es auch klingt. Sie glaubt – und Informationen, über die Stilgar verfügt, scheinen das zu bestätigen –, dass unsere Feinde kurz vor einem Anschlag auf …«

»Mylord!« Stilgar Tonfall war nun noch schärfer.

Während sich ihr Bruder mit fragender Miene zu ihm umdrehte, betrachtete Alia weiter den alten Fremen-Naib. Etwas an ihm rief ihr nun deutlich ins Bewusstsein, dass er zu den Primitiven gehörte. Stilgar glaubte an eine übernatürliche Welt, die ihm ganz nahe war. Diese Welt sprach in einer simplen Heidenzunge zu ihm und zerstreute alle Zweifel. Das Universum, in dem er sich aufhielt, war wild und unbeugsam, es mangelte ihm an der verbindenden Moralität des Imperiums.

Paul sagte: »Ja, Stil. Willst du ihr den Grund für unser Kommen verraten?«

Stilgar schüttelte energisch den Kopf. »Dies ist nicht der richtige Zeitpunkt, um über den Grund für unser Kommen zu reden.«

»Was ist es dann, Stil?«

Stilgar starrte Alia an. »Bist du denn blind, Sire?«

Paul wandte sich wieder seiner Schwester zu und fühlte sich dabei von Unbehagen erfüllt. Von allen seinen Leuten wagte es nur Stilgar, in einem solchen Ton mit ihm zu sprechen – aber selbst Stilgar wägte sorgfältig ab, welcher Anlass diesen Ton erforderte.

»Diese hier braucht einen Gefährten!«, platzte es aus Stilgar heraus. »Wenn sie nicht verheiratet wird, gibt es Probleme, und zwar schon bald.«

Alia wandte sich ruckartig von ihm ab. Mit einem Mal glühte ihr Gesicht. *Wie kommt es, dass mich diese Worte treffen?*, fragte sie sich. Die Selbstkontrolle der Bene Gesserit hatte ihre Reaktion nicht verhindern können. Wie war Stilgar das gelungen? Er verfügte nicht über die Macht der *Stimme*. Alia war empört und wütend.

»Hört nur auf den großen Stilgar!«, sagte sie und hielt den beiden dabei den Rücken zugekehrt. Sie war sich des schrillen Klangs ihrer Stimme bewusst, konnte ihn aber nicht unterdrücken. »Ein Rat für Jungfrauen von Stilgar, dem Fremen!«

»Da ich euch beide liebe, muss ich sprechen«, sagte Stilgar. Nun lag eine tiefe Würde in seinem Tonfall. »Ich bin nicht durch Blindheit gegenüber dem, was Männer und Frauen bewegt, zum Fremen-Anführer geworden. Dafür braucht es keine geheimnisvollen Kräfte.«

Paul wägte Stilgars Worte ab, dachte über das, was er hier gerade gesehen hatte, und über seine eigene, unbestreitbar männliche Reaktion auf seine Schwester nach. Ja – sie hatte etwas Läufiges an sich, etwas Wildes und Lüsternes. Was hatte sie dazu getrieben, nackt den Übungsbereich zu betreten?

Und dass sie ihr Leben so leichtfertig aufs Spiel gesetzt hatte … Elf Lichter auf dem Fechtprisma! Die Präsenz dieses hirnlosen

Automaten in seinem Kopf hatte alle Merkmale eines Schreckgespenstes. In diesen Zeiten musste man eine solche Maschine besitzen, wenn man etwas auf sich hielt, aber gleichzeitig haftete ihr der Makel alter Verfehlungen an. Einst war die Menschheit von künstlichen Intelligenzen, von Computerhirnen gelenkt worden. Butlers Dschihad hatte dem ein Ende gesetzt – aber nicht der Aura aristokratischer Lasterhaftigkeit, die derartige Geräte umgab.

Wie auch immer, Stilgar hatte natürlich recht. Sie mussten einen Mann für Alia finden.

»Ich kümmere mich darum«, sagte Paul. »Alia und ich reden später darüber – unter vier Augen.«

Alia richtete ihren Blick auf Paul. Sie wusste, wie sein Verstand funktionierte, und begriff, dass er bereits eine Entscheidung über sie gefällt hatte, dass seine Mensch-Computer-Analyse ungezählte Einzelheiten zu einem großen Ganzen zusammengefügt hatte. Dieser Erkenntnis wohnte etwas Unerbittliches inne – es war eine Bewegung wie die von Planeten. Unausweichlich und erschreckend wie die Ordnung des Universums.

»Sire«, sagte Stilgar, »vielleicht sollten wir …«

»Nicht jetzt!«, fuhr Paul ihn an. »Wir haben gerade andere Probleme.«

Weil sie wusste, dass sie sich mit ihrem Bruder besser nicht im logischen Wettstreit messen sollte, verdrängte Alia die Ereignisse der letzten Minuten nach Art der Bene Gesserit und sagte: »Irulan hat euch also geschickt?« Sie stellte fest, dass ihr dieser Gedanke bedrohlich erschien.

»Auf indirekte Weise«, sagte Paul. »Die Information, die sie uns gegeben hat, bestätigt unseren Verdacht, dass die Gilde es auf einen Sandwurm abgesehen hat.«

Stilgar nickte. »Sie werden versuchen, ein kleines Exemplar zu fangen und den Gewürzkreislauf auf einem anderen Planeten in Gang zu setzen. Was bedeutet, dass sie einen Planeten gefunden haben, den sie für geeignet halten.«

»Es bedeutet, dass sie Fremen-Komplizen haben«, wandte Alia ein. »Kein Außenweltler kann einen Wurm fangen!«

»Das versteht sich von selbst«, sagte Stilgar.

»Nein, tut es nicht.« Solche geistige Beschränktheit versetzte Alia in Rage. »Paul, du begreifst doch sicher …«

»Die Fäulnis setzt ein«, sagte Paul. »Das wissen wir schon seit einer ganzen Weile. Ich habe diese andere Welt allerdings bisher nicht *gesehen*, und das macht mir Sorgen. Wenn die Gilde …«

»*Das* macht dir Sorgen?«, fragte Alia ungläubig. »Es heißt nur, dass sie die Position des Planeten mit Steuermännern vernebeln, so, wie sie ihre Zufluchtsorte verbergen.«

Stilgar öffnete den Mund und schloss ihn wieder, ohne etwas zu sagen. Er hatte das überwältigende Gefühl, dass seine Idole gerade eine blasphemische Schwäche eingestanden hatten.

Paul, der Stilgars Beunruhigung spürte, sagte: »Wir haben ein unmittelbares Problem, und ich will deine Meinung dazu hören, Alia. Stilgar schlägt vor, dass wir unsere Patrouillen in der offenen Bled ausweiten und die Sietch-Wachen verstärken. Dann haben wir vielleicht die Chance, einen Landetrupp zu entdecken und zu verhindern, dass sie …«

»Wenn sie von einem Steuermann geführt werden?«, sagte Alia.

Paul nickte. »Ja, sie *sind* verzweifelt, nicht wahr? Darum bin ich ja hier.«

»Was haben sie *gesehen*, das uns entgangen ist?«

»Genau.«

Alia nickte und erinnerte sich an ihre Gedanken über das neue Wüstentarot. Rasch berichtete sie von ihren Befürchtungen.

»Sie ziehen uns einen Sack über den Kopf«, sagte Paul.

»Mit ausreichenden Patrouillen«, sagte Stilgar, »können wir vielleicht verhindern, dass …«

»Wir verhindern nichts … nicht für immer«, sagte Alia. Ihr gefiel nicht, wie Stilgars Verstand derzeit arbeitete. Er hatte seinen Blickwinkel verengt und offensichtlich Essenzielles aus seiner Wahrnehmung eliminiert. Das war nicht der Stilgar, den sie kannte.

»Wir müssen von der Möglichkeit ausgehen, dass sie einen Wurm bekommen«, sagte Paul. »Die Frage, ob sie den Melangekreislauf auf einem anderen Planeten neu beginnen können, ist eine andere. Dafür benötigen sie mehr als nur einen Wurm.«

Stilgar sah zwischen Bruder und Schwester hin und her. Die ökologische Sichtweise, die ihm das Sietch-Leben tief eingeprägt hatte, half ihm, zu begreifen, was sie meinten. Ein gefangener Wurm konnte nicht überleben, wenn er nicht ein Stück Arrakis um sich herum hatte: Sandplankton, kleine Bringer und derlei mehr. Die Gilde stand vor einem großen, aber keinem unlösbaren Problem. Seine zunehmende Unsicherheit betraf jedoch einen anderen Bereich. »Du kannst mit deinen Visionen also nicht die Gilde aufspüren?«, sagte er zu Paul.

»Verdammnis!«, platzte es aus Paul heraus.

Alia musterte Stilgar. Sie ahnte, welch wilde Vorstellungen durch seinen Kopf strömten. Seine ganze Persönlichkeit hing an einem Gerüst aus Zauberwerk. Magie! Magie! Einen Blick auf die Zukunft zu erhaschen, bedeutete, Feuer von einer geheiligten Flamme zu stehlen. Es hatte den Reiz der absoluten Gefahr – Seelen, die aufs Spiel gesetzt und verloren wurden. Aus gestaltlosen, schrecklichen Fernen brachte man etwas mit Gestalt und großer Macht zurück. Doch immer mehr erahnte Stilgar andere Kräfte, größere Kräfte vielleicht, jenseits dieses unbekannten Horizonts. Seine Hexenkönigin und sein Zaubererfreund zeigten gefährliche Schwächen.

»Stilgar«, sagte Alia in dem verzweifelten Bemühen, ihn zu halten, »du stehst in einem Tal zwischen Dünen. Ich stehe auf dem Dünenkamm. Ich sehe, was du nicht siehst. Unter anderem sehe ich Berge, die in der Ferne den Blick verstellen.«

Stilgar nickte langsam. »Es gibt Dinge, die euch verborgen bleiben. Das habt ihr immer gesagt.«

»Jede Macht ist begrenzt.«

»Und von dem, was sich hinter den Bergen befindet, kann Gefahr drohen.«

»Ja, *etwas* in der Art.«

Stilgar nickte erneut. Dann richtete sich sein Blick auf Paul. »Aber was immer von hinter den Bergen kommt, muss die Dünen überqueren.«

Das gefährlichste Spiel im Universum ist es, auf Basis hellseherischer Kräfte zu regieren. Unseres Erachtens sind wir weder weise noch mutig genug für dieses Spiel. Die hier dargelegten Regulationsmaßnahmen für Angelegenheiten von geringerer Bedeutung sind das Äußerste, was wir in Sachen Regierung wagen. Für unsere Zwecke entlehnen wir eine Definition von den Bene Gesserit und betrachten die unterschiedlichen Welten als Genpools, Quellen von Lehren und Lehrern, Quellen des Möglichen. Es ist nicht unser Ziel, zu herrschen, sondern diese Genpools anzuzapfen, zu lernen und uns von allen Fesseln der Abhängigkeit und der Regierung zu befreien.

– Aus: »Die Orgie als Werkzeug der Staatskunst«
(Drittes Kapitel von »Die Gilde
der Steuermänner«)

»Ist dort Ihr Vater gestorben?«, fragte Edric und richtete von seinem Tank aus ein Punktlicht auf eine der Reliefkarten, die die Wand von Pauls Empfangszimmer schmückten. Die Stelle war mit eingelassenen Edelsteinen markiert.

»Das ist sein Schädelschrein«, erwiderte Paul. »Gestorben ist mein Vater als Gefangener auf einer Harkonnen-Fregatte. Im Sink unter uns.«

»Ach ja, jetzt fällt mir die Geschichte wieder ein. Es hatte damit zu tun, dass er den alten Baron Harkonnen, seinen Blutfeind, töten wollte.« In der Hoffnung, nicht zu viel von dem Schrecken preiszugeben, den derart kleine Räume in ihm auslösten, drehte sich

Edric im orangefarbenen Gas und richtete den Blick auf Paul, der auf einem langen, grau und schwarz gestreiften Diwan saß.

»Meine Schwester hat den Baron getötet. Kurz vor der Schlacht von Arrakeen«, sagte Paul in trockenem Tonfall und fragte sich dabei, warum der Fischmann von der Gilde hier und jetzt alte Wunden aufriss.

Edric befand sich bei dem Versuch, seine nervöse Angespanntheit im Zaum zu halten, offenbar auf einem Rückzugsgefecht. Von den schläfrigen Fischbewegungen bei ihrem vorangegangenen Zusammentreffen war nichts mehr zu erkennen. Seine winzigen Augen zuckten von hier nach dort, suchend, messend. Der eine Bedienstete, der ihn hier hinein begleitet hatte, wartete etwas abseits bei den Hauswachen, die links von Paul entlang der Wand aufgestellt waren. Der Bedienstete bereitete Paul Unbehagen – eine massige Gestalt mit dickem Hals, stumpfer Miene und leerem Blick. Der Mann hatte mit einem seltsamen Gang, die Hände in die Hüften gestemmt, den Salon betreten und dabei Edrics Tank auf dem Schwebefeld vor sich hergeschoben.

Scytale, hatte Edric ihn genannt. *Scytale, ein Bediensteter.*

Das Äußere des Bediensteten schrie geradezu vor Dummheit, doch seine Augen verrieten ihn. Sie lachten über alles, was sie sahen.

»Ihre Konkubine schien die Vorstellung der Gestalttänzer genossen zu haben«, sagte Edric. »Es erfreut mich, dass ich für ein wenig Zerstreuung sorgen konnte. Besonders gefallen hat mir ihre Reaktion, als die ganze Truppe auf einmal ihr eigenes Gesicht nachgeahmt hat.«

»Gibt es da nicht eine Warnung vor Gildenleuten, die Geschenke bringen?«, fragte Paul. Er dachte an die Vorstellung im Großen Saal zurück. Die Tänzer hatten den Raum in den Kostümen und Masken des Wüstentarots betreten und waren dann in einer scheinbar zufälligen Choreografie umhergesprungen, die sich schließlich in Feuerströme und uralte Wahrsagemuster aufgelöst hatte. Dann waren die Herrscher aufgetreten – eine Parade von

Königen und Imperatoren wie Gesichter auf Münzen, von förmlicher, steifer Gestalt, aber doch seltsam fließend. Und schließlich der Humor: eine Kopie von Pauls Gesicht und Körper, Chani, die vervielfacht im Saal stand, sogar Stilgar (der geschnaubt hatte und leicht erschauert war, während die anderen gelacht hatten).

»Aber wir machen unsere Geschenke in freundlichster Absicht«, protestierte Edric.

»Wie freundlich können Sie sein? Der Ghola, den Sie uns geschenkt haben, glaubt, dass er geschaffen wurde, um uns zu zerstören.«

»Sie zu zerstören, Sire?« Edric war ganz ausdrucksloses Interesse. »Kann man einen Gott zerstören?«

Stilgar, der bei diesen letzten Worten eingetreten war, hielt inne und starrte die Wachen finster an. Sie standen viel weiter weg von Paul, als es ihm recht war. Zornig winkte er sie näher heran.

Paul hob die Hand. »Das ist schon in Ordnung, Stil. Wir führen hier ein Gespräch unter Freunden. Schieb den Tank des Botschafters doch bitte ans Ende meines Diwans.«

Stilgar wägte den Befehl ab und erkannte, dass sich der Tank des Steuermanns dadurch zwischen Paul und dem massigen Bediensteten befinden würde. Viel zu nah bei Paul, aber …

»Das ist schon in Ordnung, Stil«, wiederholte Paul und gab dabei das geheime Handzeichen, das dem Befehl Nachdruck verlieh.

Mit offensichtlichem Widerwillen schob Stilgar den Tank näher an Paul heran. Ihm gefiel weder, wie sich dieser Behälter anfühlte, noch der schwere, üppige Geruch der Melange, der ihn umgab. Dann stellte er sich an einer Ecke des Tanks auf, direkt unter dem im Kreis fliegenden Gerät, durch das der Steuermann sprach.

»Einen Gott töten«, sagte Paul. »Sehr interessant. Aber wer sagt, dass ich ein Gott bin?«

»Die, die Sie anbeten«, erwiderte Edric. Er warf einen bedeutungsvollen Blick auf Stilgar.

»Ist es auch das, was Sie glauben?«

»Was ich glaube, ist nicht von Belang, Sire. Auf die meisten Beobachter macht es allerdings den Eindruck, dass Sie sich dazu verschworen haben, einen Gott aus sich zu machen. Und man könnte sich die Frage stellen, ob ein Sterblicher zu so etwas überhaupt in der Lage ist … ohne sich dabei in Gefahr zu bringen.«

Paul betrachtete den Gildenmann. Er war eine abstoßende Kreatur, aber scharfsinnig. Es handelte sich um eine Frage, die sich auch Paul selbst immer wieder gestellt hatte. Doch er hatte genug alternative Zeitpfade gesehen, um von schlimmeren Möglichkeiten zu wissen als jener, sich zum Gott erklären zu lassen. Sehr viel schlimmeren. Allerdings war es ungewöhnlich, dass ein Steuermann ihn zu derartigen Aspekten ausfragte. Ja, seltsam. Warum war diese Frage gestellt worden? Was hoffte Edric durch eine solche Unverfrorenheit zu gewinnen? In Pauls Kopf machte es *klick!* (die Vereinigung der Tleilaxu steckte hinter diesem Manöver) – *klick!* (der jüngste Dschihad-Sieg auf Sembou beeinflusste Edric in seinem Handeln) – *klick!* (hier zeigten sich verschiedene Bene-Gesserit-Glaubenssätze) – *klick!* … Ein Prozess, der Tausende von Informationsbits umfasste, ratterte durch Pauls Computerbewusstsein. Das Ganze dauerte etwa drei Sekunden.

Dann fragte er: »Stellt ein Steuermann die Leitlinien der Vorahnens infrage?« Damit brachte er Edric auf denkbar schwankenden Boden.

Die Frage verstörte den Steuermann auch sichtlich, doch er bot eine gute Deckung auf. Seine Antwort klang nach einem langen Aphorismus: »Kein intelligenter Mann stellt die Tatsache infrage, dass Vorahnungen existieren, Sire. Die Menschheit kennt die Hellsicht seit uralten Zeiten. Und häufig verwickeln wir uns gerade dann in die Kräfte der Vorahnung, wenn wir am wenigsten damit rechnen. Glücklicherweise gibt es in unserem Universum noch andere Kräfte.«

»Größere Kräfte als die Vorahnung?«

»Wenn es nur die Vorahnung gäbe, würde sie sich selbst auslöschen, Sire. Nichts außer Vorahnung? Worauf ließe sie sich anwenden außer auf ihren eigenen Verfall?«

»Sie haben recht, man muss immer die menschliche Situation in Betracht ziehen.«

»Die im besten Falle prekär ist, selbst wenn sie nicht durch Halluzinationen verwirrt wird.«

»Sind meine Visionen also nicht mehr als Halluzinationen?«, fragte Paul in einem Ton gespielter Traurigkeit. »Oder wollen Sie andeuten, dass die, die mich verehren, halluzinieren?«

Stilgar, der die wachsende Spannung spürte, trat einen Schritt näher an Paul heran und richtete seine ganze Aufmerksamkeit auf den Gildenmann, der sich in seinem Tank zurücklehnte.

»Sie drehen mir das Wort im Mund herum, Sire.« Eine seltsame Andeutung von Gewalt lag in Edrics Worten.

Gewalt? Hier?, dachte Paul. *Das würden sie nicht wagen! Es sei denn* (und dabei warf er einen Blick auf seine Wachen), *die Kräfte, die ihn beschützen, sollen dazu verwendet werden, ihn zu ersetzen.* »Aber Sie werfen mir vor, dass ich mich dazu verschworen habe, mich selbst zum Gott zu machen«, sagte er so leise, dass nur Edric und Stilgar ihn hören konnten. »Eine Verschwörung?«

»Das war womöglich eine unglückliche Wortwahl, Mylord«, sagte Edric.

»Unglücklich, aber doch bemerkenswert. Sie verrät, dass Sie das Schlimmste von mir erwarten.«

Edric bog den Hals und warf Stilgar einen besorgten Seitenblick zu. »Von den Reichen und den Mächtigen wird stets das Schlimmste erwartet, Sire. Es heißt, dass die Menschen einen Aristokraten immer erkennen – nach außen hin zeigt er nur diejenigen Laster, die ihn beliebt machen.«

Ein Beben lief über Stilgars Gesicht, und diese Bewegung ließ Paul aufblicken. Er ahnte, was in Stilgars Kopf vorging, welch wütendes Flüstern dort erklang. Wie konnte es dieser Gildenmann wagen, so zu Muad'Dib zu sprechen?

»Sie scherzen natürlich nicht«, sagte Paul.

»Scherzen, Sire?«

Pauls Mund fühlte sich trocken an. Er spürte, dass sich in diesem Raum zu viele Personen aufhielten, dass die Luft, die er atmete, durch zu viele Lungen gegangen war. Der Melangegeruch aus Edrics Tank nahm eine bedrohliche Qualität an. Er fragte: »Und wer könnten meine Komplizen bei einer solchen Verschwörung sein? Wollen Sie den Qizarat dafür nominieren?«

Edrics Schulterzucken wirbelte das orangefarbene Gas um seinen Kopf herum auf. Stilgar schien ihm nun keine Sorgen mehr zu bereiten, auch wenn der alte Fremen ihn weiter finster anstarrte.

»Wollen Sie andeuten, dass meine Missionare der Heiligen Orden – *und zwar alle* – subtile Unwahrheiten predigen?«, fragte Paul weiter.

»Es könnte sich um eine Frage von Eigeninteresse und Aufrichtigkeit handeln«, erwiderte Edric.

Stilgar legte die Hand an das Krismesser unter seiner Robe.

Paul schüttelte den Kopf und sagte: »Dann werfen Sie mir also Unaufrichtigkeit vor.«

»Ich bin mir nicht sicher, ob *vorwerfen* das richtige Wort ist, Sire.«

Was für ein dreistes Geschöpf!, dachte Paul. Er sagte: »Ob es sich nun um einen Vorwurf handelt oder nicht, Sie behaupten damit, dass meine Kleriker und ich nicht besser sind als machthungrige Räuberbarone.«

»Machthungrig, Sire?« Wieder blickte Edric zu Stilgar. »Macht neigt dazu, diejenigen zu isolieren, die zu viel von ihr besitzen. Letztendlich verlieren sie den Bezug zur Wirklichkeit … und stürzen.«

»Mylord«, knurrte Stilgar neben Paul. »Du hast schon aus geringerem Anlass Männer hinrichten lassen.«

Paul nickte. »Männer, ja. Aber dies ist ein Gildengesandter.«

»Er beschuldigt dich einer lästerlichen Täuschung!«

»Seine Überlegungen interessieren mich, Stil. Halt deine Wut im Zaum und bleib wachsam.«

»Wie Muad'Dib befiehlt.«

Paul wandte sich wieder Edric zu. »Sagen Sie mir, Steuermann, wie könnten wir diesen hypothetischen Betrug über so gewaltige räumliche und zeitliche Entfernungen hinweg aufrechterhalten ohne die Möglichkeit, jeden einzelnen Missionar zu überwachen und die Kloster und Tempel des Qizarats in allen Einzelheiten auszuforschen?«

»Was bedeutet für Sie schon Zeit?«, fragte Edric.

Sichtlich verwirrt runzelte Stilgar die Stirn. *Muad'Dib hat oft gesagt, dass er zwischen den Schleiern der Zeit hindurchsieht*, dachte er. *Was will der Gildenmann damit wirklich sagen?*

»Würde ein solches Lügengebäude nicht irgendwann Löcher aufweisen?«, fragte Paul. »Ernsthafte Meinungsverschiedenheiten, Schismen, Zweifel, Schuldeingeständnisse – all das ließe sich doch kaum durch einen Betrug unterdrücken.«

»Was Religion und Eigeninteresse nicht verbergen können, können Regierungen sehr wohl verbergen«, sagte Edric.

»Testen Sie die Grenzen meiner Toleranz aus?«, fragte Paul.

»Fehlt es meinen Argumenten an jeder Überzeugungskraft?«, erwiderte Edric blitzschnell.

Will er, dass wir ihn töten?, überlegte Paul. *Hat Edric sich als Opfer zur Verfügung gestellt?* »Ich bevorzuge eine zynische Sicht der Dinge«, sagte er. »Man hat Sie offenbar in allen Tricks der Staatskunst unterwiesen, in Doppeldeutigkeiten, in den täuschenden Worten der Macht. Für Sie ist Sprache nichts weiter als eine Waffe, und entsprechend stellen Sie gerade meine Rüstung auf die Probe.«

»Die zynische Sicht …« Edrics Mund spannte sich zu einem Lächeln. »Und Herrscher sind bekanntermaßen zynisch, wenn es um Religion geht. Auch die Religion ist eine Waffe. Welche Art von Waffe ist eine Religion, die zur Regierung wird?«

Paul spürte, wie er innerlich erstarrte, als hätte jede Zelle seines Körpers auf höchste Wachsamkeit umgeschaltet. Zu wem sprach Edric? Es waren verdammenswert kluge Worte, die unzählige Hebel zur Manipulation in sich bargen: der Unterton gelassener Belustigung, die unausgesprochene Andeutung geteilter Geheimnisse. Das Benehmen des Gildenmannes vermittelte, dass er und Paul *kultiviert* waren, Männer, die in einem größeren Universum lebten und vieles verstanden, was sich den einfachen Leuten entzog. Schockiert begriff Paul, dass er nicht das Ziel von Edrics Redekunst war. Die Worte dieser Zumutung an den Hof waren für die Ohren anderer bestimmt – die von Stilgar, die der Hauswachen – vielleicht auch die des massigen Bediensteten.

Paul räusperte sich und sagte: »Das religiöse Mana wurde mir auferlegt. Ich habe nicht danach gestrebt.« Und er dachte: *Nun gut! Soll dieser Mensch-Fisch glauben, er hätte in unserer Schlacht der Worte gesiegt!*

»Warum haben Sie es dann nicht zurückgewiesen, Sire?«, fragte Edric.

»Wegen meiner Schwester Alia«, erwiderte Paul und beobachtete Edric dabei aufmerksam. »Sie ist eine Göttin. Ich möchte Sie zur Vorsicht in Bezug auf Alia mahnen – sie könnte Sie mit ihrem Blick töten.«

Edrics Mund verzog sich zu einem hämischen Grinsen, das jedoch gleich von einem Ausdruck des Erschreckens ersetzt wurde.

»Ich meine es todernst«, sagte Paul, während er zusah, wie sich dieses Erschrecken auf dem Gesicht des Steuermanns ausbreitete. Stilgar nickte.

Mit düsterer Stimme sagte Edric: »Sie haben das Vertrauen, dass ich in Sie setzte, schwer beschädigt, Sire. Und zweifellos war genau das Ihre Absicht.«

»Seien Sie sich nicht zu sicher, meine Absichten zu kennen«, entgegnete Paul und bedeutete Stilgar, dass die Audienz beendet war.

Auf Stilgars fragende Geste, mit der der alte Fremen wissen wollte, ob Edric einem Mordanschlag zum Opfer fallen sollte, antwortete Paul mit einem abschlägigen Handzeichen, dem er noch zusätzlich Nachdruck verlieh, damit Stilgar die Sache nicht selbst in die Hand nahm.

Scytale, Edrics Helfer, ging zur hinteren Ecke des Tanks und schob ihn langsam Richtung Tür. Als er vor Paul stand, hielt er inne, richtete seinen Blick mit dem darin verborgenen Lachen auf ihn und sagte: »Wenn Mylord gestatten?«

»Ja?«, sagte Paul, und Stilgar trat, als Reaktion auf die implizite Bedrohung, näher an ihn heran.

»Manche behaupten, dass sich die Menschen an der imperialen Führung festklammern, weil der Raum unendlich ist«, sagte Scytale. »Ohne ein Symbol der Einheit fühlen sie sich einsam. Für ein einsames Volk ist der Imperator etwas Greifbares. Sie können sich ihm zuwenden und sagen: ›Seht, dort ist er. Er eint uns.‹ Vielleicht dient die Religion demselben Zweck, Mylord.«

Dann nickte Scytale freundlich, gab Edrics Tank einen weiteren leichten Stoß, und die beiden verließen den Raum – Edric ausgestreckt im orangefarbenen Gas, die Augen geschlossen. Der Steuermann wirkte, als hätte er sich völlig verausgabt, als hätte er alle seine nervlichen Energien erschöpft.

Paul sah der schlurfenden Gestalt Scytales nach und dachte über die Worte des Mannes nach. Ein sonderbarer Kerl, dachte er. Beim Sprechen hatte er den Eindruck vermittelt, eine Vielzahl von Personen zu sein – als würde sein gesamtes genetisches Erbe auf seiner Haut zum Vorschein kommen.

»Das war seltsam«, murmelte Stilgar.

Während eine Wache die Tür hinter Edric und seinem Begleiter schloss, erhob sich Paul von seinem Diwan.

»Seltsam«, wiederholte Stilgar. An seiner Schläfe pochte eine Ader.

Paul dämpfte die Beleuchtung und trat an eines der Fenster, das sich zu einer schrägen Steinwand hin öffnete. Tief unten waren Lichter und Bewegungen zu erkennen. Ein Arbeitstrupp schaffte dort riesige Plasschmelzquader heran, um an Alias Tempel ein Stück Fassade zu reparieren, das durch die unerwarteten Wirbel eines Sandstrahlwinds beschädigt worden war.

Nach einer Weile sagte Stilgar: »Das war eine dumme Idee, Usul – ein solches Geschöpf in diese Räumlichkeiten einzuladen.«

Usul, dachte Paul. *Mein Sietch-Name. Stilgar erinnert mich daran, dass er einst mein Herr war, dass er mich aus der Wüste gerettet hat.*

»Warum hast du es getan?«, fragte Stilgar. Er stand dicht hinter Paul.

»Daten«, erwiderte Paul. »Ich benötige mehr Daten.«

»Ist es nicht gefährlich, dieser Bedrohung *nur* als Mentat begegnen zu wollen?«

Das war scharfsinnig, dachte Paul. Die Berechnungen eines Mentaten blieben immer endlich. Etwas Unbegrenztes konnte man nicht innerhalb der Begrenzungen einer Sprache ausdrücken. Mentatenfähigkeiten hatten jedoch durchaus ihren Nutzen. Das sagte Paul und forderte Stilgar damit zur Gegenrede heraus.

»Es gibt immer etwas, das sich außerhalb befindet«, sagte Stilgar. »Es gibt Dinge, die man am besten außerhalb *lässt*.«

»Oder innerhalb«, erwiderte Paul. Und für den Moment akzeptierte er seine eigene Schlussfolgerung als Hellseher/Mentat. Außerhalb, ja. Und innerhalb – hier lag das eigentliche Grauen. Wie konnte er sich vor sich selbst schützen? Zweifellos wollten sie ihn dazu bringen, sich selbst zu zerstören, aber er befand sich in einer Situation, in der er zwischen weitaus erschreckenderen Alternativen feststeckte.

Das Geräusch schneller Schritte riss ihn aus seinen Gedanken. Korba der Qizara stürmte durch die Tür, von hinten angestrahlt durch das helle Licht des Korridors. Wie von einer unsichtbaren Kraft getrieben rannte er herein – und kam dann von einem Moment auf den anderen zum Stehen, als er feststellte, dass im Empfangszimmer Zwielicht herrschte. Offenbar hatte er die Hände voller Shigadrahtspulen. Sie glitzerten im Licht aus dem Korridor – seltsame kleine, runde Edelsteine, deren Glanz erlosch, als die Hand einer Wache erschien und die Tür schloss.

Korba spähte in die Schatten. »Mylord?«

»Was gibt es?«, fragte Stilgar.

»Stilgar?«

»Wir sind beide hier. Was gibt es?«

»Der Empfang des Gildenmannes beunruhigt mich.«

»Beunruhigt?«, sagte Paul.

»Mylord, das Volk sagt, dass du unseren Feinden Ehre erweist.«

»Ist das alles?« Paul deutete auf die Shigadrahtkugeln in Korbas Händen. »Sind das die Spulen, die ich dir zu holen aufgetragen habe?«

»Spulen? Oh! Ja, Mylord. Das sind die historischen Aufzeichnungen. Willst du sie hier ansehen?«

»Ich habe sie schon angesehen. Sie sind für Stilgar.«

»Für mich?« Stilgar empfand Verärgerung über etwas, das ihm wie eine Laune Pauls erschien. Historische Aufzeichnungen! Stilgar war zu Paul gekommen, um die logistischen Berechnungen für die Eroberung Zabulons durchzusprechen. Das Eintreffen des Gildenbotschafters hatte sie dabei unterbrochen. Und nun kam Korba mit historischen Aufzeichnungen!

»Wie viel weißt du über Geschichte?«, fragte Paul mit leiser Stimme, während er Stilgars Gestalt neben sich in den Schatten musterte.

»Mylord, ich kann alle Welten aufzählen, die unser Volk besucht hat. Ich kenne die fernsten Winkel des imperialen …«

»Und das Goldene Zeitalter der Erde – hast du dich damit jemals befasst?«

»Die Erde? Das Goldene Zeitalter?« Stilgar war verärgert und verwirrt. Warum wollte Paul über Mythen vom Anbeginn der Zeit reden? Stilgars Kopf war immer noch angefüllt mit den Zahlen und Daten von Zabulon: die Berechnungen des Mentatenstabs – zweihundertundfünf Angriffsfregatten mit je dreißig Legionen, Reservebataillone, Befriedungskader, Qizarat-Missionare … der Bedarf an Nahrungsmitteln (er hatte die Zahlen alle parat) und Melange … Waffen, Uniformen, Medaillen … Urnen für die Asche der Toten … die Zahl der Spezialisten – Männer, die Propaganda-Rohmaterial erstellen würden, Sekretäre, Buchhalter … Spione … und Spione für die Spione …

»Ich habe auch den Impuls-Synchronisator dazu mitgebracht, Mylord«, sagte Korba, dem die Spannung zwischen Paul und Stilgar sichtlich unangenehm war.

Stilgar schüttelte den Kopf. *Impuls-Synchronisator?* Warum wollte Paul, dass er bei einem Shigadraht-Projektor ein mnemonisches Flattersystem verwendete? Warum sollte er in den historischen Aufzeichnungen nach bestimmtem Daten suchen? Das war Mentatenarbeit! Wie so oft stellte Stilgar fest, dass er bei dem Gedanken daran, einen Projektor und die dazugehörigen Geräte zu benutzen, ein tiefsitzendes Misstrauen empfand. Denn immer, wenn er das tat, tauchte er in verstörende Sinneswahrnehmungen ab – eine überwältigende Menge an Datenmaterial, die auf ihn einprasselte und die sein Verstand später sortierte. Und ihn dabei mit Wissen überraschte, von dem er nicht einmal geahnt hatte, dass er es besaß. »Mylord, ich bin wegen der Zabulon-Berechnungen gekommen«, sagte er.

»Dehydriere die Zabulon-Berechnungen!«, fuhr Paul ihn an, wobei er ein obszönes Fremen-Wort verwendete: das Wasser, das man nicht anrühren durfte, wollte man sich nicht erniedrigen.

»Mylord!«

»Stilgar, du musst ein Gefühl für Ausgewogenheit entwickeln, und das kannst du nur, indem du dich mit den langfristigen Auswirkungen von Ereignissen befasst. Korba hat die wenigen Informationen, die wir über die alten Zeiten haben – das kleine bisschen, das uns Butlers Kreuzzug hinterlassen hat –, für dich mitgebracht. Fang bei Dschingis Khan an.«

»Dschingis … Khan? War das ein Sardaukar, Mylord?«

»Oh, das war lange vor den Sardaukar. Er hat so um die … vier Millionen Menschen umgebracht.«

»Dann muss er über herausragende Waffen verfügt haben, Mylord. Lasbeams womöglich oder …«

»Er hat sie nicht selbst getötet, Stil. Er hat sie so getötet wie ich, indem er seine Truppen aussandte. Es gibt da noch einen weiteren Herrscher, den du dir näher ansehen solltest – einen Mann namens Hitler. Er hat über sechs Millionen umgebracht. Das war eine ziemliche Leistung für die damaligen Zeiten.«

»Hat er sie … mit seinen Legionen umgebracht?«

»Ja.«

»Das sind keine besonders beeindruckenden Zahlen, Mylord.«

»Mag sein, Stil.« Paul warf einen Blick auf die Spulen in Korbas Händen. Korba stand da, als hätte er sie am liebsten fallen gelassen und die Flucht ergriffen. »Wollt ihr Zahlen hören? Vorsichtigen Schätzungen zufolge habe ich einundsechzig Milliarden Menschen getötet, neunzig Planeten sterilisiert und fünfhundert weitere vollständig demoralisiert. Ich habe die Anhänger von vierzig Religionen ausgerottet, die es seit …«

»Ungläubige!«, zischte Korba. »Alles Ungläubige!«

»Nein«, sagte Paul. »Gläubige.«

»Mein Herr beliebt zu scherzen.« Korbas Stimme zitterte leicht. »Der Dschihad hat zehntausend Welten ins helle Licht des …«

»Er hat sie in die Finsternis gestoßen«, sagte Paul. »Wir werden hundert Generationen brauchen, um uns von Muad'Dibs Dschihad zu erholen. Ich kann mir nur schwer vorstellen, dass jemand jemals diese Leistung übertreffen wird.« Plötzlich kam ein bellendes Lachen aus seiner Kehle.

»Was belustigt Muad'Dib?«, fragte Stilgar.

»Ich bin nicht belustigt. Ich habe nur gerade daran gedacht, dass

Imperator Hitler vermutlich auch einmal etwas in der Art gesagt haben dürfte. Ja, zweifellos.«

»Es gab nie einen anderen Herrscher, der über Kräfte wie die deinen verfügte«, sagte Korba. »Wer würde es wagen, dich herauszufordern? Deine Legionen kontrollieren das ganze bekannte Universum und alle …«

»Die Legionen kontrollieren es«, sagte Paul. »Und ich frage mich, ob sie das wissen.«

»Du kontrollierst deine Legionen, Mylord«, warf Stilgar ein, und sein Tonfall machte deutlich, dass er sich mit einem Mal über seine Position in der Befehlskette bewusst wurde – darüber, welche Macht seine Hände lenkten.

Nachdem er Stilgars Gedanken in die gewünschten Bahnen gelenkt hatte, wandte Paul nun seine Aufmerksamkeit Korba zu. »Leg die Spulen hier auf den Diwan.« Korba gehorchte, und Paul fuhr fort: »Wie läuft der Empfang, Korba? Hat meine Schwester alles im Griff?«

»Ja, Mylord.« Korbas Stimme verriet Wachsamkeit. »Und Chani sieht durch das Guckloch zu. Sie vermutet, dass sich im Gefolge des Gildenmannes Sardaukar befinden.«

Paul nickte. »Damit hat sie zweifellos recht. Die Schakale sammeln sich.«

»Bannerjee«, sagte Stilgar und kam damit auf Pauls Sicherheitschef zu sprechen, »hat schon befürchtet, dass einige von ihnen versuchen könnten, in die Privatbereiche der Festung einzudringen.«

»Und ist ihnen das gelungen?«

»Bisher nicht.«

»Es gab allerdings etwas Verwirrung in den Palastgärten«, sagte Korba.

»Was für eine Verwirrung?«, fragte Stilgar.

Paul nickte.

»Fremde, die kamen und gingen«, sagte Korba. »Die die Beete

zertrampelt und sich flüsternd unterhalten haben. Ich habe Berichte über einige beunruhigende Bemerkungen gelesen.«

»Zum Beispiel?«, fragte Paul.

»*Dafür werden also unsere Steuern ausgegeben?* Wie ich hörte, stammte dieser Satz vom Botschafter persönlich.«

»Das überrascht mich nicht«, sagte Paul. »Haben sich viele Fremde in den Gärten aufgehalten?«

»Dutzende, Mylord.«

»Bannerjee hat an den gefährdeten Türen handverlesene Truppen aufgestellt, Mylord«, sagte Stilgar.

Der alte Fremen drehte sich beim Sprechen, sodass das gedämpfte Licht im Zimmer seine rechte Gesichtshälfte erhellte. Die eigenartige Beleuchtung, dieses vertraute Gesicht – all das berührte in Paul eine Erinnerung aus seiner Zeit in der Wüste. Paul brachte sie sich nicht voll zu Bewusstsein, sondern richtete seine Aufmerksamkeit stattdessen darauf, wie sich Stilgar innerlich zurückzog. Auf der faltenlosen Stirn des Fremen spiegelte sich praktisch jeder Gedanke wider, der ihm durch den Kopf ging, und gerade war er argwöhnisch – zutiefst argwöhnisch angesichts des seltsamen Verhaltens seines Imperators.

»Es gefällt mir nicht, dass Leute in die Gärten eindringen«, sagte Paul. »Gastfreundschaft ist eine Sache, ebenso wie die formale Notwendigkeit, einen Gesandten zu begrüßen, aber das …«

»Ich lasse diese Leute entfernen«, sagte Korba. »Sofort.«

»Moment!«, zischte Paul, als sich Korba schon zum Gehen wandte.

In der plötzlichen Stille dieses Augenblicks bewegte sich Stilgar unmerklich in eine Position, von der aus er Pauls Gesicht sehen konnte. Er stellte sich dabei ziemlich geschickt an – Paul bewunderte ihn für die Art, wie er ganz subtil sein Ziel erreichte. Das war typisch für einen Fremen: eine Verstohlenheit, die sich mit dem Respekt vor der Privatsphäre eines anderen verband, eine Bewegung aus Notwendigkeit.

»Wie spät ist es?«, fragte Paul.

»Beinahe Mitternacht, Mylord«, erwiderte Korba.

»Korba, ich glaube, du bist meine gelungenste Schöpfung.«

»Mylord!« Korbas Stimme hatte einen verletzten Unterton.

»Empfindest du Ehrfurcht vor mir?«

»Du bist Paul-Muad'Dib, der in unserem Sietch Usul war. Du weißt, wic treu ich …«

»Hast du dich jemals als Jünger gesehen?«

Ganz offensichtlich missverstand Korba diese Frage, interpretierte ihren Tonfall jedoch richtig. »Mein Imperator weiß, dass mein Gewissen rein ist.«

»Shai-Hulud sei uns gnädig«, murmelte Paul.

Die Stille wurde nun von dem Pfeifen eines Mannes gebrochen, der draußen den Korridor entlang ging. Als sich der Pfeifende direkt auf der anderen Seite der Tür befand, herrschte ihn ein Wachtposten an, leise zu sein.

Paul sagte: »Korba, ich glaube, dass du all das überleben könntest.« Er sah in Stilgars Gesicht, dass auch der alte Fremen langsam begriff.

»Die Fremden in den Gärten, Mylord?«, sagte Stilgar.

»Ah, ja«, erwiderte Paul. »Bannerjee soll sie dort wegschaffen, Stil. Korba wird ihn dabei unterstützen.«

»Ich, Mylord?« Korba war sein tiefes Unbehagen anzumerken.

»Einige meiner Freunde haben vergessen, dass sie einmal Fremen waren«, sagte Paul an Korba gewandt, doch seine Worte waren für Stilgars Ohren bestimmt. »Du wirst dir diejenigen merken, die Chani als Sardaukar identifiziert, und dafür sorgen, dass sie getötet werden. Mach es selbst. Ich will, dass es leise und ohne unnötigen Aufruhr vonstatten geht. Wir dürfen nicht vergessen, dass Religion und Regierung mehr bedeuten als nur Abkommen und Predigten zu unterschreiben.«

»Ich befolge die Befehle Muad'Dibs«, flüsterte Korba.

»Und die Zabulon-Berechnungen?«, fragte Stilgar.

»Morgen«, sagte Paul. »Und wenn die Fremden aus den Gärten entfernt sind, verkündest du, dass der Empfang beendet ist. Die Party ist vorbei, Stil.«

»Ich verstehe, Mylord.«

»Da bin ich mir sicher.«

Hier liegt ein tief gestürzter Gott
Sein Fall hat ihn vernichtet
Wir trugen nur den Sockel bei
Schmal und hoch errichtet

– Tleilaxu-Epigramm

Alia kauerte sich hin, stützte die Ellbogen auf die Knie und das Kinn auf die Fäuste und betrachtete den Leichnam auf der Düne – die paar Knochen und das in Fetzen gerissene Fleisch, die einmal eine junge Frau gewesen waren. Hände, Kopf und der größte Teil des Oberkörpers waren verschwunden – gefressen vom Corioliswind. Im Sand darum herum waren die Spuren der Ärzte und Quästoren ihres Bruders zu sehen. Nun waren sie weg, mit Ausnahme der Bestatter, die mit Hayt, dem Ghola, etwas abseits standen und darauf warteten, dass Alia ihre mysteriöse Prüfung dessen abschloss, was hier niedergeschrieben worden war.

Ein weizengelber Himmel rahmte die Szenerie in ein staubiges Licht ein, wie es nachmittags in diesen Breiten häufig zu sehen war.

Der Leichnam war vor einigen Stunden von einem tief fliegenden Kurier entdeckt worden, dessen Geräte geringe Spuren von Wasser gemeldet hatten, wo es eigentlich keines hätte geben dürfen. Auf seinen Funkspruch hin waren die Experten gekommen. Und was hatten sie in Erfahrung gebracht? Dass es sich hier um eine Frau von etwa zwanzig Jahren gehandelt hatte, eine Fremen, die nach Semuta süchtig gewesen war … und dass sie im Schmelztiegel der Wüste an den Folgen eines subtilen Tleilaxu-Gifts gestorben war.

Es war nichts Ungewöhnliches daran, wenn jemand in der Wüste starb. Aber eine Semuta-abhängige Fremen war eine so große Seltenheit, dass Paul Alia geschickt hatte, um den Ort des Geschehens auf jene Weise zu untersuchen, wie sie beide es von ihrer Mutter gelernt hatten.

Alia fand jedoch, dass sie hier nichts erreicht hatte – außer ihre eigene Aura aus Geheimnissen über eine ohnehin schon geheimnisvolle Szene zu legen. Sie hörte, wie sich die Füße des Gholas im Sand bewegten, und sah sich zu ihm um. Seine Aufmerksamkeit war auf die sie eskortierenden Thopter gerichtet, die wie ein Krähenschwarm über ihnen kreisten.

Hüte dich vor der Gilde, wenn sie Geschenke bringt, dachte Alia.

Der Leichenthopter und ihr eigenes Fluggerät standen hinter dem Ghola unweit eines Felsvorsprungs auf dem Sand. Als Alia den Blick auf diese beiden Thopter richtete, ergriff sie der tiefe Wunsch, sofort abzuheben und wegzufliegen.

Doch Paul war der Meinung, dass sie hier etwas entdecken würde, was andere übersahen. Unbehaglich bewegte sie sich in ihrem Destillanzug. Nach all den Monaten des Stadtlebens, in denen sie keinen getragen hatte, fühlte er sich fremd an. Sie betrachtete den Ghola und fragte sich, ob er vielleicht mehr über diesen sonderbaren Todesfall wusste. Ihr fiel auf, dass eine Locke seines schwarzen Ziegenhaars aus der Kapuze seines Destillanzugs gefallen war. Ihre Hand wollte nichts lieber als diese Locke zurück an ihren Platz schieben.

Als hätte ihn ihr Gedanke erreicht, wandten sich seine grauschimmernden Metallaugen ihr zu. Sein Blick ließ sie erzittern, sie wandte sich ruckartig ab.

Eine Fremen-Frau war hier an einem Gift gestorben, das man »Höllenkehle« nannte.

Eine Fremen, die von Semuta abhängig gewesen war.

Alia teilte Pauls Beunruhigung über ein solches Zusammentreffen.

Die Bestatter warteten geduldig. Die Tote enthielt nicht mehr genug Wasser, um sie zu verwerten, also hatten sie es nicht eilig. Und zweifellos glaubten sie, dass Alia mittels irgendwelcher glyptischer Künste von dem Leichnam seltsame Wahrheiten ablas.

Aber es offenbarten sich ihr keine seltsame Wahrheiten.

Da war nur ein leichtes Gefühl des Zorns tief in Alias Inneren – über die Gedanken, die den Bediensteten ganz offensichtlich durch den Kopf gingen. Ein Produkt dieses verdammten religiösen Mystizismus. Sie und ihr Bruder konnten nicht einfach nur Menschen sein – sie mussten *mehr* sein. Die Bene Gesserit hatten dafür gesorgt, indem sie den Stammbaum der Atreides manipuliert hatten. Und ihre Mutter hatte dazu beigetragen, indem sie sie auf den Weg der Hexerei gezwungen hatte.

Und durch Paul wurde diese Distanz immer größer.

Die in Alias Gedächtnis eingeschlossenen Ehrwürdigen Mütter regten sich und lösten Adab-Gedankenblitze aus: *Gib Ruhe, kleines Mädchen! Du bist, was du bist. So manches entschädigt dich dafür.*

Entschädigt …

Mit einer Handbewegung winkte sie den Ghola herbei.

»Was siehst du hier?«, fragte sie ihn.

»Wir finden vermutlich nie heraus, wer hier gestorben ist«, erwiderte er. »Kopf und Zähne sind verschwunden. Die Hände … Es ist unwahrscheinlich, dass eine solche Person irgendwo eine genetische Akte hat, mir der man ihre Zellen abgleichen könnte.«

»Ein Tleilaxu-Gift. Was hältst du davon?«

»Viele kaufen solche Gifte.«

»Das ist wahr. Und dieser Körper ist bereits zu zerfallen, um ihn nachzuzüchten, wie man es bei dir gemacht hat.«

»Was voraussetzen würde, dass man den Tleilaxu dafür weit genug über den Weg traut.«

Alia nickte und erhob sich. »Du wirst mich jetzt in die Stadt zurückfliegen.«

Als sie in der Luft waren und die Schnauze des Thopters nach Norden zeigte, sagte sie: »Du fliegst genau, wie Duncan Idaho flog.«

Er bedachte sie mit einem wissenden Blick. »Das haben mir auch schon andere gesagt.«

»Worüber denkst du im Moment nach?«

»Über vieles.«

»Hör auf, meiner Frage auszuweichen, verdammt!«

»Welcher Frage?«

Sie starrte ihn finster an.

Als er ihren Blick bemerkte, zuckte er mit den Schultern.

Wie sehr auch diese Geste doch an Duncan Idaho erinnerte, dachte sie und sagte anklagend, mit belegter, stockender Stimme: »Ich wollte nur, dass du deiner Reaktion Ausdruck verleihst, damit ich sie zu meinen eigenen Gedanken in Bezug setzen kann. Der Tod dieser jungen Frau macht mir Sorgen.«

»Ich habe nicht über sie nachgedacht.«

»Über was dann?«

»Über die seltsamen Gefühle, die ich empfinde, wenn von dem die Rede ist, der ich vielleicht einmal gewesen bin.«

»Vielleicht?«

»Die Tleilaxu sind sehr gerissen.«

»So gerissen auch wieder nicht. Du warst Duncan Idaho.«

»Höchstwahrscheinlich. Jedenfalls nach den Berechnungen.«

»Du empfindest dabei also etwas?«

»In gewissem Maße. Ich empfinde Unruhe. Ich fühle mich unbehaglich. Ich neige zum Zittern und muss mich anstrengen, diesen Impuls unter Kontrolle zu halten. Bilder … blitzen auf.«

»Was für Bilder?«

»Es geht zu schnell, um etwas zu erkennen. Blitze. Ein Zucken … beinahe Erinnerungen.«

»Wecken derartige Erinnerungen nicht deine Neugier?«

»Natürlich. Meine Neugier treibt mich an. Aber ich ringe dabei mit ernsthaftem Widerwillen. Ich denke: ›Was, wenn ich nicht der bin, für den sie mich halten?‹ Und dieser Gedanke gefällt mir nicht.«

»Und das ist alles, worüber du nachgedacht hast?«

»Du weißt es besser, Alia.«

Wie kann er es wagen, mich mit Vornamen anzusprechen? Sie spürte, wie Wut in ihr aufstieg. Doch beim Gedanken daran, wie er gesprochen hatte, ebbte sie wieder ab – nämlich mit sanfter, tiefer Stimme und beiläufigem männlichen Selbstvertrauen. Ein Muskel zuckte in ihrem Kiefer. Sie biss die Zähne zusammen.

»Ist das dort nicht El Kuds?«, fragte Hayt und kippte eine Tragfläche nach unten, was bei ihrer Eskorte für einen Moment der Unruhe sorgte.

Alia blickte auf die wellenförmigen Schatten auf dem Vorsprung über den Hargpass, auf die Felswand und die Steinpyramide, in der der Schädel ihres Vaters ruhte. *El Kuds – der heilige Ort.*

Sie nickte. »Es ist der heilige Ort.«

»Eines Tages werde ich ihm einen Besuch abstatten müssen«, sagte Hayt. »Wenn ich mich in der Nähe der sterblichen Überreste deines Vaters aufhalte, holt das vielleicht greifbare Erinnerungen ans Licht.«

Mit einem Mal erkannte sie, wie stark sein Bedürfnis war, zu wissen, wer er einmal gewesen ist. Sie blickte sich noch einmal zu der Felswand um, die unten am Fuß zu einem Strand und einem Meer aus Sand auslief – Zimtgestein, das sich aus den Dünen erhob wie ein Schiff, das durch die Wellen pflügte.

»Flieg noch einmal zurück«, sagte sie.

»Die Eskorte …«

»Die folgt uns. Flieg unter ihnen hindurch.«

Er gehorchte.

»Dienst du wirklich meinem Bruder?«, fragte sie dann, als sie sich auf neuem Kurs befanden, ihre Eskorte hinter ihnen.

»Ich diene den Atreides«, erwiderte er förmlich.

Und sie sah, wie er die rechte Hand hob und wieder sinken ließ – beinahe der alte Caladan-Salut. Ein nachdenklicher Ausdruck trat auf sein Gesicht. Sie beobachtete ihn, während er auf die Steinpyramide hinabblickte. »Was hast du?«, fragte sie.

Er bewegte die Lippen. Seine Stimme war brüchig und angespannt: »Er war … er war …« Eine Träne lief ihm über die Wange.

Die Ehrfurcht der Fremen ließ Alia erstarren. Der Ghola gab den Toten Wasser! Als würde sie etwas dazu zwingen, berührte sie mit dem Finger seine Wange, spürte die Träne.

»Duncan«, flüsterte sie.

Er umklammerte die Steuerung des Thopters, während sein Blick starr auf das Grabmal unter ihnen gerichtet war.

Sie sprach lauter: »Duncan!«

Er schluckte, schüttelte den Kopf, sah sie an. Seine metallenen Augen glänzten. »Ich … habe … einen Arm … auf meiner Schulter gespürt«, flüsterte er. »Ich habe ihn gespürt! Einen Arm.« Sein Kehlkopf zuckte. »Es war … ein Freund. Es war … mein Freund.«

»Wer war es?«

»Ich weiß es nicht. Ich glaube, es war … Nein, ich weiß es nicht.«

Vor Alia blinkte an der Funkanlage ein Licht auf. Der Hauptmann ihrer Eskorte wollte wissen, warum sie in die Wüste zurückgekehrt waren. Sie griff nach dem Mikrofon und erklärte, dass sie dem Grabmal ihres Vaters kurz die Ehre erwiesen hätten. Der Hauptmann erinnerte sie daran, wie spät es war.

»Wir fliegen jetzt nach Arrakeen«, sagte sie und legte das Mikrofon zurück.

Hayt holte tief Luft und wandte den Thopter nach Norden.

Alia sah ihn an. »Es war der Arm meines Vaters, den du gespürt hast, nicht wahr?«

»Mag sein.« Sein Tonfall war der eines Mentaten, der Wahrscheinlichkeiten berechnete. Ganz offensichtlich hatte er seine Fassung wiedergewonnen.

»Ist dir bewusst, wie gut ich meinen Vater kenne?«

»Ich habe eine grobe Vorstellung.«

»Lass es mich dir verdeutlichen.« In der gebotenen Kürze erklärte Alia, wie sie vor ihrer Geburt als Ehrwürdige Mutter erwacht war – als zu Tode verängstigter Fötus mit dem Wissen zahlloser Leben, das sich ihren Nervenzellen eingeprägt hatte. Und all das nach dem Tod ihres Vaters. »Ich kenne meinen Vater so, wie meine Mutter ihn gekannt hat. Ich kenne jede Einzelheit jeder Erfahrung, die sie mit ihm geteilt hat. In gewisser Weise *bin* ich meine Mutter. Ich verfüge über all ihre Erinnerungen bis zu dem Moment, in dem sie das Wasser des Lebens getrunken hat und in die Umwandlungstrance eingetreten ist.«

»Dein Bruder hat mir das bereits teilweise erklärt.«

»Hat er? Warum?«

»Ich habe ihn danach gefragt.«

»Warum?«

»Ein Mentat benötigt Daten.«

»Oh.« Alia sah auf die weite, flache Ebene des Schildwalls hinab: der misshandelte Fels, die Löcher, die Spalten.

Als Hayt bemerkte, wohin ihr Blick wanderte, sagte er: »Dort unten ist man sehr exponiert.«

Sie wandte sich ihm zu. »Aber man kann sich dort auch gut verstecken. Dieser Ort erinnert mich an den menschlichen Geist – mit allem, was er verbirgt.«

»Ah.«

»Ah? Was soll das heißen – ah?« Plötzlich ärgerte sie sich über ihn, ohne den Grund dafür benennen zu können.

»Du wüsstest gerne, was ich in meinem Geist verberge.« Es war eine Feststellung, keine Frage.

»Woher willst du wissen, dass ich dich mit meinen hellseherischen Kräften nicht schon als das entlarvt habe, was du bist?«

»Hast du das denn?« Er wirkte ehrlich neugierig.

»Nein!«

»Wahrsagerinnen haben ihre Grenzen.«

Jetzt wirkte er belustigt, und das milderte Alias Wut. »Findest du das etwa lustig? Hast du keinen Respekt vor meinen Kräften?«, fragte sie, doch es klang sogar in ihren Ohren nach einem schwachen Einwand.

»Ich respektiere deine Omen und Vorzeichen womöglich mehr, als du glaubst. Bei deinem Morgenritual stand ich im Publikum.«

»Und was sagt das?«

»Du verfügst über große Fähigkeiten im Umgang mit Symbolen.« Hayts Aufmerksamkeit war weiter auf die Steuerung des Thopters gerichtet. »Das ist wohl typisch für die Bene Gesserit. Aber wie so viele Hexen bist du mit deinen Kräften nachlässig geworden.«

In Alia zog sich etwas vor Angst zusammen. »Wie kannst du es wagen?«, platzte es aus ihr heraus.

»Ich wage weit mehr, als meine Schöpfer vorhergesehen haben. Aufgrund dieses seltenen Umstands bin ich noch bei deinem Bruder.«

Alia betrachtete die Stahlkugeln seiner Augen – kein menschlicher Ausdruck war dort zu erkennen. Die Kapuze des Destillanzugs verbarg seine Kinnpartie, doch auf seinem Mund lag ein entschlossener Ausdruck. Er signalisierte große Stärke ... und Zielstrebigkeit. Seine Worte waren von beruhigender Intensität gewesen. »... wage weit mehr ...« Das hätte auch Duncan Idaho sagen können. Hatten die Tleilaxu bei diesem Ghola bessere Arbeit geleistet, als sie es wussten – oder handelte es sich um eine Scharade, um einen Teil seiner Konditionierung?

»Erkläre dich, Ghola«, befahl sie.

»Erkenne dich selbst – ist das dein Befehl?«, erwiderte er.

Wieder merkte sie ihm seine Belustigung an. »Komm mir nicht mit Haarspaltereien, du ... du *Ding*!« Sie legte eine Hand an das Krismesser um ihren Hals. »Warum hat man dich meinem Bruder geschenkt?«

»Dein Bruder hat mir erzählt, dass du bei der Übergabe zugesehen hast. Du hast also gehört, wie ich ihm diese Frage beantwortet habe.«

»Dann beantworte sie noch einmal – mir!«

»Ich soll den Imperator vernichten.«

»Ist das der Mentat, der aus dir spricht?«

»Die Antwort auf diese Frage kennst du, ohne sie stellen zu müssen. Und du weißt ebenso gut, dass ein solches Geschenk nicht notwendig war. Dein Bruder war schon dabei, sich selbst zu vernichten.«

Alia dachte über diese Worte nach, ohne die Hand vom Knauf ihres Messers zu nehmen. Es war eine vertrackte Antwort, aber seine Stimme klang aufrichtig. »Wozu dann dieses Geschenk?«

»Vielleicht hielten es die Tleilaxu für eine amüsante Idee. Und es ist wahr, dass die Gilde darum gebeten hat, mich als Geschenk zu bekommen.«

»Warum?«

»Die Antwort ist die gleiche.«

»Inwiefern bin ich mit meinen Kräften nachlässig?«

»Wie setzt du sie ein?«

Mit dieser Frage durchbrach er die Mauer ihrer Vorbehalte. Alia nahm die Hand vom Messer und sagte: »Warum sagst du, dass mein Bruder dabei war, sich selbst zu vernichten?«

»Komm schon, Kind! Wo sind deine viel beschworenen Kräfte? Kannst du denn nicht selbst denken?«

Mit allen Mitteln hielt Alia ihren Zorn unter Kontrolle. »Denke für mich, Mentat.«

»Nun gut.« Hayt warf einen kurzen Blick zurück auf ihre Eskorte und wandte dann seine Aufmerksamkeit wieder ihrem Kurs zu. Hinter dem Nordrand des Schildwalls kam langsam die Ebene von Arrakeen zum Vorschein. Die Muster der Dörfer in den Pfannen und Gräben waren unter dem Staubschleier nur schwer auszumachen, aber der ferne Schein von Arrakeen war deutlich zu sehen.

»Symptome. Dein Bruder hält sich einen offiziellen Panegyriker, der …«

»Der ein Geschenk der Fremen-Naibs war!«

»Ein seltsames Geschenk von Freunden. Warum sollten sie ihn mit Schmeicheleien und Servilität umgeben? Hast du diesem Panegyriker jemals richtig zugehört? ›*Das Volk wird von Muad'Dib erleuchtet. Der Herrscher der Umma, unser Imperator, ist aus der Finsternis zu uns gekommen, um seinen Schein auf alle Menschen zu werfen. Er ist unser Gebieter. Er ist das kostbare Wasser, das aus einer nie versiegenden Quelle sprudelt. Ihm entströmt die Wonne, an der sich das ganze Universum labt.*‹ Pah!«

Mit leiser Stimme sagte Alia: »Ich bräuchte deine Worte nur vor unserer Fremen-Eskorte zu wiederholen – sie würden dich zu Vogelfutter zerhacken.«

»Dann tu das.«

»Mein Bruder herrscht durch das himmlische Naturgesetz!«

»Das glaubst du nicht, warum also sagst du es?«

»Woher willst du wissen, was ich glaube?« Alias Körper zitterte jetzt in einer Weise, die sich mit keiner Kraft der Bene Gesserit unter Kontrolle bringen ließ. Dieser Ghola hatte eine ganz und gar unvorhergesehene Wirkung auf sie.

»Du hast mir befohlen, als Mentat meine Schlüsse zu ziehen.«

»Kein Mentat weiß, was ich glaube!« Sie holte zweimal tief Luft. »Wie kannst du es wagen, über uns zu urteilen?«

»Zu urteilen? Ich urteile nicht.«

»Du hast keine Ahnung, was man uns beigebracht hat.«

»Man hat euch beiden beigebracht, zu regieren. Man hat euch einen maßlosen Durst nach Macht einprogrammiert. Man hat euch ein tief greifendes Verständnis für Politik und den Nutzen von Krieg und Ritualen eingeprägt. Naturgesetz? Was für ein Naturgesetz? Dieser Mythos sucht die Menschheit schon ihre ganze Geschichte lang heim. Wahrlich, eine Heimsuchung! Ein Gespenst. Substanzlos, irreal. Ist euer Dschihad ein Naturgesetz?«

»Mentatengeschwätz!«

»Ich diene den Atreides, und ich spreche offen und ehrlich.«

»Du dienst? Wir haben keine Diener – nur Schüler.«

»Und ich bin ein Schüler in Sachen Aufmerksamkeit. Wenn du das verstehst, Kind, dann …«

»Nenn mich nicht Kind!« Alia zog ihr Krismesser halb aus der Scheide.

»Du hast recht.« Hayt sah sie an, lächelte und wandte seine Aufmerksamkeit wieder der Steuerung des Thopters zu. Inzwischen waren die steilen Wände des Atreides-Palasts zu erkennen, die über den nördlichen Vororten von Arrakeen aufragten. »Du bist ein uraltes Wesen in einem Körper, der kaum mehr als ein Kind ist. Und dein Körper ist irritiert von der für ihn neuen Weiblichkeit.«

»Ich weiß nicht, warum ich dir zuhöre«, zischte Alia, schob das Krismesser aber zurück in die Scheide und wischte sich die Hand an der Robe ab. Ihre schweißnasse Handfläche vertrug sich nicht mit ihrer von den Fremen erlernten Sparsamkeit. So eine Verschwendung von Feuchtigkeit!

Hayt sagte: »Du hörst mir zu, weil du weißt, dass ich deinem Bruder ergeben bin. Meine Handlungen sind klar und leicht zu verstehen.«

»Nichts an dir ist klar und leicht zu verstehen. Du bist das komplexeste Geschöpf, dem ich je begegnet bin. Woher soll ich wissen, was die Tleilaxu alles in dir angelegt haben?«

»Aus Versehen oder mit Absicht haben sie mir die Freiheit gegeben, mich selbst zu formen.«

»Du ziehst dich auf Zensunni-Parabeln zurück. Der weise Mann formt sich selbst – der Narr lebt nur, um zu sterben.« Alia äffte seinen Tonfall nach. »Ein Schüler in Sachen Aufmerksamkeit!«

»Menschen können Mittel nicht von Erleuchtung trennen.«

»Du sprichst in Rätseln.«

»Ich spreche zum sich öffnenden Geist.«

»Ich werde Paul von all dem berichten.«

»Das meiste davon hat er schon gehört.«

Alia sah ihn überrascht an. »Wie kommt es dann, dass du noch lebst ... und frei bist? Was hat er gesagt?«

»Er hat gelacht. Und gesagt: ›Die Menschen wollen keinen Buchhalter als Imperator. Sie wollen einen Herrn, jemanden, der sie vor Veränderungen schützt.‹ Aber er war ebenfalls der Meinung, dass die Zerstörung seines Reichs von ihm selbst ausgeht.«

»Warum sollte er etwas Derartiges sagen?«

»Weil ich ihn davon überzeugt habe, dass ich sein Problem verstehe und ihm dabei helfen werde.«

»Mit welchen Worten soll dir das gelungen sein?«

Hayt schwieg, während er den Thopter in den Abwind lenkte, um beim Wachkomplex auf dem Dach der Festung zu landen.

Alia kniff die Augen zusammen. »Ich will sofort wissen, was du zu ihm gesagt hast!«

»Ich bin mir nicht sicher, ob du das verkraften würdest.«

»Das entscheide ich! Ich befehle dir, es mir zu sagen.«

»Gestatte mir, erst zu landen«, sagte Hayt, und ohne auf ihre Genehmigung zu warten, drehte er den Thopter auf der Mittelstütze, brachte die Flügel in optimale Ausrichtung und setzte sanft auf der grell orangefarbenen Landefläche auf.

»Also gut«, sagte Alia. »Sprich.«

»Ich habe ihm gesagt, dass es womöglich die schwerste Aufgabe im Universum ist, sich selbst zu ertragen.«

Sie schüttelte den Kopf. »Das ist ... das ist ...«

»Eine bittere Pille.« Hayt beobachtete, wie die Wachen über das Dach zum Thopter rannten, um ihre Eskortpositionen einzunehmen.

»Das ist bitterer Nonsens!«

»Der höchste Graf und der niederste Leibeigene haben das gleiche Problem. Man kann keinen Mentaten oder irgendeinen anderen Intellekt anstellen, um es für einen zu lösen. Man kann weder aus Schriften noch durch Nachforschungen oder Zeugenbefragungen Antworten darauf finden. Kein Diener – und kein Schüler – kann die Blutung stillen. Entweder man verbindet diese Wunde selbst, oder sie blutet für jeden sichtbar weiter.«

Ruckartig wandte sich Alia von ihm ab und begriff im selben Moment, was sie damit über ihre Gefühle verriet. Ohne jede List der Stimme, ohne Hexenwerk war er einmal mehr tief in ihre Psyche eingedrungen. Wie machte er das nur? »Wozu hast du ihm geraten?«, flüsterte sie.

»Ich habe ihm gesagt, dass er urteilen muss. Ordnung herstellen.«

Alia sah zu den Wachen hinaus. Ihr fiel auf, wie geduldig sie warteten – wie wohlgeordnet. »Den Menschen Gerechtigkeit widerfahren lassen«, murmelte sie.

»Das nicht!«, schnappte Hayt. »Ich habe ihm nahegelegt, zu urteilen, nichts weiter. Vielleicht geleitet von einem Prinzip …«

»Und das wäre?«

»Sich seine Freunde zu bewahren – und seine Feinde zu zerstören.«

»Also ungerecht zu urteilen.«

»Was ist Gerechtigkeit? Zwei Kräfte prallen aufeinander. In ihrem eigenen Bereich mag jede davon im Recht sein. Und das ist der Punkt, an dem ein Imperator ordentliche Lösungen befiehlt. Die Kollisionen, die er nicht verhindern kann … löst er.«

»Wie?«

»Auf die denkbar einfachste Art. Er trifft eine Entscheidung.«

»Und bewahrt sich seine Freunde und zerstört seine Feinde.«

»Ist das nicht Stabilität? Die Menschen wollen Ordnung, auf diese Art oder auf eine andere. Sie sitzen im Gefängnis ihrer Begierden und sehen, dass Krieg zu einer Unterhaltung der Reichen geworden ist. Das ist eine gefährliche Form von Kultiviertheit. Sie bedeutet Unordnung.«

Alia sah Hayt direkt ins Gesicht. »Ich werde meinem Bruder sagen, dass du viel zu gefährlich bist und zerstört werden musst.«

»Eine Lösung, die ich bereits vorgeschlagen habe.«

»Und genau deshalb bist du gefährlich.« Sie wägte seine Worte ab. »Du hast dir deine Leidenschaften unterworfen.«

»*Deshalb* bin ich nicht gefährlich.« Und bevor sie sich bewegen konnte, beugte er sich vor, griff nach ihrem Kinn und drückte seine Lippen auf ihre.

Es war ein sanfter Kuss – und ein kurzer. Hayt zog den Kopf zurück, und Alia starrte ihn an. Ihr Schock wurde durch einen Blick auf die verzerrten Gesichter ihrer Wachen gemindert, die nach wie vor in Habachtstellung standen und ihr Grinsen kaum unterdrücken konnten.

Sie legte einen Finger an die Lippen. Der Kuss war ihr so vertraut vorgekommen. Die Lippen des Gholas waren Teil einer Zukunft, die sie am Rande einer ihrer Visionen wahrgenommen hatte. Schwer atmend sagte sie: »Ich sollte dir die Haut abziehen lassen.«

»Weil ich gefährlich bin?«

»Weil du dir zu viel anmaßt.«

»Ich maße mir nichts an. Ich nehme nichts, was mir nicht zuvor angeboten wurde. Sei froh, dass ich nicht alles genommen habe, was mir angeboten wurde.« Er öffnete die Tür an seiner Seite des Thopters und stieg aus. »Komm mit. Wir haben unsere Zeit schon zu lange mit Sinnlosigkeiten vertrödelt.« Mit schnellen Schritten ging er zur Eingangskuppel am Rand des Landefelds.

Alia sprang aus dem Thopter und rannte ihm hinterher. »Ich erzähle Paul alles, was du gesagt, und alles, was du getan hast«, rief sie.

»Gut.« Er hielt ihr die Tür auf.

»Er wird deine Hinrichtung anordnen.« Sie schlüpfte in die Eingangskuppel.

»Warum? Weil ich mir den Kuss geholt habe, den ich wollte?« Er folgte ihr und drängte sie dabei zurück. Die Tür glitt hinter ihnen zu.

»Der Kuss, den *du* wolltest!«, rief sie empört.

»Na gut, Alia. Dann also den Kuss, den du wolltest.« Er schickte sich an, an ihr vorbei auf die Senkplatte zu treten.

Als hätte seine Bewegung plötzlich ihre Wahrnehmung geschärft, wurde ihr bewusst, wie offen er zu ihr war – wie absolut wahrheitsgetreu. *Der Kuss, den ich wollte*, dachte sie. *Das stimmt.* »Deine Ehrlichkeit, das ist das Gefährliche an dir«, sagte sie und folgte ihm auf die Senkplatte.

»Du kehrst auf den Pfad der Weisheit zurück. Ein Mentat hätte es nicht klarer formulieren können. Also: Was hast du in der Wüste gesehen?«

Sie griff ihn am Arm. Schon wieder hatte er es getan – sie so überrascht, dass sich ihre Aufmerksamkeit schärfte. »Ich kann es nicht erklären«, sagte sie, »aber ich muss immer wieder an die Gestalttänzer denken. Warum?«

»Deshalb hat dich dein Bruder in die Wüste geschickt. Erzähl ihm von diesem hartnäckigen Gedanken.«

»Aber warum?« Alia schüttelte den Kopf. »Warum die Gestalttänzer?«

»Dort draußen liegt eine tote junge Frau«, sagte der Ghola. »Vielleicht hat bei den Fremen niemand eine junge Frau als vermisst gemeldet.«

Ich denke darüber nach, welche Freude es ist, am Leben zu sein, und ich frage mich, ob ich jemals den Sprung nach innen zur Wurzel dieses Fleisches vollbringen und mein früheres Selbst kennenlernen werde. Die Wurzel ist dort. Ob ich sie durch irgendetwas, das ich tue, finden werde, bleibt im Gewebe der Zukunft verborgen. Aber alles, was ein Mensch tun kann, steht mir zu Gebote. Jede meiner Handlungen kann es erwirken.

– Aus: »Der Ghola spricht«, Alias Kommentar

Eingetaucht in den tosenden Duft des Gewürzes, durch die Orakeltrance nach innen blickend, sah Paul, wie sich der Mond zu einem lang gezogenen Kreis verzerrte. Wie er herumrollte, sich drehte, zischte – das furchtbare Zischen eines Sterns, der in einem endlosen Meer erlöscht – abwärts … abwärts … abwärts … wie ein von einem Kind geworfener Ball.

Dann war er weg.

Dieser Mond war nicht untergegangen, das wurde Paul nun schlagartig bewusst. Dieser Mond war weg: für immer fort. Die Erde bebte wie ein Tier, das sich unter seinem Fell schüttelte. Entsetzen brach über Paul herein.

Er fuhr von seiner Pritsche hoch, die Augen weit aufgerissen, starrend. Ein Teil von ihm hatte den Blick nach außen gerichtet, ein anderer Teil nach innen. Dort draußen sah er das Plasschmelzfenstergitter seines Privatgemachs, und er wusste, dass er neben der wie eine Felsklippe abfallenden Außenwand seiner Festung lag. In seinem Inneren sah er nach wie vor den Mond herabstürzen.

Raus! Raus!

Durch das Plasschmelzgitter drang das gleißende Nachmittagslicht, das über Arrakeen leuchtete. In Pauls Inneren herrschte schwärzeste Nacht. Die süßen Gerüche eines Dachgartens bestürmten seine Sinne, doch kein Blütenduft konnte den abgestürzten Mond zurück an den Himmel rücken.

Er setzte die Füße auf den kalten Boden und spähte durch das Gitter. Von hier aus konnte sein Blick dem sanften Bogen einer Fußgängerbrücke folgen, die man aus kristallstabilisiertem Gold und Platin errichtet hatte. Sie war mit Feuersteinen vom fernen Cedon geschmückt und führte über ein Becken und einen Springbrunnen voller Wasserblumen hin zu den Hochwegen der Innenstadt. Paul wusste, dass er, wenn er aufstand, auf die Blütenblätter hinabsehen konnte, die sauber und rot wie frisches Blut auf dem Wasser trieben – Farbscheiben auf einem smaragdgrünen Strom.

Seine Augen nahmen die Szenerie auf, ohne ihn dabei aus dem Bann des Gewürzes zu befreien.

Die schreckliche Vision eines verlorenen Mondes.

Die Vision wies auf einen erschütternden Verlust persönlicher Sicherheit hin. Womöglich hatte er den Sturz seiner Zivilisation gesehen, zu Fall gebracht von ihrem eigenen Größenwahn.

Ein Mond … ein Mond … ein fallender Mond.

Er hatte eine beträchtliche Menge Gewürzessenz benötigt, um den durch das Tarot aufgewirbelten Schlamm zu durchdringen. Doch das Einzige, was er dabei gesehen hatte, waren ein fallender Mond und der verhasste Weg, der ihm von Anfang an bekannt gewesen war. Um ein Ende des Dschihads zu erkaufen, um den Vulkan der Schlächterei zum Erlöschen zu bringen, musste er sich selbst unglaubwürdig machen.

Löse dich … löse dich … löse dich …

Die Blütendüfte des Dachgartens erinnerten ihn an Chani. Er sehnte sich nach ihren Armen, nach den Armen der Liebe und des

Vergessens. Aber nicht einmal Chani konnte diese Vision austreiben. Was würde sie sagen, wenn er ihr mitteilte, dass er einen ganz bestimmten Tod im Sinn hatte? Da die Sache unvermeidlich war, konnte er doch genauso gut den Tod eines Aristokraten wählen, sein Leben mit einer Geste im Verborgenen beenden und dabei all die Jahre vergeuden, die womöglich noch vor ihm gelegen hätten. Zu sterben, bevor die eigene Willenskraft erschöpft war, war das nicht die Wahl eines Edelmannes?

Paul erhob sich, schob den Vorhang vor der Öffnung im Gitterwerk zur Seite und trat auf den Balkon hinaus, von wo man den Blick nach oben auf Blumen und Weinranken richten konnte, die vom Garten herabhingen. Sein Mund war so trocken wie nach einem Wüstenmarsch.

Mond ... Mond ... Wo ist dieser Mond?

Er dachte über Alias Beschreibung der jungen Frau nach, deren Leichnam man in der Wüste gefunden hatte. Eine Semuta-abhängige Fremen! Alles fügte sich in das verhasste Muster.

Man nimmt sich nichts von diesem Universum, dachte er. *Es gewährt einem nur das, was es will.*

Auf einem niedrigen Tisch neben dem Balkongeländer lagen die Überreste einer Meeresschnecke aus den Ozeanen von Mutter Erde. Paul nahm die glatte, glänzende Schale in die Hand und versuchte sich rückwärts in die Zeit zu tasten. Die Perlmuttoberfläche reflektierte helle Lichtmonde. Er riss seinen Blick davon los und spähte nach oben, vorbei an den Blumen, in den lodernden Himmel hinauf – Staub schimmerte in regenbogenfarbenen Bahnen im silbernen Sonnenlicht.

Meine Fremen bezeichnen sich als »Kinder des Mondes«, dachte er.

Er legte das Schneckenhaus wieder auf den Tisch und wanderte den Balkon entlang. Barg dieser schreckliche Mond noch eine Hoffnung auf ein Entkommen? Im Bereich der mystischen Zusammenkunft suchte er nach Bedeutung. Er fühlte sich schwach, erschüttert, noch immer im Griff des Gewürzes.

Am nördlichen Rand des Plasschmelzabgrunds kamen die niedrigeren Gebäude des Regierungsbezirks in Sicht. Auf den Dachwegen wimmelte es von Fußgängern. Es kam Paul vor, als bewegten sich die Leute wie ein Fries vor einer Kulisse aus Türen, Wänden und Kachelmustern. Die Menschen waren Kacheln! In seinen Gedanken konnte er sie durch ein Blinzeln erstarren lassen. Ein Fries.

Ein Mond fällt und ist für immer fort.

Plötzlich fühlte es sich an, als wäre die Stadt dort draußen in ein seltsames Symbol seines Universums verwandelt worden. Die Gebäude, die er sehen konnte, waren auf jener Ebene errichtet worden, auf der seine Fremen die Sardaukar-Legionen vernichtet hatten. Der Boden, der einst im Schlachtengetümmel niedergetrampelt worden war, hallte nun vom hektischen Lärm des Geschäftslebens wider.

Sich am äußersten Rand des Balkons haltend, ging Paul um die Ecke. Jetzt konnte er auf eine der Vorstädte blicken, dorthin, wo sich die Gebäude Arrakeens zwischen den Felsen und dem Flugsand der Wüste verloren. Den Vordergrund dominierte Alias Tempel – die grünen und schwarzen Banner entlang seiner zweitausend Meter langen Seitenwände zeigten Muad'Dibs Mondsymbol.

Ein fallender Mond.

Paul fuhr sich mit der Hand über Stirn und Augen. Diese vor Symbolen überquellende Metropole bedrückte ihn. Er verabscheute seine eigenen Gedanken – bei jemand anderem hätte eine solche Unschlüssigkeit seinen Zorn erregt.

Er verachtete seine Stadt!

Tief in seinem Inneren köchelte und flackerte Wut, die aus Langeweile herrührte, genährt von Entscheidungen, die einmal unvermeidlich gewesen waren. Er wusste, welchem Weg seine Füße folgen mussten. Er hatte es oft genug gesehen, nicht wahr? Er hatte es *gesehen*! Einst … vor langer Zeit hatte er sich als Erfinder eines neuen Regierungssystems betrachtet. Aber seine Erfindung war in alte Muster zurückgefallen. Wie ein abscheuliches Etwas mit einem Gedächtnis aus festem Plastik: Man konnte es biegen, wie man wollte – wenn man es nur für einen Moment losließ, nahm es sofort wieder seine alte Gestalt an. Kräfte, die jenseits seines Zugriffs in den Herzen der Menschen am Werk waren, entzogen sich, trotzten ihm.

Er ließ den Blick über die Dächer schweifen. Welche Schätze an frei wucherndem Leben lagen unter diesen Dächern? Er erhaschte einen Blick auf laubgrüne Plätze, auf offene Pflanzen inmitten des kreidigen Rots und Golds der Dächer. Grün – das Geschenk Muad'Dibs und seines Wassers. Obstgärten und Haine boten sich seinem Blick dar, Pflanzungen unter freiem Himmel, die mit denen des sagenumwobenen Libanon wetteiferten.

»Muad'Dib spendet Wasser wie ein Wahnsinniger«, sagten die Fremen.

Er legte die Hände vor die Augen.

Der Mond fiel.

Er ließ die Hände wieder sinken und sah mit geklärtem Blick auf seine Stadt. Die Gebäude hatten die Aura einer monströsen, imperialen Barbarei. Gewaltig und leuchtend standen sie unter der nördlichen Sonne. Kolosse! Jede architektonische Extravaganz, die eine demente Menschheitsgeschichte hervorgebracht hatte, war von hier aus zu sehen: Terrassen, die die Ausmaße von Hochplateaus hatten, Plätze, die so groß waren wie so manche Stadt, Parks, Geschäfte, Bereiche kultivierter Wildnis.

Erlesene Kunstfertigkeit stand Seite an Seite mit den unerklärlichen Auswüchsen jämmerlicher Geschmacklosigkeit. Details sprangen ihm ins Auge: eine Pforte aus dem antiken Bagdad … eine Kuppel, die jemand im mythischen Damaskus erträumt hatte … ein Torbogen von der Niedriggravitationswelt Atar … harmonische Erhebungen und verrückte Tiefen … All das zusammen erzeugte ein Gefühl unvergleichlicher Pracht.

Ein Mond! Ein Mond! Ein Mond!

Paul fühlte sich in ein Netz aus Hilflosigkeit verstrickt. Er spürte den Druck des massenhaften Unbewussten, jene stetig anschwellende Woge aus Menschheit, die durch sein Universum flutete. Sie brandete mit gewaltigen Gezeitenkräften gegen ihn an. Er spürte die mächtigen Bewegungen, die bei den Menschen am Werk waren: die Strudel, die Strömungen, die genetischen Verwirbelungen. Keine Dämme der Entsagung, keine Machtdemonstrationen, keine Verwünschungen konnten sie aufhalten.

In dieser umfassenden Bewegung war Muad'Dibs Dschihad nicht mehr als ein Blinzeln. Die Bene Gesserit, die in dieser Flut mitschwammen, diese Entität, die mit Genen handelte, waren ebenso Gefangene der Strömung wie er. Visionen eines fallenden Mondes mussten an anderen Legenden gemessen werden, anderen Visionen in einem Universum, in dem sogar die scheinbar ewigen Sterne blasser wurden, flackerten, erloschen …

Was bedeutete in diesem Universum schon ein einziger Mond?

Tief im Innen seiner Zitadelle, so tief, dass sich der Klang immer wieder im Auf und Ab der Stadtgeräusche verlor, wurde auf einem zehnsaitigen Rebab ein Lied aus dem Dschihad gespielt, die Wehklage um eine auf Arrakis zurückgelassene Frau:

Ihre Hüften sind vom Wind geformte Dünen,
Aus ihren Augen leuchtet die Sommerhitze.
Zwei Zöpfe hängen auf ihren Rücken –
Wasserringe zieren ihr Haar!
Meine Hände erinnern sich ihrer Haut,
Nach Bernstein duftend, blumenbestäubt.
Die Erinnerung lässt meine Lider zucken …
Die weiße Flamme der Liebe streckt mich nieder!

Der Gesang widerte Paul an. Ein Lied für dumme Geschöpfe, die sich sentimentalen Gefühlen hingaben! Genauso gut könnte man der dünengeschwängerten Leiche etwas vorsingen, die Alia inspiziert hatte.

Plötzlich bewegte sich etwas in den Schatten des Balkongitters. Paul wirbelte herum.

Der Ghola trat ins grelle Sonnenlicht. Seine Metallaugen schimmerten.

»Ist das Duncan Idaho?«, fragte Paul. »Oder der Mann namens Hayt?«

Der Ghola blieb zwei Schritte entfernt stehen. »Was wäre Mylord lieber?« In seiner Stimme lag ein leiser, warnender Unterton.

»Spiel den Zensunni«, erwiderte Paul mit Bitterkeit. *Bedeutungen, die sich in Bedeutungen verbergen!* Was konnte ein Zensunni-Philosoph sagen oder tun, um auch nur ein Iota der Wirklichkeit zu verändern, die sich in genau diesem Moment vor ihnen entfaltete?

»Mylord ist besorgt.«

Paul wandte sich ab und blickte zur weit entfernten Kante des Schildwalls, sah vom Wind geformte Bögen und Vorsprünge: das schaurige Spiegelbild seiner Stadt. Die Natur machte sich über ihn lustig! *Sieh, was ich errichten kann!* Er erkannte eine Bresche in dem Massiv wieder, eine Spalte, aus der sich Sand ergoss, und dachte: *Dort! Genau dort haben wir gegen die Sardaukar gekämpft!*

»Was macht Mylord Sorgen?«, fragte der Ghola.

»Eine Vision«, flüsterte Paul.

»Ah! Als mich die Tleilaxu das erste Mal weckten, hatte ich Visionen. Ich war unruhig, einsam – und wusste gar nicht, dass ich einsam war. Noch nicht. Meine Visionen verrieten mir nichts. Die Tleilaxu sagten mir, dass es sich um eine störende Eigenschaft des Fleisches handelte, an der alle Menschen und Gholas litten. Eine Krankheit, weiter nichts.«

Paul drehte sich wieder zu dem Ghola um und betrachtete seine Augen, diese schartigen, ausdruckslosen Stahlkugeln. Was für Visionen sahen sie? »Duncan … Duncan …«, flüsterte er.

»Man nennt mich Hayt.«

»Ich habe einen Mond fallen sehen. Er war weg, zerstört. Ich habe ein lautes Zischen gehört. Die Erde hat gebebt.«

»Du bist trunken von einem Übermaß an Zeit.«

»Ich frage nach dem Zensunni und bekomme den Mentaten. Nun gut! Filtere meine Vision durch deine Logik, Mentat. Analysiere sie, und reduziere sie auf die reinen Worte, die man zum Begräbnis aufbahrt.«

»Ein Begräbnis, in der Tat. Du rennst vor dem Tod davon. Du streckst dich nach dem nächsten Augenblick und weigerst dich, im Hier und Jetzt zu leben. Weissagerei! Was für eine Krücke für einen Imperator!«

Plötzlich merkte Paul, wie er fasziniert auf ein Muttermal am Kinn des Gholas starrte, an das er sich noch gut von früher erinnerte.

»Du versuchst in dieser Zukunft zu leben«, fuhr Hayt fort, »aber gibst du einer solchen Zukunft dadurch Substanz? Lässt du sie Wirklichkeit werden?«

»Wenn ich dem Weg meiner Visionen in die Zukunft folge, werde ich am Leben sein«, murmelte Paul. »Wie kommst du darauf, dass ich dort leben *will*?«

Der Ghola zuckte mit den Schultern. »Du hast mich um eine substanzielle Antwort gebeten.«

»Wo ist die Substanz in einem Universum, das aus Ereignissen besteht? Gibt es eine letztgültige Antwort? Wirft nicht jede Lösung neue Fragen auf?«

»Du hast schon so viel Zeit verdaut, dass du dir einbildest, unsterblich zu sein. Selbst *dein* Imperium, Mylord, muss die ihm zugemessene Zeit leben – und dann sterben.«

»Führ mir nicht die rußgeschwärzten Altäre vor. Ich habe genug traurige Geschichten von Göttern und Heilsbringern gehört. Ich benötige wohl kaum besondere Kräfte, um mein eigenes Verderben wie das aller anderen vorherzusagen. Selbst mein niederster Küchenjunge könnte das.« Paul schüttelte den Kopf. »Der Mond ist gefallen!«

»Du hast deinen Geist von Beginn an nicht zur Ruhe gebracht.«

»Wirst du mich so zerstören? Indem du mich davon abhältst, meine Gedanken zu sammeln?«

»Kann man Chaos sammeln? Wir Zensunni sagen: ›Nicht Einzelnes zu sammeln, das ist die ultimative Sammlung.‹ Was kann man sammeln, wenn man sich nicht selbst sammeln kann?«

»Ich werde von einer Vision geplagt, und du redest Unsinn!«, sagte Paul mit zorniger Stimme. »Was weißt du über Hellsicht?«

»Ich habe das Werk des Orakels gesehen«, erwiderte der Ghola. »Ich habe diejenigen gesehen, die nach Zeichen und Omen für ihr persönliches Schicksal suchen. Sie fürchten, was sie suchen.«

»Mein fallender Mond ist die Wirklichkeit«, flüsterte Paul. Er holte zitternd Atem. »Er bewegt sich. Er bewegt sich.«

»Menschen fürchten immer das, was sich von selbst bewegt. Du fürchtest deine eigenen Kräfte. Dinge fallen dir aus dem Nirgendwo in den Kopf hinein. Und wenn sie herausfallen, was wird dann aus ihnen?«

»Dein Trost ist dornig.«

Eine Art inneres Leuchten kam nun aus dem Gesicht des Gholas. Für einen Augenblick wurde er ganz und gar zu Duncan Idaho. »Ich spende dir den Trost, den ich zu bieten habe.«

Dieser kurze Augenblick gab Paul zu denken. Hatte der Ghola Kummer verspürt, gegen den sich sein Verstand gesperrt hatte? Hatte Hayt seinerseits eine Vision unterdrückt?

»Mein Mond hat einen Namen«, flüsterte Paul.

Und dann ließ er sich von der Vision umspülen. Obwohl sein ganzes Sein aufschrie, drang kein Laut über seine Lippen. Er hatte Angst, zu sprechen, weil er fürchtete, seine Stimme könnte ihm den Dienst versagen. Die Luft in dieser schrecklichen Zukunft war erfüllt von Chanis Abwesenheit. Fleisch, das in Ekstase geweint hatte, Augen, die sich voll Verlangen in ihn hineingebrannt hatten, die Stimme, die ihn bezirzt hatte, gerade weil sie ihn nicht mit subtilen Tricks kontrollieren wollte – all das war fort, all das war wieder zu Wasser und Sand geworden.

Paul wandte sich langsam ab und richtete den Blick auf die Gegenwart – und auf den Platz vor Alias Tempel. Drei Pilger mit kahl rasierten Köpfen betraten den Platz von der Prozessionsstraße kommend. Sie trugen schmuddelige gelbe Roben und hatten es, die Köpfe gegen den Nachmittagswind gebeugt, sichtlich eilig. Einer von ihnen zog den linken Fuß nach. Sie bahnten sich ihren Weg gegen den Wind, bogen um eine Ecke und verschwanden aus Pauls Blickfeld.

Sie verschwanden so, wie sein Mond verschwinden würde. Doch seine Vision lag weiter vor ihm. Und ihre furchtbare Bestimmung ließ ihm keine Wahl.

Das Fleisch gibt sich auf, dachte er. *Die Ewigkeit nimmt sich das Ihre zurück. Unsere Körper haben diese Wasser kurz aufgewühlt, haben vor Liebe zum Leben und zu sich selbst getanzt, haben sich mit der einen oder anderen sonderbaren Idee beschäftigt – und haben sich dann wieder dem Instrumentarium der Zeit unterworfen. Was lässt sich darüber sagen? Ich habe mich ereignet. Ich bin nicht … und doch habe ich mich ereignet.*

Die Sonne fleht man nicht um Gnade an.

– Muad'Dibs Mühsal (aus den Stilgar-Kommentaren)

Ein einziger Moment der Inkompetenz konnte verhängnisvoll sein, mahnte sich die Ehrwürdige Mutter Gaius Helen Mohiam.

Nach außen hin unbesorgt, humpelte sie inmitten eines Rings aus Fremen-Wachen dahin. Sie wusste, dass einer der Männer hinter ihr ein Taubstummer war, immun gegen die Tücken der *Stimme*. Zweifellos hatte man ihn angewiesen, sie beim geringsten Anlass zu töten.

Warum hatte Paul sie wohl zu sich bestellt?, überlegte sie. Wollte er sein Urteil verkünden? Sie erinnerte sich an jenen Tag vor langer Zeit, als sie ihn auf die Probe gestellt hatte ... den kindlichen Kwisatz Haderach. Er war ein wahrlich tiefes Wasser.

Verdammt soll seine Mutter sein, verdammt in alle Ewigkeit! Es war ihre Schuld, dass die Bene Gesserit ihren Einfluss auf diese Genlinie verloren hatten.

Vor ihrer Begleitung breitete sich in den Gewölbegängen Stille aus. Mohiam spürte, wie ihnen die Nachricht von ihrem Kommen vorauseilte. Paul würde die Stille hören. Er würde von ihrem Eintreffen wissen, bevor man es verkündete. Sie machte sich nicht vor, dass ihre Kräfte den seinen überlegen wären.

Verdammt soll er sein!

Und dann die Bürden, die ihr das Alter auferlegte: die schmerzenden Gelenke, Reaktionen, denen die frühere Schnelligkeit fehlte, Muskeln, die nicht mehr so geschmeidig wie in ihrer Jugend waren. Ein langer Tag lag hinter ihr – und ein langes Leben. Sie hatte diesen Tag mit dem Wüstentarot verbracht, auf der fruchtlosen Suche nach Hinweisen auf das ihr bevorstehende Schicksal. Doch die Karten waren widerwillig gewesen.

Die Wachen führten Mohiam um eine Ecke in einen weiteren scheinbar endlosen Bogengang. Dreieckige Metaglasfenster zu ihrer Linken boten einen Blick auf Weinranken an Gittern und indigofarbene Blumen in den tiefen Schatten der Nachmittagssonne. Unter ihren Füßen befanden sich Kacheln – mit Bildern von Wassergeschöpfen fremder Planeten. Überall wurde man an Wasser erinnert. An Reichtum … an Überfluss.

In einem Korridor weiter vorne kreuzten mehrere Gestalten in Roben ihren Weg. Sie warfen der Ehrwürdigen Mutter verstohlene Blicke zu. Man merkte ihnen an, dass sie sie erkannten – und angespannt waren.

Mohiam hielt ihre Aufmerksamkeit auf den Haaransatz der Wache unmittelbar vor ihr gerichtet: junge Haut, rosa Fältchen am Uniformkragen, raspelkurzes Haar.

Die Ausmaße dieser Ighir-Zitadelle begannen sie zu beeindrucken. Gänge … noch mehr Gänge … Sie kamen an einer offenen Tür vorbei, aus der die Klänge von Timbur und Flöte drangen, die eine leise, alte Melodie spielten. Ein Blick zeigte Mohiam tiefblaue Fremen-Augen, die aus dem Raum zu ihr hinausstarrten. Sie erahnte darin das Ferment legendärer Rebellionen, das in wilden Genen gärte.

Das war das Maß ihrer persönlichen Bürde, das wusste sie. Eine Bene Gesserit konnte sich dem Gespür für Gene und ihre Möglichkeiten nicht entziehen. Ein Gefühl des Verlusts durchfuhr sie. Dieser sture Dummkopf von einem Atreides! Wie konnte er sich dem Schatz verweigern, der für die Nachwelt in seinen Lenden schlummerte? Ein Kwisatz Haderach! Geboren aus diesen Zeiten, das schon, aber real – so real wie seine abscheuliche Schwester … Und hier handelte es sich um eine gefährliche Unbekannte. Eine wilde Ehrwürdige Mutter, die ohne die Beschränkungen einer

Bene Gesserit zur Welt gekommen war und keine Loyalität für die ordnungsgemäße Entwicklung des Genmaterials empfand. Zweifellos teilte sie die Macht ihres Bruders – und mehr.

Nun bedrückte sie die Größe der Zitadelle. Hatten diese Korridore denn nie ein Ende? Wie es hier doch nach fürchterlicher, persönlicher Macht stank! Kein Planet, keine Zivilisation in der gesamten Geschichte der Menschheit hatte je zuvor eine solche architektonische Gewalt gesehen. In diesen Mauern hätte man ein Dutzend Städte aus alten Zeiten verbergen können.

Sie kamen an ovalen Türen mit blinkenden Lichtern vorbei, die die Ehrwürdige Mutter als ixianische Arbeit erkannte: pneumatische Transportmünder. Warum ließ man sie dann so weit laufen? Langsam bildete sich in ihrem Kopf die Antwort: damit sie sich schon vor ihrer Audienz zu Boden gedrückt fühlte.

Ein kleiner Hinweis, der sich jedoch zu anderen subtilen Zeichen gesellte: die relative Zurückhaltung und sorgfältige Wortwahl der Wachen, der Anflug primitiver Scheu in ihrem Blick, wenn sie sie als »Ehrwürdige Mutter« ansprachen, der kalte, schmucklose und bis ins Innerste geruchslose Charakter dieser Hallen – all das zusammen verriet einer Bene Gesserit viel.

Paul wollte etwas von ihr!

Sie verbarg ihre Euphorie. Es gab also einen Hebel, den sie zum Verhandeln einsetzen konnte. Sie musste nur die Natur dieses Hebels in Erfahrung bringen und herausfinden, wie stark er war. Hebel hatten schon Größeres als diese Zitadelle bewegt. Manchmal genügte ein Fingertippen, um ganze Zivilisationen zu Fall zu bringen.

Mohiam musste an Scytales Einschätzung denken: *Wenn sich ein Geschöpf erst einmal zu etwas Bestimmtem entwickelt hat, wird es den Tod der Verwandlung in das Gegenteil vorziehen.*

Die Korridore, durch die man sie brachte, weiteten sich nun unmerklich: kunstvoll angeordnete Bögen, langsam anwachsende Stützpfeiler, größere längliche Fenster, die die dreieckigen ersetzten. Und schließlich ragte vor Mohiam, in der gegenüberliegenden Wand einer hohen Vorhalle, eine Doppeltür auf. Ihr wurde bewusst, dass diese Tür *sehr* groß war, und sie hätte beinahe nach Luft geschnappt, als sie mit ihren geschulten Sinnen die tatsächlichen Proportionen maß: mindestens achtzig Meter hoch und vierzig Meter breit.

Als sie sich mit ihrer Begleitung näherte, schwangen die Türflügel nach innen auf – ein riesiger, sich lautlos bewegender Mechanismus. Sie erkannte, dass es sich auch hier um ixianische Arbeit handelte. Sie folgte den Wachen durch die hoch aufragende Tür in den großen Empfangssaal des Imperators Paul Atreides. »Muad'Dib, vor dem alle Menschen wie Zwerge erscheinen.« Nun sah sie die Wirkung dieser weit verbreiteten Phrase.

Während sie sich Paul auf seinem fernen Thron näherte, stellte die Ehrwürdige Mutter fest, dass sie die architektonischen Feinheiten ihrer Umgebung mehr beeindruckten als die Ausmaße. Der Saal war enorm – er hätte die gesamte Zitadelle eines jeden Herrschers der Menschheitsgeschichte aufnehmen können. Seine Weite und Offenheit verrieten viel über die Ausgewogenheit der auf ihn wirkenden strukturellen Kräfte. Die Stützpfeiler und Stützbalken hinter diesen Wänden und über der Kuppeldecke übertrafen zweifellos alles, was man in dieser Hinsicht je zuvor auch nur versucht hatte. Hier war ein technisches Genie am Werk gewesen.

Ohne diesen Anschein zu erwecken, wurde der Saal am gegenüberliegenden Ende doch etwas kleiner, sodass Paul auf seinem Thron, der exakt in der Mitte eines Podests stand, nicht winzig wirkte. Ein ungeübter Blick, schockiert von den Ausmaßen des Saals, hätte ihn anfänglich für sehr viel größer gehalten, als er tatsächlich war. Farben spielten mit der ungeschützten Psyche: Der grüne Thron war aus einem einzigen Hagarsmaragd geschnitten. Das Grün signalisierte Wachstum, und in der Mythologie der Fremen war es gleichzeitig die Farbe der Trauer. Die geflüsterte Botschaft war, dass hier jemand saß, der einem Kummer machen konnte: Leben und Tod in einem Symbol vereint, eine geschickte Betonung von Gegensätzlichem. Hinter dem Thron hingen Tuchbahnen in den gebrannten Orange- und Goldtönen der Erde des Wüstenplaneten, gesprenkelt mit den Zimtflecken des Gewürzes. Für das geübte Auge war die Symbolik offensichtlich, aber sie führte Hammerschläge gegen den Uneingeweihten.

Die Zeit spielte hier ihre ganz eigene Rolle.

Die Ehrwürdige Mutter zählte die Minuten, die sie brauchte, um sich mit ihrem humpelnden Gang der imperialen Gegenwart zu nähern. Genug Zeit, um sich einschüchtern zu lassen. Jede Spur von Widerstand wurde durch die ungezügelte, konzentrierte Macht, die hier auf einen Menschen einwirkte, aus ihm herausgepresst. Man konnte den langen Marsch zu diesem Thron als würdevoller Mensch beginnen – am Ende dieses Marsches war man nur noch eine Mücke.

Sekretäre und Bedienstete standen in wohlgeordneter Abfolge um den Imperator herum. Aufmerksame Hauswachen entlang der verhängten Rückwand; die Abscheulichkeit Alia zwei Stufen unter Paul und zu seiner Linken; Stilgar, der Lakai des Imperators, auf der Stufe direkt unterhalb von Alia; und zur Rechten, eine Stufe über dem Saalboden, eine einsame Gestalt: der fleischliche Wiedergänger von Duncan Idaho, der Ghola. Unter den Wachen fielen Mohiam nun einige ältere Fremen auf, bärtige Naibs mit Destillanzugsnarben auf den Nasen und Krismesserscheiden an den Hüften, manche auch mit Maula-Pistolen und sogar Lasguns bewaffnet. Paul musste diesen Männern aufs Äußerste vertrauen, dachte sie, damit sie in seiner Gegenwart Lasguns tragen durften, während er offensichtlich mit einem Schildgenerator ausgestattet war. Sie sah das schimmernde Kraftfeld, das ihn umgab. Eine Lasgun-Entladung in dieses Feld – und die gesamte Zitadelle wäre nur noch ein Loch im Boden.

Mohiams Wachen blieben zehn Schritte vor dem Fuß des Podests stehen und teilten die Reihen, sodass die Ehrwürdige Mutter freie Sicht auf den Imperator hatte. Sie bemerkte, dass Chani und Irulan fehlten, und fragte sich, was das wohl zu bedeuten hatte. Es hieß, dass er keine wichtige Audienz ohne sie abhielt.

Paul nickte Mohiam schweigend zu und maß sie mit seinem Blick.

Sofort beschloss sie in die Offensive zu gehen. »Der große Paul Atreides lässt sich also zu einem Treffen mit einer Person herab, die er verbannt hat«, sagte sie.

Paul lächelte ironisch und dachte: *Sie weiß, dass ich etwas von ihr will.* Bedachte man, mit wem man es zu tun hatte, war das unvermeidlich. Ihm war klar, über welche Kräfte sie verfügte. Eine Bene Gesserit wurde nicht durch Zufall zur Ehrwürdigen Mutter. Er sagte: »Sollen wir uns das Wortgeplänkel sparen?«

Würde es so leicht sein?, dachte Mohiam. Und erwiderte: »Sag mir, was du willst.«

Stilgar regte sich und warf Paul einen scharfen Blick zu. Offenbar gefiel dem Lakaien des Imperators ihr Ton nicht.

»Stilgar will, dass ich dich wegschicke«, sagte Paul.

»Nicht, dass du mich tötest?«, fragte Mohiam. »Von einem Fremen-Naib hätte ich etwas Direkteres erwartet.«

Stilgar runzelte die Stirn und sagte: »Oft muss ich etwas anderes sagen als das, was ich denke. Das bezeichnet man als Diplomatie.«

»Dann sparen wir uns doch auch die Diplomatie«, sagte Mohiam. »War es nötig, mich so weit gehen zu lassen? Ich bin eine alte Frau.«

»Du musstest sehen, wie grausam ich sein kann«, erwiderte Paul. »So kannst du auch meine Großzügigkeit schätzen.«

»Du wagst es, dich gegenüber einer Bene Gesserit derart taktlos zu verhalten?«

»Entschiedenes Handeln ist an sich schon eine Botschaft.«

Mohiam zögerte und wägte seine Worte ab. Vielleicht würde er sich ihrer also doch entledigen … natürlich entschieden, falls sie … falls sie was tat? »Sag, was du von mir willst«, knurrte sie.

Alia warf ihrem Bruder einen Blick zu und deutete mit einer Kopfbewegung zu den Wandbehängen hinter dem Thron. Sie wusste, was Paul in dieser Angelegenheit beabsichtigte, doch es gefiel ihr nicht. Man konnte es als »wilde Prophezeiung« bezeichnen: Alia war erfüllt vom Widerwillen dagegen, Teil dieses Handels zu sein.

»Du musst aufpassen, wie du mit mir sprichst, alte Frau«, sagte Paul.

Alte Frau hat er mich auch genannt, als er noch ein Bürschchen war, dachte die Ehrwürdige Mutter. *Erinnert er mich nun daran, dass ich, was seine Vergangenheit betrifft, die Hände im Spiel hatte? Muss ich die Entscheidung, die ich damals getroffen habe, hier noch einmal treffen?* Sie spürte das Gewicht dieser Entscheidung als etwas Physisches, das ihre Knie zittern ließ. Ihre Muskeln ächzten vor Erschöpfung.

»Es war ein langer Fußmarsch«, sagte Paul, »und ich sehe, dass du müde bist. Wir ziehen uns in mein Privatgemach hinter dem Thron zurück. Dort kannst du sitzen.« Er gab Stilgar ein Zeichen und erhob sich.

Stilgar und der Ghola traten auf Mohiam zu und halfen ihr die Stufen hoch, dann folgten sie Paul durch einen hinter den Wandbehängen verborgenen Gang. Nun begriff die Ehrwürdige Mutter, warum er sie in diesem Saal empfangen hatte: Das war nur eine alberne Scharade für die Wachen und die Naibs gewesen. Er fürchtete sie also. Und jetzt – jetzt stellte er gütiges Wohlwollen zur Schau, wagte es, einer Bene Gesserit mit List zu kommen. Oder war es Wagemut? Sie spürte jemanden hinter sich. Sie warf einen Blick zurück und sah Alia, die ihnen folgte. In den Augen der jungen Frau lag ein finsterer, unheilvoller Ausdruck. Mohiam erschauerte.

Pauls Privatgemach am Ende des Durchgangs war ein Plasschmelzwürfel mit einer Kantenlänge von etwa zwanzig Metern, erhellt von gelben Leuchtgloben, an den Wänden die dunkelorangefarbenen Vorhänge eines Destillzeltes. Hier gab es Diwane, weiche Kissen und einen niedrigen Tisch mit Wasserkaraffen aus

Kristallglas darauf. Ein leichter Gewürzduft lag in der Luft. Im Vergleich zum großen Saal fühlte sich hier alles beklemmend eng an.

Paul ließ Mohiam auf einem der Diwane Platz nehmen, stellte sich vor ihr auf und betrachtete ihr uraltes Gesicht: die festen Zähne, die Augen, die mehr verbargen als preisgaben, die tiefen Falten in der Haut. Er deutete auf eine der Wasserkaraffen. Sie schüttelte den Kopf, wobei eine Strähne ihres grauen Haars verrutschte.

Leise sagte Paul: »Ich möchte mit dir um das Leben meiner Geliebten verhandeln.«

Stilgar räusperte sich.

Alia tastete nach dem Griff des Krismessers, das an ihrem Hals hing.

Der Ghola verharrte mit unbewegter Miene neben der Tür. Seine Metallaugen waren auf einen Punkt über dem Kopf der Ehrwürdigen Mutter gerichtet.

»Hattest du eine Vision davon, dass ich bei ihrem Tod die Hände im Spiel haben werde?«, fragte Mohiam. Sie hielt ihre Aufmerksamkeit auf den Ghola gerichtet, der sie auf seltsame Weise irritierte. Warum sollte sie sich durch ihn bedroht fühlen? Er war doch ein Werkzeug der Verschwörung.

»Ich weiß, was du von mir willst«, sagte Paul und wich damit ihrer Frage aus.

Dann vermutet er es nur, dachte Mohiam. Sie blickte auf ihre Schuhspitzen hinab, die unter der Robe hervorragten. Schwarz … schwarz … Schuhe und Robe zeigten bereits Spuren ihrer Inhaftierung: Flecken, Falten. Sie hob das Kinn wieder und sah einen wütenden Ausdruck in Pauls Augen. Mit einem Mal durchströmte sie ein Hochgefühl. Sie verbarg es hinter geschürzten Lippen und zusammengekniffenen Augen. »Welche Münze bietest du mir?«, fragte sie.

»Ihr könnt meinen Samen haben, aber nicht mich als Person«, erwiderte Paul. »Irulan wird verbannt und mit künstlichen Mitteln befruchtet …«

»Du wagst es!«, brauste die Ehrwürdige Mutter auf.

Stilgar trat einen halben Schritt vor.

Verstörenderweise lächelte der Ghola. Und nun musterte Alia ihn.

»Es ist hier nicht Thema, was die Schwesternschaft verbietet«, sagte Paul. »Ich höre mir kein Gerede über Sünden, Abscheulichkeiten oder die überkommenen Glaubenssätze vergangener Dschihads an. Ihr könnt meinen Samen für eure Pläne haben, aber kein Kind Irulans wird auf meinem Thron sitzen.«

»*Deinem* Thron«, höhnte Mohiam.

»*Meinem* Thron.«

»Wer trägt dann den Erben des Imperiums aus?«

»Chani.«

»Sie ist unfruchtbar.«

»Sie trägt ein Kind in sich.«

Unwillkürlich schnappte die Ehrwürdige Mutter nach Luft und verriet dadurch ihre Bestürzung. »Du lügst!«, zischte sie.

Paul hielt Stilgar, der sich in diesem Moment auf sie stürzen wollte, mit erhobener Hand zurück und sagte: »Wir wissen seit zwei Tagen, dass sie mein Kind in sich trägt.«

»Aber Irulan …«

»Nur mit künstlichen Mitteln. So lautet mein Angebot.«

Die Ehrwürdige Mutter schloss die Augen, um Pauls Gesicht nicht sehen zu müssen. Verdammnis! Wie konnte er nur in dieser Weise mit den Genen spielen! Abscheu brodelte in ihrer Brust. Die Lehren der Bene Gesserit, die Lektionen von Butlers Dschihad – all das verbot eine solche Tat. Man missachtete nicht einfach die höchsten Bestrebungen der Menschheit. Keine Maschine durfte die Funktion des menschlichen Geistes nachahmen. Kein Wort und keine Tat durften auch nur nahelegen, dass man Menschen wie Tiere züchten könnte.

»Es ist deine Entscheidung«, sagte Paul.

Mohiam schüttelte den Kopf. Die Gene, die kostbaren Atreides-

Gene – nur auf sie kam es an. Das, was sie brauchten, wog schwerer als irgendwelche Vorschriften. Für die Schwesternschaft war eine Paarung mehr als die Verbindung von Spermium und Eizelle – es ging darum, die Psyche einzufangen.

Die Ehrwürdige Mutter begriff nun, was sich hinter Pauls Angebot verbarg. Er würde die Bene Gesserit zu Komplizinnen einer Tat machen, die den Zorn des Volkes erregen würde – sollte sie jemals ans Licht kommen. Sie konnten eine derartige Vaterschaft nicht eingestehen, solange der Imperator sie bestritt. Die Währung, in der Paul sie bezahlte, sicherte der Schwesternschaft zwar die Atreides-Gene, doch den Thron würde sie ihr nie erkaufen.

Mohiam ließ den Blick durch den Raum schweifen und musterte jedes einzelne Gesicht: Stilgar, der jetzt still war und wartete; der Ghola, der wie erstarrt und in sich versunken dastand; Alia, die den Ghola beobachtete … und Paul – Zorn, der sich hinter einer dünnen Außenschicht verbarg.

»Dies ist dein einziges Angebot?«, fragte sie.

»Mein einziges Angebot.«

Sie sah den Ghola an, wobei ihr eine kleine Bewegung der Muskeln in seinen Wangen auffiel. Emotionen? »Du, Ghola«, sagte sie. »Sollte man so ein Angebot machen? Und wenn es einem gemacht wird, sollte man es annehmen? Diene uns als Mentat.«

Die Metallaugen wandten sich Paul zu.

»Gib deine Antwort«, sagte Paul.

Der Ghola richtete seinen schimmernden Blick wieder auf die Ehrwürdige Mutter und schockierte sie erneut durch ein Lächeln. »Ein Angebot ist nur so gut wie das, was es einem tatsächlich erkauft«, sagte er. »Der Tausch, der hier angeboten wird, ist ein Leben gegen ein Leben, also ein Geschäft beträchtlicher Größenordnung.«

Alia schob sich eine kupferrote Haarsträhne aus der Stirn und sagte: »Und was verbirgt sich noch hinter diesem Geschäft?«

Die Ehrwürdige Mutter weigerte sich, Alia anzusehen, aber sie konnte nicht verhindern, dass sich die Worte in ihren Geist brannten. Ja, die Implikationen reichten weit tiefer. Pauls Schwester war eine Abscheulichkeit, das stimmte, doch ihr Status als Ehrwürdige Mutter – mit allem, was dieser Titel mit sich brachte – ließ sich nicht bestreiten. Gaius Helen Mohiam selbst empfand sich in diesem Moment nicht als eine Person, sondern als all die anderen, die wie eine Masse winziger Geister in ihrer Erinnerung lebten. Sie alle waren wachsam – jede einzelne Ehrwürdige Mutter, die sie in sich aufgenommen hatte, als sie zur Priesterin der Schwesternschaft geworden war. Und Alia befand sich in der gleichen Situation.

»Was noch?«, sagte der Ghola. »Man fragt sich, warum die Hexen der Bene Gesserit nicht die Methoden der Tleilaxu angewendet haben.«

Gaius Helen Mohiam und all die Ehrwürdigen Mütter in ihrem Inneren erschauerten. Ja, die Tleilaxu taten wahrlich Verabscheuungswürdiges. Wenn man die Tabus fallen ließ, die die künstliche Befruchtung verhinderten, war dann der nächste Schritt der, den die Tleilaxu gingen: kontrollierte Mutation?

Paul, der das Spiel der Emotionen um sich herum beobachtete, hatte unvermittelt das Gefühl, diese Menschen nicht mehr zu kennen. Er sah nur noch Fremde. Sogar Alia war eine Fremde.

Alia sagte: »Wenn wir die Atreides-Gene im Fluss der Bene Gesserit aussetzen, wer weiß, wohin das führt?«

Mohiams Kopf zuckte herum, sie sah Alia direkt in die Augen, und für einen kurzen Moment waren sie zwei Ehrwürdige Mütter, die gemeinsam einen Gedanken dachten: *Was verbarg sich hinter einer Handlung der Tleilaxu? Der Ghola war ein Geschöpf der Tleilaxu. Hatte er Paul diesen Plan eingegeben? Würde Paul versuchen, direkt mit den Bene Tleilax zu verhandeln?*

Mohiam riss ihren Blick wieder von Alia los, spürte, wie unschlüssig sie war, wie wenig sie der Lage gerecht wurde. Die Fallstricke der Ausbildung zu einer Bene Gesserit, erinnerte sie sich, lagen in der Macht, die sie einem gab: Solche Kräfte brachten Eitelkeit und Stolz mit sich. Aber Macht führte diejenigen, die sie anwendeten, in die Irre. Man neigte zu dem Glauben, dass sich mit Macht jedes Hindernis überwinden ließe ... einschließlich der eigenen Ignoranz.

Nur eines war hier für die Bene Gesserit von überragender Bedeutung, sagte sie sich: die Pyramide aus Generationen, die mit Paul Atreides einen Höhepunkt erreicht hatte – und mit seiner abscheulichen Schwester. Eine falsche Entscheidung, und diese Pyramide musste neu errichtet werden. Sie würden, um Generationen zurückgeworfen, bei einem der Parallelstammbäume ansetzen müssen, mit Zuchtmaterial, dem es an den erlesensten Eigenschaften mangelte.

Kontrollierte Mutation, dachte sie. *Wenden die Tleilaxu so etwas tatsächlich an? Wie verlockend!* Sie schüttelte den Kopf, um sich von solchen Gedanken freizumachen.

»Du lehnst mein Angebot ab?«, fragte Paul.

»Ich denke nach«, erwiderte Mohiam.

Und einmal mehr sah sie seine Schwester an. Der optimale Partner für dieses Atreides-Weibchen war verloren – getötet von Paul. Es gab allerdings noch eine andere Möglichkeit: eine, die die erwünschten Eigenschaften fest im Spross der Vereinigung verankern würde. Paul wagte es, den Bene Gesserit tierische Zuchtpraktiken vorzuschlagen! Wie viel würde er wirklich für Chanis Leben zahlen? Würde er in die Kreuzung mit seiner eigenen Schwester einwilligen?

Um Zeit zu gewinnen, sagte die Ehrwürdige Mutter: »Sag mir, o makelloses Exempel von allem, was heilig ist, hat Irulan eine Meinung zu deinem Angebot?«

»Irulan tut, was du ihr sagst«, schnarrte Paul.

Das ist wahr, dachte Mohiam. Sie schob das Kinn vor und wagte einen neuen Spielzug. »Es gibt zwei Atreides.«

Paul, der erahnte, was im Kopf der alten Hexe vor sich ging, stieg das Blut ins Gesicht. »Sei vorsichtig mit deinen Vorschlägen.«

»Du würdest Irulan also einfach *benutzen*, um deine Ziele zu erreichen?«

»Hat man sie nicht dazu ausgebildet, sich benutzen zu lassen?«

Und wir haben sie ausgebildet, darauf will er hinaus, dachte Mohiam. *Nun … Irulan ist eine Münze mit Kopf und Zahl. Konnte man eine solche Münze anders ausgeben?* »Wirst du Chanis Kind auf den Thron setzen?«

»Auf *meinen* Thron.« Paul warf Alia einen Blick zu, fragte sich, ob sie die möglichen Ausgänge dieses Gesprächs kannte. Seine Schwester stand mit geschlossenen Augen und seltsam regungslos da. Mit welcher inneren Kraft hielt sie Zwiesprache? Als Paul Alia so sah, fühlte er sich wie ein Schiffbrüchiger auf offener See. Seine Schwester stand an einem Ufer, das sich immer weiter entfernte.

Die Ehrwürdige Mutter kam zu einem Entschluss. »Diese Entscheidung ist zu bedeutend, um sie allein zu treffen«, sagte sie. »Ich muss mit dem Rat auf Wallach Rücksprache halten. Gestattest du mir, eine Nachricht zu übermitteln?«

Als bräuchte sie dafür meine Erlaubnis!, dachte Paul. Er sagte: »Einverstanden. Aber zögere die Entscheidung nicht zu lange hinaus. Ich sitze hier nicht tatenlos herum, während ihr debattiert.«

»Wirst du in Verhandlungen mit den Bene Tleilax eintreten?«, meldete sich die durchdringende Stimme des Gholas.

Alia riss die Augen auf und starrte Hayt an, als hätte sie ein gefährlicher Eindringling aufgeschreckt.

»Dahingehend habe ich noch nichts entschieden«, sagte Paul. »Was ich tun werde, ist, so bald wie möglich in die Wüste zu gehen. Unser Kind wird in einem Sietch zur Welt kommen.«

»Eine weise Entscheidung«, sagte Stilgar feierlich.

Alia wich Stilgars Blick aus. Es war die falsche Entscheidung – sie spürte es in jeder Faser ihres Körpers. Paul *musste* das wissen.

Warum nur hatte er sich auf diesen Weg festgelegt? »Haben die Bene Tleilax ihre Dienste angeboten?«, fragte sie Paul. Sie sah, wie Mohiam gespannt auf die Antwort wartete.

Paul schüttelte den Kopf. »Nein.« Er sah zu Stilgar. »Stil, kümmere dich darum, dass die Nachricht nach Wallach geschickt wird.«

»Sofort, Mylord.«

Paul wandte sich ab, wartete, während Stilgar die Wachen zu sich rief und mit der alten Hexe den Raum verließ. Er spürte, dass seine Schwester überlegte, ob sie ihm noch weitere Fragen stellen sollte. Doch stattdessen wandte sie sich dem Ghola zu.

»Mentat«, sagte Alia, »werden die Tleilaxu die Gunst meines Bruders erbitten?«

Hayt zuckte mit den Schultern.

Paul stellte fest, dass seine Aufmerksamkeit abschweifte. *Die Tleilaxu? Nein … nicht so, wie Alia es meinte.* Ihre Frage verriet allerdings, dass sie die Alternativen nicht sah. Nun … Visionen unterschieden sich von Orakel zu Orakel. Warum also nicht auch bei Bruder und Schwester? Pauls Gedanken wanderten … und wanderten … und jedes Mal schrak er wieder auf, hörte Bruchstücke des Gesprächs, das neben ihm geführt wurde.

»… müssen erfahren, was die Tleilaxu …«

»… das vollständige Datenmaterial ist immer …«

»… gesunde Zweifel, wo …«

Paul drehte sich um, sah seine Schwester an und wartete, darauf, dass sie seinen Blick erwiderte. Er wusste, dass sie die Tränen auf seinem Gesicht bemerken und sich fragen würde, was sie zu bedeuten hatten. Sollte sie doch. Unter diesen Bedingungen war das ein Zeichen von Güte. Er warf dem Ghola einen Blick zu und sah trotz der Metallaugen nur Duncan Idaho. In Paul rangen Kummer und Mitgefühl miteinander. Er fragte sich, was diese Metallaugen wohl aufzeichneten.

Es gibt viele Grade des Sehens – und viele Grade der Blindheit, dachte er dann, und sein Geist wandte sich der Paraphrase einer Stelle aus der Orange-Katholischen Bibel zu: *Welche Sinne fehlen uns, sodass wir die andere Welt, die uns umgibt, nicht sehen können?*

Verliehen diese Metallaugen noch einen anderen Sinn als die Sicht?

Alia spürte die tiefe Trauer ihres Bruders und trat auf ihn zu. Mit einer Fremen-Geste der Demut berührte sie die Tränen auf seiner Wange und sagte: »Wir dürfen nicht um die uns teuren Menschen trauern, bevor sie von uns gegangen sind.«

»Bevor sie von uns gegangen sind«, wiederholte Paul flüsternd. »Sag mir, kleine Schwester, was heißt *bevor*?«

Ich habe die Nase gestrichen voll von allem, was mit Göttern und Priestern zu tun hat! Meinst du etwa, dass ich blind für meinen eigenen Mythos bin? Sieh dir dein Datenmaterial noch einmal an, Hayt. Ich habe meine Rituale in die grundlegendsten menschlichen Handlungen einfließen lassen. Die Menschen essen im Namen Muad'Dibs! Sie lieben sich in meinem Namen und werden in meinem Namen geboren! Sie überqueren in meinem Namen die Straße! Noch in der ärmlichsten Hütte des fernen Gangishree bringt man keinen Dachbalken an, ohne den Segen Muad'Dibs auf sich herabzurufen!

– Buch der Schmähungen (aus der Hayt-Chronik)

»Sie riskieren viel, indem Sie Ihren Posten verlassen und um diese Zeit zu mir kommen«, sagte Edric, während er den Gestalttänzer durch die Wand seines Tanks musterte.

»Wie behäbig Ihr Denken ist, und in wie engen Bahnen es sich bewegt«, erwiderte Scytale. »Wer ist gekommen, um Sie zu besuchen?«

Zögernd betrachtete Edric die massige Gestalt, die schweren Lider, das grobe Gesicht Scytales. Es war früh am Tag, und der Stoffwechsel des Steuermannes hatte sich noch nicht von der nächtlichen Ruhe auf vollen Melangekonsum umgestellt. »Ist das nicht die Gestalt, mit der du draußen in den Straßen herumgelaufen bist?«

»Einige der Gestalten, als die ich heute unterwegs war, würde man keines zweiten Blickes würdigen.«

Dieses Chamäleon glaubt, dass ihn ein Gestaltwandel vor allem verbirgt, dachte Edric mit seltener Einsicht. Und er fragte sich, ob sie seine Beteiligung an der Verschwörung tatsächlich vor allen hellseherischen Kräften schützte. Die Schwester des Imperators beispielsweise … Das orangefarbene Gas in Edrics Tank wirbelte auf, als er den Kopf schüttelte. »Warum sind Sie hier?«, fragte er den Gestalttänzer.

»Das Geschenk muss zu schnellerem Handeln veranlasst werden«, sagte Scytale.

»Das ist nicht machbar.«

»Es muss ein Weg gefunden werden.«

»Warum?«

»Es gefällt mir nicht, wie die Dinge stehen. Der Imperator versucht, uns zu spalten. Er hat den Bene Gesserit bereits ein Angebot gemacht.«

»Ach … das.«

»Ja, das! Sie müssen den Ghola veranlassen …«

»Sie haben ihn geschaffen, Tleilaxu. Sie wissen, dass es keinen Sinn hat, das zu verlangen.« Edric hielt kurz inne und schob sich näher an die durchsichtige Wand des Tanks. »Oder haben Sie uns über dieses Geschenk belogen?«

»Belogen?«

»Sie haben gesagt, dass wir die Waffe lediglich auf ihr Ziel ausrichten und abfeuern können. Dass wir nicht mehr eingreifen können, sobald wir den Ghola erst einmal überreicht haben.«

»Man kann jeden Ghola aus der Fassung bringen. Man muss nichts weiter tun, als ihn über sein ursprüngliches Ich zu befragen.«

»Was erreicht man dadurch?«

»Man veranlasst ihn zu Handlungen, die unseren Zwecken dienlich sind.«

»Er ist ein Mentat und damit zu höchst logischem Denken fähig. Er wird erraten, was ich vorhabe … er oder die Schwester des Imperators. Wenn sie ihre Aufmerksamkeit auf ihn …«

»Verbergen Sie uns vor der Hellseherin oder nicht?«

»Ich fürchte mich nicht vor Orakeln. Mir geht es um logisches Denken – um reale Spione, um die physische Macht des Imperiums, um die Kontrolle des Gewürzes, um …«

»Man kann sich ohne Sorge mit dem Imperator befassen, wenn man sich ins Bewusstsein ruft, dass alles endlich ist.«

Merkwürdigerweise wich Edric nun bestürzt zurück und zuckte mit den Gliedmaßen wie ein bizarrer Molch. Scytale musste bei diesem Anblick ein Gefühl von Abscheu unterdrücken. Wie üblich trug der Gildennavigator einen hautengen schwarzen Anzug, der an der Hüfte durch zahlreiche Behälter ausgebeult wurde. Und doch … wenn er sich bewegte, hatte man den Eindruck, ihn nackt zu sehen. Scytale kam zu dem Schluss, dass das an den unaufhörlichen Schwimmbewegungen des Gildenmannes lag, und einmal mehr wurde ihm bewusst, welch dünnes Band die Verschwörung zusammenhielt. Als Gruppe passten sie nicht zusammen. Das war eine Schwäche.

Langsam ebbte Edrics Erregung wieder ab. Er sah zu Scytale hinaus, sein Blick verschleiert durch das orangefarbene Gas, das ihn nährte. Welchen Plan hatte der Gestalttänzer in der Hinterhand, um seine eigene Haut zu retten? Der Tleilaxu verhielt sich in unvorhersehbarer Weise. Ein böses Omen.

Etwas an der Stimme und den Handlungen des Navigators verriet Scytale, dass Edric die Schwester mehr fürchtete als den Imperator. Es war ein Gedanke, der ganz unvermittelt in seinem Bewusstsein aufblitzte. Ein verstörender Gedanke. Hatten sie, was Alia betraf, etwas Wichtiges übersehen? Würde der Ghola eine ausreichende Waffe sein, um beide zu vernichten? Scytale starrte in das Innere des Tanks. »Wissen Sie, was man sich über Alia erzählt?«

»Wie meinen Sie das?« Und wieder wirkte der Fischmensch nervös.

»Nie hatten Philosophie und Kultur eine Schutzpatronin wie sie. Das Angenehme und das Schöne verbinden sich in …«

»Was ist am Schönen und Angenehmen schon dauerhaft? Wir werden beide Atreides zerstören. Kultur! Die verteilen sie ans Volk, um besser herrschen zu können. Schönheit! Sie fördern eine Schönheit, die versklavt. Sie erschaffen belesene Dummheit – leichter geht es nicht. Sie überlassen nichts dem Zufall. Ketten! Mit ihren Taten schmieden sie Ketten, versklaven. Aber Sklaven lehnen sich immer irgendwann auf.«

»Die Schwester könnte heiraten und ein Kind gebären.«

»Warum sprechen Sie von der Schwester?«

»Der Imperator wählt vielleicht einen Gefährten für sie aus.«

»Soll er doch. Es ist längst zu spät.«

»Nicht einmal Sie können den nächsten Augenblick erzeugen. Sie sind kein Schöpfer – ebenso wenig wie die Atreides.« Scytale nickte. »Wir dürfen uns nicht zu viel anmaßen.«

»Wir sind nicht diejenigen, die von Schöpfung faseln. Wir sind nicht der Pöbel, der versucht, aus Muad'Dib einen Messias zu machen. Was soll dieser Unsinn? Warum werfen Sie solche Fragen auf?«

»Es liegt an diesem Planeten. *Er* wirft Fragen auf.«

»Planeten reden nicht!«

»Dieser hier schon.«

»Ach ja?«

»Ja. Er spricht von Schöpfung. In der Nacht verwehter Sand – das ist Schöpfung.«

»Verwehter Sand …«

»Wenn man erwacht, sieht man im ersten Licht des Tages eine neue Welt. Alles ist frisch und bereit für neue Spuren.«

Spurenloser Sand?, dachte Edric. *Schöpfung?* Plötzlich bildete sich ein Knoten aus Angst in seiner Brust. Die Enge seines Tanks, des sie umgebenden Raumes – alles drang auf ihn ein, raubte ihm die Luft zum Atmen.

Spuren im Sand.

»Sie reden wie ein Fremen«, sagte der Steuermann.

Scytale nickte. »Es handelt sich um einen Fremen-Gedanken, und er ist lehrreich. Die Fremen sprechen von Muad'Dibs Dschihad als etwas, das Spuren im Universum hinterlässt – so wie sie Spuren im frischen Sand hinterlassen. Sie haben eine Spur im Leben der Menschen entdeckt.«

»Und?«

»Dann kommt wieder die Nacht. Der Wind weht.«

»Ja, der Dschihad ist endlich. Muad'Dib hat seinen Dschihad benutzt und …«

»Er hat den Dschihad nicht benutzt. Der Dschihad hat ihn benutzt. Ich glaube, er hätte ihn verhindert, wenn er es gekonnt hätte.«

»Wenn er es gekonnt hätte? Alles, was er hätte tun müssen …«

»Ach, seien Sie still!«, zischte Scytale. »Eine geistige Epidemie kann man nicht aufhalten. Sie springt von einem zum anderen – über Parsecs hinweg. Sie ist überwältigend, und sie schlägt dort zu, wo wir am verletzlichsten sind, wo wir die Überreste anderer solcher Seuchen in uns bewahren. Wer kann so etwas aufhalten? Muad'Dib hat kein Gegenmittel. So etwas hat seine Wurzeln im Chaos. Kann die Ordnung dorthin vordringen?«

»Sind Sie also auch infiziert?« Langsam drehte sich Edric im orangefarbenen Gas und überlegte, warum Scytales Worte so ängstlich klangen. War der Gestalttänzer von ihrer Verschwörung abgefallen? Leider war es nun unmöglich, zur Beantwortung dieser Frage in die Zukunft zu blicken – zu viele Propheten hatten die Wasser der Zeit getrübt.

»Wir sind alle infiziert«, sagte Scytale und rief sich ins Gedächtnis, dass Edrics Intelligenz beschränkt war. Wie konnte er sein Argument so vorbringen, dass es der Gildenmann verstand?

»Aber wenn wir ihn vernichten, dann ist die Ansteckung …«

»Ich sollte Sie in dieser Unwissenheit belassen. Aber meine Pflichten gestatten es mir nicht. Außerdem wäre das eine Gefahr für uns alle.«

Wieder zuckte Edric kurz zurück und stabilisierte sich, indem er einen Flossenfuß nach hinten kickte. Das orangefarbene Gas peitschte um seine Beine auf. »Sie reden wirres Zeug«, sagte er.

»Die ganze Angelegenheit ist wahrlich explosiv«, sagte Scytale nun mit ruhiger Stimme. »Sie kann uns jederzeit um die Ohren fliegen. Und wenn es dazu kommt, schleudert sie ihre Bruchstücke durch die Jahrhunderte. Erkennen Sie das?«

»Wir hatten es schon zuvor mit Religionen zu tun. Wenn diese neue …«

»Das ist nicht nur eine Religion!«, schnappte Scytale und fragte sich, was die Ehrwürdige Mutter wohl von dieser harschen Lektion für ihren Mitverschwörer gehalten hätte. »Es ist etwas anderes: eine religiöse Regierung. Muad'Dib hat seinen Qizarat überall hineingedrängt und die alten Regierungsfunktionen ersetzt. Aber ihm fehlt ein dauerhafter öffentlicher Dienst – und Botschafter, die wie Zahnräder ineinandergreifen. Er hat Bistümer, Inseln der Autorität. Und im Zentrum jeder dieser Inseln steht ein Mann. Männer lernen, wie man persönliche Macht erlangt und an ihr festhält. Männer sind eifersüchtig.«

Edric setzte ein selbstzufriedenes Lächeln auf. »Wenn sie nicht mehr zusammenstehen, übernehmen wir sie einen nach dem anderen. Wir schneiden den Kopf ab – und der restliche Körper fällt uns …«

»Dieser Körper hat zwei Köpfe.«

»Die Schwester – die heiraten könnte.«

»Die mit Sicherheit heiraten wird.«

»Mir gefällt Ihr Ton nicht, Scytale.«

»Und mir gefällt Ihre Unwissenheit nicht.«

»Und wenn sie heiratet? Erschüttert das unsere Pläne?«

»Es wird das Universum erschüttern.«

»Aber die beiden sind nicht einzigartig. Ich selbst verfüge über Kräfte, die …«

»Sie sind ein Säugling. Sie krabbeln, wo diese beiden einherschreiten.«

»Sie sind *nicht* einzigartig!«

»Sie vergessen, Gildenmann, dass wir einmal einen Kwisatz Haderach erschaffen haben. Ein solches Geschöpf ist erfüllt vom Schauspiel der Zeit. Es ist eine Form des Seins, die man nicht bedrohen kann, ohne sich dabei selbst der gleichen Drohung zu unterwerfen. Muad'Dib weiß, dass wir seine Chani attackieren wollen. Wir müssen schneller vorgehen als bisher. Sie müssen zu dem Ghola durchdringen und ihn zur Tat anspornen.«

»Und wenn ich das nicht tue?«

»Dann werden wir den Donnerschlag zu spüren bekommen.«

O vielzahniger Wurm, widerstehst du
Dem, wofür es keine Heilung gibt?
Fleisch und Atem, die dich locken
Zum Grunde allen Neubeginns
Nähren sich von Ungeheuern
Die sich im Tor der Flammen winden!
Unter all deinen Gewändern ist keines
Das den Rausch der Göttlichkeit verdeckt
Und das brennende Verlangen birgt!

– Wurmlied (aus dem Dünenbuch)

Paul war ins Schwitzen gekommen, als er in der Übungshalle mit Krismesser und Kurzschwert gegen den Ghola angetreten war. Nun stand er an einem der Fenster, blickte auf den Tempelplatz hinab und versuchte sich vorzustellen, was sich gerade um Chani in der Klinik abspielte. Sie war am Vormittag krank geworden – in der sechsten Woche ihrer Schwangerschaft. Die Ärzte waren die besten, die es gab. Sie würden sich melden, wenn sie Neuigkeiten hatten.

Düstere nachmittägliche Sandwolken verdunkelten den Himmel über dem Platz. »Schmutzige Luft« nannten die Fremen ein solches Wetter.

Würden diese Ärzte denn nie anrufen? Jede Sekunde zog sich quälend langsam dahin, trat nur widerwillig in Pauls Universum ein.

Warten … warten … Von den Bene Gesserit auf Wallach war noch keine Antwort eingetroffen. Natürlich zögerten sie die Sache mit Absicht hinaus.

Pauls Hellsicht hatte diese Momente bereits aufgezeichnet, aber er schirmte sich innerlich von den Orakelkräften ab. In diesem Fall bevorzugte er die Rolle des Zeitfischs, der sich nicht aus freiem Willen für eine Richtung entschied, sondern schwamm, wohin ihn die Strömung trug. Das Schicksal gestattete es ihm gerade nicht, gegen den Strom anzukämpfen.

Paul hörte, wie der Ghola die Waffen zurück in die Halterung steckte und dabei begutachtete. Er seufzte, legte eine Hand an den Gürtel und schaltete den Schild ab. Er spürte ein Kribbeln, als das Kraftfeld an seiner Haut hinabglitt.

Dann beschloss er, sich alldem zu stellen, wenn Chani kam. Das war Zeit genug, um sich bewusst zu machen, dass er ihr Leben verlängert hatte, indem er sein Wissen vor ihr geheim gehalten hatte. War es böse, fragte er sich, Chani den Vorzug vor einem Erben zu geben? Mit welchem Recht traf er die Entscheidung für sie? Dumme Gedanken! Wer hätte angesichts der Wahl, vor der er gestanden hatte, zögern können: Sklavengruben, Folter, quälender Kummer – und Schlimmeres.

Er hörte, wie sich die Tür öffnete. Und dann Chanis Schritte.

Er drehte sich um.

Mörderische Wut stand Chani ins Gesicht geschrieben. Der breite Fremen-Gürtel, der ihr goldenes Gewand zusammenhielt, die Wasserringe, die sie um den Hals trug, die Hand an ihrer Hüfte (nie weit von ihrem Messer entfernt), der scharfe Blick, mit dem sie jeden Raum beim Eintreten in Augenschein nahm – alles an ihr war in diesem Moment lediglich die Kulisse für ihren Willen zu töten.

Paul breitete die Arme aus, und Chani kam zu ihm. Er drückte sie fest an sich.

»Jemand hat mir über lange Zeit ein Verhütungsmittel verabreicht«, krächzte sie an seiner Brust. »Bis ich die neue Diät begonnen habe. Deshalb wird es Probleme mit der Geburt geben.«

»Aber es gibt Gegenmittel?«, fragte Paul.

»Gefährliche Gegenmittel … Ich weiß, woher dieses Gift kommt! Ich will ihr Blut sehen.«

»Meine Sihaya«, flüsterte Paul und hielt Chani dicht an sich gedrückt, um ihr plötzliches Zittern zu besänftigen. »Du wirst den Erben zur Welt bringen, den wir uns wünschen. Genügt das nicht?«

»Mein Lebensfeuer brennt schneller. Es ist nun ganz dem Lauf der Geburt unterworfen. Die Ärzte haben mir gesagt, dass alles mit entsetzlicher Geschwindigkeit voranschreitet. Ich muss essen und essen … und auch mehr Gewürz einnehmen … es essen, es trinken. Dafür töte ich sie!«

Paul küsste sie auf die Wange. »Nein, meine Sihaya. Du tötest niemanden.« Und er dachte: *Irulan hat dein Leben verlängert, Geliebte. Für dich ist der Zeitpunkt der Geburt der Zeitpunkt des Todes.* Er spürte, wie ihn der versteckte Kummer aussaugte, ihn als leeres, schwarzes Gefäß zurückließ.

Chani löste sich von ihm. »Was sie getan hat, ist unverzeihlich!«

»Wer hat etwas davon gesagt, ihr zu verzeihen?«

»Warum soll ich sie dann nicht töten?«

Es war eine so direkte Fremen-Frage, dass Paul am liebsten in hysterisches Gelächter ausgebrochen wäre. Stattdessen sagte er: »Das würde nicht helfen.«

»Hast du das *gesehen*?«

Pauls Bauch verkrampfte sich, als er sich an die Vision erinnerte. »Was ich gesehen habe … was ich gesehen habe …«, murmelte er. Jeder Aspekt der Ereignisse um ihn herum passte zu diesem Moment, der ihn lähmte. Er hatte das Gefühl, an eine Zukunft gekettet zu sein, die er so oft bloßgelegt hatte, dass sie jetzt wie ein gieriger Sukkubus an ihm haftete. Trockenheit schnürte ihm die Kehle zu. War er dem Zauberruf seines eigenen Orakels gefolgt, bis er ihn in eine gnadenlose Gegenwart entlassen hatte?

Chani sah ihn an. »Sag mir, was du gesehen hast.«

»Das kann ich nicht.«

»Warum darf ich sie nicht töten?«

»Weil ich dich darum bitte.«

Paul sah, wie sie seine Worte in der gleichen Weise akzeptierte, in der Sand Wasser aufnahm – sie sickerten in sie ein und verschwanden. Verbarg sich unter dieser brennenden, wütenden Oberfläche Gehorsamkeit? Ihm wurde klar, dass das Leben in der königlichen Festung Chani nicht verändert hatte. Sie hatte hier nur für eine Weile haltgemacht, hatte auf der Reise mit ihrem Mann eine Rast eingelegt. Sie hatte dabei nichts von der Wüste verloren.

Chani trat einen Schritt zurück und warf dem Ghola, der neben dem rautenförmigen Übungsring stand, einen Blick zu. »Hast du die Klingen mit ihm gekreuzt?«, fragte sie Paul.

»Zu meinem großen Vorteil.«

Ihr Blick wanderte zu den Begrenzungen des Rings auf dem Boden und dann wieder zurück zu den Metallaugen des Gholas. »Das gefällt mir nicht.«

»Er ist nicht dafür gedacht, mir Gewalt anzutun.«

»Hast du *das* auch gesehen?«

»Ich habe es nicht *gesehen*!«

»Woher weißt du es dann?«

»Weil er mehr als ein Ghola ist. Er ist Duncan Idaho.«

»Die Bene Tleilax haben ihn erschaffen.«

»Sie haben mehr erschaffen, als in ihrer Absicht lag.«

Chani schüttelte den Kopf. Eine Ecke des Nezhoni-Tuchs strich über den Kragen ihres Gewands. »Wie kannst du etwas daran ändern, dass er ein Ghola ist?«

Paul wandte sich dem Ghola zu. »Hayt, bist du das Werkzeug meines Untergangs?«

»Wenn die Substanz des Hier und Jetzt sich ändert, ändert sich auch die Zukunft«, erwiderte der Ghola.

»Das ist keine Antwort!«, zischte Chani.

Paul sagte lauter: »Wie werde ich sterben, Hayt?«

Die künstlichen Augen schienen aufzuleuchten. »Es heißt, Mylord, dass Geld und Macht dein Tod sein werden.«

Chani versteifte sich. »Wie kann er es wagen, so mit dir zu sprechen?«

»Der Mentat ist aufrichtig«, sagte Paul.

»War Duncan Idaho ein wahrer Freund?«

»Er hat sein Leben für das meine gegeben.«

»Es ist traurig, dass man das frühere Leben eines Gholas nicht wiederherstellen kann.«

»Würdest du mich bekehren?«, fragte Hayt, den Blick auf Chani gerichtet.

Sie sah Paul an. »Was meint er damit?«

»Wenn man bekehrt wird, ist das eine Umkehr«, sagte Paul. »Aber es gibt kein Zurück.«

»Jeder Mensch trägt seine Vergangenheit mit sich herum«, sagte Hayt.

»Auch jeder Ghola?«, fragte Paul.

»In gewisser Weise, Mylord.«

»Was ist dann mit der Vergangenheit in deinem geheimen Fleisch?«

Chani sah, dass die Frage den Ghola beunruhigte. Seine Bewegungen wurden schneller, er ballte die Hände zu Fäusten. Sie warf Paul einen Blick zu und fragte sich, warum er den Ghola so bedrängte. Gab es doch eine Möglichkeit, dieses Geschöpf wieder zu dem zu machen, der es einmal gewesen war? »Hat sich jemals ein Ghola seiner wahren Vergangenheit erinnert?«, fragte sie.

»Man hat viele dahingehende Versuche unternommen«, erwiderte Hayt und hielt den Blick auf den Boden vor seinen Füßen gerichtet. »Aber kein Ghola ist je wieder zu dem geworden, der er zuvor war.«

»Doch du wünschst dir genau das«, sagte Paul.

Der Ghola hob den Kopf und sah Paul an. »Ja!«

Mit sanfter Stimme sagte Paul: »Wenn es eine Möglichkeit gibt …«

»Dieser Leib«, sagte Hayt und berührte mit der linken Hand seine Stirn, als würde er salutieren, »ist nicht der Leib, in dem ich zur Welt gekommen bin. Er wurde … wiedergeboren. Nur die

Form ist vertraut. Ein Gestalttänzer könnte das Gleiche vollbringen.«

»Aber nicht so gut«, sagte Paul. »Und du bist kein Gestalttänzer.«

»Das ist wahr, Mylord.«

»Woher stammt deine Gestalt?«

»Aus dem genetischen Muster der Originalzellen.«

»Irgendwo existiert etwas Plastisches, das sich an die Form Duncan Idahos erinnert. Es heißt, dass die Altvorderen diese Regionen vor Butlers Dschihad erkundet haben. Wie weit geht diese Erinnerung, Hayt? Was hat sie vom Original behalten?«

Der Ghola zuckte mit den Schultern.

»Was, wenn er gar nicht Idaho war?«, fragte Chani.

»Er war es«, sagte Paul.

»Kannst du dir da sicher sein?«

»Er ist in jeder Hinsicht Duncan. Ich kann mir keine Kraft vorstellen, die diese Gestalt ohne jedes Nachlassen und ohne jede Abweichung aufrechterhalten könnte.«

»Mylord«, sagte Hayt, »nur weil wir uns etwas nicht vorstellen können, bedeutet das nicht, dass es nicht existiert. Als Ghola muss ich Dinge tun, die ich als Mensch nicht tun würde.«

Den Blick auf Chani gerichtet, sagte Paul: »Siehst du?«

Sie nickte.

Dann wandte sich Paul ab und kämpfte gegen seine tiefe Trauer an. Er ging zu den Balkonfenstern und zog die Vorhänge auf. Im plötzlichen Zwielicht gingen die Lichter an. Paul zog den Gürtel seiner Robe enger und achtete auf Geräusche hinter sich.

Nichts.

Er drehte sich um. Chani stand in sich versunken da, den Blick auf den Ghola gerichtet.

Auch Hayt hatte sich in sich zurückgezogen – er war nun wieder in der Innenwelt des Gholas.

Als Chani bemerkte, dass Paul wieder zu ihr kam, wandte sie sich ihm zu. Noch immer war sie im Bann des von Paul herbeigeführten Augenblicks. Für einen Moment war der Ghola ein menschliches Wesen voller Intensität und Vitalität gewesen. Für diesen einen Moment hatte sie diese Person nicht gefürchtet – sie sogar gemocht und bewundert. Jetzt begriff sie, was Paul mit seinen forschenden Fragen beabsichtigt hatte. Er hatte gewollt, dass sie den Menschen im Fleisch des Gholas sah.

Sie sagte: »Dieser Mann, war das Duncan Idaho?«

»Das war Duncan Idaho. Er ist noch immer dort drin.«

»Hätte *er* es Irulan gestattet, weiterzuleben?«

Das Wasser ist nicht besonders tief eingesickert, dachte Paul. »Wenn ich es befohlen hätte.«

»Ich verstehe das nicht. Solltest du nicht wütend sein?«

»Ich bin wütend.«

»Aber du klingst nicht wütend. Du klingst traurig.«

Er schloss die Augen. »Ja. Das bin ich auch.«

»Du bist mein Mann. Das weiß ich, aber mit einem Mal verstehe ich dich nicht.«

Unvermittelt hatte Paul das Gefühl, durch eine lange Höhle zu gehen. Sein Körper bewegte sich – einen Fuß vor den anderen –, doch seine Gedanken waren anderswo. »Ich verstehe mich selbst nicht«, flüsterte er. Als er die Augen wieder öffnete, stellte er fest, dass er sich von Chani entfernt hatte.

Irgendwo hinter ihm sagte sie: »Geliebter, ich werde dich nicht wieder fragen, was du *gesehen* hast. Ich weiß nur, dass ich dir den Erben schenken werde, den wir uns wünschen.«

Paul nickte. »Das wusste ich von Anfang an.« Er drehte sich um und betrachtete Chani. Sie kam ihm so weit weg vor.

Chani legte eine Hand auf ihren Bauch. »Ich bin hungrig. Die Ärzte sagen, dass ich drei- oder viermal so viel essen muss wie bisher. Ich habe Angst, Geliebter. Es geht zu schnell.«

Zu schnell, pflichtete er ihr in Gedanken bei. *Dieser Fötus weiß, dass es schnell gehen muss.*

Der kühne Charakter von Muad'Dibs Handeln lässt sich auch daraus ersehen, dass Er von Beginn an wusste, wohin Ihn sein Weg führte, und doch nicht ein einziges Mal von ihm abwich. Das brachte Er selbst klar zum Ausdruck, als Er sprach: »Ich sage euch, dass nun die Zeit meiner Prüfung beginnt, in der sich zeigen wird, dass ich der Vollkommene Diener bin.« In dieser Weise webt Er alles ineinander und macht es zu Einem, sodass Freund und Feind Ihn anbeten können. Aus diesem Grund – und aus diesem Grund allein – predigen Seine Apostel: »Herr, errette uns vor den anderen Wegen, die Muad'Dib mit dem Wasser Seines Lebens bedeckte.« Diese »anderen Wege« kann man sich nur mit tiefster Abscheu ausmalen.

– Aus dem Yiam-el-Din (Buch des Urteils)

Die Botschaft wurde von einer jungen Frau überbracht – Chani kannte ihr Gesicht, ihren Namen und ihre Familie. So war es ihr gelungen, an den imperialen Wachen vorbeizukommen.

Chani hatte sie lediglich für den Sicherheitsbeamten Bannerjee identifiziert, der darauf das Treffen mit Muad'Dib arrangierte. Bannerjee handelte nach seinem Gefühl und auf die Versicherung hin, dass der Vater der jungen Frau in den Zeiten vor dem Dschihad den Todeskommandos des Imperators angehört hatte, den gefürchteten Fedaykin. Ansonsten hätte er womöglich nichts auf ihre Behauptung gegeben, dass ihre Nachricht allein für die Ohren Muad'Dibs bestimmt war.

Vor dem Treffen in Pauls privatem Arbeitszimmer wurde sie natürlich überprüft und durchsucht. Dennoch begleitete Bannerjee sie, eine Hand am Messer, die andere an ihrem Arm.

Es war fast Mittag, als sie sie ins Zimmer führten – ein seltsamer Raum, eine Mischung aus Fremen-Zelt und Aristokratengemach. Drei Wände waren von Hiereg-Behängen gesäumt: kunstvollen Wandteppichen mit Gestalten aus der Fremen-Mythologie. Ein Sichtschirm verdeckte die vierte Wand, eine silbergraue Fläche hinter einem ovalen Schreibtisch, auf dem sich nur ein einziger Gegenstand befand: eine mit einem Modell des Sonnensystems kombinierte Fremen-Sanduhr. Das Modell war ein Suspensormechanismus von Ix. In ihm waren die beiden Monde von Arrakis entlang des klassischen Wurm-Trigons auf die Sonne ausgerichtet.

Paul, der neben dem Tisch stand, warf Bannerjee einen Blick zu. Der Sicherheitsoffizier gehörte zu den Männern, die ihren Aufstieg in der Fremen-Gendarmerie gemacht hatten. Er hatte sich seinen Platz durch Klugheit und wiederholte Loyalitätsbeweise verdient, trotz der Schmugglervorfahren, die sein Name verriet. Er war eine kräftige Gestalt, fast schon dick. Ein schwarzes Haarbüschel fiel ihm in die dunkle, nass wirkende Stirn, wie der Kamm eines exotischen Vogels. Seine Augen waren blau in blau und konnten mit der gleichen ruhigen Gelassenheit Szenen des Glücks und der Gräuel beobachten. Sowohl Chani wie auch Stilgar vertrauten ihm. Paul wusste, dass Bannerjee, sollte er es ihm befehlen, das Mädchen sofort erdrosseln würde.

»Sire, hier ist die Botin«, sagte der Sicherheitsoffizier. »Mylady Chani sagte, dass sie Ihnen Bescheid gegeben hat.«

Paul nickte knapp. »Ja.«

Merkwürdigerweise sah ihn das Mädchen nicht an. Ihre Aufmerksamkeit blieb auf das Modell gerichtet. Die junge Frau hatte dunkle Haut, war mittelgroß, und ihre Figur verbarg sich unter einem Gewand, dessen üppiger Weinstoff und schlichter Schnitt

Wohlstand verrieten. Ihr blauschwarzes Haar wurde von einem schmalen Band aus einem Material, das zu dem Gewand passte, zusammengehalten. Ihre Hände waren in den Stofffalten verborgen. Paul vermutete, dass sie sie fest umklammert hielt. Das hätte jedenfalls gepasst. Alles an ihr passte – einschließlich des Gewands: ein letztes gutes Stück, das sie für eine solche Gelegenheit aufbewahrt hatte.

Paul bedeutete Bannerjee, beiseitezutreten. Der Sicherheitsoffizier zögerte kurz, dann aber gehorchte er. Nun machte das Mädchen einen Schritt nach vorne. In ihren Bewegungen lag Anmut. Noch immer wich sie seinem Blick aus.

Paul räusperte sich.

Jetzt hob das Mädchen den Blick, und ihre Augen, in denen jedes Weiß fehlte, weiteten sich in genau dem richtigen Maß an Ehrfurcht. Sie hatte ein seltsames kleines Gesicht mit einem zarten Kinn. Der Ausdruck ihres Mundes vermittelte Zurückhaltung. Ihre Augen über den schrägen Wangenknochen wirkten abnormal groß. Sie hatte etwas Freudloses an sich, etwas, das verriet, dass sie nur selten lächelte. Ihre Augenwinkel wiesen eine schwache, gelbe Trübung auf, bei der es sich um eine Entzündung durch Staub oder auch um die Spuren von Semuta handeln konnte.

Ja, alles passte haargenau.

»Du wolltest mich sehen«, sagte Paul.

Und so war der Moment der größten Prüfung für diese Mädchengestalt gekommen. Scytale hatte ihr Äußeres, ihre Verhaltensweisen, ihr Geschlecht, ihre Stimme angenommen – alles, was er mit seinen Fähigkeiten erfassen oder mutmaßen konnte. Doch es handelte sich hier um eine Frau, die Muad'Dib aus Sietch-Zeiten kannte. Damals war sie zwar noch ein Kind gewesen, aber sie und Muad'Dib teilten gemeinsame Erfahrungen. Gewisse Bereiche ihrer Erinnerung mussten also sorgfältig gemieden werden. Es war die diffizilste Rolle, an der sich Scytale jemals versucht hatte.

»Ich bin Otheyms Lichna von den Berk al Dib.«

Die Stimme des Mädchens kam leise, aber fest aus ihrem Mund, als sie Namen, Vater und Abstammung nannte.

Paul nickte. Er erkannte nun, wie Chani getäuscht worden war. Ihr Tonfall – alles war genau nachgeahmt. Wäre er nicht selbst von einer Bene Gesserit im Gebrauch der *Stimme* unterwiesen worden, und hätte seine Hellsicht ihn nicht in das Netz des Dao gehüllt, dann wäre vielleicht auch er von diesem Gestalttänzer genarrt worden.

Seine Ausbildung jedoch ermöglichte es ihm, gewisse Diskrepanzen zu erkennen: Das Mädchen war älter, als sie es den Jahren nach hätte sein sollen; sie setzte ihre Stimmbänder zu kontrolliert ein; die Haltung von Hals und Schultern wich um einen Bruchteil von der versteckten Hochmut der Fremen-Pose ab. Es gab allerdings auch Aspekte, die genau zutrafen: Das kostbare Gewand war geflickt, um den eigentlichen Stand seiner Trägerin zu verraten. Und ihre Gesichtszüge waren wunderbar nachempfunden. Sie deuteten darauf hin, dass der Gestalttänzer eine gewisse Sympathie für die Rolle empfand, die er da spielte.

»Finde Ruhe in meinem Haus, Tochter von Otheym«, sagte Paul. Ein traditioneller Fremen-Gruß. »Du bist willkommen wie Wasser nach einer trockenen Wanderung.«

Ein Hauch von Entspannung auf ihrem Gesicht zeigte, dass diese scheinbar bereitwillige Aufnahme dem Gestalttänzer Zuversicht einflößte. »Ich überbringe eine Nachricht«, sagte sie.

»Der Bote eines Mannes ist wie der Mann selbst«, erwiderte Paul.

Scytale atmete ruhig. Bisher war es gut gelaufen, doch nun kam die entscheidende Aufgabe: Der Atreides musste auf einen ganz speziellen Pfad gelenkt werden. Er musste seine Fremen-Konkubine auf eine Weise verlieren, dass niemanden sonst die Schuld daran traf. Der Fehler musste einzig und allein der des *allmächtigen* Muad'Dib sein. Man musste ihn dazu bringen, dass er sein Versagen voll und ganz auf sich nahm – und das Angebot der Tleilaxu akzeptierte.

»Ich bin der Rauch, der in der Nacht den Schlaf verbannt«, sagte Scytale. Ein Fedaykin-Code: *Ich bringe schlechte Neuigkeiten.*

Paul musste sich Mühe geben, die Ruhe zu bewahren. Er fühlte sich nackt, seine Seele tastete sich verlassen durch eine Zeit fernab jedes Sehens. Mächtige Orakel verbargen diesen Gestalttänzer. Lediglich die Umrisse dieses Moments waren Paul bekannt. Er wusste nur, was er *nicht* tun konnte. Er konnte diesen Gestalttänzer nicht töten – das würde jene Zukunft herbeiführen, die um jeden Preis verhindert werden musste. Irgendwie musste er einen Weg finden, in die Dunkelheit zu greifen und das schreckliche Muster zu verändern. »Überbringe deine Botschaft«, sagte er.

Bannerjee stellte sich so hin, dass er das Gesicht des Mädchens sehen konnte. Offenbar bemerkte sie ihn erst jetzt richtig. Ihr Blick wanderte zu dem Messergriff, auf dem die Hand des Sicherheitsoffiziers ruhte.

»Die Unschuldigen glauben nicht an das Böse«, sagte sie und sah Bannerjee dabei an.

Ah, wirklich gut gemacht, dachte Paul. Das hätte auch die echte Lichna gesagt. Er spürte einen kurzen Stich der Trauer um die Tochter Otheyms – die nun tot war, eine Leiche im Sand. Doch er hatte keine Zeit für solche Gefühle. Er machte eine finstere Miene.

Bannerjee hielt den Blick auf das Mädchen gerichtet.

»Man hat mir gesagt, dass ich meine Nachricht im Geheimen überbringen soll«, sagte sie.

»Warum?«, fragte Bannerjee mit grober, bohrender Stimme.

»Weil mein Vater das wünscht.«

»Dieser Mann ist mein Freund«, sagte Paul. »Und bin ich nicht ein Fremen? Dann darf mein Freund alles hören, was ich höre.«

Scytale ließ die Gestalt des Mädchens Haltung annehmen. War das ein echter Fremen-Brauch – oder ein Test? »Der Imperator kann seine eigenen Regeln festlegen«, sagte sie. »Die Botschaft lautet wie folgt: Mein Vater möchte, dass Sie zu ihm kommen und Chani mitbringen.«

»Warum soll ich Chani mitbringen?«

»Sie ist Ihre Gefährtin und eine Sayyadina. Es geht hier um eine Wasserangelegenheit nach den Regeln unserer Stämme. Sie muss bezeugen, dass mein Vater nach Art der Fremen spricht.«

Sie haben wirklich einen Fremen in ihrer Verschwörung, dachte Paul. Dieser Augenblick passte ganz und gar zu den Umrissen dessen, was vor ihnen lag. Und er hatte keine Alternative, als genau diesen Kurs einzuschlagen. »Worüber wird dein Vater sprechen?«, fragte er.

»Er wird von einer Verschwörung gegen Sie sprechen – einer Verschwörung unter den Fremen.«

»Warum überbringt er diese Nachricht nicht persönlich?«, fragte Bannerjee.

Das Mädchen hielt den Blick auf Paul gerichtet. »Mein Vater kann nicht hierherkommen. Die Verschwörer haben ihn im Verdacht. Er hätte die Reise nicht überlebt.«

»Konnte er dir nicht verraten, worum es bei der Verschwörung geht?«, sagte Bannerjee. »Wie kommt es, dass er für eine solche Mission das Leben seiner Tochter aufs Spiel setzt?«

»Die Einzelheiten sind in einem Distransträger verschlossen, den nur Muad'Dib öffnen kann«, erwiderte sie. »So viel weiß ich.«

»Warum hat er dann nicht den Distrans geschickt?«, fragte Paul.

»Es ist ein menschlicher Distrans«, sagte sie.

Paul nickte. »Dann komme ich also … aber alleine.«

»Chani muss Sie begleiten!«

»Chani trägt ein Kind in sich.«

»Wann hat eine Fremen-Frau sich jemals geweigert …«

»Meine Feinde haben ihr ein subtiles Gift verabreicht. Es wird eine schwere Geburt sein. Ihr derzeitiger Gesundheitszustand erlaubt es ihr nicht, mich zu begleiten.«

Bevor Scytale sie unterdrücken konnte, zeigten sich seltsame Emotionen in den Gesichtszügen des Mädchens: Hilflosigkeit,

Wut. Der Gestalttänzer erinnerte sich daran, dass man jedem Opfer einen Ausweg lassen musste – selbst einem wie Muad'Dib. Dennoch war die Verschwörung nicht gescheitert. Der Atreides war nach wie vor in ihrem Netz gefangen. Er war ein Geschöpf, das sich zu einem ganz bestimmten Muster hin entwickelt hatte, und würde sich eher selbst zerstören, als sich in das Gegenteil dieses Musters zu verwandeln. So war es jedenfalls bei dem Tleilaxu-Kwisatz-Haderach gewesen. Und bei diesem hier würde es genauso sein. Und außerdem … der Ghola.

»Lassen Sie mich Chani darum bitten, diese Entscheidung zu treffen«, sagte das Mädchen.

»Ich habe sie bereits getroffen«, sagte Paul. »Du wirst mich an Chanis Stelle begleiten.«

»Eine Sayyadina des Ritus wird dafür benötigt!«

»Bist du nicht Chanis Freundin?«

In der Ecke!, dachte Scytale. *Ahnt er etwas? Nein. Er ist einfach nur vorsichtig – wie ein Fremen. Und das Verhütungsmittel ist eine Tatsache. Nun ja … es gibt noch andere Möglichkeiten.* »Mein Vater sagte mir, dass ich nicht zurückkommen soll – dass ich bei Ihnen um Zuflucht bitten soll. Er sagte, dass Sie mein Leben nicht aufs Spiel setzen würden.«

Paul nickte. Auch das passte wunderbar. Er konnte ihr die Zuflucht nicht verwehren. Sie würde sich darauf berufen, als Fremen den Anweisungen ihres Vaters zu folgen. Er sagte: »Dann nehme ich Stilgars Frau Harah mit. Du sagst uns, wie wir zu deinem Vater kommen.«

»Woher wollen Sie wissen, dass Sie Stilgars Frau vertrauen können?«

»Ich weiß es.«

»Aber ich nicht.«

Paul schürzte die Lippen. »Lebt deine Mutter noch?«

»Meine wahre Mutter ist bei Shai-Hulud. Meine zweite Mutter lebt noch und kümmert sich um meinen Vater. Warum?«

»Kommt sie aus dem Sietch Tabr?«

»Ja.«

»Ich erinnere mich an sie. Sie wird mir an Chanis Stelle zu Diensten sein.« Paul gab Bannerjee ein Zeichen. »Lass Otheyms Lichna von Bediensteten in eine geeignete Unterkunft bringen.«

Bannerjee nickte. *Bedienstete.* Dieses Schlüsselwort bedeutete, dass die Botin besonderer Bewachung bedurfte. Der Sicherheitsoffizier griff nach dem Arm des Mädchens.

Sie widersetzte sich. »Aber wie kommen Sie zu meinem Vater?«, fragte sie Paul flehend.

»Du wirst Bannerjee den Weg beschreiben«, erwiderte Paul. »Er ist mein Freund.«

»Nein! Mein Vater hat es befohlen! Das geht nicht!«

»Bannerjee?«, sagte Paul.

Der Sicherheitsoffizier hielt inne. Paul sah ihm an, dass er sein enzyklopädisches Gedächtnis durchforstete, das dazu beigetragen hatte, ihn in diese Vertrauensposition zu bringen. »Ich kenne einen Führer, der Sie zu Otheym bringen kann«, sagte Bannerjee.

»Dann gehe ich allein«, sagte Paul.

»Sire, wenn Sie …«

»Otheym will es so«, sagte Paul und konnte dabei nur mit Mühe einen ironischen Tonfall unterdrücken.

»Sire, das ist zu gefährlich.«

»Sogar ein Imperator muss manche Risiken auf sich nehmen. Die Entscheidung ist getroffen. Tu, was ich dir befohlen habe.«

Widerwillig führte Bannerjee den Gestalttänzer aus dem Zimmer.

Paul drehte sie zu dem leeren Sichtschirm hinter seinem Schreibtisch um. Er hatte das Gefühl, auf das Eintreffen eines Felsens zu warten, der sich auf einer blinden Reise von weit oben befand.

Sollte er Bannerjee von der wahren Natur der Botin erzählen?, überlegte er. Nein! Ein solches Ereignis stand nicht auf dem Blatt seiner Visionen geschrieben. Jede unbesonnene Abweichung an dieser Stelle brachte die Möglichkeit von Gewalt mit sich. Er musste einen Angelpunkt finden, eine Stelle, an der er sich aus der Vision heraushebeln konnte.

Wenn es einen solchen Moment gab …

Ganz gleich, wie exotisch die menschliche Zivilisation werden wird, ganz gleich, wie sich das Leben und die Gesellschaft oder die Komplexität der Maschine-Mensch-Schnittstelle entwickeln werden, es gibt immer Zwischenspiele einsamer Macht, bei denen die gesamte Zukunft der Menschheit vom relativ simplen Handeln einer einzigen Person abhängt.

– Aus dem Tleilaxu-Gottbuuk

Während er über die hohe Fußgängerbrücke von seiner Festung zum Verwaltungsgebäude des Qizarat ging, fügte Paul seinem Gang ein Humpeln hinzu. Es war beinahe Sonnenuntergang, und er lief durch lange Schatten, die dabei halfen, ihn zu verbergen, aber ein scharfer Blick konnte an seiner Haltung vielleicht immer noch etwas ausmachen, anhand dessen er zu identifizieren war. Er trug einen Schild, der jedoch nicht aktiviert war, da seine Sekretäre zu dem Schluss gekommen waren, dass das Schimmern Aufmerksamkeit erregen könnte.

Paul warf einen Blick nach links. Bandförmige Sandwolken lagen wie Lamellen vor der untergehenden Sonne. Trocken wie in einem Hiereg strömte die Luft durch die Filter des Destillanzugs.

Er war nicht wirklich allein hier draußen, aber das Netz aus Sicherheitsleuten um ihn herum war nicht mehr so locker geknüpft gewesen, seit er damit aufgehört hatte, nachts durch die Straßen zu streifen. Weit über ihm flogen Ornithopter mit Nachtabtastern in scheinbar zufälligen Mustern dahin und stimmten sich dabei über einen in seiner Kleidung verborgenen Sender mit seinen Bewegungen ab. Unter ihm liefen handverlesene Leute die Straßen entlang. Andere waren in die Stadt ausgeschwärmt, nachdem sie den Imperator in seiner Verkleidung gesehen hatten: Er war als Fremen kostümiert, einschließlich Destillanzug, Temag-Wüstenstiefel und dunkler Haut. Mit Plastinkissen hatte er seine Wangenform verändert. Links von seinem Kinn führte ein Auffangschlauch nach unten in den Anzug.

Als er das andere Ende der Brücke erreichte, warf Paul einen Blick zurück. Dabei fiel ihm eine Bewegung neben dem steinernen Gitterwerk auf, das einen Balkon seiner Privatgemächer verbarg. Chani, kein Zweifel. »Nach Sand in der Wüste jagen«, so hatte sie dieses Unternehmen bezeichnet.

Wie wenig sie doch von seiner bitteren Entscheidung wusste. Die Wahl zwischen qualvollen Alternativen machte selbst geringere Qualen beinahe unerträglich.

Einen verworrenen, schmerzhaften Moment lang durchlebte er noch einmal ihren Abschied. Chani hatte ganz zum Schluss einen Tau-Blick auf seine Gefühle erhascht, sie aber falsch interpretiert. Sie hatte gedacht, dass es jene Gefühle waren, die man empfand, wenn man einen geliebten Menschen verließ – wenn man ins gefährliche Unbekannte aufbrach.

Wenn es doch nur unbekannt für mich wäre, dachte er.

Jetzt hatte er die Brücke überquert und betrat den oberen Gang, der durch das Verwaltungsgebäude führte. Leuchtgloben waren hier angebracht, und die Menschen eilten geschäftig dahin. Der Qizarat schlief nie. Die Schilder über den Türen zogen Pauls Aufmerksamkeit auf sich, als sähe er sie zum ersten Mal: *Schnellhändler. Winddestillen und Retorten. Prophetische Aussichten. Glaubensprüfungen. Religionsbedarf. Waffen … Verbreitung des Glaubens …* Eine ehrlichere Bezeichnung wäre *Verbreitung der Bürokratie* gewesen, dachte er.

Eine bestimmte Sorte religiöser Staatsbeamter war in kürzester Zeit überall in seinem Imperium aufgetaucht. Dieser neue Mensch des Qizarat war in der Regel ein Bekehrter. Er ersetzte selten einen Fremen in einer Schlüsselposition, füllte aber sämtliche Zwischenräume auf. Die Melange konsumierte er nicht nur der geriatrischen Eigenschaften wegen, sondern auch und vor allem, um zu zeigen, dass er sie sich leisten konnte. Er blieb auf Abstand zu seinen Herren: dem Imperator, der Gilde, den Bene Gesserit, dem Landsraad, der Familie oder dem Qizarat. Seine Götter hießen Routine und Akten. Mentaten und gewaltige Ablagesysteme waren ihm zu Diensten. Zweckmäßigkeit war das erste Wort in seinem Katechismus, obwohl er die von ihm erwarteten Lippenbekenntnisse zu den Grundsätzen der Butler-Bewegung ablegte. Maschinen durften nicht nach dem Vorbild des menschlichen Geistes erschaffen werden, sagte er, verriet aber mit jeder Handlung, dass er Maschinen den Menschen vorzog, die Statistik dem Individuum, den Blick aus der Ferne dem persönlichen Kontakt, für den man Vorstellungsvermögen und Initiative benötigte.

Als Paul auf der anderen Seite des Gebäudes die Rampe betrat, hörte er, wie die Glocken den Abendritus bei Alias Tempel ankündigten.

Diese Glocken hatten einen seltsam endgültigen Klang.

Der Tempel am gegenüberliegenden Ende des Platzes, auf dem sich die Menschen drängten, war neu, auch die Rituale, die dort abgehalten wurden, hatte man erst vor Kurzem eingeführt, aber sein Standort in einem Wüstensink am Rande Arrakeens hatte etwas Besonders an sich – die Art, wie der vom Wind herbeigewehte Sand Steine und Plastine verwittert hatte, die Art, wie überall um den Tempel herum wild Gebäude aus dem Boden geschossen waren. Alles hatte sich verschworen, um den Eindruck zu erwecken, dass es sich hier um einen sehr alten Ort handelte: angefüllt mit Traditionen und Geheimnissen.

Nun befand er sich mitten im Gedränge – es gab kein Zurück mehr. Der einzige Führer, den seine Sicherheitskräfte hatten auftreiben können, hatte darauf bestanden, es genau so zu machen.

Den Sicherheitsleuten hatte Pauls Einwilligung nicht gefallen, Stilgar sogar noch weniger. Und Chani hatte die größten Einwände erhoben.

Selbst Schulter an Schulter mit der ihn umgebenden Menge schoben sich die Leute an Paul vorbei, ohne ihn anzusehen, was ihm eine verblüffende Bewegungsfreiheit verschaffte. Er wusste, dass sie einen solchen Umgang mit Fremen eingeübt hatten. Er ging wie ein Mann aus der tiefen Wüste, und solche Männer waren leicht zu verärgern.

Während er sich in der schneller werdenden Menge Richtung Tempelstufen bewegte, wurde das Gedränge noch größer. Die Umstehenden hatten jetzt keine andere Wahl, als sich an ihn zu drücken, doch er stellte fest, dass er zum Adressaten ritueller Entschuldigungen wurde: »Vergebung, edler Herr. Ich kann diese Ungebührlichkeit leider nicht verhindern.« – »Verzeiht, Herr. Dieses Gedränge ist das schlimmste, das ich jemals gesehen habe.« – »Ich erniedrige mich vor Ihnen, heiliger Bürger. Ein Flegel hat mich geschubst.«

Nach einer Handvoll derartiger Ansprachen ignorierte Paul die Worte. Ihnen wohnte kein Gefühl inne, außer vielleicht eine Art rituelle Angst. Stattdessen dachte er darüber nach, wie weit doch die Tage seiner Kindheit auf Schloss Caladan zurücklagen. Wann hatte er seinen Fuß auf jenen Weg gesetzt, der schließlich zu diesem überfüllten Platz auf einem von Caladan so weit entfernten Planeten geführt hatte? Hatte er überhaupt je seinen Fuß auf einen Weg gesetzt? Er konnte nicht behaupten, zu irgendeinem Zeitpunkt seines Lebens aus einem ganz bestimmten Grund gehandelt zu haben. Seine Motive und die auf ihn einwirkenden Kräfte waren komplex gewesen – komplexer womöglich als jede andere Abfolge von Ködern in der Menschheitsgeschichte. Für einen Moment war er wie berauscht von der Ahnung, dass er dem Schicksal, das er so deutlich vor sich sah, vielleicht doch noch entgehen würde. Aber die Menge schob ihn weiter, und im nächsten Moment ergriff ihn das schwindelhafte Gefühl, sich verlaufen zu haben und sein Leben nicht mehr kontrollieren zu können.

Die Menge strömte nun mit Paul die Stufen empor und in die Säulenvorhalle des Tempels. Die Stimmen wurden gedämpft, und der Geruch nach Angst nahm zu: beißend, schweißig.

Im Inneren des Tempels hatten die Akoluthen schon mit dem Gottesdienst begonnen. Ihr monotoner Gesang überlagerte alle anderen Geräusche – Flüstern, Kleiderrascheln, Fußscharren, Husten – und erzählte von den weit entfernten Orten, die die Priesterin in ihrer heiligen Trance besuchte.

»Sie reitet auf dem Sandwurm des Alls!
Durch alle Stürme leitet sie
Ins Land der sanften Brisen.
Obwohl wir schlafen bei der Schlange Bau
Leitet sie unsere träumenden Seelen.
Die Wüstenhitze meidend
Birgt sie uns in kühler Höhlung.
Das Schimmern ihrer weißen Zähne
führt uns durch die Nacht.
An ihren Zöpfen werden wir
Zum Himmel emporgehoben!
In ihrer Gegenwart sind wir umgeben
Von süßem Blütenduft.«

Balak!, dachte Paul auf Fremisch. *Passt auf! Auch sie kann man in leidenschaftlichen Zorn versetzen.*

Die Säulenhalle des Tempels war von hohen, schmalen Leuchtröhren gesäumt, die Kerzenlicht nachahmten. Sie flackerten. Das Flackern rief uralte Erinnerungen in Paul wach, obwohl er wusste, dass sie genau dazu dienten. Die ganze Inszenierung war ein fein abgestimmter Atavismus und als solcher höchst wirkungsvoll. Paul verabscheute sich dafür, dabei selbst die Hände im Spiel gehabt zu haben.

Die Menge flutete mit Paul durch die hohen Metalltore in die überdimensionale Haupthalle, ein düsterer Saal, dessen flackernde Lichter sich weit über ihren Köpfen befanden. Am gegenüberliegenden Ende befand sich ein hell erleuchteter Altar. Hinter dem Altar, bei dem es sich um einen nach außen hin schlichten, mit Sandmustern aus der Fremen-Mythologie übersäten Klotz aus schwarzem Holz handelte, wanderten verborgene Lichter über das Feld einer Vorsichtstür und erzeugten dabei ein buntes Farbenspiel. Die sieben Reihen singender Akoluthen, die unter diesem Schimmer standen, hatten dadurch etwas Gespenstisches: schwarze Roben, weiße Gesichter, sich gleichförmig bewegende Münder.

Paul musterte die Pilger, die um ihn herumstanden, und beneidete sie plötzlich für ihre gespannte Aufmerksamkeit, dafür, wie sie Wahrheiten lauschten, die er nicht hören konnte. Es schien ihm, dass sie hier etwas empfingen, das ihm verwehrt blieb, etwas auf mysteriöse Weise Heilendes.

Als er sich näher an den Altar heranzuschieben versuchte, wurde er von einer Hand am Arm festgehalten. Er fuhr herum und sah einem alten Fremen ins Gesicht, der ihn durchdringend anstarrte – in den vollkommen blauen Augen unter der vorspringenden Stirn glimmte Erkennen. Ein Name schoss Paul durch den Kopf: Rasir, ein Gefährte aus Sietch-Zeiten.

Paul wusste, dass er im dichten Gedränge äußerst verwundbar war, sollte Rasir ihm Gewalt antun wollen.

Der alte Mann schob sich näher an ihn heran, eine Hand unter der sandverkrusteten Robe – zweifellos umklammerte er den Griff eines Krismessers. So gut es ging machte sich Paul bereit, einen Angriff abzuwehren.

Dann senkte der alte Mann den Kopf zu Pauls Ohr und flüsterte: »Wir gehen mit den anderen.«

Das war das Zeichen, mit dem sich sein Führer zu erkennen geben sollte. Paul nickte.

Rasir trat einen Schritt zurück und wandte sich wieder dem Altar zu.

»Sie kommt aus dem Osten«, sangen die Akoluthen. »Die Sonne steht in ihrem Rücken. Alles liegt bloß. Im gleißenden Licht entgeht ihrem Blick nichts – weder Licht noch Dunkelheit.«

Das Wehklagen einer Rebab erhob sich über die Stimmen, ließ sie verstummen und verklang dann selbst, sodass Stille eintrat. Als wäre sie elektrisiert worden, wogte die Menge mit einem Mal um mehrere Meter vorwärts. Paul und Rasir waren nun in einer festen Masse von Leibern eingezwängt. Die Luft war dick von menschlichem Atem und Gewürzgeruch.

»Shai-Hulud schreibt auf weißem Sand!«, riefen die Akoluthen.

Paul spürte, wie ihm gleichzeitig mit allen anderen um ihn herum der Atem stockte. In den Schatten hinter der schimmernden Vorsichtstür begann ein Frauenchor leise zu singen: »Alia … Alia … Alia …« Der Gesang wurde immer lauter – und verstummte abrupt.

Dann erneut Stimmen, die sanft wie das erste Licht des Abendsterns einsetzten:

»Sie besänftigt alle Stürme –
Ihr Blick tötet unsere Feinde
Und peinigt die Ungläubigen.
Von den Türmen Tuonos,
Wo die Morgendämmerung aufblitzt,
Und sauberes Wasser strömt,
sieht man ihren Schatten.
In der hellen Sommerhitze
Trägt sie Brot und Milch für uns auf –
Kühl und duftend nach Gewürz.

Unter ihrem Blick zerschmelzen unsere Feinde,
Winden sich die Unterdrücker,
Er durchdringt alle Rätsel.
Sie ist Alia … Alia … Alia …«

Die Stimmen verklangen.

Paul war angewidert. *Was machen wir hier?*, fragte er sich. Alia war eine Kinderhexe, aber sie wurde älter. Und er dachte: *Älter werden heißt böser werden.*

Die kollektive Atmosphäre in dem Tempel setzte seiner Psyche zu. Er spürte den Teil seines Ichs, der eins mit den Menschen um ihn herum war, aber dass er sich zugleich von ihnen unterschied, bedeutete einen tödlichen Widerspruch. Er war absorbiert und zugleich isoliert in seiner ganz persönlichen Sünde, für die er niemals büßen konnte. Die gewaltigen Ausmaße des Universums außerhalb des Tempels durchströmten sein Bewusstsein. Wie konnte ein Mann – ein Ritual – darauf hoffen, aus etwas so Großem ein Kleid zu nähen, das allen Menschen passte?

Paul erschauerte.

Bei jedem Schritt stellte sich ihm das Universum entgegen, entzog sich seinem Griff, ließ sich zahllose Trugbilder einfallen, um ihn zu täuschen. Dieses Universum würde sich nie mit einer Form abfinden, die er ihm verlieh.

Eine tiefe Stille breitete sich nun im Tempel aus, und Alia erschien aus der Dunkelheit hinter dem schimmernden Regenbogen. Sie trug eine gelbe Robe mit einem Saum im Grün der Atreides – gelb für das Sonnenlicht, grün für den Tod, der das Leben hervorbrachte. Paul hatte das überraschende Gefühl, dass Alia nur für ihn herausgekommen war, für ihn allein. Über die im Tempel versammelte Menge hinweg starrte er zu seiner Schwester. Sie *war* seine Schwester. Er kannte ihr Ritual und dessen Wurzeln, aber er hatte nie zuvor hier mit den Pilgern gestanden und sie durch ihre Augen gesehen. Hier, wo das Geheimnis dieses Ortes inszeniert wurde, erkannte Paul, dass Alia Teil des Universums war, das sich ihm entgegenstellte.

Akoluthen brachten ihr einen goldenen Kelch.

Alia hob den Kelch.

Ein Teil von Paul wusste, dass der Kelch die nicht verwandelte Melange enthielt, das subtile Gift, ihr Sakrament des Orakels.

Den Blick auf den Kelch gerichtet, sprach Alia, und ihre Stimme liebkoste die Ohren der Menge, ein Blumenklang, fließend und melodisch.

Sie sagte: »Im Anbeginn waren wir leer.«

»Wir wussten nichts von den Dingen«, sang der Chor.

»Wir kannten nicht die Macht, die jedem Ort innewohnt«, sagte Alia.

»Und einer jeden Zeit«, sang der Chor.

»Hier ist die Macht«, sagte Alia. Sie hob den Kelch.

»Sie bringt uns Freude«, sang der Chor.

Und sie bringt uns Pein, dachte Paul.

»Sie erweckt die Seele«, sagte Alia.

»Sie zerstreut alle Zweifel«, sang der Chor.

»In Welten sterben wir«, sagte Alia.

»In der Macht leben wir weiter«, sang der Chor.

Alia führte den Kelch zum Mund und trank.

Zu seiner Verblüffung stellte Paul fest, dass er genauso den Atem anhielt wie der geringste Pilger in der Menge. Obwohl er jede Einzelheit über die Erfahrung wusste, die Alia in diesem Moment machte, war er im Tao-Netz gefangen. Er spürte die Erinnerung: wie das brennende Gift durch den Körper strömt. Sein Gedächtnis entfaltete jenen Augenblick aus angehaltener Zeit, wenn das Bewusstsein zu einem Staubkorn wird und das Gift umwandelt. Noch einmal erlebte er das Erwachen in der Zeitlosigkeit, in der alles möglich ist. Er *wusste*, was Alia durchlebte, und doch wurde ihm nun klar, dass er es nicht wusste. Das Mysterium machte blind.

Alia erbebte und sank dann auf die Knie.

Zusammen mit den andächtigen Pilgern seufzte Paul. Und nickte. Langsam hob sich ein Teil des Schleiers von seinen Augen. Gefangen in seiner Vision hatte er vergessen, dass eine Vision immer jenen gehörte, die noch unterwegs waren, die noch im Werden waren. In der Vision durchquerte man die Dunkelheit und konnte die Wirklichkeit nicht von einem substanzlosen Zufall unterscheiden. Man hungerte nach Absolutheiten, die es nicht geben konnte.

Hungernd verlor man die Gegenwart.

Während sich Alia im Rausch der Gewürzverwandlung wiegte, hatte Paul das Gefühl, dass eine transzendente Präsenz zu ihm sprach: »Sieh! Sieh dort! Erkennst du, was du übersehen hast?« In diesem Moment meinte er, durch andere Augen zu blicken und hier an diesem Ort Bilder und Rhythmen zu erkennen, die kein Künstler oder Dichter je hätte erschaffen können. Es war etwas Essenzielles und Wunderschönes, ein strahlendes Licht, das jeglichen Machthunger bloßstellte … auch seinen eigenen.

Alia sprach wieder. Ihre Stimme hallte durch das Tempelschiff.

»Schimmernde Nacht«, rief sie.

Ein Stöhnen fuhr durch die dicht gedrängten Pilger wie eine Welle.

»Nichts verbirgt sich in einer solchen Nacht!«, sagte Alia. »Welch seltenes Licht ist diese Finsternis? Man kann den Blick nicht auf sie richten! Die Sinne können sie nicht aufnehmen. Keine Worte sie beschreiben.« Sie wurde nun leiser. »Der Abgrund bleibt. Er geht schwanger mit allem, was noch kommen wird. Ah, welch sanfte Gewalt!«

Paul spürte, dass er auf ein vertrauliches Zeichen seiner Schwester wartete: eine Handlung oder ein Wort, etwas Zauberisches, von mystischer Kraft Erfülltes, eine Ausströmung, die so zu ihm passen würde wie ein Pfeil, der auf einem kosmischen Bogen auflag. Wie zitterndes Quecksilber lag ihm dieser Augenblick im Bewusstsein.

»Es wird Traurigkeit geben«, sagte Alia. »Ich erinnere euch daran, dass alles nur ein Beginn ist, ein ewiges Anfangen. Welten warten darauf, erobert zu werden. Manchen derjenigen, zu denen meine Stimme dringt, wird ein erhabenes Schicksal zuteil werden. Ihr werdet nur noch Hohn für die Vergangenheit übrig haben und vergessen, was ich euch jetzt sage: In aller Unterschiedlichkeit liegt Einheit.«

Paul unterdrückte einen Ausruf der Enttäuschung, als Alia den Kopf senkte. Die Worte, auf die er gewartet hatte, hatte sie nicht gesprochen. Sein Körper fühlte sich wie ausgetrocknet an: die leere Hülle, die von einem Wüsteninsekt übrig geblieben war.

Er vermutete, dass andere ähnlich empfanden, spürte, wie unruhig die Leute um ihn herum waren. Unvermittelt schrie eine Frau weit unten links von Paul auf, ein unartikulierter Laut der Pein.

Alia hob den Kopf, und Paul hatte das schwindelerregende Gefühl, dass die Entfernung, die sie trennte, in sich zusammenfiel – dass er in ihre nur Zentimeter entfernten trüben Augen starrte.

»Wer ruft mich?«, fragte sie.

»Ich rufe«, schrie die Frau. »Ich, Alia. O Alia, hilf mir. Es heißt, dass mein Sohn auf Muritan getötet wurde. Ist er dahin? Werde ich meinen Sohn nie wiedersehen … nie?«

»Du versuchst, rückwärts durch den Sand zu laufen«, sagte Alia. »Nichts ist je verloren. Alles kehrt zurück, aber womöglich erkennst du nicht die veränderte Gestalt, in der es zurückkehrt.«

»Alia, das verstehe ich nicht!«, rief die Frau.

»Du lebst umgeben von Luft, doch du siehst sie nicht«, sagte Alia mit schneidender Stimme. »Bist du eine Eidechse? Deine Stimme klingt wie die einer Fremen. Versucht eine Fremen, die Toten zurückzuholen? Was brauchen wir von unseren Toten außer ihrem Wasser?«

In der Mitte des Tempelschiffs hob jetzt ein Mann in einem kostbaren roten Gewand beide Hände, sodass die Ärmel herunterrutschten und den Blick auf weiße Arme freigaben. »Alia«, rief er. »Man hat mir ein Geschäft angeboten. Soll ich es annehmen?«

»Du kommst wie ein Bettler zu mir«, sagte Alia. »Du suchst nach einer goldenen Schale, doch du wirst nur einen Dolch finden.«

»Man bittet mich, jemanden zu töten!«, rief ein anderer weit rechts von Paul. Es war die tiefe Stimme eines Sietch-Bewohners. »Soll ich einwilligen? Und wenn ich einwillige, wird es mir gelingen?«

»Anfang und Ende sind ein und dasselbe«, sagte Alia harsch. »Habe ich euch das nicht bereits gesagt? Du bist nicht gekommen, um diese Frage zu stellen. Was ist es, woran du nicht glauben kannst, sodass du zu mir kommen und dagegen aufbegehren musst?«

»Sie ist in einer grimmigen Stimmung heute Abend«, murmelte eine Frau unweit von Paul. »Habt ihr sie jemals so wütend gesehen?«

Sie weiß, dass ich hier in der Menge bin, dachte Paul. *Hat sie in der Vision etwas gesehen, das sie verärgert hat? Ist sie wütend auf mich?*

Ein Mann genau vor Paul rief: »Alia, sag diesen Geschäftsleuten und Schwachmütigen, wie lange dein Bruder herrschen wird!«

»Ich gestatte dir selbst einen Blick hinter diese Biegung«, fauchte Alia. »Du trägst dein Vorurteil auf der Zunge! Nur weil mein Bruder den Wurm des Chaos reitet, hast du ein Dach über dem Kopf und Wasser!«

Dann raffte sie mit einer zornigen Geste ihr Gewand zusammen, wirbelte herum, trat durch den schimmernden Lichtvorhang und verschwand in der Finsternis.

Sofort stimmten die Akoluthen den Sprechgesang an, der die Zeremonie beendete, aber sie hatten ihren Rhythmus verloren. Offenbar hatte sie das unerwartete Ende des Rituals überrascht. Überall in der Menge erhob sich Gemurmel. Paul sah, wie sich die Leute um ihn herum regten – unruhig, unzufrieden.

»Das war dieser Dummkopf mit seiner blödsinnigen Geschäftsfrage«, sagte eine Frau dicht neben ihm. »Dieser Heuchler!«

Was hatte Alia gesehen? Welche Spur in die Zukunft?

Heute Nacht war hier etwas geschehen, das den Ritus des Orakels verdorben hatte. Normalerweise schrien die Menschen danach, dass Alia ihre armseligen Fragen beantwortete. Ja, sie kamen als Bittsteller vor das Orakel. Paul hatte sie viele Male so gehört – verborgen in der Dunkelheit hinter dem Altar. Was war in dieser Nacht anders gewesen?

Rasir, der alte Fremen, zog an Pauls Ärmel und deutete mit einer Kopfbewegung Richtung Ausgang. Die Menge drängte bereits dorthin, und Paul ließ sich von ihr mittragen, während Rasirs Hand auf seinem Arm lag. Es kam ihm vor, als ob sein Körper zur Manifestation einer Kraft geworden war, die sich jetzt seiner Kontrolle entzog. Er war zu einem Nichtwesen geworden, einer sich selbst bewegenden Leblosigkeit. Sein Sein lag im Kern dieses Nichtwesens und gestattete, dass er durch die Straßen seiner Stadt geführt wurde, auf einem aus seinen Visionen so vertrauten Pfad, dass ihm das Herz vor Kummer zu Eis erstarrte.

Ich sollte wissen, was Alia gesehen hat, dachte er. *Ich habe es oft genug selbst gesehen. Und sie hat nicht dagegen aufbegehrt … auch sie hat die Alternativen gesehen.*

Produktions- und Einkommenszuwachs dürfen in meinem Imperium nie ins Ungleichgewicht geraten. Das ist die Essenz meiner Befehle. Im Zahlungsausgleich zwischen den verschiedenen Einflusssphären darf es keinerlei Probleme geben. Und der Grund dafür ist schlicht und einfach, dass ich es gebiete. Ich will meine Befehlsgewalt an dieser Stelle betonen. Ich bin der größte Energieverzehrer in diesem Bereich, und das werde ich bleiben, ob lebendig oder tot. Meine Regierung ist die Ökonomie.

– Ratsbefehl des Imperators Paul Muad'Dib

»Ich trenne mich hier von Ihnen«, sagte Rasir und nahm die Hand von Pauls Ärmel. »Ihr Ziel befindet sich zur Rechten, die vorletzte Tür. Gehen Sie mit Shai-Hulud, Muad'Dib. Und denken Sie daran, dass Sie einmal Usul waren.«

Pauls Führer verschwand in der Dunkelheit.

Paul wusste, dass irgendwo dort draußen Sicherheitsleute warteten, die Rasir ergreifen und zur Befragung mitnehmen würden. Tatsächlich hoffte Paul aber, dass ihnen der alte Fremen entwischen würde.

Über ihm standen Sterne am Himmel, und jenseits des Schildwalls schien in weiter Ferne der Mond. Aber dies hier war nicht die offene Wüste, wo man sich von einem Stern leiten lassen konnte. Der alte Mann hatte ihn in eine der neuen Vorstädte geführt; das zumindest erkannte Paul.

Von näher rückenden Dünen war eine dicke Schicht Flugsand in diese Straße geweht worden. Ein gutes Stück weiter vorne leuchtete der schwache Schein eines einsamen Suspensorglobus. In seinem Licht konnte man erkennen, dass es sich bei der Straße um eine Sackgasse handelte.

Die Luft um Paul herum war erfüllt von dem Geruch einer Aufbereitungsdestille. Die Anlage musste schlecht versiegelt sein, wenn ihr fauliger Gestank ins Freie entwich. Dadurch verloren sie auch eine gefährliche Menge Feuchtigkeit an die Nachtluft. Wie nachlässig sein Volk doch geworden war, dachte Paul. Sie waren Wassermillionäre – und hatten die Tage vergessen, in denen man auf Arrakis jemanden eines Achtels des Wassers in seinem Körper wegen getötet hatte.

Warum zögere ich?, fragte er sich. *Es ist die vorletzte Tür auf der rechten Seite. Ich wusste das, bevor man es mir gesagt hat. Aber die Ereignisse müssen präzise ihren Lauf nehmen.*

Also … zögere ich.

Plötzlich war aus dem Eckhaus links von Paul ein Streit zu vernehmen. Eine Frau schimpfte dort mit jemandem: In den neuen Flügel ihres Hauses dringe Staub ein, beschwerte sie sich. Ob er glaube, dass das Wasser einfach vom Himmel fiele? Wenn Staub hereinkäme, trete Feuchtigkeit aus.

Manche erinnern sich doch, dachte Paul.

Er ging die Straße hinunter, und die Geräusche des Streits blieben hinter ihm zurück.

Wasser vom Himmel!, dachte er.

Einige Fremen hatten dieses Wunder auf anderen Planeten erblickt. Er selbst hatte es gesehen, hatte es für Arrakis angeordnet, doch die Erinnerung daran fühlte sich wie etwas an, das jemand anderem widerfahren war. Man nannte es Regen. Unvermittelt fielen ihm die Regenstürme auf seiner Geburtswelt wieder ein: dicke, graue Wolken am Himmel über Caladan, das elektrifizierende Nahen eines Gewitters, feuchte Luft, die großen nassen Tropfen, die auf die Oberlichter prasselten. Wasser, das in Strömen über die Giebel lief. Ablaufrinnen leiteten es zu einem Fluss, der sich schlammig und träge an den Familienhainen vorbeiwälzte. Die nackten Äste der Bäume glänzten feucht.

Paul blieb mit dem Fuß in einer Sandwehe auf der Straße stecken, und für einen Moment spürte er den klebrigen Schlamm an den Stiefeln seiner Kindheit. Dann war er wieder zurück im Sand: in der staubigen, vom dumpfen Heulen des Windes erfüllten Finsternis, wo ihm seine Zukunft höhnisch zuwinkte. Er spürte die Ausgedörrtheit des ihn umgebenden Lebens wie einen Vorwurf. *Du warst das!* Sie waren zu einer Zivilisation geworden, die trockenen Auges zusah, einer Zivilisation von Geschichtenerzählern, von Menschen, die alle Probleme mittels Macht lösten ... und mehr Macht ... und noch mehr Macht ... und genau das bis aufs letzte Erg verabscheuten.

Jetzt hatte er rauen Stein unter den Füßen. Auch daran erinnerte er sich aus seiner Vision. Rechts von ihm tauchte das dunkle Rechteck einer Tür auf. Schwarz in Schwarz: Otheyms Haus, das Haus des Schicksals, ein Ort, der sich von den ihn umgebenden Orten nur durch die Rolle unterschied, die ihm die Zeit zugedacht hatte. Ein seltsam ungeschichtlicher Ort – aber er würde in die Geschichte eingehen.

Auf sein Klopfen hin öffnete sich die Tür. Durch den Spalt sah man den blassgrünen Schein eines Vorraums. Ein Zwerg spähte nach draußen, ein uraltes Gesicht auf dem Körper eines Kindes, eine Erscheinung, die in Pauls Vorahnungen nie aufgetaucht war.

»Dann sind Sie also gekommen«, sagte die Erscheinung. Der Zwerg trat zur Seite. Sein Verhalten zeigte keinerlei Ehrfurcht, dafür machte sich ein hämisches Lächeln auf seinem Gesicht breit. »Kommen Sie herein! Herein!«

Paul zögerte. In seiner Vision hatte es keinen Zwerg gegeben, aber davon abgesehen, war alles so, wie es sein sollte. Visionen konnten solche Abweichungen enthalten und dennoch ihrem ursprünglichen Sturz in die Ewigkeit treu bleiben. Trotzdem ermutigte ihn dieser Unterschied, sich Hoffnungen zu machen. Er warf einen Blick zurück: auf den milchfarbenen Perlglanz seines Mondes, der aus den schartigen Schatten hervortrat. Der Mond verfolgte ihn. Wie würde er fallen?

»Herein«, wiederholte der Zwerg.

Paul trat ein, hörte, wie die Tür hinter ihm in das Feuchtigkeitssiegel fiel. Der Zwerg ging an ihm vorbei, seine riesigen Füße klatschten auf den Boden, während er das fein verzierte Gatter zum überdachten Haupthof öffnete und ihn hindurchwinkte. »Sie warten schon, Sire.«

Sire, dachte Paul. *Dann weiß er also, wer ich bin.*

Noch bevor Paul dieser Erkenntnis weiter nachspüren konnte, stahl sich der Zwerg durch einen Seitengang davon. Die Hoffnung war wie ein Windteufel, der in Pauls Innerem wirbelte und tanzte. Er durchquerte den dunklen Hof, der von einem Geruch aus Krankheit und Versagen erfüllt war. Die Atmosphäre war drückend. War es ein Scheitern, wenn man das kleinere von zwei Übeln wählte, fragte er sich. Wie weit war er auf diesem Weg schon vorangeschritten?

Licht ergoss sich aus einer schmalen Tür in der gegenüberliegenden Wand. Paul unterdrückte das beklemmende Gefühl, beobachtet zu werden, und die von den bösen Gerüchen verursachte Unruhe und trat durch die Tür in einen kleinen Raum. Nach Fremen-Maßstäben war es ein karger Raum, der nur an zwei Wänden Hiereg-Wandteppiche aufwies. Gegenüber der Tür saß ein Mann auf karmesinroten Kissen. In den Schatten eines Durchgangs zu Pauls Linken stand eine weibliche Gestalt.

Paul fühlte sich in seiner Vision gefangen. So war es geschehen. Aber wo war der Zwerg? Worin bestand der Unterschied?

Seine Sinne absorbierten das Innere des Raumes mit einem einzigen Gestalt-Blick. Trotz der armseligen Einrichtung hatte man auf seine Pflege und Gestaltung eine peinliche Sorgfalt verwendet. Die Haken und Stangen entlang der kahlen Wände deuteten darauf hin, dass hier Behänge entfernt worden waren. Paul rief sich ins Gedächtnis, dass die Pilger für echte Fremen-Arbeiten enorme Preise zahlten. Reichen Pilgern galten Fremen-Wandteppiche als wahre Schätze – als Symbole der Hadsch.

Er fühlte sich von den nackten Wänden mit dem frischen Gipsverputz angeklagt. Und die Fadenscheinigkeit der beiden verbliebenen Wandbehänge verstärkte noch das Gefühl von Schuld.

Ein schmales Regal stand an der Wand zu seiner Rechten. Darin eine Reihe von Porträtaufnahmen: bärtige Fremen, manche in Destillanzügen mit herabhängenden Auffangschläuchen, manche in Uniformen des Imperiums. All diese Menschen posierten vor den exotischen Hintergründen anderer Welten – meistens Meereslandschaften.

Der auf den Kissen sitzende Fremen räusperte sich und brachte Paul so dazu, ihn anzusehen. Es war Otheym – er sah genauso aus, wie die Vision ihn gezeigt hatte: Sein Hals war dürr wie der eines Vogels und wirkte zu schwach, um den großen Kopf zu halten. Sein Gesicht war eine schiefe Ruine: Die linke Wange unter dem tränenden Hängeauge war von einem Netzwerk aus Narben überzogen, während die Haut auf der anderen Seite unbeschädigt war und das rechte, vollkommen blaue Auge Paul fixierte. Geteilt wurde das Gesicht von einer langen, ankerförmigen Nase.

Otheyms Kissen lagen in der Mitte eines fadenscheinigen braunen Teppichs, in den kastanienrote und goldene Fäden eingewoben waren. Der Stoff war durchgescheuert und teilweise geflickt, aber jedes bisschen Metall im Raum war auf Hochglanz poliert: die Rahmen der Fremen-Aufnahmen, die Kanten und Halterungen des Regals, der Sockel eines niedrigen Tischs auf der rechten Seite.

Paul nickte Otheyms unversehrter Gesichtshälfte zu und sagte: »Ich wünsche dir und deinem Heim viel Glück.« Es war der Gruß eines alten Freundes und Sietch-Kameraden.

»Sehe ich dich also noch einmal, Usul.«

Die Stimme, die seinen Stammesnamen sagte, hatte den wimmernden, zittrigen Tonfall eines alten Mannes. Auf der versehrten

Gesichtsseite bewegte sich das trübe Auge über der pergamentdünnen, vernarbten Haut. Sie war von grauen Borsten übersät und pellte sich an Kinn und Kiefer. Otheyms Mund verzog sich beim Sprechen, im Inneren sah man silberne Metallzähne.

»Muad'Dib reagiert immer, wenn ein Fedaykin ruft«, sagte Paul.

Die Frau in den Schatten regte sich und sagte: »Das behauptet Stilgar auch.«

Sie trat ins Licht – eine ältere Version jener Lichna, die der Gestalttänzer nachgeahmt hatte. Jetzt fiel Paul wieder ein, dass Otheym zwei Schwestern geheiratet hatte. Das Haar der Frau war grau, und sie hatte eine schmale Hexennase. Vom Weben hatte sie Schwielen an Zeigefingern und Daumen. Zu Sietch-Zeiten hätte jede Fremen-Frau solche Schwielen stolz zur Schau gestellt, doch als sie sah, wie sich Pauls Aufmerksamkeit auf ihre Hände konzentrierte, verbarg sie sie in einer Falte ihres blassblauen Kleids.

Auch an ihren Namen erinnerte sich Paul nun wieder: Dhuri. Doch was ihn erschreckte, war, dass er sich an sie als Kind erinnerte – nicht daran, wie sie ihm in seiner Vision dieses Augenblicks erschienen war. Das lag an dem klagenden Unterton in ihrer Stimme, sagte er sich. Sie hatte schon als Kind klagend geklungen.

»Du siehst mich hier«, sagte er zu ihr. »Wäre ich hier, wenn Stilgar es nicht gutgeheißen hätte?« Er wandte sich Otheym zu. »Ich trage deine Wasserbürde, Otheym. Befehle mir.«

Er sprach nun in der geradlinigen Art von Sietch-Brüdern.

Otheym nickte zitternd, eine Bewegung, die seinen dünnen Hals fast überforderte. Dann hob er die leberfleckige Linke und deutete auf die Ruine seines Gesichts. »Ich habe mir auf Tarahell die Halbkrankheit zugezogen, Usul«, sagte er mit pfeifender Stimme. »Kurz nach dem Sieg, als wir alle …« Ein Hustenanfall ließ ihn verstummen.

»Der Stamm wird sich bald sein Wasser nehmen«, sagte Dhuri. Sie ging zu Otheym, schob ihm ein Kissen in den Rücken und hielt ihn an der Schulter fest, bis der Husten nachließ. Sie war eigentlich gar nicht so alt, bemerkte Paul, doch ein Ausdruck verlorener Hoffnung umgab ihren Mund, und in ihren Augen lag Verbitterung.

»Ich werde nach Ärzten schicken lassen«, sagte Paul.

Dhuri drehte sich mit einer Hand an der Hüfte zu ihm um. »Wir hatten hier schon Ärzte, und bessere kannst auch du nicht bestellen.« Unwillkürlich blickte sie auf die kahle Wand links von ihr.

Und diese Ärzte waren teuer, dachte Paul.

Er war innerlich extrem angespannt. Eingeengt von seiner Vision, aber sich bewusst, dass sich kleine Unterschiede eingeschlichen hatten. Wie konnte er sich diese Unterschiede zunutze machen? Die Zeit durchlief unmerkliche Veränderungen, wenn sie sich häutete, doch das Gewebe im Hintergrund blieb das gleiche. Paul wusste mit schrecklicher Gewissheit, dass grausame Gewalt das Resultat wäre, würde er versuchen, hier und jetzt aus dem ihn umgebenden Muster auszubrechen. Die Macht, die diesem trügerisch sanften Fließen der Zeit innewohnte, ließ ihn nicht aus ihren Klauen.

»Sagt, was ihr von mir wollt«, knurrte er.

»Könnte es nicht sein, dass Otheym in diesen Zeiten einen Freund an seiner Seite braucht?«, sagte Dhuri. »Muss ein Fedaykin sein Fleisch Fremden überantworten?«

Wir haben den Sietch Tabr miteinander geteilt, rief Paul sich in Erinnerung. *Sie ist im Recht, wenn sie mich für meine offensichtliche Kaltherzigkeit tadelt.* »Ich werde tun, was ich tun kann«, sagte er.

Otheym wurde von einem weiteren Hustenanfall geschüttelt. Als er sich wieder beruhigt hatte, keuchte er: »Verrat ist im Gange, Usul. Fremen schmieden Pläne gegen dich.« Dann bewegte sich sein Mund für eine Weile, ohne einen Ton herauszubringen. Speichel kam zwischen seinen Lippen hervor. Dhuri wischte ihm den Mund mit einer Ecke ihres Kleides ab, und Paul sah den Zorn über diese Verschwendung von Feuchtigkeit auf ihrem Gesicht.

Hilflose Wut drohte Paul in diesem Moment zu überwältigen. *Dass Otheym so endet! Ein Fedaykin verdient Besseres.* Aber es blieb keine Wahl mehr – nicht für den Angehörigen eines Todeskommandos, nicht für seinen Imperator. Sie wandelten in diesem Raum auf Ockhams Rasiermesser. Der kleinste Fehltritt vervielfachte die Schrecken, nicht nur für sie selbst, sondern für die gesamte Menschheit – sogar für jene, die sie zerstören wollten.

Paul füllte seinen Geist mit Gelassenheit und blickte zu Dhuri. Der Ausdruck entsetzlicher Sehnsucht, mit dem sie Otheym betrachtete, gab ihm Kraft. *Chani darf mich niemals so ansehen*, sagte er sich.

»Lichna sprach von einer Botschaft«, sagte er dann.

»Mein Zwerg«, ächzte Otheym. »Ich habe ihn auf … auf einer Welt … ich weiß nicht mehr wo … gekauft. Er ist ein menschlicher Distrans, ein Spielzeug, das die Tleilaxu weggeworfen haben. Er hat alle Namen aufgezeichnet … die Verräter …« Der alte Fremen verstummte zitternd.

»Du sprichst von Lichna«, sagte Dhuri. »Als du gekommen bist, wussten wir, dass sie sicher zu dir vorgedrungen ist. Wenn du über die neue Bürde nachdenkst, die Otheym dir auferlegt, dann ist Lichna die Summe dieser Bürde. Ein gerechter Tausch, Usul – nimm den Zwerg und geh.«

Paul unterdrückte ein Schaudern und schloss die Augen. *Lichna!* Die echte Tochter war in der Wüste gestorben, ein vom Semuta zerstörter Leib, den man Sand und Wind überlassen hatte. Er öffnete die Augen wieder und sagte: »Ihr hättet jederzeit zu mir kommen können, um …«

»Otheym hat sich ferngehalten, um jenen zugerechnet zu werden, die dich hassen, Usul«, sagte Dhuri. »Das Haus südlich von uns am Ende der Straße ist ein Versammlungsort deiner Feinde. Deshalb haben wir diese Behausung gewählt.«

»Dann ruf den Zwerg, damit wir alle gehen können«, sagte Paul.

»Du hast nicht richtig zugehört«, sagte Dhuri.

»Du musst den Zwerg an einen sicheren Ort bringen«, sagte Otheym. Sein Tonfall war nun seltsam kraftvoll. »Er trägt die einzigen

Aufzeichnungen über die Verräter in sich. Niemand ahnt etwas von seiner Begabung. Sie denken, dass er mir zur Unterhaltung dient.«

»Wir können nicht gehen«, sagte Dhuri. »Nur du und der Zwerg. Es ist bekannt … wie arm wir sind. Wir haben erzählt, dass wir den Zwerg verkaufen würden. Sie werden dich für den Käufer halten. Das ist deine einzige Chance.«

In seinen Gedanken befragte Paul die Erinnerung an seine Vision: In ihr hatte er dieses Haus mit den Namen der Verräter verlassen, aber er hatte nicht gesehen, wie die Namen transportiert wurden. Offensichtlich stand der Zwerg unter dem Schutz eines anderen Orakels. Paul kam in den Sinn, dass alle Geschöpfe eine Art vorgefasstes Schicksal haben mussten, das von ihren jeweiligen Stärken, ihrer Ausbildung und ihren Neigungen abhing. Seit dem Augenblick, in dem der Dschihad ihn auserwählt hatte, fühlte er sich gefangen von den Kräften der Massen. Die unverrückbaren Bestimmungen all dieser Menschen verlangten von ihm, dass er dem durch sie festgelegten Kurs folgte. Soweit er sich noch irgendwelchen Illusionen über einen freien Willen hingab, war er nur ein Gefangener, der an seinen Gitterstäben rüttelte. Sein Weg war dadurch festgelegt, dass er den Käfig *sah*. Er *sah* ihn!

Nun lauschte er der Leere dieses Hauses. Nur sie vier hielten sich darin auf: Dhuri, Otheym, der Zwerg und er selbst. Er atmete ihre Angst und Anspannung und spürte die Blicke der Beobachter – seiner eigenen Truppen, die weit über ihnen in ihren Thoptern schwebten, und die der anderen – nebenan.

Es war falsch von mir, zu hoffen, dachte er. Doch der Gedanke an Hoffnung erzeugte in ihm ein verdrehtes *Gefühl* der Hoffnung, und er spürte, dass er vielleicht trotzdem noch seine Gelegenheit bekommen würde.

»Ruf den Zwerg«, sagte er.

»Bijaz!«, rief Dhuri.

»Sie haben gerufen?« Vom Innenhof her betrat der Zwerg den Raum. Auf seinem Gesicht lag ein wachsamer, besorgter Ausdruck.

»Du hast einen neuen Herrn, Bijaz«, sagte Dhuri. Sie sah Paul an. »Du kannst ihn … Usul nennen.«

Bijaz verengte seine Augen. »Usul, das bedeutet das Fundament der Säule. Wie kann Usul das Fundament sein, wo ich doch das niederste aller Lebewesen bin?«

»So redet er immer«, sagte Otheym entschuldigend.

»Ich rede nicht«, sagte Bijaz. »Ich bediene eine Maschine, die man als Sprache bezeichnet. Sie ächzt und knirscht, aber sie ist die meine.«

Paul dachte: *Ein Tleilaxu-Spielzeug, gelehrt und aufmerksam. Die Bene Tleilax werfen nie etwas so Wertvolles weg.* Er wandte sich dem Zwerg zu und betrachtete ihn. Runde Melangeaugen erwiderten seinen Blick. »Welche Begabungen hast du noch, Bijaz?«, fragte er.

»Ich weiß, wann wir gehen sollten«, sagte Bijaz. »Das ist eine Gabe, über die nur wenige verfügen. Es gibt eine richtige Zeit, um etwas zu beenden – und das ist ein guter Anfang. Lassen Sie uns mit dem Aufbrechen beginnen, Usul.«

Paul durchforschte die Erinnerung an seine Vision. Kein Zwerg – doch die Worte des kleinen Mannes passten zu der Situation. »An der Tür hast du mich Sire genannt«, sagte er. »Du kennst mich also?«

Bijaz grinste. »Sie sind weit mehr als der niedere Usul. Sie sind der Atreides-Imperator Paul Muad'Dib. Und Sie sind mein Finger.« Er hielt den Zeigefinger seiner rechten Hand hoch.

»Bijaz!«, fuhr ihn Dhuri an. »Du forderst das Schicksal heraus.«

»Ich fordere meinen Finger heraus«, sagte Bijaz mit quiekender Stimme und zeigte auf Paul. »Ich zeige auf Usul. Ist mein Finger nicht Usul selbst? Oder ist er eine Spiegelung von etwas Fundamentalerem?« Er hielt sich den Finger dicht vor die Augen und begutachtete ihn mit einem spöttischen Grinsen erst von der einen, dann von der anderen Seite. »Ah, es ist doch nur ein Finger.«

»Er plappert oft so dahin«, sagte Dhuri. Ihr Tonfall verriet Besorgnis. »Ich glaube, deshalb haben sich die Tleilaxu seiner entledigt.«

»Ich lasse mich nicht von oben herab behandeln«, sagte Bijaz. »Und doch steht nun jemand Neuer über mir. Welch seltsame Wege dieser Finger geht.« Mit leuchtenden Augen sah er zu Dhuri und Otheym. »Wir sind durch einen schwachen Klebstoff verbunden, Otheym. Ein paar Tränen, und schon gehen wir auseinander.« Die großen Füße des Zwerges schabten über den Boden, als er sich blitzartig zu Paul umdrehte. »Ah, der Herr, der nun über mir steht! Den ganzen Weg habe ich mich umgedreht, um Sie zu finden.«

Paul nickte.

»Sie werden gütig sein, Usul?«, fragte Bijaz. »Sie müssen wissen, dass ich eine Person bin. Personen gibt es in vielen Formen und Größen, diese hier ist eine davon. Meine Muskeln sind schwach, doch mein Mund ist stark. Ich bin billig zu ernähren, doch kostspielig zu füllen. Sie können mich nach Belieben leeren und finden dennoch immer mehr in meinem Inneren, als von Menschen hinterlassen wurde.«

»Wir haben keine Zeit für deine dummen Rätsel«, zischte Dhuri. »Ihr solltet längst fort sein.«

»Ich bin voller Rätsel«, sagte Bijaz, »doch nicht alle davon sind dumm. Dahin zu sein heißt Vergangenheit sein, Usul. Nicht wahr? Lassen wir Vergangenes vergangen sein. Dhuri spricht die Wahrheit, und auch das ist eine meiner Begabungen – die Wahrheit zu hören.«

»Du verfügst über den Wahrheitssinn?«, fragte Paul. Er war jetzt fest entschlossen, zu warten, bis die Uhr seiner Vision abgelaufen war. Alles war besser, als diesen Moment in Trümmer zu schlagen und dadurch neue Konsequenzen heraufzubeschwören. Otheym musste noch gewisse Dinge sagen, wenn die Zeit nicht in noch schlimmere Bahnen laufen sollte.

»Ich verfüge über den *Jetzt*sinn«, sagte Bijaz.

Paul fiel auf, dass der Zwerg zunehmend unruhig wurde. War

sich der kleine Mann der Dinge, die sich zutragen würden, bewusst? War Bijaz vielleicht sogar selbst ein Orakel?

»Hast du dich nach Lichna erkundigt?«, fragte Otheym plötzlich und sah mit seinem gesunden Auge Dhuri an.

»Lichna ist in Sicherheit«, erwiderte Dhuri.

Paul senkte den Kopf, um nicht durch seinen Gesichtsausdruck zu verraten, dass er die Lüge erkannte. *In Sicherheit!* Lichna war ein Häufchen Asche in einem geheimen Grab.

»Das ist gut«, sagte Otheym, der Pauls gesenkten Kopf als zustimmendes Nicken deutete. »Immerhin ein Gutes inmitten all der Übel, Usul. Mir gefällt die Welt nicht, die wir erschaffen, weißt du das? Es war besser, als wir noch allein in der Wüste waren und nur die Harkonnen zum Feind hatten.«

»Es verläuft eine schmale Grenze zwischen vielen Feinden und vielen Freunden«, sagte Bijaz. »Dort, wo diese Grenze aufhört, gibt es weder Anfang noch Ende. Beenden wir es, meine Freunde.« Der Zwerg trat an Pauls Seite und tanzte von einem Fuß auf den anderen.

»Was ist ein *Jetzt*sinn?«, fragte Paul, um die Situation in die Länge zu ziehen und den Zwerg zu ködern.

»Jetzt!«, sagte Bijaz zitternd. »Jetzt! Jetzt!« Er zog an Pauls Mantel. »Lassen Sie uns *jetzt* gehen!«

»Sein Mund steht nicht still, aber er meint es nie böse«, sagte Otheym mit einem Ausdruck von Zuneigung. Mit dem gesunden Auge sah er Bijaz an.

»Selbst eine Rassel kann einen Aufbruch signalisieren«, sagte Bijaz. »Und das Gleiche gilt für Tränen. Gehen wir, solange noch Zeit für einen Anfang ist.«

»Wovor fürchtest du dich, Bijaz?«, fragte Paul.

»Ich fürchte den Geist, der jetzt nach mir sucht.« Schweißperlen standen dem Zwerg auf der Stirn. Und seine Wangen zuckten. »Ich fürchte denjenigen, der nicht denkt und keinen Leib außer meinem duldet – und diesen in sich selbst zurückgekrümmt! Ich fürchte das, was ich sehe, und das, was ich nicht sehe.«

Dieser Zwerg verfügt über die Kraft der Vorahnung, dachte Paul. Bijaz teilte das Wissen um das schreckenerregende Orakel. Und teilte er auch das Schicksal des Orakels? Wie groß waren die Kräfte des Zwerges? Verfügte er über das geringe Maß an Hellsicht jener, die mit dem Wüstentarot herumspielten? Oder über mehr? Wie viel hatte er gesehen?

»Es ist besser, wenn ihr geht«, sagte Dhuri. »Bijaz hat recht.«

»Jede Minute, die wir zögern«, sagte Bijaz, »verlängert … verlängert die Gegenwart!«

Jede Minute, die ich zögere, schiebt meine Schuld auf, dachte Paul. Der Giftatem eines Wurms, von dessen Zähnen der Staub rieselte, war über ihn hinweggespült. Das war vor langer Zeit gewesen, doch jetzt atmete er die Erinnerung daran: Gewürz und Bitterkeit. Er spürte, dass sein eigener Wurm wartete – »die Urne der Wüste«.

»Es sind unruhige Zeiten«, sagte er und knüpfte damit an Otheyms Urteil über ihre Welt an.

»Fremen wissen, was in unruhigen Zeiten zu tun ist«, sagte Dhuri.

Otheym steuerte ein zittriges Nicken bei.

Paul sah Dhuri an. Er erwartete keine Dankbarkeit, tatsächlich wäre sie ihm eine untragbare Bürde gewesen, aber Otheyms Verbitterung und die leidenschaftliche Abneigung, die er in Dhuris Augen sah, erschütterten ihn in seiner Entschlossenheit. Gab es *irgendetwas*, das diesen Preis wert war?

»Eine Verzögerung dient keinem Zweck«, sagte Dhuri.

»Tu, was du tun musst, Usul«, wisperte Otheym.

Paul seufzte. Die Worte aus der Vision waren gesprochen. »Es wird Rechenschaft abgelegt werden«, sagte er zur Vervollständigung. Dann wandte er sich ab und verließ den Raum.

Hinter Paul klatschten Bijaz' Füße auf dem Boden. »Was vergangen ist, ist vergangen«, murmelte der Zwerg beim Gehen. »Wo gehobelt wird, da fällt das Vergangene. Es war ein schmutziger Tag heute.«

Die verworrenen Formulierungen des Rechtswesens sind aus der Notwendigkeit erwachsen, uns selbst die Gewalt zu verheimlichen, die wir einander antun wollen. Zwischen »einem Menschen eine Stunde seines Lebens nehmen« und »ihm sein Leben nehmen« besteht nur ein gradueller Unterschied. Man hat ihm in jedem Fall Gewalt angetan, hat seine Energie aufgesogen. Wortreiche Euphemismen können die Tötungsabsicht verschleiern, aber jeder Einsatz von Macht über andere gründet auf der gleichen Idee: »Ich labe mich an deiner Energie.«

– Addenda zu den Ratsbefehlen
des Imperators Paul Muad'Dib

Der erste Mond stand hoch über der Stadt, als Paul, der eingeschaltete Schild ein schimmerndes Kraftfeld um ihn herum, aus dem Haus kam. Ein Wind wehte vom Bergmassiv her und trieb Sand und Staub durch die schmale Straße, sodass Bijaz blinzelte und sich die Hand schützend vor die Augen hielt.

»Wir müssen uns beeilen«, murmelte der Zwerg. »Schnell! Schnell!«

»Erahnst du eine Gefahr?«, fragte Paul.

»Ich *erkenne* Gefahr!«

Das abrupte Gefühl einer nahen Bedrohung wurde fast sofort von einer Gestalt abgelöst, die aus einem Hauseingang an sie herantrat.

Bijaz kauerte sich winselnd zusammen.

Doch es war nur Stilgar. Der alte Fremen bewegte sich wie eine

Kriegsmaschine: den Kopf nach vorne gebeugt, die Füße fest auf den Boden gesetzt.

Rasch erklärte Paul Stilgar, welchen Wert der Zwerg hatte, und übergab Bijaz dem Fremen. Ab diesem Punkt lief seine Vision schneller. Stilgar rannte mit Bijaz davon. Wachleute umringten Paul. Befehle wurden gegeben, und Männer wurden zum Haus neben dem von Otheym geschickt. Eilig gehorchten sie, Schatten inmitten von Schatten.

Weitere Opfer, dachte Paul.

»Wir wollen lebende Gefangene«, zischte einer der Wachoffiziere.

In Pauls Ohren war dieses Geräusch das Echo einer Vision. Ab hier verlief alles ganz und gar präzise: Vision/Wirklichkeit, Sekunde für Sekunde. Ornithopter senkten sich vor dem Mond herab.

Die Nacht war erfüllt von angreifenden Imperiumssoldaten.

Dann schälte sich ein leises Zischen aus den anderen Lauten heraus und wurde schon zu einem Donnern, während sie noch den Zischlaut in den Ohren hatten. Ein terrakottafarbenes Leuchten verbarg die Sterne, verschlang den Mond.

Paul, der das Geräusch und das Leuchten von den ersten albtraumhaften Blicken kannte, die er in seiner Vision erhascht hatte, verspürte ein seltsames Gefühl der Erfüllung. Es geschah, wie es geschehen musste.

»Steinbrenner!«, rief jemand.

»Steinbrenner!« Überall um Paul herum war der Ruf zu hören. »Steinbrenner … Steinbrenner …«

Paul tat das, was er tun musste: Er riss schützend den Arm vor sein Gesicht und warf sich neben die Bordsteinkante auf den Boden.

Aber natürlich war es zu spät.

Dort, wo Otheyms Haus gestanden hatte, war nun eine Feuersäule, ein blendender Strom, der Richtung Himmel donnerte. Die Säule strahlte ein grelles, unreines Licht ab, vor dem sich jede Ballettbewegung der kämpfenden und fliehenden Männer, der gekippte Rückzug der Ornithopter scharf abzeichnete.

Für alle, die Teil dieses hektischen Getümmels waren, war es zu spät.

Der Boden unter Paul schien zu glühen. Er hörte, wie jemand zum Stehen kam. Überall um ihn herum warfen sich Männer zu Boden, weil ihnen klar war, dass es keinen Sinn hatte, wegzulaufen. Der erste Schaden war angerichtet, nun mussten sie abwarten, wie mächtig der Steinbrenner war. Die Strahlung dieser Waffe, der niemand entkommen konnte, war in ihr Fleisch eingedrungen und verrichtete in ihrem Innern bereits ihr Werk. Was diese Waffe darüber hinaus tun würde, hing von den Plänen jener ab, die sie eingesetzt hatten – den Männern, die der Großen Konvention getrotzt hatten, indem sie sie eingesetzt hatten.

»Ihr Götter … ein Steinbrenner«, wimmerte einer der Soldaten. »Ich … will … nicht … blind … sein.«

»Wer will das schon?« Die harsche Stimme eines anderen, die von weiter unten in der Straße kam.

»Die Tleilaxu werden hier viele Augen verkaufen«, zischte jemand in Pauls Nähe. »Jetzt seid still und wartet!«

Sie warteten.

Paul dachte darüber nach, was der Einsatz dieser Waffe bedeutete. Wenn sie zu viel Brennstoff enthielt, konnte sie sich bis in den Kern des Planeten fressen. Die flüssigen Regionen des Wüstenplaneten lagen tief unter der Oberfläche, aber das machte sie umso gefährlicher. Wurden solche Kräfte unkontrolliert freigesetzt, konnte das einen Planeten zerreißen und die leblosen Trümmer ins All schleudern.

»Ich glaube, es lässt ein wenig nach«, sagte jemand.

»Er gräbt sich nur tiefer«, sagte Paul. »Bleibt alle, wo ihr seid. Stilgar wird Hilfe schicken.«

»Stilgar ist davongekommen?«

»Stilgar ist davongekommen.«

»Der Boden ist so heiß«, rief ein Soldat.

»Sie haben es gewagt, Atomwaffen einzusetzen!«, sagte ein anderer in Pauls Nähe.

»Es wird leiser«, rief eine weiter entfernte Stimme.

Paul ignorierte all diese Worte. Er konzentrierte sich auf seine Fingerspitzen, die den Boden berührten. Er spürte das Grollen und Poltern des Dings – tief, tief unten …

»Meine Augen!«, schrie jemand. »Ich kann nichts sehen.«

Jemand, der näher dran war als ich, dachte Paul. Als er den Kopf hob, konnte er nach wie vor das Ende der Sackgasse erkennen, auch wenn die Szenerie etwas verschwommen wirkte. Ein gelbrotes Leuchten erfüllte den Bereich, wo sich Otheyms Haus und das seines Nachbarn befunden hatten. Teile der umliegenden Gebäude bildeten dunkle Muster, während sie in die glühende Grube hinabstürzten.

Unter großen Mühen rappelte sich Paul auf. Er spürte, wie der Steinbrenner unter ihm leise erstarb. Seine Haut unter dem glitschigen Destillanzug war schweißnass – mehr Feuchtigkeit, als der Anzug verarbeiten konnte. Die Luft, die er in seine Lungen sog, war erfüllt von der Hitze und dem Schwefelgestank des Brenners.

Während er den Blick über die Soldaten schweifen ließ, die sich nach und nach um ihn herum erhoben, verwandelte sich der Nebel vor Pauls Augen in Finsternis. Er beschwor seine Orakelvision von diesen Momenten herauf, drehte sich dann um und folgte langsam der Spur, die die Zeit für ihn gebahnt hatte – passte sich so exakt in die Vision ein, dass sie ihm nicht entgleiten konnte. Er spürte, wie er sich dieses Ortes als einer vielfachen Bestimmtheit bewusst wurde, einer Wirklichkeit, die fest an ihre Vorhersage geknüpft war.

Überall um ihn herum erhob sich Ächzen und Stöhnen unter seinen Männern, als sie begriffen, dass sie blind waren.

»Haltet durch!«, rief Paul. »Hilfe ist unterwegs!« Als sich das Gejammer fortsetzte, sagte er: »Hier spricht Muad'dib! Ich befehle euch, durchzuhalten! Hilfe ist unterwegs!«

Schweigen.

Und dann, genau wie in Pauls Vision, sagte ein Wachmann in seiner Nähe: »Ist das wirklich der Imperator? Wer von euch kann sehen? Sagt schon.«

»Niemand von uns hat noch Augen«, sagte Paul. »Sie haben auch mir die Augen genommen – aber nicht die Sicht. Ich kann *sehen*, wie du dort stehst. Zu deiner Linken ist eine schmutzige Wand, so nah, dass du sie berühren kannst … Und jetzt wartet tapfer. Stilgar kommt mit unseren Freunden.«

Um sie herum ertönte das lauter werdende Tschack-Tschack etlicher Thopter. Dann waren rennende Schritte zu hören. Paul *beobachtete*, wie seine Freunde kamen, indem er die Geräusche mit seiner Orakelsicht abglich.

»Stilgar!«, rief er und winkte. »Hier drüben!«

»Shai-Hulud sei Dank!«, rief Stilgar und rannte Paul entgegen. »Du bist nicht …« In der plötzlichen Stille zeigte Pauls Vision Stilgar, der mit einem Ausdruck der Pein auf die zerstörten Augen seines Freundes und Imperators starrte. »O Mylord«, stöhnte der alte Fremen. »Usul … Usul … Usul …«

»Was ist mit dem Steinbrenner?«, rief einer der Neuankömmlinge.

»Er ist ausgebrannt«, erwiderte Paul laut und fügte mit einer Handbewegung hinzu: »Kommt hier rauf und rettet diejenigen, die ihm am nächsten waren. Stellt Sperren auf. Rasch jetzt!« Er wandte sich wieder Stilgar zu.

»*Siehst* du etwas, Mylord?«, fragte Stilgar verwundert. »Wie kannst du sehen?«

Zur Antwort streckte Paul einen Finger aus und berührte Stilgars Wange über dem Mundstück des Destillanzugs. Er spürte Tränen. »Du musst mir keine Feuchtigkeit geben, alter Freund«, sagte er. »Ich bin nicht tot.«

»Aber deine Augen!«

»Sie haben meinen Körper geblendet, aber nicht meine Vision. Ach, Stil, ich lebe in einem apokalyptischen Traum. Meine Schritte fügen sich so passgenau in ihn ein, dass ich in erster Linie Angst davor habe, es könnte mir irgendwann langweilig werden, all das bis ins Kleinste nachzuleben.«

»Usul, ich, ich …«

»Versuch nicht, es zu verstehen, Stil. Nimm es hin. Ich befinde mich in der Welt jenseits dieser. Für mich ist beides das Gleiche. Ich brauche keine Hand, die mich führt. Ich sehe alle Bewegungen um mich herum. Ich sehe jeden Ausdruck auf deinem Gesicht. Ich habe keine Augen – und doch sehe ich.«

Stilgar schüttelte ruckartig den Kopf. »Mylord, wir müssen dein Leiden vor den Menschen verbergen …«

»Wir verbergen es vor niemandem.«

»Aber das Gesetz …«

»Wir leben jetzt nach dem Gesetz der Atreides, Stil. Das Fremen-Gesetz, das vorschreibt, dass Blinde in der Wüste ausgesetzt werden müssen, bezieht sich nur auf die Blinden. Ich bin nicht blind. Ich lebe im Kreislauf des Seins, in dem der Kampf zwischen Gut und Böse seinen Schauplatz findet. Wir befinden uns an einem Wendepunkt in der Abfolge der Zeitalter, und dabei haben wir unsere Rollen zu spielen.«

Für einen Moment war es still. Paul hörte, wie einer der Verwundeten an ihm vorbeigeführt wurde. »Es war schrecklich«, stöhnte der Mann. »Ein riesiges, wütendes Feuer.«

»Keiner dieser Männer soll in die Wüste gebracht werden«, sagte Paul. »Hast du mich gehört, Stil?«

»Ich habe dich gehört, Mylord.«

»Man soll sie auf meine Kosten mit neuen Augen ausstatten.«

»Es wird geschehen, Mylord.«

Paul spürte die Ehrfurcht in Stilgars Stimme. Er sagte: »Ich bin im Kommandothopter. Übernimm hier.«

»Ja, Mylord.«

Dann ging Paul an Stilgar vorbei die Straße hinunter. Seine Vision zeigte ihm jede Bewegung, jede Unregelmäßigkeit unter seinen Füßen, jedes Gesicht, an dem er vorbeikam. Unterwegs gab er Befehle, deutete auf Männer aus seinem persönlichen Gefolge, rief Namen und bestellte diejenigen zu sich, die zum engeren Kern der Regierung gehörten. Er spürte, wie hinter ihm das Entsetzen zunahm, das furchtsame Flüstern.

»Seine Augen!«

»Aber er hat mich direkt angesehen und beim Namen genannt!«

Am Kommandothopter angekommen, deaktivierte Paul seinen Schild, streckte den Arm in die Kabine, nahm dem überraschten Einsatzleiter das Mikrofon ab, gab eine Reihe rascher Befehle durch und drückte es dem Mann wieder in die Hand. Dann drehte er sich um und rief einen Waffenspezialisten zu sich, einen von der eifrigen, aufgeweckten Sorte, die sich nur noch schwach an das Leben im Sietch erinnerte.

»Sie haben einen Steinbrenner eingesetzt«, sagte Paul.

Nach einer winzigen Pause erwiderte der Mann: »Ja, das habe ich gehört, Sire.«

»Sie wissen natürlich, was das bedeutet.«

»Sie müssen nukleares Material als Brennstoff verwendet haben.«

Paul nickte und dachte daran, was dem Mann gerade durch den Kopf gehen musste. Atomwaffen. Ihr Einsatz war durch die Große Konvention verboten. Wenn man den Übeltäter fand, würde er die Vergeltung der vereinten Großen Häuser erleben. Traditionelle Fehden würden vergessen sein angesichts dieser Bedrohung und der uralten Ängste, die sie wachrief.

»So etwas lässt sich nicht herstellen, ohne Spuren zu hinterlassen«, sagte Paul. »Beschaffen Sie sich alles Nötige, und machen Sie den Ort ausfindig, an dem man den Steinbrenner konstruiert hat.«

»Sehr wohl, Sire.« Mit einem ängstlichen Blick zurück eilte der Mann los.

»Mylord«, sagte der Einsatzleiter zögerlich hinter ihm. »Ihre Augen …«

Paul wandte sich um, streckte die Hand in den Thopter und stellte die Funkanlage auf seine persönliche Wellenlänge ein. »Rufen Sie Chani«, befahl er. »Sagen Sie ihr … Sagen Sie ihr, dass ich lebe und bald bei ihr sein werde.«

Jetzt sammeln sich die Kräfte, dachte Paul. Und ihm fiel auf, wie sehr der Schweiß der Menschen um ihn herum nach Angst roch.

Er hat Alia verlassen,
Den Mutterleib des Himmels!
Heilig, heilig, heilig!
Feuersandmeilen
Liegen vor unserm Herrn.
Er sieht
Ohne Augen!
Ein Dämon sucht ihn heim!
Heilig, heilig, heilig
Die Gleichung:
Gelöst von ihm
als Märtyrer!

– Der Mond fällt herab
(aus: »Lieder Muad'Dibs«)

Nach sieben Tagen fieberhafter Aktivität senkte sich eine unnatürliche Ruhe über die Festung. Auch an diesem Morgen waren Menschen unterwegs, aber sie sprachen flüsternd, die Köpfe zusammengesteckt, und schlichen auf leisen Sohlen umher. Manche huschten auch seltsam gehetzt dahin, als wären sie auf der Flucht. Eine Wachabteilung, die vom Vorhof kam, zog missbilligende Blicke auf sich angesichts des Lärms, den die Männer mit ihren Stiefeln und ihren Waffen verursachten. Die Wachen merkten allerdings schnell, was für eine Stimmung im Inneren der Festung herrschte, und so begannen sie ebenfalls, leise umherzuschleichen.

Nach wie vor war der Steinbrenner das wichtigste Gesprächsthema.

»Er hat gesagt, dass das Feuer im Inneren blaugrün war und den Gestank der Hölle verbreitet hat.«

»Elpa ist ein Dummkopf! Er sagt, dass er lieber Selbstmord begeht, als Augen von den Tleilaxu anzunehmen.«

»Dieses Gerede von Augen gefällt mir nicht.«

»Muad'Dib ist an mir vorbeigegangen und hat mich beim Namen gerufen!«

»Wie kann *Er* ohne Augen sehen?«

»Die Leute verlassen die Stadt, hast du das schon gehört? Es herrscht große Angst. Die Naibs sagen, dass sie nach Sietch Makab zu einem großen Rat aufbrechen werden?«

»Was hat man mit dem Panegyriker gemacht?«

»Ich habe gesehen, wie man ihn in das Gelass gebracht hat, in dem sich die Naibs treffen. Stell dir Korba als Gefangenen vor!«

Von der Stille, die sich über die Festung gelegt hatte, wachte Chani früh auf. Sie stellte fest, dass Paul neben ihr saß, die leeren Augenhöhlen auf irgendeinen formlosen Ort jenseits der Stirnwand ihrers Schlafzimmers gerichtet. All das Fleisch, das der Steinbrenner mit seiner verheerenden Vorliebe für das Augengewebe zerstört hatte, war entfernt worden. Spritzen und Salben hatten zwar das widerstandsfähigere Gewebe um die Höhlen herum gerettet, aber Chani spürte, dass die Strahlung tiefer in Paul eingedrungen war.

Ein Heißhunger erfasste sie, als sie sich aufsetzte, und sie aß etwas von den Vorräten auf ihrem Nachttisch: Gewürzbrot, ein schwerer Käse.

Paul machte eine Geste in Richtung des Essens. »Geliebte, es gab keine Möglichkeit, dir das zu ersparen. Glaub mir.«

Chani unterdrückte ein Zittern, als er die leeren Höhlen auf sie richtete. Sie hatte es aufgegeben, ihn um eine Erklärung zu bitten. Seine Worte waren so seltsam: *»Ich wurde in Sand getauft, und es hat mich die Fähigkeit zu glauben gekostet. Wer handelt heute noch mit Bekenntnissen? Wer kauft sie? Wer verkauft sie?«*

Was meinte er damit?

Paul weigerte sich, die Verwendung von Tleilaxu-Augen auch nur in Betracht zu ziehen, obwohl er sie freigebig für alle kaufte, die sein Leid teilten.

Als ihr Hunger gestillt war, erhob sich Chani aus dem Bett. Sie warf einen Blick auf Paul und sah, wie müde er war. Sein Mund war von tiefen Falten gerahmt. Sein dunkles Haar stand nach oben, zerzaust vom Schlaf, der nichts geheilt hatte. Er wirkte, als wäre er weit weg. Das Hin und Her aus Wachsein und Schlafen machte es nicht besser. Sie zwang sich, sich abzuwenden »Mein Geliebter … mein Geliebter …«, flüsterte sie.

Paul beugte sich zu ihr, zog sie zurück aufs Bett und küsste ihre Wangen. »Bald kehren wir in unsere Wüste zurück«, flüsterte er. »Hier gibt es nur noch wenige Dinge zu tun.«

Sie zitterte. Wie endgültig sein Tonfall doch klang.

Er umfasste sie fester und murmelte: »Fürchte dich nicht vor mir, meine Sihaya. Vergiss die Rätsel und nimm die Liebe hin. An der Liebe ist nichts Rätselhaftes. Sie entspringt dem Leben. Spürst du das nicht?«

»Ja.«

Chani legte ihm die Hand an die Brust und zählte seine Herzschläge. Seine Liebe rief nach ihrer Fremen-Seele, strömte, flutete aus ihm heraus, ungezähmt. Eine magnetische Anziehungskraft umfing sie.

»Ich verspreche dir etwas, Geliebte«, sagte er. »Ein Kind von uns wird ein so großes Reich regieren, dass das meinige im Vergleich dazu verblasst. Es wird Errungenschaften des Lebens und der Kunst und des Erhabenen erblicken …«

»Aber wir sind im Hier und Jetzt!«, sagte sie und unterdrückte ein trockenes Schluchzen. »Und … ich habe das Gefühl, dass wir so wenig … Zeit haben.«

»Wir haben die Ewigkeit, Geliebte.«

»*Du* magst die Ewigkeit haben. Ich habe nur das Jetzt.«

»Aber das hier *ist* die Ewigkeit.« Er strich ihr über die Stirn.

Sie drückte sich an ihn, die Lippen an seinem Hals. Der Druck versetzte das Leben in ihrem Bauch in Unruhe. Sie spürte, wie es sich regte.

Auch Paul spürte es. Er legte eine Hand auf Chanis Bauch und sagte: »Ah, kleiner Herrscher über das Universum, warte, bis du an der Reihe ist. Dieser Moment gehört mir.«

Warum sprach er von dem Leben in ihrem Inneren immer in der Einzahl?, fragte sich Chani. Hatten die Ärzte es ihm nicht erzählt? Sie durchsuchte ihre Erinnerungen und wunderte sich, dass das Thema zwischen ihnen nie zur Sprache gekommen war. Bestimmt wusste er doch, dass sie mit Zwillingen schwanger war. Sie zögerte. Sollte sie es ansprechen? Aber er *musste* es wissen. Er wusste alles. Er wusste alles, was sie ausmachte. Seine Hände, sein Mund – alles an ihm kannte sie.

Nach einer Weile sagte sie: »Ja, Geliebter. Dies hier ist die Ewigkeit … dies hier ist wirklich.« Und sie schloss die Augen, damit der Anblick seiner dunklen Höhlen ihre Seele nicht vom Paradies bis in die Hölle dehnte. Unabhängig davon, mit welcher Rihani-Magie er ihr Leben verschlüsselt hatte, sein Leib blieb wirklich, seinen Liebkosungen konnte sie sich nicht entziehen.

Als sie schließlich aufstanden, um sich anzuziehen, sagte Chani: »Wenn die Menschen nur wüssten, wie sehr du liebst …«

Aber seine Stimmung hatte sich verändert. »Man kann keine Politik auf der Grundlage von Liebe machen«, sagte er. »Das Volk interessiert sich nicht für Liebe, dafür ist es zu ungeordnet. Es zieht Despotismus vor. Zu viel Freiheit erzeugt Chaos. Und das können wir nicht zulassen, oder? Und wie macht man Despotismus zu etwas Liebenswertem?«

»Du bist kein Despot«, wandte sie ein, während sie ihr Kopftuch festband. »Deine Gesetze sind gerecht.«

»Ah, Gesetze.« Paul ging ans Fenster und zog die Vorhänge zurück, ganz so, als könnte er nach draußen sehen. »Was ist ein Gesetz? Kontrolle? Gesetze filtern das Chaos, und was kommt heraus?

Seelenfrieden? Das Gesetz – unser höchstes Ideal und unsere niederste Natur. Sieh dir Recht und Gesetz lieber nicht zu genau an. Tust du es doch, stößt du auf rationalisierte Interpretationen, legale Kasuistik, auf die Präzedenzfälle der Bequemlichkeit. Du wirst Seelenfrieden finden – und er ist nur ein anderes Wort für den Tod.«

Chani presste die Lippen zusammen. Sie konnte die Weisheit seiner Worte nicht abstreiten, doch seine Stimmungsschwankungen machten ihr Angst. Er wandte sich gegen sich selbst, ja, sie spürte, dass er mit sich im Krieg war. Als würde er mit der Fremen-Maxime »Niemals vergeben – niemals vergessen« sein eigenes Fleisch peitschen.

Sie trat zu ihm ans Fenster und sah nach draußen. Die zunehmende Tageshitze zog den Nordwind aus diesen geschützten Breiten, wodurch ein falscher Himmel aus ockerfarbenen Wolken und Kristallvorhängen entstand. Dahinströmendes Gold und Rot bildeten seltsame Formen. Der weit oben wehende kalte Wind brach sich in Staubfontänen am Schildwall.

Paul spürte Chanis Wärme neben sich und senkte einen Schleier des Vergessens vor seine Hellsicht. Er konnte genauso gut mit geschlossenen Augen hier stehen. Die Zeit jedoch weigerte sich, für ihn innezuhalten. Er atmete Dunkelheit: sternenlos, tränenlos. Jegliche Substanz löste sich auf, bis alles, was blieb, das Staunen darüber war, wie sich Geräusche zu seinem Universum verdichteten. Alles um ihn herum stützte sich auf seinen einsamen Hörsinn und wich nur zurück, wenn er etwas berührte: den Vorhang, Chanis Kopf … Er ertappte sich dabei, wie er Chanis Atem lauschte.

Wo war die Unsicherheit dessen, was lediglich wahrscheinlich war?, fragte er sich. In seinem Kopf trug er eine enorme Last an verstümmelten Erinnerungen mit sich herum. Für jeden Moment der Wirklichkeit gab es zahllose Projektionen, Dinge, die niemals hatten sein sollen. Ein unsichtbares Selbst in seinem Inneren erinnerte sich an all die falschen Vergangenheiten, die immer wieder die Gegenwart unter sich zu begraben drohten.

Chani lehnte sich an seinen Arm, und durch ihre Berührung spürte Paul seinen eigenen Körper: totes Gewebe, gewiegt von den Strömungen der Zeit. Er stank nach den Erinnerungen, mit denen er Blicke auf die Ewigkeit erhascht hatte. Die Ewigkeit zu sehen bedeutete, ihren Launen ausgeliefert zu sein, unter endlosen Dimensionen in die Knie zu gehen. Die falsche Unsterblichkeit des Orakels hatte ihren Preis: Vergangenheit und Zukunft geschahen gleichzeitig.

Und wieder stieg die Vision aus ihrem dunklen Abgrund und verkrallte sich in Paul. Sie wurde zu seinen Augen. Sie bewegte seine Muskeln. Sie führte ihn in den nächsten Augenblick, in die nächste Stunde, in den nächsten Tag … bis er selbst das Gefühl hatte, schon immer *hier* zu sein.

»Wir müssen gehen«, sagte Chani. »Der Rat …«

»Alia ist dort und wird mich vertreten.«

»Weiß sie, was zu tun ist?«

»Ja, das weiß sie.«

Alias Tag begann mit einem Wachschwadron, das auf dem Paradehof vor ihren privaten Räumen ausschwärmte. Sie blickte auf eine Szene hektischer Verwirrung, vernahm Getöse und Furcht einflößendes Stimmengewirr. Das alles wurde ihr erst verständlich, als sie den Gefangenen erkannte, den die Wachen dabeihatten: Korba, den Panegyriker.

Während sie ihre Morgentoilette verrichtete, ging sie hin und wieder ans Fenster und beobachtete den Fortschritt des ungeduldigen Treibens. Ihr Blick fiel dabei stets auf Korba. Sie versuchte, ihn sich als den rauen, bärtigen Befehlshaber der dritten Welle bei der Schlacht von Arrakeen ins Gedächtnis zu rufen. Es gelang ihr nicht. Korba war zu einem geschniegelten Gecken geworden, der ein exquisites Gewand aus Parato-Seide trug. Es hing bis zur Hüfte offen und gab den Blick auf ein spitzenverziertes, mit grünen Edelsteinen besetztes Unterkleid frei. An der Hüfte wurde es von einem purpurroten Gürtel zusammengehalten. Die beiden Ärmel, die aus dem Gewand ragten, bestanden aus einander überlappenden dunkelgrünen und samtig schwarzen Stoffstreifen.

Einige Naibs waren erschienen, um zu sehen, welche Behandlung man einem ihrer Mitfremen zuteilwerden ließ. Sie hatten für den entstandenen Aufruhr gesorgt und Korba dazu veranlasst, aufgeregt seine Unschuld zu beteuern. Alias Blick wanderte über die Gesichter der Fremen; sie versuchte, ihre Erinnerungen an die Männer, die sie früher einmal gewesen waren, wachzurufen. Doch die Gegenwart überdeckte die Vergangenheit. Sie alle waren zu Hedonisten geworden, sie alle gaben sich Genüssen hin, die sich die meisten anderen Menschen nicht einmal vorstellen konnten.

Alia bemerkte, dass die Fremen immer wieder zu dem Durchgang zu jenem Saal blickten, in dem sie alle zusammenkommen würden. Bestimmt dachten sie an Muad'Dibs Blindsicht, eine weitere Manifestation seiner mysteriösen Kräfte. Ihren Gesetzen zufolge musste man einen Blinden in der Wüste aussetzen und sein Wasser Shai-Hulud geben. Aber der augenlose Muad'Dib sah sie. Außerdem mochten sie keine Gebäude, fühlten sich in über dem Boden errichteten Räumen verwundbar. In einer ordentlichen, aus dem Fels geschnittenen Höhle konnten sie Ruhe finden – aber nicht hier, nicht, wenn dieser neue Muad'Dib dort drinnen wartete.

Als sich Alia abwandte, um sich für das Treffen nach unten zu begeben, sah sie den Brief, den sie auf dem Tisch neben der Tür hatte liegen lassen: die letzte Nachricht von ihrer Mutter. Obwohl Caladan als Pauls Geburtswelt eine besondere Verehrung zuteilwurde, hatte Lady Jessica in diesem Brief einmal mehr ihre Weigerung betont, den Planeten zu einer Station auf der Hadsch zu machen.

»Es besteht kein Zweifel daran, dass mein Sohn eine epochale historische Figur ist«, hatte sie geschrieben. »Aber ich sehe nicht, warum das ein Grund dafür sein soll, uns vom Pöbel überfluten zu lassen.«

Alia berührte den Brief und empfand dabei ein seltsames Gefühl der Kontaktaufnahme. Ihre Mutter hatte dieses Papier in den Händen gehalten. Welch ein altertümliches Kommunikationsmittel Briefe doch waren – aber viel persönlicher als jede Aufzeichnung. Geschrieben in der Kampfsprache der Atreides, bürgten sie für eine unverletzbare Vertraulichkeit des Austauschs.

Der Gedanke an ihre Mutter hatte eine wohlbekannte innere Unschärfe zur Folge. Die Gewürzverwandlung, die Mutter und Tochter psychisch miteinander verbunden hatte, führte dazu, dass Alia Paul ab und an als ihren Sohn sah. Und der Kapselkomplex der Einheit präsentierte ihr ihren eigenen Vater hin und wieder als Liebhaber. Geisterschatten tollten in ihrem Kopf herum: Möglichkeitsmenschen.

Während sie die Rampe zu dem Vorzimmer hinunterging, in dem ihre Amazonenwachen auf sie warteten, dachte Alia weiter über den Brief nach.

»Ihr erzeugt ein tödliches Paradoxon«, hatte Jessica geschrieben. »Eine Regierung kann nicht gleichzeitig religiös und durchsetzungsfähig sein. Religiöse Erfahrung benötigt eine Spontaneität, die durch Gesetze unweigerlich unterdrückt wird. Und ohne Gesetze kann man nicht regieren. Letztlich müssen eure Gesetze die Moral ersetzen, müssen das Gewissen ersetzen, müssen sogar die Religion ersetzen, durch die ihr zu herrschen meint. Religiöse Rituale müssen Anbetung und heiligen Sehnsüchten entspringen, die eine spezifische Moral erst erzeugen. Eine Regierung hingegen ist ein kultureller Organismus, der vor allem Zweifel, Fragen und Widersprüche anzieht. Ich sehe den Tag kommen, an dem Zeremonien den Glauben und Symbole die Moral ersetzen werden.«

Der Duft von Gewürzkaffee empfing sie, als Alia das Vorzimmer betrat. Vier Amazonenwachen in grünen Roben nahmen Haltung an, dann fielen sie mit jugendlicher Selbstgewissheit und wachsamen Augen hinter Alia ins Glied. Ihre von Glaubenseifer erfüllten Gesichter zeigten keine Ehrfurcht. Stattdessen verströmten sie jene besondere Gewaltbereitschaft, die den Fremen eigen war: Sie konnten beiläufig töten, ohne dabei irgendeine Schuld zu empfinden.

In dieser Hinsicht bin ich anders, dachte Alia. *Der Name Atreides ist auch so schon beschmutzt genug.*

Die Nachricht ihres Kommens eilte ihr voraus. Als sie die untere Halle betrat, flitzte ein wartender Page davon, um ihre komplette Leibwache zu rufen. Die fensterlose Halle erstreckte sich vor Alia, im Halbdunkel schimmerten einige gedämpfte Leuchtgloben. Dann plötzlich öffnete sich das Tor zum Paradehof, und ein greller Balken Tageslicht fiel herein. Im Gegenlicht sah man, wie die Wachsoldaten mit Korba in ihrer Mitte eintraten.

»Wo ist Stilgar?«, fragte Alia.

»Er ist schon drinnen«, erwiderte eine ihrer Amazonen.

Alia ging voran in den Ratssaal. Es war einer der protzigeren Sitzungssäle der Festung. An einer Wand war ein hoher Balkon mit etlichen Reihen gepolsteter Sitze angebracht. Auf der gegenüberliegenden Seite hatte man die orangefarbenen Vorhänge vor den großen Fenstern zurückgezogen, sodass helles Sonnenlicht hereinflutete und der riesige Garten mit Springbrunnen zu sehen war. Rechts neben der Eingangstür befand sich ein Podest mit einem einzigen, massiven Stuhl darauf.

Auf dem Weg zu dem Stuhl warf Alia einen Blick nach oben und sah, dass die Galerie mit Naibs besetzt war.

Hauswachen standen dicht an dicht unterhalb der Galerie, und Stilgar bewegte sich zwischen ihnen, wechselte hier ein leises Wort, gab dort einen Befehl. Nichts in seinem Gesicht wies darauf hin, dass er Alias Eintreten bemerkt hatte.

Korba wurde hereingebracht und an einen niedrigen Tisch vor dem Podest gesetzt. Wie er dort auf einem Kissen saß, vermittelte der Panegyriker trotz seiner Kleidung nun den Eindruck eines missmutigen, müden, alten Mannes. Als wäre ihm kalt, zog er seine Robe fest um sich. Zwei Wachen stellten sich hinter ihm auf.

Stilgar näherte sich dem Podest, während sich Alia auf den Stuhl setzte.

»Wo ist Muad'Dib?«, fragte er.

»Mein Bruder hat mir als Ehrwürdiger Mutter den Vorsitz übertragen«, erwiderte Alia.

Als die Naibs auf der Galerie das hörten, legten sie lautstark Widerspruch ein.

»Schweigt!«, zischte Alia und sagte dann in die Stille hinein: »Ist es nicht das Gesetz der Fremen, dass eine Ehrwürdige Mutter einer Versammlung vorsitzt, wenn es um Leben und Tod geht?«

Die Naibs verstummten, als sie sich des Gewichts dieser Worte bewusst wurden. In der Reihe der Gesichter sah Alia jedoch auch wütende Mienen. In Gedanken zählte sie ihre Namen auf, um sie im Rat zur Sprache zu bringen: Hobars, Rajifiri, Tasmin, Saajid, Umbu, Legg … Jeder dieser Namen trug ein Stück des Wüstenplaneten in sich: der Umbu-Sietch, das Tasmin-Sink, Hobars Bresche …

Sie wandte ihre Aufmerksamkeit Korba zu.

Als der Panegyriker das bemerkte, hob er den Kopf und sagte: »Ich bestehe auf meiner Unschuld.«

»Stilgar, verlies die Anklage«, sagte Alia.

Eine Rolle aus braunem Gewürzpapier in der Hand trat Stilgar vor und begann zu lesen. Seine Stimme hatte einen feierlichen Klang, als folgte sie einem geheimen Rhythmus, er verlieh den Worten etwas Durchdringendes, Klares, etwas voller Redlichkeit:

»… dass Sie sich mit Verrätern verschworen haben, um die Zerstörung unseres Herrn und Imperators herbeizuführen, dass Sie sich in abscheulicher Heimtücke mit verschiedenen Feinden des Imperiums getroffen haben, dass Sie …«

Immer wieder schüttelte Korba mit einem Ausdruck von Schmerz und Wut den Kopf.

Alia lauschte, das Kinn auf die linke Faust gestützt, den Kopf zur Seite geneigt, den rechten Arm auf der Stuhllehne ausgestreckt.

Teile des offiziellen Ablaufs entgingen ihrer Aufmerksamkeit, in den Hintergrund gedrängt von ihrer inneren Unruhe.

»… ehrwürdige Tradition … Unterstützung der Legionen und aller Fremen an allen Orten … Gewalt, die rechtmäßig mit Gewalt beantwortet wird … die Majestät der imperialen Person … alle Rechte verwirkt …«

Das war Unsinn, dachte Alia. Unsinn! Das alles. Unsinn … Unsinn … Unsinn.

Schließlich kam Stilgar zum Schluss.

»… womit wir zum Urteil gelangen.«

In der sich ausbreitenden Stille beugte sich Korba nach vorne und umfasste mit den Händen sein Knie. Sein dick geäderter Hals streckte sich, als wollte er zu einem Sprung ansetzen. Seine Zunge zuckte zwischen seinen Zähnen, als er sagte: »Weder in Wort noch in Tat habe ich meine Schwüre als Fremen verraten. Ich verlange eine Gegenüberstellung mit meinem Ankläger!«

Ein nachvollziehbarer Protest, dachte Alia. Und sie sah, dass er beträchtliche Wirkung auf die Naibs hatte. Sie kannten Korba. Er war einer der ihren. Um ein Naib zu werden, hatte er sich als mutiger, umsichtiger Fremen beweisen müssen. Korba war nicht brillant, aber er war verlässlich. Niemand, der einen Dschihad anführen konnte, aber eine gute Wahl als Quartiermeister. Kein Kreuzritter, aber jemand, der die alten Werte der Fremen schätzte: *Der Stamm kommt an oberster Stelle.*

Otheyms bittere Worte – Paul hatte sie ihr gegenüber wiederholt – gingen Alia durch den Kopf. Wieder wanderte ihr Blick über die Galerie. Jeder einzelne dieser Männer konnte sich vorstellen, an Korbas Stelle zu sein. Einige aus gutem Grund – aber ein unschuldiger Naib war hier ebenso gefährlich wie ein schuldiger.

Auch Korba spürte das. »Wer klagt mich an?«, fragte er. »Als Fremen habe ich das Recht, meinem Ankläger gegenüberzustehen.«

»Vielleicht klagst du dich selbst an«, sagte Alia.

Für einen kurzen Moment, bevor er es verbergen konnte, stand abergläubisches Entsetzen auf Korbas Gesicht. Jeder konnte es sehen, jeder wusste, was es bedeutete: *Alia musste ihn mit ihren Kräften nur selbst anklagen und behaupten, dass sie die Beweise aus den Schattengefilden des Alam Al-Mythal hatte.*

»Unsere Feinde haben Fremen-Verbündete«, fuhr Alia fort. »Wasserfallen wurden zerstört, Qanats gesprengt, Felder vergiftet, Vorratsbecken geplündert und …«

»Und jetzt«, unterbrach sie plötzlich eine Stimme, »jetzt haben sie einen Wurm aus der Wüste gestohlen und auf eine andere Welt gebracht!«

Die Stimme, die Alia unterbrach, war allen Anwesenden bekannt – es war die Stimme Muad'Dibs. Paul kam durch die Tür zur Halle, schob sich zwischen den Wachen hindurch und trat an Alias Seite. Chani begleitete ihn, aber hielt sich im Hintergrund.

»Mylord«, sagte Stilgar, ohne Paul ins Gesicht zu sehen.

Paul lenkte den Blick seiner leeren Augenhöhlen erst auf die Galerie, dann hinunter zu Korba. »Was ist, Korba, keine lobpreisenden Worte?«

Von der Galerie war Murmeln zu vernehmen. Es wurde immer lauter, sodass man hier und da Worte verstehen konnte: »… Gesetz für die Blinden … nach Art der Fremen … in die Wüste … wer dagegen verstößt …«

Paul wandte sich ruckartig der Galerie zu. »Wer sagt, dass ich blind bin? Du, Rajifiri? Wie ich sehe, trägst du heute Gold, mit diesem blauen Hemd darunter, an dem noch der Straßenstaub haftet. Du warst schon immer unreinlich.«

Rajifiri machte ein Schutzzeichen – drei Finger gegen das Böse.

»Richte diese Finger auf dich selbst!«, rief Paul. »Wir wissen, wo hier das Böse ist.« Er drehte sich wieder Korba zu. »Auf deinem Gesicht steht Schuld geschrieben, Korba.«

»Nicht die meine! Vielleicht habe ich mich mit den Schuldigen gemein gemacht, aber nein …« Korba brach ab und warf einen ängstlichen Blick zur Galerie.

Auf ein Zeichen Pauls hin erhob sich Alia, stieg vom Podest und trat an Korbas Tisch. Aus weniger als einem Meter Entfernung blickte sie auf ihn herab, schweigend, einschüchternd.

Korba kauerte sich unter der Last ihres Blicks zusammen. Er zappelte unruhig und warf immer wieder panische Blicke Richtung Galerie.

»Wessen Augen suchst du dort oben?«, fragte Paul.

»Du kannst nicht sehen!«, platzte es aus Korba heraus.

Paul erstickte ein Aufflackern von Mitgefühl für Korba. Dieser Mann steckte ebenso in der Schlinge seiner Vision wie alle anderen Anwesenden. Er spielte eine von vielen Rollen, nicht mehr. »Ich brauche keine Augen, um dich zu sehen«, sagte er. Und er begann Korba zu beschreiben: jede kleine Bewegung, jedes Zucken, jeder erschrockene, flehende Blick zur Galerie.

Korba wurde immer verzweifelter.

Während sie den Panegyriker beobachtete, erkannte Alia, dass sein Wille jede Sekunde brechen würde. Irgendjemandem dort oben auf der Galerie musste bewusst sein, wie kurz er vor dem Zusammenbruch stand, dachte sie. Wer? Sie betrachtete die Gesichter der Naibs, sah kleine, verräterische Regungen in ihren Masken … Zorn, Angst, Ungewissheit … Schuld.

Paul verstummte.

Ein letztes Mal plusterte sich Korba auf: »Wer klagt mich an?«

»Otheym klagt dich an«, sagte Alia.

»Aber Otheym ist tot!«, sagte Korba.

»Woher weißt du das?«, fragte Paul. »Durch dein Netzwerk von Spionen? O ja! Wir wissen von deinen Spionen und Kurieren. Wir wissen, wer den Steinbrenner von Tarahell hierher gebracht hat.«

»Er sollte zur Verteidigung des Qizarat dienen!«, platzte es aus Korba heraus.

»Ist er auf diese Weise in die Hände von Verrätern gelangt?«, fragte Paul.

»Man hat ihn gestohlen, und wir …« Korba verstummte, schluckte. Sein Blick huschte hin und her. »Alle wissen, dass ich stets die Stimme der Liebe zu Muad'Dib war.« Er sah zur Galerie hoch. »Wie kann ein Toter einen Fremen beschuldigen?«

»Otheyms Stimme ist nicht tot«, sagte Alia. Sie verstummte, als Paul sie am Arm berührte.

Dann sagte Paul: »Ja, Otheym hat uns seine Stimme gesandt. Sie nennt uns die Namen und die Taten der Verräter, die Orte und die Zeitpunkte ihrer Treffen. Vermisst du einige Gesichter aus dem Rat der Naibs, Korba? Wo sind Merkur und Fash? Keke der Lahme ist heute auch nicht unter uns. Und Takim, wo ist er?«

Korba schüttelte heftig den Kopf.

»Sie sind mit dem gestohlenen Wurm von Arrakis geflohen«, fuhr Paul fort. »Selbst wenn ich dich freilassen würde, Korba, würde Shai-Hulud für deinen Anteil an alldem dein Wasser erhalten. Warum lasse ich dich nicht frei, Korba? Denk an all die Männer, denen man die Augen genommen hat, die Männer, die nicht auf die gleiche Art sehen können wie ich. Sie haben Familien und Freunde, Korba. Wo könntest du dich vor ihnen verstecken?«

»Es war ein Unfall«, sagte Korba mit flehender Stimme. »Und außerdem erhalten sie Tleilaxu …« Wieder verstummte er.

»Wer weiß schon, welche Bindungen mit Metallaugen einhergehen«, sagte Paul.

Die Naibs auf der Galerie begannen damit, hinter gehobenen Händen geflüsterte Bemerkungen auszutauschen. Nun sahen sie mit kalten Blicken zu Korba hinunter.

»Zur Verteidigung des Qizarat«, wiederholte Paul Korbas Rechtfertigung. Dann sagte er: »Ein Gerät, das entweder einen Planeten vernichtet oder J-Strahlen aussendet, die alle erblinden lassen, die ihm zu nahe kommen. Welche dieser beiden Wirkungen sollte deiner Meinung nach zur Verteidigung geeignet sein? Ist der Qizarat davon abhängig, die Augen seiner Beobachter zu zerstören?«

»Es war eine Ausnahme, Mylord«, erwiderte Korba. »Wir wussten, dass laut Altem Gesetz nur Familien Atomwaffen besitzen durften, aber der Qizarat gehorchte … gehorchte …«

»Gehorchte dir«, sagte Paul. »Eine Ausnahme, allerdings.«

Korba hob den Kopf und sagte: »Selbst wenn es nur die Stimme meines Anklägers ist, sie muss sich mir stellen! Ein Fremen hat Rechte.«

»Er spricht die Wahrheit, Sire«, sagte Stilgar.

Alia warf Stilgar einen durchdringenden Blick zu.

»Gesetz ist Gesetz«, fuhr Stilgar fort, obwohl er Alias wortlosen Einspruch bemerkt hatte. Er begann, Fremen-Gesetze vorzutragen, und streute dazwischen Kommentare ein, warum sie in diesem Fall seiner Meinung nach Gültigkeit hatten.

Alia hatte das merkwürdige Gefühl, Stilgars Worte zu hören, bevor er sie sprach. Wie konnte er nur so leichtgläubig sein? Stilgar war ihr noch nie offiziöser und konservativer vorgekommen als in diesem Moment, noch nie mehr darauf bedacht, dem Kodex des Wüstenplaneten zu entsprechen. Der alte Fremen hatte das Kinn angriffslustig vorgereckt. Sein Mund hackte die Worte in Stücke. War denn nichts von ihm geblieben als dieses empörende Gehabe?

»Korba ist ein Fremen, und es muss nach Fremen-Recht über ihn geurteilt werden«, beendete Stilgar schließlich seine Ausführungen.

Alia wandte sich ab und sah hinaus auf den Schatten, der auf der anderen Seite des Gartens an der Mauer hinabwanderte. Sie fühlte sich hilflos und erschöpft. Sie hatten diese ganze Angelegenheit schon bis weit in den Vormittag hinein getragen. Und jetzt? Korba hatte sich wieder etwas entspannt. Das Verhalten des Panegyrikers drückte aus, dass er Opfer eines ungerechtfertigten Angriffs geworden war, dass er all seine Taten nur aus Liebe zu Muad'Dib begangen hatte. Alia warf Korba einen Blick zu und sah zu ihrer Überraschung, wie ein Ausdruck verschlagener Selbstgefälligkeit über sein Gesicht huschte.

Es sah beinahe aus, als hätte er eine Nachricht erhalten, dachte sie. Er spielte die Rolle eines Mannes, dem seine Freunde zugerufen hatten: »*Halte durch! Hilfe ist unterwegs!*«

Für einen Moment hatten sie das alles in ihren Händen gehalten: die Informationen, die sie aus dem Zwerg herausgeholt hatten, die Hinweise darauf, dass es Mitverschwörer gab, die Namen der Informanten. Aber dieser Moment war verstrichen. *Stilgar? Doch sicher nicht Stilgar.* Alia drehte sich um und sah den alten Fremen an.

Stilgar begegnete ihrem Blick, ohne mit der Wimper zu zucken.

»Danke, Stil«, sagte Paul mit leiser Stimme. »Dafür, dass du uns an die Gesetze erinnert hast.«

Stilgar neigte den Kopf. Er trat näher heran und bildete mit den Lippen schweigend Worte – auf eine Art, die sowohl Paul wie auch Alia lesen konnten. *Ich quetsche ihn aus und kümmere mich dann um alles Weitere.*

Paul nickte und gab den Wachen hinter Korba ein Zeichen. »Bringt Korba in unsere sicherste Zelle. Keine Besucher mit Ausnahme seiner Rechtsberatung. Als Anwalt benenne ich Stilgar.«

»Ich will meinen Anwalt selbst wählen!«, rief Korba.

Paul wirbelte herum. »Willst du die Fairness und das Urteil Stilgars anzweifeln?«

»O nein, Mylord, aber …«

»Bringt ihn fort!«, zischte Paul.

Die Wachen hoben Korba von seinem Kissen und brachten ihn nach draußen.

Unter heftigem Gemurmel verließen die Naibs einer nach dem anderen die Galerie. Bedienstete kamen, gingen zu den Fenstern und zogen die Vorhänge zu. Der Saal wurde in orangefarbenes Zwielicht getaucht.

»Paul«, sagte Alia.

»Wenn wir Gewalt Vorschub leisten«, sagte Paul, »dann erst, wenn wir sie voll unter Kontrolle haben. Danke, Stil. Du hast deine Rolle gut gespielt. Ich bin mir sicher, dass Alia herausgefunden hat, welche Naibs zu ihm gehören. Sie werden sich unweigerlich verraten haben.«

»Ihr beide habt das miteinander geplant?«, fragte Alia.

»Hätte ich einfach befohlen, Korba hinzurichten, hätten die Naibs das verstanden«, erwiderte Paul. »Aber diese förmliche Prozedur abzuhalten, ohne sich dabei genau an das Gesetz zu halten ... Nun, sie fühlten sich in ihren Rechten bedroht. Welche Naibs gehören zu ihm, Alia?«

»Auf jeden Fall Rajifiri«, sagte sie leise. »Und Saajid, aber ...«

»Gib Stilgar die gesamte Liste«, sagte Paul.

Alia schluckte mit trockener Kehle. Für einen Moment empfand auch sie jene Angst vor Paul, die so viele empfanden. Sie wusste, auf welche Weise er sich ohne Augen unter ihnen bewegen konnte, dennoch schreckte sie die Vorstellung, wie heikel jede seiner Bewegungen sein musste. Dass er sie alle im Äther seiner Vision sah! Sie spürte, dass sie für ihn in einer gespenstischen Zeit, deren Übereinstimmung mit der Realität ganz von seinen Worten und Taten abhing, als schimmerndes Wesen erschien. Seine Vision hatte sie alle ergriffen!

»Es ist längst Zeit für deine morgendliche Audienz, Sire«, sagte Stilgar. »Es sind viele Menschen heute ... neugierig ... verängstigt ...«

»Hast du auch Angst, Stil?«, fragte Paul.

Die Antwort des alten Fremen war leiser als ein Flüstern: »Ja.«

»Du bist mein Freund und hast nichts von mir zu befürchten«, sagte Paul.

Stilgar schluckte. »Ja, Mylord.«

»Alia«, sagte Paul dann, »empfange du die Besucher zur morgendlichen Audienz ... Stilgar, gib das Signal.«

Stilgar gehorchte.

Am großen Tor setzte hektische Bewegung ein. Menschen wurden aus der schattigen Halle gedrängt, damit die Staatsbeamten eintreten konnten. Vieles geschah auf einmal. Die Hauswache stieß die Masse zurück, einzelne grell gekleidete Gestalten versuchten durchzubrechen, Rufe und Flüche ertönten. Bittsteller winkten mit ihren Audienzbescheiden. Der Sekretär der Glaubensgemeinde schritt durch die Gasse, die die Wache gebahnt hatte. Er führte die Liste der Bevorzugten mit sich – diejenigen, die sich dem Thron nähern durften. Der Sekretär, ein drahtiger Fremen namens Tecrube, strahlte einen erschöpften Zynismus aus und trug einen rasierten Kopf und einen verfilzten Schnurrbart zur Schau.

Alia trat vor, um Tecrube abzufangen – um Paul Zeit zu geben, damit er mit Chani durch die verborgene Tür hinter dem Podest verschwinden konnte. Misstrauen durchzuckte sie, als sie die Neugier in dem Blick sah, den der Sekretär Paul nachwarf.

»Ich spreche heute für meinen Bruder«, sagte sie. »Die Bittsteller sollen einer nach dem anderen vortreten.«

»Ja, Mylady.« Tecrube wandte sich um und begann, die Menge zu ordnen.

»Ich erinnere mich an eine Zeit, in der du die Absichten deines Bruders nicht missverstanden hättest«, sagte Stilgar zu Alia.

»Ich war abgelenkt«, erwiderte sie. »Etwas an dir hat sich dramatisch verändert, Stilgar. Was?«

Der alte Fremen sah sie erschrocken an. Natürlich, Menschen änderten sich. Aber dramatisch? Das war eine Wahrnehmung seiner Person, die ihm noch nicht begegnet war. Dramatik war etwas Fragwürdiges. Etwas für eingeflogene Schausteller, deren Loyalität und Anstand in Zweifel standen. Feinde des Imperiums setzten bei ihren Versuchen, die launischen Massen zu manipulieren, Dramatik ein. Korba hatte die Tugenden der Fremen aus dem Blick verloren und im Qizarat Dramatik eingesetzt. Und dafür würde er sterben.

»Deine Worte sind widersinnig«, sagte Stilgar. »Misstraust du mir?«

Stilgars Bestürzung ließ Alias Miene sanfter werden, aber nicht ihre Stimme. »Du *weißt*, dass ich dir nicht misstraue. Ich war mir mit meinem Bruder immer darüber einig, dass wir uns über alles, was in Stilgars Händen liegt, keine Gedanken machen müssen.«

»Warum sagst du dann, dass ich mich ... verändert habe?«

»Du bereitest dich darauf vor, dich dem Befehl meines Bruders zu widersetzen. Ich merke es dir an. Ich kann nur hoffen, dass ihr dabei nicht beide zerstört werdet.«

Die ersten Bittsteller näherten sich, und Alia wandte sich ihnen zu, bevor Stilgar etwas erwidern konnte. Sein Gesicht jedoch war von dem erfüllt, worauf auch der Brief ihrer Mutter hingewiesen hatte: der Verdrängung von Moralität und Gewissen durch das Gesetz.

»Ihr erzeugt ein tödliches Paradoxon.«

Tibana war ein Apologet des Sokratischen Christentums, der vermutlich von IV Anbus stammte und zwischen dem achten und neunten Jahrhundert vor Corrino lebte, wahrscheinlich während Dalamaks zweiter Herrschaftszeit. Von seinen Schriften ist nur ein kleiner Teil überliefert, unter anderem dieses Fragment: »Die Herzen aller Menschen bewohnen dieselbe Wildnis.«

– Aus: »Irulans Wüstenbuch«

»Du bist Bijaz«, sagte der Ghola, als er den kleinen Raum betrat, in dem der Zwerg unter Bewachung stand. »Man nennt mich Hayt.«

Gemeinsam mit dem Ghola hatte ein Kontingent an Hauswachen das Gebäude betreten, um die Abendschicht zu übernehmen. Der vom Wind der Abenddämmerung aufgepeitschte Sand hatte ihnen auf dem Weg durch den Hof in die Wangen gestochen und sie zum Blinzeln und zur Eile veranlasst. Jetzt hörte man, wie sie draußen im Durchgang plauderten und jene Rituale vollführten, die ihre Aufgabe mit sich brachte.

»Du bist nicht Hayt«, sagte der Zwerg. »Du bist Duncan Idaho. Ich war dabei, als man dein totes Fleisch in den Tank gesteckt hat, und auch, als man es wieder herausgeholt hat – lebend und bereit für die Ausbildung.«

Der Ghola schluckte. Plötzlich war seine Kehle trocken. Der gelbe Schein der Leuchtgloben verlor sich in den grünen Wandbehängen des Zimmers. In ihrem Licht konnte man die Schweißperlen auf der Stirn des Zwergs erkennen. Bijaz erweckte einen Eindruck merkwürdiger Ehrlichkeit, als würde die Bestimmung, die ihm die Tleilaxu einprogrammiert hatten, durch seine Haut schimmern. Und da war noch etwas anderes: Unter seiner Maske aus Feigheit und Frivolität verbarg sich Macht.

Hyat sagte: »Muad'Dib hat mich damit beauftragt, dich zu befragen und festzustellen, was du hier für die Tleilaxu tun sollst.«

»Tleilaxu, Tleilaxu«, sang der Zwerg. »Ich bin der Tleilaxu, du Idiot! Und du übrigens auch.«

Hayt blickte den Zwerg an. Bijaz strahlte eine charismatische Wachsamkeit aus, die an uralte Idole erinnerte. »Hörst du die Wachen draußen?«, fragte der Ghola. »Wenn ich ihnen den Befehl dazu gebe, strangulieren sie dich.«

»Hai! Hai!«, rief Bijaz. »Was für ein ruchloser Haufen aus euch geworden ist! Und du sagst, du wärst auf der Suche nach Wahrheit gekommen.«

Hayt gefiel der Ausdruck heimlicher Ruhe nicht, den er nun im Gesicht des Zwergs wahrnahm. »Vielleicht suche ich nur die Zukunft«, sagte er.

»Gut gesprochen«, erwiderte Bijaz. »Jetzt kennen wir einander. Wenn sich zwei Diebe treffen, müssen sie sich nicht vorstellen.«

»Dann sind wir also Diebe. Und was stehlen wir?«

»Keine Diebe, sondern Würfel. Und du bist gekommen, um meine Augen zu lesen. Dafür lese ich deine. Und sieh an! Du hast zwei Gesichter!«

»Hast du wirklich gesehen, wie man mich in den Tleilaxu-Tank gesteckt hat?« Hayt musste einen seltsamen Widerwillen überwinden, um diese Frage zu stellen.

»Habe ich das nicht gesagt?« Der Zwerg sprang auf die Füße. »Wir haben gewaltige Mühen auf dich verwendet. Das Fleisch wollte nicht zurückkehren.«

Unvermittelt hatte Hayt das Gefühl, in einem Traum zu existieren, der vom Geist eines anderen kontrolliert wurde – und dass er diesen Umstand für den Moment vergessen und sich in den Wirrungen dieses Geistes verlieren könnte.

Bijaz neigte den Kopf verschlagen zur Seite, ging um den Ghola herum, blickte dabei zu ihm auf. »Erregung weckt alte Muster in dir. Du bist der Verfolger, der nicht herausfinden will, was er verfolgt.«

»Und du bist eine Waffe, die auf Muad'Dib zielt.« Hayt drehte sich mit dem Zwerg. »Was hat man dir aufgetragen?«

»Nichts!« Bijaz blieb stehen. »Ich gebe dir eine banale Antwort auf eine banale Frage.«

»Dann hat man dich auf Alia angesetzt. Ist sie dein Ziel?«

»Auf den Außenwelten nennt man sie Hawt, das Fischmonster. Wie kommt es, dass ich dein Blut brodeln höre, wenn du von ihr sprichst?«

»Man nennt sie also Hawt?« Der Ghola musterte Bijaz auf der Suche nach irgendeinem Hinweis auf dessen Pläne. Dieser Zwerg gab wahrlich seltsame Antworten.

»Sie ist die jungfräuliche Hure«, sagte Bijaz. »Sie ist ordinär, gewitzt, verfügt über ein erschreckendes Maß an Wissen, sie ist grausam, wenn sie am gütigsten ist, und gedankenlos beim Denken, und wenn sie etwas aufbauen will, ist sie so zerstörerisch wie ein Coriolissturm.«

»Du bist also hier, um gegen Alia zu polemisieren«, sagte Hayt.

»Gegen sie?« Bijaz ließ sich auf ein Kissen an der Wand sinken. »Ich bin gekommen, um mich in den Bann ihrer Schönheit schlagen zu lassen.« Sein Grinsen verlieh seinem übergroßen Gesicht einen reptilienhaften Ausdruck.

»Alia anzugreifen bedeutet, ihren Bruder anzugreifen.«

»In seiner Selbstverständlichkeit ist dieser Umstand schwer zu erkennen. In Wahrheit sind Imperator und Schwester eine Person, zwei Seiten einer Medaille, die eine männlich, die andere weiblich.«

»Das hört man auch von den Fremen der tiefen Wüste. Und sie sind diejenigen, die die Blutopfer an Shai-Hulud wiederaufgenommen haben. Wie kommt es, dass du ihren Unsinn nachplapperst?«

»Du wagst es, das als Unsinn zu bezeichnen? Du, der du zugleich

Mann und Maske bist? Ah, aber Würfel können nicht ihre eigenen Augen ablesen. Das vergesse ich immer wieder. Und du bist erst recht verwirrt, weil du dem Atreides-Doppelwesen dienst. Deine Sinne sind der Antwort weniger nahe als dein Verstand.«

»Predigst du diesen falschen Ritus um Muad'Dib auch deinen Wachen?« Hayt spürte, wie sich sein Verstand in den Worten des Zwergs verfing.

»Sie predigen mir! Und sie beten. Warum sollten sie das nicht tun? Wir alle sollten beten. Leben wir nicht im Schatten der gefährlichsten Schöpfung, die das Universum je zu Gesicht bekommen hat?«

»Der gefährlichsten Schöpfung …«

»Ihre eigene Mutter weigert sich, mit ihnen auf demselben Planeten zu wohnen!«

»Warum antwortest du mir nicht ohne Umschweife? Du weißt, dass wir dich auch auf andere Weise befragen können. Wir bekommen unsere Antworten – so oder so.«

»Aber ich habe dir doch geantwortet! Habe ich nicht gesagt, dass der Mythos Wirklichkeit ist? Bin ich der Wind, der den Tod im Leib trägt? Nein! Ich bin Worte! Worte wie der Blitz, der vom Sand in den dunklen Himmel fährt. Ich habe gesagt: ›Blast das Licht aus! Der Tag ist gekommen!‹ Und du sagst immer wieder: ›Gebt mir eine Lampe, damit ich den Tag finde.‹«

»Du spielst ein gefährliches Spiel mit mir. Dachtest du, dass ich diese Zensunni-Ideen nicht verstehe? Du hinterlässt Spuren, die so klar erkennbar sind wie die eines Vogels im Schlamm.«

Bijaz begann zu kichern.

»Warum lachst du?«, fragte Hayt.

»Weil ich Zähne habe, und ich wünschte, ich hätte keine«, brachte Bijaz glucksend hervor. »Wenn ich keine hätte, könnte ich nicht mit ihnen knirschen.«

»Und nun kenne ich dein Ziel. Man hat dich auf mich abgeschossen.«

»Und ich habe voll ins Schwarze getroffen! Du bist aber auch ein so großes Ziel – wie hätte ich das verfehlen können?« Bijaz nickte gedankenverloren. »Jetzt singe ich dir etwas vor.« Er begann zu summen, eine hohe, wehklagende, monotone Melodie, die immer wieder von vorne losging.

Hayt versteifte sich. Ein merkwürdiger Schmerz schoss ihm durch das Rückgrat. Er starrte in das Gesicht das Zwergs und sah junge Augen in einem alten Gesicht. Die Augen lagen in der Mitte eines Netzwerks aus wulstigen weißen Linien, die sich zu den Mulden unterhalb der Schläfen zogen. Was für ein riesiger Kopf! Alles an diesem Gesicht leitete den Blick zu dem geschürzten Mund, aus dem der monotone Laut drang. Das Geräusch ließ Hayt an uralte Rituale denken, an überlieferte Erinnerungen, Beschwörungen und Bräuche, an die halb vergessenen Bedeutungen gemurmelter Worte. Etwas Entscheidendes geschah hier – ein blutiges Spiel der Gedanken quer durch die Zeit. Uralte Gedanken waren in den Gesang des Zwergs eingewoben. Er war ein loderndes Licht in der Ferne, das immer näher kam und das Leben über eine Spanne von Jahrhunderten erhellte.

Der Ghola schnappte nach Luft. »Was machst du mit mir?«

»Du bist das Instrument, das zu spielen man mich gelehrt hat«, erwiderte Bijaz. »Ich spiele dich. Ich will dir die Namen der anderen Verräter unter den Naibs sagen. Es sind Bikouros und Cahueit. Dann ist da noch Djedida, der Korbas Sekretär war. Und Abumojandis, Bannerjees Gehilfe. In genau diesem Moment bohrt vielleicht einer von ihnen seine Klinge in Muad'Dib.«

Hayt warf den Kopf von einer Seite zur anderen. Wie schwer ihm das Reden plötzlich fiel!

Bijaz unterbrach erneut sein monotones Summen und sagte: »Wir sind wie Brüder. Wir sind im selben Behälter aufgewachsen – erst ich, dann du.«

Hayts Metallaugen erzeugten nun einen brennenden Schmerz. Ein flackernder roter Nebel umgab alles, was er sah, und er stellte fest, dass er von jeder unmittelbaren Sinneswahrnehmung mit Ausnahme des Schmerzes abgeschnitten war. Seine Umwelt lag hinter einer dünnen Wand, einem hauchfeinen, im Wind flatternden Vorhang. Plötzlich war alles bloßer Zufall, die ziellose Wechselwirkung lebloser Materie. Und sein eigener Wille war etwas Unbeständiges, Wechselhaftes, dem kein Atem innewohnte und der nicht mehr tat, als sein Inneres zu erhellen.

Mit einem aus Verzweiflung erwachsenem Gefühl der Klarheit durchbrach er diesen Vorhang mit seinem Gesichtssinn. Wie ein loderndes Licht fokussierte sich seine Aufmerksamkeit auf das, was sich hinter Bijaz verbarg. Hayt spürte, wie sich sein Blick durch die verschiedenen Schichten des Zwergs bohrte, den kleinen Mann erst als gemieteten Intellekt sah, dann, darunter, als ein Geschöpf im Bann von Begierden und Gelüsten, die in seinen Augen lauerten – Schicht um Schicht, bis schließlich nur noch das Bild einer Wesenheit vor ihm stand, die von Symbolen manipuliert wurde.

»Wir befinden uns auf einem Schlachtfeld«, sagte Bijaz. »Du darfst davon sprechen.«

Nun, da der Befehl seine Stimme freigegeben hatte, sagte Hayt: »Du kannst mich nicht zwingen, Muad'Dib zu töten.«

»Von den Bene Gesserit habe ich gelernt, dass es nichts Unverrückbares, nichts Ausgewogenes, nichts Dauerhaftes im Universum gibt – dass nichts in seinem Zustand verweilt, dass jeder Tag, manchmal jede Stunde, Veränderung mit sich bringt.«

Wie betäubt schüttelte Hayt den Kopf.

»Du hast geglaubt, dass dieser alberne Imperator die Trophäe wäre, auf die wir es abgesehen haben«, fuhr Bijaz fort. »Wie schlecht du doch unsere Meister, die Tleilaxu, verstehst. Die Gilde und die Bene Gesserit meinen, dass wir Artefakte herstellen. In Wirklichkeit stellen wir Werkzeuge und Dienstleistungen her. Alles kann ein Werkzeug sein – Armut, Krieg. Krieg ist nützlich, weil er in so vielen Bereichen Wirkung zeigt. Er stimuliert den Metabolismus. Er zwingt zum Regieren. Er trägt zur Ausbreitung genetischer Linien bei. Er besitzt eine Vitalität, der nichts im Universum gleichkommt. Nur diejenigen, die den Wert des Krieges erkennen und ihn ausüben, verfügen über ein gewisses Maß an Selbstbestimmung.«

In überraschend gleichmütigem Tonfall erwiderte Hayt: »Seltsame Gedanken, die da von dir kommen, beinahe seltsam genug, um mich an eine Art rachsüchtige Vorherbestimmung glauben zu lassen. Welche Gegenleistung hat man gefordert, um dich zu erschaffen? Das würde eine außergewöhnliche Geschichte abgeben, zweifellos mit einem noch außergewöhnlicheren Epilog.«

»Prächtig!«, kicherte Bijaz. »Du gehst zum Angriff über – du verfügst also über Willenskraft und übst Selbstbestimmung aus.«

»Du versuchst, in mir Gewalttätigkeit hervorzurufen«, keuchte Hayt.

Bijaz schüttelte den Kopf. »Ich will etwas hervorrufen – aber nicht Gewalt. Du bist als Schüler des Bewusstseins ausgebildet, das hast du selbst gesagt. Und es gibt ein Bewusstsein, das ich in dir erwecken muss, Duncan Idaho.«

»Hayt!«

»Duncan Idaho. Der herausragende Künstler des Todes. Liebhaber vieler Frauen. Schwertmeister und Soldat. Feldhand der Atreides. Duncan Idaho.«

»Die Vergangenheit lässt sich nicht zum Leben erwecken.«

»Nicht?«

»Das ist noch nie gelungen!«

»Das stimmt, aber unsere Meister sind nicht bereit, etwas als unmöglich hinzunehmen. Unaufhörlich suchen sie nach dem richtigen Werkzeug, nach der richtigen Hebelwirkung, den Diensten des richtigen …«

»Du verbirgst deine wahren Absichten! Du errichtest einen Schutzschild aus bedeutungslosen Worten!«

»Du hast einen Duncan Idaho in dir. Er wird sich Gefühlen oder teilnahmsloser Begutachtung unterwerfen, aber unterwerfen wird er sich. Dieses Bewusstsein wird sich durch einen Schirm aus Verdrängung und Selektion aus jener dunklen Vergangenheit erheben, die dir auf den Fersen ist. In genau diesem Moment lockt es dich und hält dich zugleich zurück. Es gibt dieses Wesen in dir, auf das sich dein Bewusstsein richten muss – und dem du gehorchen wirst.«

»Die Tleilaxu denken, dass ich immer noch ihr Sklave bin, aber ich …«

»Still, Sklave!«, sagte Bijaz mit greller Stimme.

Hayt verstummte, rührte sich nicht.

»Jetzt sind wir beim Grundgestein«, sagte Bijaz. »Ich weiß, dass du es fühlst. Und dies sind die Worte, mit denen man dich manipulieren kann … Ich denke, ihre Hebelwirkung wird genügen.«

Hayt spürte, wie ihm der Schweiß über die Wangen lief, wie seine Brust und Arme zitterten. Er war nicht fähig, sich von der Stelle zu rühren.

»Eines Tages«, sagte Bijaz, »wird der Imperator zu dir kommen. Er wird sagen: ›Sie ist tot.‹ Und sein Gesicht wird hinter der Maske des Kummers verbogen sein. Er wird den Toten Wasser geben, wie man es hier über Tränen sagt. Und du wirst mit meiner Stimme sagen: ›Meister! O Meister!‹«

Mit der Muskelstarre breitete sich ein starker Schmerz in Hayts Kiefer und Hals aus. Nur leicht konnte er den Kopf von einer Seite zur anderen bewegen.

Der Zwerg verzog das Gesicht. »Du wirst sagen: ›Ich überbringe eine Nachricht von Bijaz.‹ Der arme Bijaz, der keinen Verstand hat … Der arme Bijaz, ein Fass voller Botschaften, eine Essenz, die andere verwenden … Wenn man Bijaz schlägt, dann gibt er Geräusche von sich … Du hältst mich für einen Heuchler, Duncan Idaho! Aber das bin ich nicht! Auch ich kann trauern. Doch die Zeit ist gekommen, um Schwerter durch Worte zu ersetzen.«

Jetzt erschütterte ein Schluckauf den Ghola.

Bijaz kicherte. »Ah, danke, Duncan, danke! Der Körper fordert sein Recht ein und rettet uns. Da in den Adern des Imperators das Blut der Harkonnen fließt, wird er tun, was wir verlangen. Er wird sich in eine giftspeiende Maschine verwandeln, deren Worte in den Ohren unserer Meister süß klingen.«

Hayt blinzelte und dachte daran, dass der Zwerg wie ein wachsames kleines Tier wirkte, ein Geschöpf aus Boshaftigkeit und seltener Intelligenz. *Harkonnen-Blut in den Adern der Atreides?*

»Wenn du an die Bestie Rabban denkst, diesen abscheulichen Harkonnen, dann wird dein Blick finster«, sagte Bijaz. »In dieser Hinsicht bist du wie die Fremen. Wenn Worte versagen, ist das Schwert immer zur Hand, nicht wahr? Du denkst an die Qualen, die die Harkonnen deiner Familie zugefügt haben. Und dein teurer Paul ist durch seine Mutter ein Harkonnen! Es fällt dir doch bestimmt nicht schwer, einen Harkonnen zu töten, oder?«

Bittere Hilflosigkeit erfüllte den Ghola. War das Zorn? Warum sollte ihn das alles zornig machen?

»Oh«, sagte Bijaz. Und dann: »Ah-ha! Klick-klick! Es steckt noch mehr hinter dieser Nachricht. Ein Handel, den die Tleilaxu deinem teuren Paul Atreides anbieten. Unsere Meister werden seine Geliebte wiederherstellen. Eine Schwester für dich – ein weiterer Ghola.«

Plötzlich hatte Hayt das Gefühl, in einem Universum zu leben, in dem es nichts außer seinen eigenen Herzschlägen gab.

»Ein Ghola«, sagte Bijaz. »Vom Fleisch seiner Geliebten. Sie wird ihm Kinder gebären. Sie wird nur ihn lieben. Wir können das Original sogar verbessern, wenn er das wünscht. Hat je ein Mann eine bessere Gelegenheit bekommen, Verlorenes zurückzuerlangen? Das ist ein Handel, bei dem er ohne zu Zögern zuschlagen wird.« Der Zwerg nickte. Seine Lider hingen herab, als würde er langsam müde. »Ja, er wird versucht sein … und während er abgelenkt ist, näherst du dich ihm. In diesem Moment schlägst du zu! Zwei Gholas, nicht einer! Das ist es, was unsere Meister verlangen!« Er räusperte sich und nickte erneut, dann sagte er: »Sprich.«

»Ich tue es nicht«, sagte Hayt.

»Aber Duncan Idaho würde es tun. Es wäre der Moment absoluter Verwundbarkeit bei diesem Harkonnen-Spross. Vergiss das nicht! Du wirst Verbesserungen für seine Geliebte vorschlagen – vielleicht ein todloses Herz, sanftere Gefühle. Du wirst ihm eine Zuflucht vorschlagen, während du dich ihm näherst – einen Planeten seiner Wahl irgendwo jenseits des Imperiums. Man stelle sich vor! Seine Geliebte – wieder da. Kein Grund mehr, Tränen zu vergießen, und ein idyllischer Ort, an dem er seine späten Jahre verbringen kann.«

»Ein teures Angebot. Er wird nach dem Preis fragen.«

»Sag ihm, dass er seine Vergöttlichung widerrufen und den Qizarat verurteilen muss. Er muss sich selbst diskreditieren. Und seine Schwester.«

»Weiter nichts?«

»Natürlich muss er seine MAFEA-Anteile abtreten.«

»Natürlich.«

»Und wenn du ihm noch nicht nahe genug bist, um zuzuschlagen, dann sprich davon, mit welcher Bewunderung die Tleilaxu das aufgenommen haben, was er sie über die Möglichkeiten der Religion gelehrt hat. Sag ihm, dass die Tleilaxu eine Abteilung für religiöse Manipulation haben, die auf die jeweiligen Bedürfnisse zugeschnittene Religionen erschafft.«

»Höchst gerissen.«

»Du denkst, du hättest die Freiheit, mich zu verhöhnen und meine Befehle zu missachten.« Bijaz legte den Kopf schief. »Streite es nicht ab …«

»Sie haben gute Arbeit bei dir geleistet, kleines Tier.«

»Bei dir auch … Sag ihm, dass er sich beeilen soll. Fleisch verfällt, und ihr Fleisch muss in einem kryologischen Behälter aufbewahrt werden.«

Hayt schwebte nun – gefangen in einer Matrix aus Objekten, die er nicht erkannte. Der Zwerg wirkte so selbstsicher. Aber es musste einen Fehler in der Logik der Tleilaxu geben. Sie hatten ihren Ghola bei der Erschaffung auf die Stimme von Bijaz konditioniert, aber … aber was? Logik/Matrix/Objekt – wie leicht es war, klare Gedanken mit zutreffenden zu verwechseln! War die Logik der Tleilaxu verzerrt?

Bijaz lächelte. Er schien einer unhörbaren Stimme zu lauschen. »Und jetzt vergisst du! Wenn der Moment kommt, wirst du dich erinnern. Er wird sagen: ›Sie ist tot.‹ Und dann wird Duncan Idaho erwachen.« Der Zwerg klatschte in die Hände.

Hayt schnaubte. Er hatte das Gefühl, dass man ihn aus einem Gedanken gerissen hatte – oder aus einem Satz. Was war das doch gleich gewesen? Hatte es etwas zu tun gehabt mit … Zielen? »Du willst mich verwirren und manipulieren«, sagte er.

»Wie meinst du das?«, erwiderte Bijaz.

»Ich bin dein Ziel, und das kannst du nicht abstreiten.«

»Ich käme nie auf die Idee, das abzustreiten.«

»Und was hast du mit mir vor?«

»Ich will jemandem einen Gefallen tun«, sagte der Zwerg. »Einen ganz einfachen Gefallen.«

Der sequenzielle Charakter tatsächlicher Ereignisse wird von den Kräften der Vorausschau nicht mit ausgedehnter Präzision erhellt – außer unter ungewöhnlichsten Umständen. Das Orakel erfasst Ereignisse als etwas aus der historischen Verkettung Herausgelöstes. Die Ewigkeit ist in Bewegung. Sie drängt sich dem Orakel ebenso auf wie dem Bittsteller. Sollen Muad'Dibs Untertanen seine Majestät und seine hellseherischen Fähigkeiten anzweifeln. Sollen sie seine Kräfte infrage stellen. Aber an der Ewigkeit sollen sie niemals zweifeln.

– Aus dem Evangelium des Wüstenplaneten

Hayt beobachtete, wie Alia aus ihrem Tempel kam und den Platz überquerte. Ihre Wachen drängten sich dicht um sie und machten verwegene Gesichter, um die vom guten Leben und von Bequemlichkeit geformten Züge zu verbergen.

In der hellen Nachmittagssonne blitzten über dem Tempel Thopterflügel auf wie eine Lichtbotschaft – ein Teil der königlichen Wache. Auf den Rümpfen der Fluggeräte war Muad'Dibs Zeichen der Faust zu sehen.

Der Ghola wandte seinen Blick wieder Alia zu. Er fand, dass sie hier in der Stadt fehl am Platze wirkte. Sie gehörte in die Wüste – in die offene Weite. Dann, als sie sich näherte, fiel ihm einmal mehr etwas Seltsames an ihr auf: Alia wirkte nur nachdenklich, wenn sie lächelte. Hayt kam zu dem Schluss, dass es etwas mit ihren Augen zu tun hatte. Er erinnerte sich daran, wie sie beim Empfang des Gildenbotschafters erschienen war: hochmütig, vor einem Hintergrund aus extravaganten Kleidern und Uniformen, Musik und dröger Konversation. Alia hatte blendendes Weiß getragen, ein helles Gewand der Keuschheit. Er hatte damals aus einem Fenster auf sie hinabgesehen, als sie den Innengarten durchquert hatte, vorbei am gepflegten Teich, dem Springbrunnen, den Farnwedeln, dem Besenkraut.

Es war falsch gewesen – zutiefst falsch. Sie gehörte in die Wüste.

Hayt holte zitternd Luft. Wie damals verließ sie auch jetzt sein Blickfeld. Er wartete, ballte die Fäuste, lockerte sie wieder. Das Gespräch mit Bijaz hatte ihn unruhig gemacht.

Er hörte, wie Alias Entourage an dem Raum vorbeikam, in dem er wartete. Sie begab sich offenbar in die Familiengemächer.

Er versuchte, sich auf das zu konzentrieren, was ihn an ihr beunruhigte. Die Art, wie sie den Platz überquert hatte? Ja. Sie hatte sich wie ein Geschöpf bewegt, das einem Raubtier entkommen wollte. Hayt trat auf den Balkon, der zu ihrem führte, ging am Plasschmelz-Sonnenschutz entlang und machte halt, wo ihn die Schatten gerade noch verbargen. Alia stand am Geländer und blickte auf ihren Tempel.

Hayt folgte ihrem Blick – hinunter auf die Stadt. Er sah Rechtecke, farbige Klötze, die Bewegungen geräuschvollen Lebens. Bauwerke blitzten, schimmerten. Hitzemuster wirbelten über den Dächern. Dort drüben spielte ein Junge an einer Ecke der mächtigen Tempelmauer Ball. Der Ball sprang zwischen ihm und der Wand hin und her.

Alia betrachtete ebenfalls diesen Ball. Sie *fühlte* sich wie dieser Ball – hin und her – hin und her. Sie spürte, wie sie durch Korridore der Zeit flog.

Der Melangebecher, den sie unmittelbar vor Verlassen des Tempels geleert hatte, war der größte gewesen, an dem sie sich jemals versucht hatte – eine massive Überdosis, die ihr schon vor Einsetzen der Wirkung Angst eingeflößt hatte.

Warum habe ich das getan?, fragte sie sich.

Eine Wahl zwischen verschiedenen Gefahren. War es das? Auf diese Art ließ sich der Nebel durchdringen, den das verdammenswerte Wüstentarot über die Zukunft breitete. Es gab da eine Barriere. Sie musste durchbrochen werden. Alia hatte aus der Notwendigkeit heraus gehandelt, zu erkennen, welcher Zukunft sein Bruder augenlos entgegenschritt.

Nach und nach stahl sich die vertraute Melange-Fuge in ihr Bewusstsein. Sie holte tief Luft und empfand eine Art brüchiger Ruhe – bereit, selbstlos.

Wenn man über das zweite Gesicht verfügt, macht einen das mit großer Wahrscheinlichkeit zu einem gefährlichen Fatalisten, dachte sie. Unglücklicherweise gab es keinen abstrakten Hebel, kein Kalkül der Hellsicht. Visionen der Zukunft ließen sich nicht wie Formeln manipulieren. Man musste in sie eintreten und dabei sein Leben und seine geistige Gesundheit aufs Spiel setzen.

Aus den schwarzen Schatten des benachbarten Balkons näherte sich eine Gestalt. Der Ghola! In ihrem Zustand erhöhter Sensibilität sah ihn Alia mit durchdringender Klarheit: das dunkle, lebhafte Gesicht, in dessen Mitte die Metallaugen glitzerten. Auf erschreckend lineare Weise vereinte er unzählige Gegensätze. Er war Schatten und gleißendes Licht, ein Produkt des Vorgangs, mit dem man sein totes Fleisch wiederbelebt hatte ... und gleichzeitig das Produkt von etwas zutiefst Reinem ... Unschuldigem.

Er war die gefährdete Unschuld!

»Bist du schon die ganze Zeit da, Duncan?«, fragte sie.

»Dann bin ich nun also Duncan«, erwiderte er. »Warum?«

»Stell meine Entscheidungen nicht infrage«, sagte sie. Und als sie ihn ansah, kam ihr in den Sinn, dass die Tleilaxu bei diesem Ghola wirklich nichts vergessen hatten. »Nur Götter können gefahrlos Perfektion riskieren. Für einen Menschen ist so etwas gefährlich.«

»Duncan ist gestorben«, sagte er. Er wünschte sich, dass sie ihn nicht so nennen würde. »Ich bin Hayt.«

Alia betrachtete seine künstlichen Augen und fragte sich, was er mit ihnen sah. Von Nahem konnte man auf ihnen winzige schwarze Kerben erkennen, kleine Brunnen der Dunkelheit im glitzernden Metall. Facetten … Plötzlich leuchtete das Universum um sie herum auf und wurde von einem Ruck erschüttert. Mit einer Hand hielt sie sich an der sonnenwarmen Brüstung fest. Ah, die Melange breitete sich wirklich schnell in ihrem Körper aus.

»Fühlst du dich nicht wohl?«, fragte Hayt. Er kam näher, sah Alia aus den weit geöffneten Metallaugen an.

Wer hat da gesprochen?, fragte sie sich. War es Duncan Idaho? War es der Mentaten-Ghola oder der Zensunni-Philosoph? Oder eine Spielfigur der Tleilaxu, die gefährlicher war als jeder Gildensteuermann? Ihr Bruder wusste es.

Einmal mehr blickte sie den Ghola an. Er hatte nun etwas Ruhendes an sich, etwas Latentes. Er war durchtränkt von einem Warten und von Kräften, die das Alltägliche überstiegen.

»Von meiner Mutter her bin ich wie die Bene Gesserit«, sagte sie. »Ist dir das bewusst?«

»Das ist mir bewusst.«

»Ich setze ihre Kräfte ein, denke, wie sie denken. Ein Teil von mir weiß um die heilige Dringlichkeit des Zuchtprogramms … und seiner Erzeugnisse.« Sie blinzelte, spürte, wie ihre Aufmerksamkeit ungebunden durch die Zeit zu treiben begann.

»Es heißt, dass die Bene Gesserit niemals loslassen.« Hayt beobachtete Alia genau, bemerkte, wie weiß ihre Knöchel waren, während sie sich an der Balustrade festhielt.

»Bin ich gestrauchelt?«

Jetzt fiel ihm auf, wie tief sie atmete, die Anspannung, die jeder ihrer Bewegungen innewohnte, der Schleier vor ihren Augen. »Wenn man strauchelt, kann man das Gleichgewicht zurückerlangen, indem man über den Stein springt, der einen zum Stolpern gebracht hat.«

»Die Bene Gesserit sind gestrauchelt. Und sie wollen ihr Gleichgewicht zurückerlangen, indem sie meinen Bruder überspringen. Sie wollen Chanis Kind … oder meines.«

»Trägst du ein Kind im Leib?«

Es bereitete Alia große Mühe, sich in Raum und Zeit zu dieser Frage zu verorten. Ein Kind? Wann? Wo? »Ich sehe … mein Kind«, flüsterte sie. Sie trat vom Balkongeländer zurück und wandte sich dem Ghola zu. Sein Gesicht war aus Salz, seine Augen bitter – zwei Kugeln aus glänzendem Blei … und, als er den Kopf aus dem Licht drehte, um ihr mit dem Blick zu folgen, aus blauen Schatten. »Was … siehst du mit solchen Augen?«

»Was andere Augen sehen.«

Seine Worte hallten in ihrem Inneren wider, dehnten ihr Bewusstsein. Sie spürte, wie sie ins Universum griff … sich streckte … hinaus … hinaus. Sie war nun mit allen Zeiten verbunden.

»Du hast das Gewürz genommen. Eine große Dosis«, sagte Hayt.

»Warum kann ich ihn nicht sehen?«, murmelte Alia. Der Mutterleib der Schöpfung hielt sie gefangen. »Sag mir, Duncan, warum ich ihn nicht sehen kann.«

»Wen kannst du nicht sehen?«

»Ich kann den Vater meiner Kinder nicht sehen. Ich habe mich im Tarot-Nebel verlaufen. Hilf mir!«

Seine Mentatenlogik stellte eine Erstberechnung an. Er sagte: »Die Bene Gesserit wollen eine Paarung zwischen dir und deinem Bruder. Dadurch würde die genetische …«

Ein Wehklagen kam aus Alias Mund. »Das Ei im Fleisch«, keuchte sie. Ein kalter Schauer überlief sie, gefolgt von starker Hitze. Der unsichtbare Gefährte ihrer dunkelsten Träume! Blut ihres Blutes, das das Orakel ihr nicht zeigen konnte! Würde es dazu kommen?

»Hast du eine gefährliche Dosis Gewürz riskiert?« Etwas in Hayts Inneren kämpfte darum, den tiefen Schrecken zum Ausdruck zu bringen, den er angesichts der Vorstellung empfand, dass eine Atreidesfrau sterben könnte – dass Paul ihm in dem Wissen gegenübertreten könnte, dass ein weibliches Wesen aus der Königsfamilie … tot war.

»Du weißt nicht, wie es ist, der Zukunft nachzujagen. Manchmal erhasche ich einen Blick auf mich selbst … aber ich stehe mir im Weg. Ich kann nicht durch mich selbst hindurchsehen.« Alia senkte den Kopf, schüttelte ihn.

»Wie viel Gewürz hast du genommen?«

Sie hob den Kopf wieder. »Die Natur verabscheut die Hellsicht. Wusstest du das, Duncan?«

Sein Tonfall war nun sanft, vernünftig, als würde er mit einem kleinen Kind reden: »Sag mir, wie viel du von dem Gewürz genommen hast.« Mit der linken Hand griff er sie an der Schulter.

Sie entzog sich seinem Griff. »Worte sind eine so grobe Maschinerie, so primitiv, so willfährig.«

»Du musst es mir sagen.«

»Sieh zum Schildwall.« Sie deutete auf die Felswand, sandte ihren Blick an ihrer ausgestreckten Hand entlang und erbebte, als die Landschaft in einer überwältigenden Vision zerfiel: eine Sandburg, die von unsichtbaren Wellen zerstört wurde. Sie wandte ihre Augen ab, gebannt vom Anblick des Gholas. Sein Gesicht verformte sich, wurde alt, dann jung … gealtert … wieder jung. Er war das Leben selbst, unabweisbar, endlos … Sie drehte sich weg, um zu fliehen, aber er packte sie am Handgelenk.

»Ich rufe einen Arzt«, sagte er.

»Nein! Du musst mich die Vision erleben lassen. Ich muss wissen!«

»Du gehst sofort hinein.«

Alia starrte auf Hayts Hand. Dort, wo ihre Haut einander berührte, spürte sie eine elektrifizierende Präsenz, die sie lockte und ihr gleichzeitig Angst machte. Sie riss sich los und ächzte: »Du kannst den Wirbelsturm nicht aufhalten!«

»Du brauchst ärztliche Hilfe!«

»Verstehst du nicht? Meine Vision ist unvollständig, bruchstückhaft. Sie flackert und springt. Ich muss mich an die Zukunft erinnern. Verstehst du das nicht?«

»Was ist schon die Zukunft, wenn du stirbst?« Mit sanfter Gewalt drängte er sie in ihre Gemächer.

»Worte ... Worte«, murmelte Alia. »Ich kann es nicht erklären. Das eine gibt den Anlass für das andere, aber es fehlt jede Ursache ... jede Wirkung. Wir können das Universum nicht einfach so lassen, wie wir es vorfinden. So sehr wir es auch versuchen, es gibt immer eine Lücke.«

»Leg dich hier hin«, sagte er.

Er ist so schwer von Begriff, dachte sie.

Dann umfingen sie kühle Schatten. Sie spürte, wie sich die Muskeln unter ihrer Haut wie Schlangen wanden – ein festes Bett, von dem sie wusste, dass es keine Substanz hatte. Nur der Raum war von Dauer. Nichts sonst verfügte über Substanz. Unzählige Körper strömten durch dieses Bett, und alle waren sie selbst. Die Zeit wurde zu einer multiplen Erfahrung. Es war Alia unmöglich, eine einzelne Reaktion aus ihr zu abstrahieren. Die Zeit ... Sie bewegte sich. Das gesamte Universum entglitt ihr: nach hinten, nach vorne, zur Seite.

»Sie hat nichts Gegenständliches«, sagte sie. »Man kann nicht unter sie oder an ihr vorbei gelangen. Es gibt keine Stelle, von der aus man einen Hebel ansetzen könnte.«

Plötzlich war sie von einem Gewimmel aus Menschen umgeben. Viele Jemande hielten ihre linke Hand. Sie betrachtete ihr eigenes zuckendes Fleisch, folgte einem gewundenen Arm bis zur flüssigen Maske eines Gesichts: Duncan Idaho! Seine Augen waren ... falsch, aber es war Duncan ... Kind-Mann-Heranwachsender-Kind-Mann-Heranwachsender ... Alles an seiner Miene drückte Sorge um sie aus.

»Duncan, hab keine Angst«, flüsterte Alia.

Er drückte ihre Hand, nickte. »Bleib liegen«, sagte er und dachte:

Sie darf nicht sterben! Sie darf nicht! Keine Atreidesfrau darf sterben! Er schüttelte ruckartig den Kopf. Solche Gedanken trotzten jeder Mentatenlogik – der Tod war eine Notwendigkeit, wenn das Leben weitergehen sollte.

Dieser Ghola liebt mich, dachte Alia, und der Gedanke wurde zu einem Fundament, an dem sie sich festhalten konnte. Er war ein vertrautes Gesicht mit einem festen Raum dahinter. Sie erkannte eines der Schlafzimmer in Pauls Gemächern.

Eine feste, unwandelbare Person tat etwas mit einem Schlauch in ihrem Hals. Sie unterdrückte einen Würgereiz.

»Wir sind gerade noch rechtzeitig gekommen«, sagte jemand. Sie erkannte die Stimme des Familienarztes. »Sie hätten mich früher rufen sollen.« Die Stimme klang misstrauisch.

Alia spürte, wie der Schlauch aus ihrem Hals glitt – eine Schlange, eine glänzende Schnur.

»Das wird dafür sorgen, dass sie schläft«, sagte der Arzt. »Ich lasse einen ihrer Bediensteten kommen …«

»Ich bleibe bei ihr«, sagte der Ghola.

»Das gehört sich nicht«, sagte der Arzt mit scharfer Stimme.

Alia flüsterte: »Bleib … Duncan.«

Der Ghola strich ihr über die Hand, damit sie wusste, dass er sie gehört hatte.

»Mylady«, sagte der Arzt, »es wäre besser …«

»Sie müssen mir nicht sagen, was besser wäre«, krächzte Alia. Jedes Wort verursachte Schmerzen in ihrer Kehle.

»Mylady«, sagte der Arzt jetzt mit anklagendem Unterton, »*Sie* kennen die Gefahren, die die Einnahme von zu viel Melange mit sich bringt. Ich kann nur hoffen, dass jemand Ihnen die Dosis verabreicht hat, ohne …«

»Sie sind ein Dummkopf«, murmelte Alia. »Wollen Sie mir meine Visionen verweigern? Ich weiß, was ich genommen habe und wie viel.« Sie griff sich mit der Hand an den Hals. »Gehen Sie. Sofort!«

Der Arzt zog sich aus ihrem Blickfeld zurück und sagte: »Ich werde Ihren Bruder benachrichtigen.«

Alia spürte, dass der Arzt ging, und wandte ihre Aufmerksamkeit dem Ghola zu. Die Vision stand nun ganz klar in ihrem Bewusstsein, ein Nährboden, auf dem die Gegenwart wuchs. Sie erfühlte die Bewegungen des Gholas in diesem Spiel der Zeit, und jetzt waren sie nicht mehr rätselhaft, sondern fest vor einem erkennbaren Hintergrund.

Er ist der Schmelztiegel, dachte sie. *Er ist Gefahr und Erlösung zugleich.*

Und dann erbebte sie – in dem Wissen, dass sie jetzt die Vision sah, die auch ihr Bruder gesehen hatte. Unerwünschte Tränen brannten ihr in den Augen. Sie schüttelte ruckartig den Kopf. Keine Tränen! Damit verschwendete sie Feuchtigkeit, und schlimmer noch: Sie lenkten sie vom Fluss der Vision ab. Paul musste aufgehalten werden! Einmal, nur ein einziges Mal, hatte sie die Zeit überbrückt, um ihre Stimme auf seinen Weg zu legen. Doch nun ließen das Belastbarkeit und Wandelbarkeit nicht zu. Das Netz der Zeit bewegte sich nun durch ihren Bruder wie Lichtstrahlen durch eine Linse. Er stand im Brennpunkt, und er wusste es. Er hatte alle Stränge in sich zusammengeführt und entließ sie weder aus seinem Griff, noch gestattete er es ihnen, sich zu verändern.

»Warum?«, murmelte Alia. »Ist es aus Hass? Greift er die Zeit selbst an, weil sie ihm wehgetan hat? Ist es das … Hass?«

Der Ghola, der meinte, seinen Namen gehört zu haben, sagte: »Mylady?«

»Wenn ich mir doch nur diese Sache ausbrennen könnte!«, rief Alia. »Ich wollte nicht anders sein.«

»Bitte, Alia«, flüsterte der Ghola. »Gönn dir etwas Schlaf.«

»Ich wollte lachen können.« Tränen rannen ihr über die Wangen. »Stattdessen bin ich die Schwester eines Imperators, der als Gott verehrt wird. Die Menschen fürchten mich. Ich wollte nie gefürchtet werden.«

Der Ghola wischte ihr die Tränen ab.

Sie flüsterte: »Ich will nicht in die Geschichte eingehen. Ich will nur geliebt werden … und lieben.«

»Du wirst geliebt«, sagte der Ghola.

»Ah, treuer, treuer Duncan.«

»Bitte, nenn mich nicht so.«

»Aber du bist es. Und Treue ist ein wertvolles Gut. Sie kann verkauft werden … nicht gekauft, aber verkauft.«

»Mir gefällt dein Zynismus nicht.«

»Verdammt sei deine Logik! Es ist wahr!«

»Schlaf jetzt.«

»Liebst du mich, Duncan?«

»Ja.«

»Ist das eine dieser Lügen? Eine der Lügen, die leichter zu glauben sind als die Wahrheit? Warum fürchte ich mich davor, dir zu glauben?«

»Du fürchtest meine Andersartigkeit genauso wie deine eigene.«

»Sei ein Mann, kein Mentat!«

»Ich bin ein Mentat – und ein Mann.«

»Machst du mich dann zu deiner Frau?«

»Ich tue, was die Liebe verlangt.«

»Und die Treue?«

»Und die Treue.«

»Das macht dich gefährlich.«

Ihre Worte beunruhigten ihn. Keine Spur davon zeigte sich auf seinem Gesicht, er zuckte mit keinem Muskel – aber sie wusste es trotzdem. Ihre hellsichtigen Erinnerungen holten es ans Licht. Aber sie hatte das Gefühl, dass ihr ein Teil der Vision entglitten war, dass sie sich an noch etwas anderes aus der Zukunft erinnern sollte. Es gab noch eine weitere Art der Wahrnehmung, die nicht direkt den Sinnen folgte, etwas, das ihr aus dem Nirgendwo in den Kopf fiel, genau wie ihre Vorahnungen. Sie lag in den Zeitschatten – es war unendlich schmerzhaft.

Eine Emotion! Das war es – eine Emotion. Sie war in der Vision aufgetaucht, nicht unmittelbar, sondern als Ergebnis von etwas Dahinterliegendem, das sich daraus ableiten ließ. Alia hatte sich im Griff einer Emotion befunden – einem Netz aus Angst, Kummer und Liebe. Das alles lag im Inneren der Vision, vereint in einem einzigen epidemischen Leib, überwältigend, ursprünglich.

»Duncan, lass mich nicht los«, flüsterte sie.

»Schlaf«, sagte er. »Kämpf nicht dagegen an.«

»Ich muss ... Ich muss ... Er ist der Köder in seiner eigenen Falle. Er ist der Diener von Macht und Schrecken. Gewalt ... die Vergöttlichung ist ein Käfig, der ihn umgibt. Er wird verlieren ... alles verlieren. Es wird ihn zerreißen.«

»Sprichst du von Paul?«

»Sie treiben ihn so weit, dass er sich selbst vernichtet«, ächzte Alia und bäumte sich auf. »Zu viel Last, zu viel Kummer. Sie verführen ihn, locken ihn von der Liebe weg.« Sie sank auf das Bett zurück. »Sie erschaffen ein Universum, in dem zu leben er sich nicht gestattet.«

»Wer tut das?«

»Er tut das! Oh, du bist so schwer von Begriff. Er ist Teil des Musters. Und es ist zu spät ... zu spät ... zu spät ...«

Während Alia sprach, spürte sie, wie ihr Bewusstsein Schicht um Schicht abtauchte und schließlich genau hinter ihrem Nabel zur Ruhe kam. Körper und Geist teilten sich und vereinten sich wieder in einem Bündel aus Visionen ... bewegten sich, bewegten sich ... Sie hörte den Herzschlag eines Fötus, eines zukünftigen Kindes, eines Kindes der Zukunft. Die Melange hatte sie also immer noch im Griff, ließ sie auf dem Meer der Zeit dahintreiben. Alia wusste, dass sie vom Leben eines noch ungezeugten Kindes gekostet hatte, und eines war bezüglich dieses Kindes gewiss: Es würde das gleiche Erwachen erleiden wie sie selbst. Es würde noch vor seiner Geburt ein bewusstes, denkendes Wesen sein.

Es gibt eine Obergrenze für die Macht, die sogar die Stärksten von uns zur Anwendung bringen können, ohne sich dabei selbst zu vernichten. Diese Obergrenze richtig einzuschätzen ist die wahre Kunst des Regierens. Der Missbrauch von Macht ist die Sünde, die den Untergang bedeutet. Das Gesetz kann kein Werkzeug der Rache sein, es darf nie eine Geisel sein und auch kein Bollwerk gegen die Märtyrer, die es erschaffen hat. Wenn man einen Einzelnen bedroht, kann man sich den Folgen nicht entziehen.

– Muad'Dib über das Recht
(aus den Stilgar-Kommentaren)

Chani blickte auf die morgendliche Wüste hinaus, die von der Bruchlinie unterhalb des Sietch Tabr gerahmt wurde. Sie trug keinen Destillanzug, was ihr in dieser Umgebung ein Gefühl der Schutzlosigkeit einflößte. Der grottenartige Einstieg zum Sietch war in der vorspringenden Klippe über und hinter ihr verborgen.

Die Wüste … die Wüste … Es fühlte sich an, als wäre die Wüste ihr überallhin gefolgt. In sie zurückzukehren war nicht so sehr eine Heimkehr als ein Sichumwenden, mit dem sie auf das blickte, was die ganze Zeit da gewesen war.

Ihr Unterleib zog sich schmerzhaft zusammen. Die Geburt stand kurz bevor. Sie unterdrückte den Schmerz – für diesen einen Moment wollte sie mit der Wüste allein sein.

Die Morgendämmerung hatte das Land in ihrem Griff. Schatten flohen zwischen die Dünen und die Terrassen des Schildwalls. Das Tageslicht setzte über die obere Kante des Steilhangs hinweg und tauchte Chani bis zu den Augen in eine fahle Landschaft, die sich unter einem verwaschenen blauen Himmel ausbreitete. Die Szenerie passte zu dem furchtbaren Zynismus, der sie plagte, seit sie von Pauls Blindheit erfahren hatte.

Warum sind wir hier?, fragte sie sich.

Es handelte sich nicht um eine Hadschra, eine Reise von Suchenden. Paul suchte hier nichts, vielleicht mit Ausnahme eines Orts, an dem Chani gebären konnte. Und für ihr Empfinden hatte er sehr merkwürdige Reisebegleiter ausgewählt: Bijaz, den Tleilaxu-Zwerg; den Ghola Hayt, der womöglich Duncan Idahos Wiedergänger war; Edric, den Steuermann und Abgesandten der Gilde; Gaius Helen Mohiam, die Ehrwürdige Mutter der Bene Gesserit, die er so offenkundig hasste; Lichna, Otheyms seltsame Tochter, die offenbar ununterbrochen bewacht werden musste; Stilgar, ihren Onkel unter den Naibs, und seine Lieblingsfrau Harah … und Irulan … und Alia …

Der Klang des Windes zwischen den Felsen begleitete Chanis Gedanken. Die Wüste war nun gelb auf gelb, braun auf braun, grau auf grau. Der Tag hatte begonnen.

Warum eine so merkwürdige Auswahl an Gefährten?

»Wir haben vergessen«, hatte Paul auf ihre Frage geantwortet, »dass das Wort ›Gemeinschaft‹ ursprünglich eine Reisegemeinschaft bezeichnete. Wir sind eine Gemeinschaft.«

»Aber welchen Wert haben sie?«

»Siehst du«, hatte er gesagt und ihr seine schaurigen Augenhöhlen zugewandt. »Wir haben diesen klaren, einfachen Klang des Lebens verloren. Wenn man es nicht abfüllen, zertrümmern, auf etwas richten oder horten kann, dann messen wir ihm keinen Wert bei.«

Verletzt hatte sie erwidert: »Das meinte ich nicht.«

»Ah, meine Liebste«, hatte er beruhigend gesagt, »wir sind so reich an Geld und so arm an Leben. Ich bin böse, begriffsstutzig, dumm …«

»Das bist du nicht!«

»Auch das ist wahr. Aber meine Hände sind ganz blau von so viel Zeit. Ich glaube … ich glaube, ich habe versucht, das Leben zu erfinden, und dabei nicht begriffen, dass man es längst erfunden hat.«

Und dann hatte er ihren Bauch berührt, um das neue Leben darin zu spüren.

Als Chani sich daran erinnerte, legte sie die Hände auf den Unterleib und zitterte leicht. Sie bereute es, Paul darum gebeten zu haben, sie hierher zu bringen.

Der Wüstenwind hatte böse Gerüche aus den Pflanzungen aufgestört, die die Dünenränder am Fuß der Klippe verankerten. Chani wurde vom Aberglauben der Fremen erfasst: *Böse Gerüche, böse Zeiten.* Sie hielt das Gesicht in den Wind und sah draußen jenseits der Pflanzungen einen Wurm. Er erhob sich aus den Dünen wie der Bug eines Dämonenschiffs, peitschte Sand auf, roch das Wasser, das für ihn tödlich war, und floh zurück unter den aufgeworfenen Sand.

Angesteckt von der Angst des Wurms empfand Chani Abscheu vor dem Wasser. Einst die spirituelle Seele von Arrakis war es zu einem Gift geworden. Wasser brachte Seuchen. Nur die Wüste war rein.

Unter ihr tauchte nun ein Arbeitstrupp der Fremen auf, der zum mittleren Eingang des Sietchs hochstieg. Sie sah, dass die Männer Schlamm an den Füßen hatten.

Fremen mit Schlamm an den Füßen!

In diesem Moment begannen die Sietch-Kinder, den neuen Morgen zu besingen. Ihre hellen Stimmen erhoben sich aus dem oberen Eingang und vermittelten Chani das Gefühl, dass die Zeit von ihr wegeilte wie ein Falke auf dem Wind. Sie erschauerte.

Welche Stürme *sah* Paul mit seinem augenlosen Gesicht?

Chani spürte, dass sich in ihm ein rasender Irrer verbarg, jemand, der all der Lieder und Polemiken müde war.

Der Himmel hatte jetzt einen kristallgrauen Farbton angenommen, durchsetzt von Alabasterstrahlen. Der vom Wind aufgewirbelte Sand malte bizarre Muster in die Luft. Im Süden erregte ein glänzendes Weiß Chanis Aufmerksamkeit. Unvermittelt aufgeschreckt deutete sie das Zeichen: weißer Himmel im Süden – der Schlund Shai-Huluds. Ein Sturm kam, ein großer Wind. Sie spürte die warnende Brise, die Kristallkörnchen auf ihren Wangen. Der Wind trug den Weihrauch des Todes heran: Gerüche von Wasser, das durch Qanats floss, schwitzender Sand, Feuerstein. Das Wasser – deshalb sandte Shai-Hulud seinen Corioliswind.

Falken suchten in der Spalte, in der sie stand, Schutz vor dem Wind. Sie waren braun wie das Felsgestein, und ihre Flügel waren scharlachrot gesprenkelt. Chani beneidete sie: Die Falken hatten einen Ort, um sich zu verstecken; sie hatte keinen.

»Mylady, der Wind kommt!«

Chani drehte sich um und sah den Ghola, der vom oberen Eingang des Sietchs zu ihr herabrief. Fremenängste ergriffen sie. Ein sauberer Tod und ihr Wasser für den Stamm, das verstand sie. Aber etwas, das von den Toten zurückgeholt wurde …

Der vom Wind aufgepeitschte Sand rötete ihre Wangen. Sie warf einen Blick zurück auf das Furcht einflößende Band aus Staub, das sich über den Himmel zog. Die Wüste unterhalb des Sturms wirkte lodernd, unruhig, als würden Dünenwogen bei einem Sturm an eine Küste schlagen – so hatte ihr Paul jedenfalls einmal ein Meer beschrieben. Sie zögerte, erfasst vom dem Gefühl, dass selbst die Wüste vergänglich war. Gemessen an der Ewigkeit, war das hier nicht mehr als ein Kessel. Eine Dünenbrandung, die gegen Klippen donnerte.

Der Sturm dort draußen war für Chani zu etwas Universellem geworden – alle Tiere versteckten sich davor, nichts blieb von der Wüste außer ihren ureigenen Geräuschen: Sand, der über Gestein schabte, das Pfeifen des Windes, das Poltern eines Felsbrockens, der plötzlich von einer Anhöhe hinabrollte – und dann: Irgendwo außer Sicht richtete sich ein gekenterter Wurm auf seinem geistlosen Weg neu aus und schlängelte sich in trockene Tiefen hinab.

Es war, was ihr Lebensmaß an Zeit betraf, nur ein Moment, doch in diesem Moment spürte sie, wie der Planet fortgeschwemmt wurde – kosmischer Staub, Teil viel größerer Wogen.

»Wir müssen uns beeilen«, sagte der Ghola jetzt direkt neben ihr.

Chani spürte, dass er tatsächlich Angst hatte, dass er sich um ihr Wohlergehen sorgte.

»Der Wind reißt einem das Fleisch von den Knochen«, sagte er, als müsste er *ihr* erklären, welche Bewandtnis es mit einem derartigen Sturm hatte.

Seine offensichtliche Sorge zerstreute ihr Misstrauen ihm gegenüber, und sie ließ sich von ihm die Treppe zum Sietch hinaufhelfen. Sie betraten den gewundenen Durchgang, hinter dem die Tür verborgen war. Bedienstete öffneten die Feuchtigkeitssiegel und schlossen sie hinter ihnen wieder.

Sietch-Gerüche strömten nun auf Chani ein. Dieser Ort war ein Ferment olfaktorischer Erinnerungen: die dicht zusammengedrängten Körper, die stinkenden Ester der Rückgewinnungsdestillen, der Duft vertrauter Speisen, der Feuersteingeruch von laufenden Maschinen … und inmitten von all dem das omnipräsente Gewürz: Melange überall.

Sie holte tief Luft und flüsterte: »Zuhause.«

Der Ghola nahm die Hand von ihrem Arm und trat zur Seite. Ein geduldiger Mann. Ja, es wirkte beinahe, als würde er sich abschalten, wenn er gerade nicht gebraucht wurde. Und doch … beobachtete er.

Chani stand in der Eingangshalle und zögerte. Irgendetwas verwirrte sie, aber sie wusste nicht, was. Es war eindeutig ihr Zuhause. Als Kind hatte sie hier im Licht der Leuchtgloben Skorpione gejagt. Doch etwas hatte sich verändert …

»Sollten wir nicht in Ihre Gemächer gehen, Mylady?«, fragte der Ghola.

Wie durch seine Worte entfacht, lief eine Vorwehe durch Chanis Unterleib. Sie versuchte sich nichts anmerken zu lassen.

»Mylady?«

Sie wandte sich dem Ghola zu. »Warum hat Paul Angst davor, dass ich unsere Kinder gebäre?«

»Es ist ganz natürlich, dass er um Ihre Sicherheit besorgt ist.«

Sie berührte ihre vom Sand geröteten Wangen. »Und um die Kinder hat er keine Angst?«

»Mylady, er kann nicht an ein Kind denken, ohne sich daran zu erinnern, dass Ihr Erstgeborenes von den Sardaukar getötet wurde.«

Chani betrachtete den Ghola: sein ebenmäßiges Gesicht, die rätselhaften mechanischen Augen. War dieses Geschöpf wirklich Duncan Idaho? War er für irgendjemanden ein Freund? Hatte er gerade die Wahrheit gesprochen?

»Sie sollten in der Obhut der Ärzte sei«, sagte der Ghola.

Einmal mehr merkte sie seinem Tonfall die Sorge um ihr Wohlergehen an, und unvermittelt hatte sie das Gefühl, dass ihr Innerstes ungeschützt dalag und von schockierenden Wahrnehmungen überrannt werden konnte. »Hayt«, flüsterte sie, »ich habe Angst. Wo ist mein Usul?«

»Er wird durch Staatsgeschäfte aufgehalten«, sagte der Ghola.

Chani nickte und dachte an den Regierungsapparat, der sie in einer großen Ornithopterflotte hierher begleitet hatte. Jetzt wurde ihr klar, was sie an dem Sietch verwirrte: die Gerüche der Außenwelt. Die Sekretäre und Bediensteten hatten ihre ganz eigenen Düfte an diesen Ort gebracht: die Aromen von Ernährungsweisen und Kleidungsstoffen, von exotischen Hygieneartikeln. Diese Gerüche hatten sich mit denen des Sietch vermischt.

Chani schüttelte sich und unterdrückte ein bitteres Lachen. Sogar die Gerüche veränderten sich in Muad'Dibs Anwesenheit!

»Es gab dringliche Angelegenheiten, die er nicht aufschieben konnte«, sagte der Ghola, der ihr Zögern falsch deutete.

»Ja ... ja, ich verstehe. Ich bin auch mit dieser Armada hier angekommen.« Als sie an den Flug von Arrakeen hierher zurückdachte, musste sie sich eingestehen, dass sie nicht damit gerechnet hatte, ihn zu überleben. Paul hatte darauf bestanden, seinen Thopter selbst zu steuern. Er hatte die Maschine ohne Augen hierher geflogen – nach diesem Erlebnis wusste sie, dass sie nichts, was er noch tun würde, überraschen konnte.

Erneut breitete sich ein fächerförmiger Schmerz in ihrem Unterleib aus.

Der Ghola sah, wie sie nach Luft schnappte, wie sich ihre Wangenmuskeln anspannten, und fragte: »Ist es so weit?«

»Ich … Ja, es ist so weit.«

»Sie dürfen es nicht hinauszögern.« Er packte sie am Arm und schob sie eilig durch die Eingangshalle.

Chani spürte, dass er von Panik ergriffen war. »Wir haben noch Zeit«, sagte sie.

Aber er schien sie gar nicht zu hören. »Die Zensunni-Haltung zur Niederkunft«, sagte er, während er sie weiter antrieb, »besteht darin, absichtslos im Zustand höchster Anspannung zu warten. Man soll sich dem, was geschieht, nicht widersetzen. Sich widersetzen bedeutet, sich auf ein Scheitern vorzubereiten. Man darf nicht dem Wunsch in die Falle tappen, etwas Bestimmtes zu erreichen. Auf diese Weise erreicht man alles.«

Sie näherten sich dem Eingang zu Chanis Gemächern. Der Ghola stieß sie zwischen den Vorhängen hindurch und rief: »Harah! Harah! Chani ist so weit. Hol die Ärzte!«

Sein Rufen schreckte etliche Bedienstete auf. Geschäftiges Treiben entstand, in dem sich Chani als Insel der Ruhe empfand … bis die nächste Wehe kam.

Der Ghola, den man wieder nach draußen auf den Korridor geschickt hatte, nahm sich jetzt die Zeit, über sein Handeln nachzudenken. Er hatte das Gefühl, an einem Punkt festzustecken, an dem alle Wahrheiten nur vorübergehend waren. Er begriff, dass sein Handeln von Panik bestimmt wurde. Panik, die nicht um die Möglichkeit kreiste, dass Chani sterben könnte, sondern dass Paul hinterher zu ihm kommen würde … erfüllt von Kummer … seine Geliebte … tot … tot …

Etwas kann nicht aus nichts hervorgehen, ermahnte er sich. *Wo kommt diese Panik her?*

Er spürte, dass seine Fähigkeiten als Mentat abgestumpft waren. Er atmete lange und zitternd aus. Ein mentaler Schatten zog über ihn hinweg. Er spürte, dass er in dieser emotionalen Dunkelheit auf einen absoluten Laut wartete – auf das Knacken eines Astes im Dschungel.

Ein Seufzer schüttelte ihn. Die Gefahr war vorübergezogen, ohne zuzuschlagen.

Er sammelte seine Kräfte, warf Hemmnisse ab und ließ sich in seine Mentatenwahrnehmung sinken. Er zwang sich dazu – was nicht die beste aller Methoden war. Doch es war notwendig. Anstelle von Menschen bewegten sich in seinem Inneren Geisterschatten. Er war eine Handelsstation für jedes bisschen Datenmaterial, das er je abgespeichert hatte. Sein Ich wurde von Geschöpfen des Möglichen bewohnt. Sie zogen an ihm vorbei, um sich vergleichen und bewerten zu lassen.

Schweiß trat ihm auf die Stirn.

Unscharfe Gedanken verloren sich in der Dunkelheit – fielen ins Unbekannte. Unbegrenzte Systeme! Ein Mentat konnte nicht richtig funktionieren, wenn er nicht begriff, dass er innerhalb unbegrenzter Systeme arbeitete. Das Unbegrenzte ließ sich nicht mit festem Wissen begrenzen. Das *Überall* ließ sich nicht in einen begrenzten Blickwinkel rücken. Stattdessen musste er das Unbegrenzte *werden* – für einen Moment.

Mit einer Gestalt-Zuckung gelang es ihm, und er sah Bijaz vor sich sitzen, in dem ein inneres Feuer loderte.

Bijaz! Der Zwerg hatte etwas mit ihm angestellt!

Der Ghola spürte, wie er am Rande eines mörderischen Abgrunds schwankte. Er führte die Mentatenberechnung fort, um zu sehen, was aus seinen Handlungen entstehen konnte.

»Ein Zwang!«, keuchte er. »Man hat mich einem Handlungszwang unterworfen!«

Ein blau gekleideter Kurier kam vorbei, während der Ghola sprach. »Haben Sie etwas gesagt, Sirra?«, fragte er.

Ohne den Kurier anzusehen, nickte der Ghola. »Ich habe alles gesagt.«

Es war einmal ein kluger Mann
Dem hat der Sand
in den er sprang
Die Augen weggebrannt!
Als er begriff, wie ihm geschehn,
beklagte er sich nicht.
Er machte sich zum Heiligen
mit seinem Zweitgesicht.

– Kinderreim aus:
»Die Geschichte des Muad'Dib«

Paul stand draußen vor dem Sietch in der Dunkelheit. Seine Orakelsicht verriet ihm, dass es Nacht war, dass sich der Schrein auf der Kinnklippe hoch oben zu seiner Linken im Mondschein scharf abzeichnete. Dieser Ort war von Erinnerungen durchtränkt. Sein erster Sietch, wo er und Chani …

Ich darf nicht an Chani denken, sagte er sich.

Der versiegende Kelch seiner Vision sprach von den Veränderungen überall um ihn herum: eine Gruppe von Palmen weit rechts von ihm, das silberschwarze Band eines Qanats, der Wasser durch die vom Sturm aufgeworfenen Dünen trug.

Wasser, das in der Wüste fließt! Er erinnerte sich an eine andere Art von Wasser, das in einem Fluss auf seiner Geburtswelt Caladan floss. Damals war ihm nicht bewusst gewesen, was für ein Schatz ein solcher Strom war – und sei es nur das träge Dahinfließen durch einen Quanat in einem Wüstenbecken. Ein Schatz.

Mit einem leisen Räuspern näherte sich ihm von hinten ein Sekretär.

Paul streckte die Hand aus, um ein Magnabrett mit einem Metallpapier darauf in Empfang zu nehmen. Er bewegte sich genauso träge wie das Wasser in dem Qanat. Die Vision strömte dahin, aber wie er erkennen musste, widerstrebte es ihm immer mehr, sich in ihrem Strom mitzubewegen.

»Verzeihen Sie, Sire«, sagte der Sekretär. »Das Semboule-Abkommen. Ihre Unterschrift. Hier …«

»Ich kann es lesen!«, fauchte Paul. Er kritzelte ein »Atreides Imper.« an die korrekte Stelle und gab dem Sekretär das Brett zurück, indem er es direkt in dessen ausgestreckte Hand schob, wohl wissend, welche Angst er damit auslöste.

Der Mann floh.

Paul wandte sich ab. *Hässliches, kahles Land!* Er stellte es sich sonnengetränkt vor, erfüllt von monströser Hitze, ein Ort der Sandlawinen und der erstickenden Dunkelheit der Staubbecken, der Windteufel, die winzige Dünen auf die Steine spulten, ihre schmalen Bäuche voll ockerfarbener Kristalle. Aber es war auch ein reiches Land. In den schmalen Breschen schlug einem das Panorama sturmgeglätteter Weiten entgegen, steiler Felswände und rieselnder Dünenhänge.

Das Einzige, was es brauchte, war Wasser … und Liebe.

Das Leben gab dieser Ödnis eine anmutige, bewegte Gestalt, dachte er. Das war die Botschaft der Wüste. Die Erkenntnis verblüffte ihn. Er wollte sich den Bediensteten und Sekretären zuwenden, die sich im Eingang des Sietchs drängten, und ihnen zurufen: Falls ihr etwas braucht, das ihr anbeten könnt, betet das Leben an – alles Leben bis zum letzten kriechenden Tier! Wir alle sind Teil dieser Schönheit!

Doch sie hätten es nicht verstanden. In der Ödnis waren sie … verödet. Nichts führte ein grünes Ballett für sie auf.

Paul ballte die Fäuste, versuchte, die Vision zum Stillstand zu bringen. Am liebsten wäre er aus seinem eigenen Kopf geflohen. Sein Geist war eine Bestie, die gekommen war, um ihn zu verschlingen! Da war ein Bewusstsein in ihm, durchtränkt, schwer von all dem Leben, das es aufgesaugt hatte, gesättigt von zu vielen Erfahrungen.

Verzweifelt zwang sich Paul dazu, seine Gedanken nach außen zu richten.

Sterne!

Sein Geist wand sich angesichts all der Sterne über ihm – eine unendliche Menge. Ein Mensch musste halb wahnsinnig sein, wenn er sich einbildete, auch nur über ein winziges Tröpfchen dieser Menge herrschen zu können. Er konnte sich nicht einmal ansatzweise vorstellen, wie viele Untertanen sein Imperium für sich beanspruchte.

Untertanen? Wohl eher Anbeter und Feinde. Sah irgendeiner von ihnen mehr als starre Glaubenslehren? Wo war der eine, der seinen Vorurteilen entkommen war? Nicht einmal ein Imperator entkam. Er hatte ein Leben gelebt, in dem er sich alles genommen hatte, er hatte versucht, ein Universum nach seinem eigenen Bild zu erschaffen. Doch nun brandete das übersprudelnde Universum letztlich doch mit seinen lautlosen Wellen über ihn hinweg.

Ich spucke auf den Wüstenplaneten! Ich gebe ihm meine Feuchtigkeit!

Dieser Mythos, den er aus verschlungenen Bewegungen und Vorstellungen, aus Mondlicht und Liebe, aus Gebeten, die älter als Adam waren, aus grauen Klippen und scharlachroten Schatten, aus Wehklagen und Strömen von Märtyrern geschaffen hatte – wohin hatte er ihn geführt? Wenn sich die Wellen zurückzogen, würden die Gestade der Zeit sauber und leer daliegen, leuchtend von den unzähligen Körnern der Erinnerung und von wenig anderem mehr. War das der goldene Beginn des Menschen?

Sand, der über Stein rieb, verriet ihm, dass sich der Ghola zu ihm gesellt hatte.

»Du bist mir heute aus dem Weg gegangen, Duncan«, sagte Paul.

»Es ist gefährlich für dich, mich so zu nennen«, erwiderte der Ghola.

»Ich weiß.«

»Ich … bin gekommen, um dich zu warnen, Mylord.«

»Ich weiß.«

Aus dem Ghola sprudelte die Geschichte von dem Zwang, den Bijaz ihm auferlegt hatte.

»Kennst du den Charakter dieses Zwangs?«, fragte Paul.

»Gewalt«, sagte der Ghola.

Paul spürte, wie er einen Ort erreichte, der ihn von Anfang an für sich beansprucht hatte. Er schwebte. Der Dschihad hatte von ihm Besitz ergriffen und hielt ihn auf einem Pfad fest, von dem ihn die schreckliche Schwerkraft der Zukunft nie wieder entlassen würde. »Von Duncan wird es keine Gewalt geben«, flüsterte er.

»Aber Mylord …«

»Sag mir, was du um uns herum siehst.«

»Mylord?«

»Die Wüste – wie ist sie heute Nacht?«

»*Siehst* du sie denn nicht?«

»Ich habe keine Augen, Duncan.«

»Aber …«

»Ich habe nur meine Vision, und ich wünschte, ich hätte sie nicht. Ich sterbe an meiner Hellsicht, wusstest du das, Duncan?«

»Vielleicht … geschieht das, wovor du dich fürchtest, gar nicht.«

»Wie? Ich soll meine eigene Hellsicht bestreiten? Wie kann ich das, wenn ich tausende Male gesehen habe, wie sich das Orakel erfüllt? Die Menschen bezeichnen es als eine Macht, als eine Gabe. Aber es ist eine Krankheit! Es hindert mich daran, mein Leben so zurückzulassen, wie ich es vorgefunden habe.«

»Mylord«, murmelte der Ghola. »Ich … Nicht weil … Junger Herr, du musst nicht … Ich …« Er verstummte.

Paul, der die Verwirrung des Gholas spürte, sagte: »Wie hast du mich genannt, Duncan?«

»Hm? Was ich … für einen Moment …«

»Du hast mich junger Herr genannt.«

»Ja, das habe ich.«

»So hat Duncan mich immer genannt.« Paul streckte die Hand aus und berührte das Gesicht des Gholas. »War das ein Teil deiner Ausbildung durch die Tleilaxu?«

»Nein.«

Paul ließ die Hand wieder sinken. »Was war es dann?«

»Es kam von … mir.«

»Dienst du zwei Herren?«

»Vielleicht.«

»Befreie dich von dem Ghola, Duncan.«

»Aber wie?«

»Du bist ein Mensch. Tu etwas Menschliches.«

»Ich bin ein Ghola!«

»Aber dein Fleisch ist menschlich. Und Duncan ist dort drin.«

»*Etwas* ist dort drin.«

»Es ist mir egal, wie du es tust. Aber du wirst es tun.«

»Siehst du das voraus?«

»Zum Teufel mit meiner Hellsicht!« Paul wandte sich ab. Seine Vision überstürzte sich nun. Sie wies Lücken auf, aber sie war nicht aufzuhalten.

»Mylord, wenn du …«

Paul hob die Hand. »Still! Hast du das gehört?«

»Was, Mylord?«

Paul schüttelte den Kopf. Der Ghola hatte es nicht gehört. Hatte er sich das Geräusch nur eingebildet? Es war sein Stammesname gewesen, den jemand aus der Wüste gerufen hatte – weit weg und tief: »Usul … Uuuussssuuuulll …«

»Was ist es, Mylord?«

Paul schüttelte erneut den Kopf. Er fühlte sich beobachtet. Etwas dort draußen in den nächtlichen Schatten wusste, dass er hier war. Etwas? Nein – *jemand.* »Zumeist war es süß«, flüsterte er. »Und du warst die Süßeste von allen …«

»Was sagst du, Mylord?«

»Das ist die Zukunft.«

Dieses formlose menschliche Universum dort draußen war nun in hektische Bewegung geraten, es tanzte zu der Melodie seiner Vision. Dann hatte die Zukunft also einen mächtigen Ton angeschlagen. Vielleicht würden die Geisterechos überdauern.

»Ich verstehe nicht, Mylord«, sagte der Ghola.

»Ein Fremen stirbt, wenn er die Wüste für eine zu lange Zeit verlässt«, sagte Paul. »Man nennt das die ›Wasserkrankheit‹. Ist das nicht seltsam?«

»Sehr seltsam.«

Paul strengte sein Gedächtnis an, versuchte sich an das Geräusch von Chanis ruhigem Atmen zu erinnern, wenn sie nachts neben ihm lag. *Wo gibt es da Trost?*, fragte er sich. Das Einzige, woran er sich erinnerte, war Chani beim Frühstück am Tag vor ihrem Aufbruch in die Wüste. Sie war unruhig gewesen, reizbar.

»Warum trägst du diese alte Jacke?«, hatte sie wissen wollen und auf die schwarze Uniformjacke mit dem roten Falkenwappen unter seiner Fremen-Robe gezeigt. »Du bist ein Imperator!«

»Selbst ein Imperator hat seine Lieblingskleider«, hatte er erwidert.

Aus Gründen, die er sich nicht hatte erklären können, hatte das Chani Tränen in die Augen treten lassen – das zweite Mal in ihrem Leben, dass etwas die Mauer ihrer Fremen-Erziehung durchbrochen hatte.

Jetzt, in der Dunkelheit, rieb sich Paul über die Wangen und spürte die Nässe seiner Tränen. *Wer gibt den Toten Feuchtigkeit?* Es war sein Gesicht – und doch nicht das seine. Der Wind kühlte die feuchte Haut. Ein fragiler Traum nahm Gestalt an, zerbrach. Was war es, was in seiner Brust schwoll? Etwas, das er gegessen hatte? Wie verbittert und flehend war dieses andere Ich, dass es den Toten Feuchtigkeit gab. Der Wind traktierte ihn mit Sandkörnern. Seine Haut, jetzt wieder trocken, war die seine. Aber zu wem gehörte das Zittern, das blieb?

Dann hörten sie das Wehklagen – von weit weg, aus den Tiefen des Sietchs. Es wurde lauter … lauter …

Als plötzlich ein helles Licht erstrahlte, wirbelte der Ghola herum. Jemand hatte die Tür mit den Feuchtigskeitsiegeln aufgerissen. Im Licht sah der Ghola einen Mann mit einem kecken Grinsen auf dem Gesicht … Nein! Kein Grinsen, sondern eine von Kummer verzerrte Miene! Es war ein Fedaykin-Leutnant namens Tandis. Hinter Tandis drängten sich etliche Menschen – die alle verstummten, als sie Muad'Dib sahen.

»Chani …«, sagte Tandis.

»… ist tot«, flüsterte Paul. »Ich habe ihr Rufen gehört.«

Er wandte sich dem Sietch zu. Er kannte diesen Ort. Ein Ort, an dem er sich nicht verstecken konnte. Seine Vision bestürmte ihn, zeigte ihm die Fremen, die sich um Tandis drängten. Er *sah* Tandis, spürte den Kummer des Fedaykin, seine Angst, seinen Zorn.

»Sie ist tot«, wiederholte Paul.

Wie aus einem lodernden Strahlenkranz drangen diese Worte an die Ohren des Gholas, brannten in seiner Brust, in seinem Rückgrat, in den Höhlen seiner Metallaugen. Er spürte, wie seine rechte Hand nach dem Messer an seinem Gürtel griff. Sein Denken wurde brüchig, zusammenhangslos. Er war eine Marionette, an Schnüre gefesselt, die aus diesem fürchterlichen Strahlenkranz herabhingen. Seine Gliedmaßen gehorchten den Befehlen und Wünschen eines anderen. Die Schnüre zogen an seinen Armen, seinen Beinen, seinem Kiefer. Laute drangen aus seinem Mund, ein schreckliches, sich wiederholendes Geräusch …

»Hraak! Hraak! Hraak!«

Die Hand mit dem Messer hob sich, bereit zum Zustechen. In diesem Moment ergriff der Ghola Besitz von seiner Stimme und formte krächzend Worte: »Lauf … junger Herr … lauf!«

»Wir laufen nicht«, sagte Paul. »Wir bewegen uns mit Würde. Wir tun, was getan werden muss.«

Die Muskeln des Ghola erstarrten. Er erzitterte, wankte.

»… *was getan werden muss!*« Die Worte wogten durch seinen Kopf wie ein großer Fisch, der an die Oberfläche kam. »… *was getan werden muss!*« Ah, das hatte wie der alte Herzog geklungen, Pauls Großvater. Ja, der junge Herr hatte etwas von dem Alten an sich. »… *was getan werden muss!*«

Langsam entfalteten sich die Worte im Bewusstsein des Gholas. Das Gefühl, zwei Leben zugleich zu leben, breitete sich in ihm aus. Hayt/Idaho/Hayt/Idaho … Er wurde zu einer starren Verkettung relativen Seins, einzeln, allein. Alte Erinnerungen strömten in seinen Kopf. Er nahm sie auf, passte sie an seine neuen Erkenntnisse an, begann aus ihnen ein neues Bewusstsein zu entwickeln. Eine neue *Persona* formte eine Art innerer Tyrannenherrschaft. Die Synthese blieb mit einem Potenzial von Unordnung aufgeladen, doch die Ereignisse nötigten ihn zu dieser vorübergehenden Anpassung. Der junge Herr brauchte ihn.

Und damit war es getan. Er kannte sich als Duncan Idaho und erinnerte sich an alles über Hayt – als wäre es in ihm versteckt gewesen und durch einen flammenden Katalysator entzündet worden. Der Strahlenkranz verblasste. Er warf den Tleilaxu-Zwang ab.

»Bleib dicht bei mir, Duncan«, sagte Paul. »Es gibt so viel, bei dem ich mich auf dich verlassen muss.« Als sich Idaho nicht rührte, wiederholte Paul: »Duncan!«

»Ja … ich bin Duncan.«

»Natürlich bist du das! In diesem Moment bist du zurückgekommen … Wir gehen jetzt rein.«

Und so betrat Duncan Idaho neben Paul den Sietch. Es war wie in alten Zeiten – und doch anders. Nun, da er von den Tleilaxu befreit war, wusste er das, was sie ihm gegeben hatten, zu schätzen. Die Zensunni-Ausbildung gestattete es ihm, den Schrecken des Geschehenen zu überwinden. Seine Fähigkeiten als Mentat bildeten ein Gegengewicht. Er legte alle Angst ab, erhob sich über sie. Sein ganzes Bewusstsein nahm eine Perspektive des grenzenlosen Staunens ein: Er war tot gewesen; er lebte.

»Sire«, sagte der Fedaykin Tandis, »die Frau, Lichna, sagt, dass sie Sie sehen muss. Ich habe ihr gesagt, dass sie warten soll.«

»Danke«, erwiderte Paul. »Die Geburt …«

»Ich habe mit den Ärzten gesprochen«, sagte Tandis, während er neben Paul und Idaho herging. »Sie sagen, dass Sie zwei Kinder haben. Beide leben und sind gesund.«

»Zwei?« Paul taumelte, hielt sich an Idahos Arm fest.

»Ein Junge und ein Mädchen«, sagte Tandis. »Ich habe sie gesehen. Es sind wundervolle Fremen-Babys.«

»Wie … wie ist sie gestorben?«, flüsterte Paul.

Tandis beugte sich zu ihm vor. »Mylord?«

»Chani?«

»Es war die Geburt, Mylord. Die Ärzte sagen, dass die Geschwindigkeit, mit der das alles geschehen ist, ihren Körper ausgezehrt hat. Ich verstehe es nicht, aber das haben sie gesagt.«

»Bring mich zu ihr«, flüsterte Paul.

»Mylord?«

»Bring mich zu ihr!«

»Wir sind dorthin unterwegs, Mylord.« Wieder beugte sich Tandis zu Paul vor. »Warum trägt Ihr Ghola ein blankes Messer?«

»Duncan, steck dein Messer weg«, sagte Paul. »Die Zeit für Gewalt ist vorbei.«

Während er das sagte, fühlte sich Paul dem Klang seiner Stimme näher als dem Mechanismus, der diesen Klang hervorgebracht hatte. Zwei Kinder! Seine Vision hatte ihm nur eines gezeigt. Und doch verliefen diese Momente wie in der Vision. Es gab hier jemanden, der Kummer und Wut empfand. Jemanden. Sein Bewusstsein befand sich im Griff einer schrecklichen Tretmühle, die sein Leben vor ihm abspulte.

Zwei Kinder?

Erneut taumelte er. *Chani, Chani*, dachte er. *Es ging nicht anders. Chani, Geliebte, glaub mir, dass dieser Tod schneller für dich war … und gnädiger. Sie hätten unsere Kinder als Geiseln genommen, sie hätten dich in einen Käfig gesteckt und in einer Sklavengrube vorgeführt, sie hätten dich geschmäht und dir die Schuld an meinem Tod gegeben. Auf diese Weise … auf diese Weise vernichten wir sie und retten unsere Kinder.*

Kinder?

Wieder ein Taumeln.

Ich habe das zugelassen. Ich sollte mich schuldig fühlen.

Ein lautes, verwirrendes Geräusch erfüllte die Höhle vor ihnen. Es schwoll genau in der Weise an, wie er sich daran erinnerte. Ja, das war das Muster, das unausweichliche Muster, selbst mit zwei Kindern.

Chani ist tot.

In einem weit entfernten Moment einer Vergangenheit, die er mit anderen geteilt hatte, hatte diese Zukunft ihm die Hand entgegengestreckt, war ihm zu Leibe gerückt, hatte ihn in eine Schlucht gedrängt, deren Wände immer schmaler wurden. Jetzt spürte er, wie sie ihn erdrückten. Das war der Lauf der Vision.

Chani ist tot. Ich sollte mich dem Kummer hingeben.

Doch das war *nicht* der Lauf der Vision.

»Hat man schon nach Alia geschickt?«, fragte er.

»Sie ist bei Chanis Freundinnen«, erwiderte Tandis.

Paul spürte, wie die Menge zurückwich, um den Weg für ihn freizugeben. Ihr Schweigen breitete sich wie eine Welle vor ihm aus. Die lärmende Unruhe ebbte langsam ab. Es schien, als würde der Sietch vor Gefühlen platzen. Paul wollte die Menschen aus seiner Vision entfernen, doch das erwies als unmöglich. Jedes der Gesichter, deren Blicke ihm folgten, hinterließ einen eigenen Eindruck. Sie alle waren erfüllt von mitleidloser Neugier. Ja, die Menschen empfanden Kummer, aber Paul erkannte, welche Grausamkeit ihnen in den Poren saß. Sie sahen zu, wie die geschliffenen Worte verstummten, wie der Weise zum Narren wurde. Sprach der Komiker nicht immer die Grausamkeit der Menschen an?

Dies hier war mehr als eine Totenwache. Und weniger als eine Bestattung.

Pauls Seele flehte um eine Atempause, doch die Vision trieb ihn weiter voran. *Nur noch ein bisschen weiter*, sagte er sich. Nur ein bisschen weiter würde ihn schwarze, blinde Finsternis erwarten. Dort war der Ort, den Kummer und Schuldgefühle aus der Vision herausgerissen hatten – der Ort, an dem der Mond herabfiel.

Er stolperte und wäre gestürzt, hätte ihn Idaho nicht am Arm gepackt – eine feste Präsenz an seiner Seite, ein Mensch, der wusste, wie man schweigend einen Kummer teilte.

»Wir sind da«, sagte Tandis.

»Vorsicht mit der Stufe, Sire«, sagte Idaho und half Paul über die Schwelle. Vorhänge strichen über Pauls Gesicht. Idaho brachte ihn zum Stehen, und Paul spürte den Raum: eine Reflexion auf seinen Wangen und Ohren. Die Wände waren aus Fels, der hinter Wandteppichen verborgen war.

»Wo ist Chani?«, flüsterte Paul.

Harahs Stimme antwortete ihm. »Sie ist hier drüben, Usul.«

Paul seufzte zitternd. Er hatte befürchtet, man hätte ihren Leichnam bereits in die Destillen gebracht, wo die Fremen das Wasser der Toten für den Stamm zurückgewannen. War es in der Vision so gewesen? Er fühlte sich in seiner Blindheit verloren.

»Die Kinder?«, fragte er.

»Sie sind ebenfalls hier, Mylord«, sagte Idaho.

Harah sagte: »Du hast wunderschöne Zwillinge, Usul. Einen Jungen und ein Mädchen. Siehst du? Sie liegen hier in einer Krippe.«

Zwei Kinder, dachte Paul. In der Vision war nur eine Tochter erschienen. Er ließ sich von Idahos Arm führen, bewegte sich in die Richtung, aus der Harahs Stimme gekommen war, stieß gegen etwas Hartes. Mit den Händen tastete er es ab: die Umrisse einer Krippe aus Metaglas.

Jemand ergriff seinen linken Arm. »Usul?« Es war Harah. Sie führte seine Hand in die Krippe. Paul spürte weiche, weiche Haut. So warm! Er spürte Rippen. Atmen.

»Das ist dein Sohn«, flüsterte Harah. Sie bewegte seine Hand weiter. »Und das ist deine Tochter.« Ihr Griff wurde fester. »Usul, bist du nun wahrhaft blind?«

Paul wusste, was sie dachte. *Blinde müssen in der Wüste ausgesetzt werden.* Fremen-Stämme trugen kein totes Gewicht.

Ohne auf ihre Frage zu reagieren, sagte Paul: »Bring mich zu Chani.«

Harah drehte ihn um und führte ihn nach links.

Paul spürte, dass er nun die Tatsache von Chanis Tod akzeptierte. Er hatte seinen Platz in einem Universum eingenommen, das er nicht wollte, und trug einen Körper, der nicht passte. Jeder Atemzug, den er tat, peinigte ihn. *Zwei Kinder!* Er fragte sich, ob er sich einem Pfad anvertraut hatte, auf dem seine Vision nie zurückkehren würde. Doch das kam ihm jetzt unwichtig vor.

»Wo ist mein Bruder?«

Es war Alias Stimme, die hinter Paul erklang. Er hörte ihre eiligen Bewegungen, spürte ihre überwältigende Gegenwart, als sie seinen Arm von Harah übernahm.

»Ich muss mit dir sprechen!«, flüsterte sie.

»Einen Moment noch«, sagte Paul.

»Jetzt! Es geht um Lichna.«

»Ich weiß. Einen Moment noch.«

»Du hast keinen Moment mehr!«

»Ich habe viele Momente.«

»Aber Chani nicht!«

»Sei still! Chani ist tot.« Als Alia widersprechen wollte, legte Paul ihr eine Hand auf den Mund. »Ich befehle dir, still zu sein!« Er spürte, wie sie sich fügte, und ließ die Hand wieder sinken. »Beschreibe mir, was du siehst.«

»Paul!« In Alias Stimme rangen Hilflosigkeit und Tränen miteinander.

»Es ist gleichgültig«, sagte Paul. Er zwang sich zu innerer Ruhe und öffnete für diesen Moment die Augen seiner Hellsicht. Ja …

er konnte noch sehen. Chanis Leichnam lag inmitten eines Rings aus Lichtern auf einer Bahre. Jemand hatte ihr weißes Gewand geglättet und versucht, das Blut von der Geburt darunter zu verbergen. Aber es spielte keine Rolle, er konnte seine Aufmerksamkeit ohnehin nicht von dem Bild abwenden, das die Vision von ihrem Gesicht zeigte. Welch ein Spiegel der Ewigkeit in diesen reglosen Zügen!

Paul wandte sich ab, aber die Vision bewegte sich mit ihm. Chani war tot … würde niemals wiederkehren. Die Luft, das Universum, all das war leer – die Leere war überall. War das die Essenz seiner Buße?, fragte er sich. Er wollte Tränen vergießen, aber sie kamen nicht. Hatte er zu lange als Fremen gelebt? Dieser Tod verlangte die Feuchtigkeit, die ihm zustand!

Ein Kind weinte in der Nähe und wurde von jemandem beruhigt. Das Geräusch verbarg Pauls Vision hinter einem Vorhang. Er hieß die Dunkelheit willkommen. *Dies ist nun eine andere Welt*, dachte er. *Zwei Kinder.*

Der Gedanke erreichte ihn aus einer verlorenen Orakeltrance. Er versuchte, die zeitlose Bewusstseinserweiterung der Melange einzufangen, doch sein Geist versagte dabei. Kein Bild aus der Zukunft drang in dieses neue Bewusstsein vor. Er spürte, wie er die Zukunft zurückstieß – jede Zukunft.

»Lebwohl, meine Sihaya«, flüsterte er.

Hinter sich hörte er wieder Alias Stimme, rau, fordernd. »Ich habe Lichna mitgebracht!«

Paul drehte sich um. »Das ist nicht Lichna«, sagte er. »Das ist ein Gestalttänzer. Lichna ist tot.«

»Aber hör dir an, was sie zu sagen hat«, sagte Alia.

Behutsam näherte sich Paul der Stelle, von der die Stimme seiner Schwester kam.

»Es überrascht mich nicht, Sie hier am Leben vorzufinden, Atreides.« Die neue Stimme glich der von Lichna, aber es gab einige kaum merkliche Unterschiede – als würde der Sprecher Lichnas

Stimmbänder nutzen, sich aber nicht mehr die Mühe machen, sie genau zu kontrollieren. Paul fiel ein seltsam aufrichtiger Unterton in dieser Stimme auf.

»Nicht überrascht?«, fragte er.

»Ich bin Scytale, ein Tleilaxu von den Gestalttänzern, und ich wüsste gerne das eine oder andere, bevor wir miteinander verhandeln. Ist das ein Ghola, den ich hinter Ihnen sehe? Oder Duncan Idaho?«

»Es ist Duncan Idaho«, sagte Paul. »Und ich verhandle nicht mit Ihnen.«

»Ich denke, Sie werden verhandeln«, sagte Scytale.

»Duncan«, sagte Paul. »Tötest du diesen Tleilaxu, wenn ich dich darum bitte?«

»Ja, Mylord.« In Idahos Stimme lag die unterdrückte Wut eines Rasenden.

»Warte!«, sagte Alia. »Du weißt nicht, was du ablehnst.«

»Doch, das weiß ich«, sagte Paul.

»Dann ist das also wahrhaftig Duncan Idaho von den Atreides«, sagte Scytale. »Wir haben den Hebel gefunden! Ein Ghola *kann* seine Vergangenheit zurückerlangen.« Paul hörte Schritte. Jemand ging links an ihm vorbei. Dann kam Scytales Stimme von hinten. »An was aus deiner Vergangenheit erinnerst du dich, Duncan?«

»An alles«, sagte Idaho. »Seit meiner Kindheit. Ich erinnere mich sogar daran, dass du neben dem Tank gestanden hast, als man mich herausgeholt hat.«

»Wunderbar«, hauchte Scytale. »Wunderbar.«

Paul hörte, wie sich die Stimme bewegte. *Ich brauche eine Vision*, dachte er. Die Dunkelheit machte ihn hilflos. Seine Bene-Gesserit-Ausbildung warnte ihn davor, dass Scytale eine schreckliche Bedrohung war, und doch blieb dieses Geschöpf nichts weiter als eine Stimme, der Schatten einer Bewegung – unerreichbar für ihn.

»Sind das die Atreideskinder?«, fragte Scytale.

»Harah!«, rief Paul. »Schaff diese Kreatur dort weg!«

»Bleibt, wo ihr seid!«, rief Scytale. »Ihr alle! Ich warne euch, ein Gestalttänzer bewegt sich schneller, als ihr ahnt. Mein Messer kann diese beiden Leben nehmen, bevor ihr mich auch nur berührt.«

Paul spürte, wie ihn jemand am Arm streifte und sich dann auf seine rechte Seite bewegte.

»Das ist nahe genug, Alia«, sagte Scytale.

»Alia«, zischte Paul. »Nicht.«

»Es ist meine Schuld«, ächzte Alia. »Meine Schuld!«

»Nun, Atreides«, sagte Scytale, »sollen wir jetzt verhandeln?«

Hinter sich vernahm Paul einen heiseren Fluch. Er spürte die unterdrückte Wut in Idaho, und die Kehle schnürte sich ihm zu. Idahos Wille durfte nicht brechen! Scytale würde die Kinder töten!

»Wenn man einen Handel abschließen will, muss man etwas zu bieten haben«, sagte Scytale. »Nicht wahr, Atreides? Wollen Sie Ihre Chani zurück? Wir können sie Ihnen wiedergeben. Als Ghola. Als Ghola mit *allen Erinnerungen*! Aber wir müssen uns beeilen. Rufen Sie Ihre Freunde, damit sie einen Kryobehälter bringen, in dem wir das Fleisch frisch halten können.«

Noch einmal Chanis Stimme hören, dachte Paul. *Sie noch einmal spüren. Deshalb haben sie mir Idaho als Ghola gegeben – damit ich sehe, wie sehr die Kopie dem Original gleicht. Aber jetzt … eine volle Wiederherstellung. Zu ihrem Preis. Ich wäre auf ewig ein Werkzeug der Tleilaxu. Und Chani – sie wäre durch die Gefahr für unsere Kinder an das gleiche Schicksal gekettet, wäre wieder den Intrigen des Qizarat ausgesetzt …*

»Welche Art von Druck würdet ihr verwenden, um Chani ihre Erinnerungen wiederzugeben?«, fragte er und versuchte dabei verzweifelt, gelassen zu klingen. »Würdet ihr sie konditionieren … eines ihrer eigenen Kinder zu töten?«

»Wir verwenden jede Art von Druck, die nötig ist«, erwiderte Scytale. »Was sagen Sie also, Atreides?«

»Alia«, sagte Paul, »verhandle du mit diesem *Ding*. Ich kann nicht mit etwas verhandeln, das ich nicht sehen kann.«

»Eine kluge Entscheidung«, höhnte Scytale. »Nun, Alia, was bieten Sie mir als Unterhändlerin Ihres Bruders an?«

Paul senkte den Kopf und tauchte in eine Stille innerhalb der Stille. Er hatte gerade einen Blick auf etwas erhascht – etwas, das einer Vision ähnelte, doch keine Vision war. Es war ein Messer dicht neben ihm gewesen. Dort!

»Ich brauche einen Moment zum Nachdenken«, sagte Alia.

»Mein Messer ist geduldig«, sagte Scytale. »Aber Chanis Fleisch ist es nicht. Nehmen Sie sich Zeit, aber nicht zu viel.«

Paul stellte fest, dass er blinzelte. Es war unmöglich, aber … er spürte *Augen*! Der Blickwinkel war seltsam, und sie bewegten sich unkontrolliert. *Da!* Das Messer kam in Sicht. Mit einem Schock, der ihm den Atem raubte, begriff Paul, von wo aus er es sah. Aus dem Blickwinkel seiner Kinder! Ja, er sah Scytales Messerhand aus der Krippe heraus! Die Klinge schimmerte nur Zentimeter von ihm entfernt. Und er sah auch sich selbst am anderen Ende des Raumes: den Kopf gesenkt, ganz still dastehend, eine Gestalt, die keinerlei Bedrohung darstellte und von niemandem beachtet wurde.

»Für den Anfang könnten Sie in Erwägung ziehen, uns alle Ihre MAFEA-Anteile zu überschreiben«, sagte Scytale.

»Alle?«, erwiderte Alia empört.

»Alle.«

Während er sich selbst durch die Augen in der Krippe beobachtete, ließ Paul sein Krismesser aus der Scheide an seinem Gürtel gleiten. Die Bewegung erzeugte eine groteske Dopplung. Er maß die Distanz, den Winkel. Eine zweite Chance würde er nicht bekommen. Dann fokussierte er seinen Körper nach Art der Bene Gesserit, bereitete sich wie eine gespannte Feder auf eine einzige, konzentrierte Bewegung vor, eine Prajna-Technik, die verlangte, dass sich seine Muskeln perfekt aufeinander abstimmten.

Das Krismesser flog aus seiner Hand. Als verwaschener, milchweißer Streifen fuhr es in Scytales rechtes Auge und schleuderte den Kopf des Gestalttänzers nach hinten. Scytale riss die Hände hoch und taumelte gegen die Wand. Sein Messer prallte gegen die Decke des Raumes und fiel zu Boden. Dann stürzte Scytale mit dem Gesicht nach unten. Er war tot, noch bevor er den Boden berührte.

Durch die Augen in der Krippe sah Paul, wie sich die Gesichter im Raum seiner augenlosen Gestalt zuwandten. Er las das Erschrecken in ihnen. Dann rannte Alia zur Krippe, beugte sich darüber und verstellte ihm die Sicht.

»Es geht ihnen gut«, sagte Alia. »Es geht ihnen gut.«

»Mylord«, flüsterte Idaho, »war *das* Teil deiner Vision?«

»Nein.« Paul gab Idaho einen Wink. »Es ist nun, wie es ist.«

»Vergib mir, Paul«, sagte Alia. »Aber als dieses Geschöpf sagte, es könne … Chani …«

»Es gibt einen Preis, den ein Atreides nicht bezahlen kann«, sagte Paul. »Das weißt du.«

»Ja, ich weiß«, sagte Alia. »Aber ich war versucht …«

»Wer war das nicht?«, sagte Paul.

Er wandte sich von ihnen ab, tastete sich zur Wand, lehnte sich dagegen, versuchte zu begreifen, was er getan hatte. *Wie? Wie? Die Augen in der Krippe …* Er fühlte sich, als stünde er am Rand einer fürchterlichen Enthüllung.

»Meine Augen, Vater.«

Die Wortumrisse schimmerten in Pauls körperlosem Sichtfeld.

»Mein Sohn!«, flüsterte Paul so leise, dass ihn niemand hören könnte. »Du … bist wach.«

»Ja, Vater. Sieh!«

Paul sackte an der Wand zusammen. Er hatte das Gefühl, dass man ihn wie eine Flasche umgedreht und geleert hatte. Sein Leben raste an ihm vorbei. Er sah seinen Vater. Er *war* sein Vater. Und sein Großvater … und die Großväter davor. Sein Geist torkelte durch den verstörenden Korridor seiner gesamten männlichen Abstammungslinie.

»Wie?«, fragte er lautlos.

Schwache Wortumrisse erschienen, verblassten wieder, blieben verschwunden, als wäre die Belastung zu groß. Paul wischte sich Speichel aus den Mundwinkeln. Er erinnerte sich an Alias Erwachen im Mutterleib. Doch im Gegensatz zu Jessica hatte diesmal niemand das Wasser des Lebens getrunken oder eine Überdosis Melange eingenommen … oder doch? War es das gewesen, wonach sich Chani verzehrt hatte? Oder war dies alles das Produkt seiner genetischen Abstammungslinie, wie es die Ehrwürdige Mutter Gaius Helen Mohiam vorausgesehen hatte?

Jetzt spürte Paul, wie er selbst in der Wiege lag und Alia sich mit beruhigendem Gurren über ihn beugte. Ihre Hände trösteten ihn. Ihr Gesicht hing riesengroß über ihm. Sie drehte ihn um, und er sah, wer mit ihm in der Krippe lag: ein Mädchen von knochigkräftiger Gestalt, wie es das Wüstenerbe mit sich brachte. Sie hatte volles, lohfarbenes Haar. Als er sie ansah, öffnete sie die Augen. Diese Augen! Chani blickte durch sie … und Lady Jessica. Eine Vielheit blickte durch sie.

»Schaut«, sagte Alia. »Sie blicken einander an.«

»In diesem Alter können Babys noch nicht gerichtet sehen«, sagte Harah.

»Ich konnte es«, sagte Alia.

Paul spürte, wie sich seine Verbindung zu diesem endlosen Bewusstsein langsam löste. Er lehnte jetzt wieder gegen seine ganz persönliche Klagemauer. Idaho schüttelte ihn sanft an der Schulter.

»Mylord?«

»Mein Sohn soll nach meinem Vater Leto benannt werden«, sagte Paul und richtete sich auf.

»Zur Namenszeit«, sagte Harah, »werde ich als Freundin der Mutter an deiner Seite stehen und ihm diesen Namen geben.«

»Und meine Tochter«, sagte Paul, »soll Ghanima heißen.«

»Aber Usul«, sagte Harah, »Ghanima ist ein Name, der Böses verheißt.«

»Er hat dein Leben gerettet«, sagte Paul. »Welche Rolle spielt es, dass sich Alia mit diesem Namen über dich lustig gemacht hat … Meine Tochter ist Ghanima – eine Kriegsbeute.«

Dann hörte er hinter sich das Quietschen von Rädern. Jemand schob die Bahre mit Chanis Leichnam weg.

Der Gesang des Wasserritus setzte ein.

»Hal yaum!«, sagte Harah. »Ich muss jetzt gehen, wenn ich die heilige Wahrheit bezeugen und ein letztes Mal meiner Freundin zur Seite stehen will. Ihr Wasser gehört dem Stamm.«

»Ihr Wasser gehört dem Stamm«, murmelte Paul. Er hörte, wie Harah den Raum verließ, und tastete nach Idahos Ärmel. »Bring mich in meine Gemächer, Duncan.«

Dort angekommen, schüttelte er Idaho behutsam ab. Es war nun Zeit, allein zu sein. Aber bevor Idaho gehen konnte, gab es noch Unruhe an der Tür.

»Meister!« Es war Bijaz, der von der Tür aus nach ihm rief.

»Lass ihn zwei Schritte herankommen, Duncan«, sagte Paul. »Töte ihn, wenn er sich weiter nähert.«

»Aye«, sagte Idaho.

»Duncan also?«, sagte Bijaz. »Ist das *wirklich* Duncan Idaho?«

»Er ist es«, sagte Idaho. »Ich erinnere mich.«

»Dann hatte Scytale mit seinem Plan Erfolg!«

»Scytale ist tot«, sagte Paul.

»Aber ich bin es nicht, und der Plan ist es nicht«, sagte der Zwerg. »Beim Tank, in dem ich gezüchtet wurde! Es ist möglich! Ich werde meine Vergangenheiten zurückbekommen – sie alle. Es braucht nur den richtigen Auslöser.«

»Auslöser?«, fragte Paul.

»Den Zwang, dich zu töten«, sagte Idaho mit vor Zorn belegter Stimme. »Mentatenberechnung: Sie haben herausgefunden, dass ich in dir den Sohn sehe, den ich nie hatte. Anstatt dich zu töten, würde der wahre Duncan Idaho den Ghola-Körper übernehmen. Aber … es hätte auch misslingen können. Sag mir, Zwerg, wenn euer Plan gescheitert wäre, wenn ich ihn getötet hätte – was dann?«

»Ach … dann hätten wir einen Handel mit der Schwester abgeschlossen, um ihren Bruder zu retten. Aber so haben wir einen besseren Handel.«

Paul holte zitternd Luft. Er hörte, wie die Trauernden durch den letzten Gang zu den Räumen in der Tiefe schritten – dort, wo sich die Wasserdestillen befanden.

»Es ist noch nicht zu spät, Mylord«, sagte Bijaz. »Wollen Sie Ihre Geliebte zurück? Wir können sie Ihnen wiedergeben. Als Ghola, ja. Aber nun … können wir die volle Wiederherstellung anbieten. Sollen wir Bedienstete mit einem Kryobehälter rufen, um den Körper Ihrer Geliebten zu retten?«

Paul stellte fest, dass es ihm diesmal schwerer fiel, abzulehnen. Er hatte seine Kräfte bei der ersten Versuchung durch die Tleilaxu erschöpft. Und jetzt war all das umsonst! Noch einmal Chani spüren …

»Bring ihn zum Schweigen!«, befahl Paul Idaho in der Atreides-Kampfsprache. Er hörte, wie sich Idaho zur Tür bewegte.

»Meister!«, quiekte Bijaz.

»Wenn du mich liebst, Duncan«, sagte Paul in der Kampfsprache, »dann töte ihn, bevor ich schwach werde!«

»Neeeiiin …«, kreischte Bijaz.

Mit einem Ächzen riss der Laut ab.

»Ich habe ihm den Gefallen getan«, sagte Idaho.

Paul senkte lauschend den Kopf. Er konnte die Trauernden nicht mehr hören. Er dachte an den uralten Fremen-Ritus, der in diesem Moment tief unten im Sietch abgehalten wurde, in dem Raum mit der Todesdestille, wo der Stamm sein Wasser wiederaufbereitete.

»Ich hatte keine Wahl«, sagte er. »Verstehst du, Duncan?«

»Ich verstehe.«

»Es gibt Dinge, die niemand ertragen kann. Ich habe mich in all die möglichen Zukünfte, die ich erschaffen konnte, verwickelt, bis sie schließlich mich erschaffen haben.«

»Mylord, du solltest nicht …«

»Es gibt in diesem Universum Probleme, für die keine Lösung existiert. Nichts. Man kann nichts machen.«

Während er das sagte, spürte Paul, wie die Verbindung zu seiner Vision endgültig abriss. Sein Geist kauerte sich ängstlich zusammen, überwältigt von den unbegrenzten Möglichkeiten. Seine verlorene Vision wurde zu einem Wind, der wehte, wohin es ihm gefiel.

Man sagt über Muad'Dib, dass er sich auf eine Reise in das Land begeben hat, in dem man keine Fußspuren hinterlässt.

– Aus der Präambel des Qizarat-Glaubensbekenntnisses

Es gab einen Deich aus Wasser gegen den Sand, eine Außengrenze der zum Sietch gehörenden Pflanzungen. Danach folgten eine Felsbrücke und dann die offene Wüste unter Idahos Füßen. Hinter ihm beherrschte die vorspringende Felsklippe den Nachthimmel. Das Licht beider Monde bestäubte ihre hohe Kante. Ein Obsthain reichte bis an das Wasser hinab.

Idaho hielt am Rand der Wüste inne und blickte auf die blütenbesetzten Äste über dem stillen Wasser – Spiegelung und Wirklichkeit – vier Monde. Der Destillanzug fühlte sich klebrig auf seiner Haut an. Der Geruch von nassem Feuerstein drang an den Filterstopfen vorbei in seine Nase. Der Wind raschelte in den Pflanzungen. Idaho lauschte auf nächtliche Geräusche. Kängurumäuse wohnten im Gras am Rande des Wassers; eine Sperbereule ließ ihren dumpfen Ruf von der verschatteten Felswand widerhallen; aus der offenen Bled war das vom Wind zerstückelte Zischen eines Sandfalls zu hören.

Idaho wandte sich dem Geräusch zu.

Er sah keine Bewegung dort draußen auf den mondbeschienenen Dünen.

Es war Tandis gewesen, der Paul so weit nach draußen gebracht hatte. Dann war er zurückgekehrt und hatte berichtet. Und Paul war in die Wüste hinausgegangen – wie ein Fremen.

»Er war blind, wahrhaft blind«, hatte Tandis gesagt, als würde das alles erklären. »Zuvor hatte er die Vision, von der er uns erzählt hat … aber …«

Ein Schulterzucken. Blinde Fremen wurden in der Wüste ausgesetzt. Muad'Dib mochte der Imperator sein, aber er war auch ein Fremen. Hatte er nicht dafür gesorgt, dass Fremen über seine Kinder wachen und sie großziehen würden? Ja, er war ein Fremen.

Idaho sah, dass die Wüste hier ein Skelett hatte. Vom Mond versilberte Steinrippen ragten aus dem Sand – und jenseits davon begann das Dünenmeer.

Ich hätte ihn nicht alleinlassen dürfen, nicht eine Minute lang, dachte er. *Ich wusste, was in ihm vorging.*

»Er hat mir gesagt, dass die Zukunft nicht mehr seiner körperlichen Anwesenheit bedarf«, hatte Tandis weiter berichtet. »Als er gegangen ist, hat er mir noch etwas zugerufen. ›Jetzt bin ich frei.‹ Das waren seine Worte.«

Verdammt sollen sie sein!, dachte Idaho.

Die Fremen hatten sich geweigert, Thopter oder Suchtrupps in irgendeiner anderen Form loszuschicken. Muad'Dib zu retten hätte gegen ihre uralten Bräuche verstoßen.

»Ein Wurm wird kommen, um Muad'Dib zu holen«, hatten sie gesagt. Und hatten das Lied für diejenigen angestimmt, die man der Wüste überließ, deren Wasser für Shai-Hulud bestimmt war: »Mutter des Sandes, Vater der Zeit, Anbeginn des Lebens, lass ihn sicher übertreten.«

Idaho setzte sich auf einen flachen Stein und starrte in die Wüste hinaus. Die Nacht dort draußen war erfüllt von täuschenden Mustern. Es ließ sich unmöglich feststellen, wohin Paul gegangen war.

»Jetzt bin ich frei.«

Idaho sprach die Worte laut aus, überrascht vom Klang seiner eigenen Stimme. Für eine Weile ließ er seinen Gedanken ihren Lauf und dachte an jenen Tag auf Caladan zurück, an dem er den kleinen Paul zu einem Meermarkt mitgenommen hatte, dachte an das Glitzern der Sonne auf dem Wasser und an die Reichtümer der See, tot an die Oberfläche geholt, wo man sie verkaufte. Dachte daran, wie Gurney Halleck für sie auf dem Balisett gespielt hatte – an Vergnügen, Gelächter. Rhythmen tänzelten durch sein Bewusstsein, führten seine Gedanken wie an einer Leine über Wege erinnerter Freude.

Gurney Halleck. Gurney würde ihm die Schuld an dieser Tragödie geben.

Die Musik in seiner Erinnerung verklang.

Er dachte an Pauls Worte: *»Es gibt in diesem Universum Probleme, für die keine Lösung existiert.«*

Er begann sich zu fragen, wie Paul dort draußen in der Wüste wohl sterben würde. Würde er schnell von einem Wurm getötet werden? Würde er langsam in der Sonne dahinsiechen? Einige der Sietch-Fremen hatten behauptet, dass Muad'Dib nie sterben würde, dass er in die Ruh-Welt eingetreten sei, in der alle möglichen Zukünfte zugleich existierten, dass er von nun an im Alam al-Mythal gegenwärtig sein und seine Wanderung auf ewig fortsetzen würde, wenn sein Fleisch schon längst vergangen war.

Er wird sterben, und ich kann nichts dagegen tun, dachte Idaho.

Langsam wurde ihm klar, dass es einer gewissen Art von Taktgefühl entsprach, bei seinem Tod keine Spuren zu hinterlassen – keine sterblichen Überreste, nichts – und einen ganzen Planeten als Grab zu haben.

Mentat, ergründe dich selbst, dachte er.

Worte drangen in seine Erinnerungen – die rituellen Worte eines Fedaykin-Leutnants, der die Wache für Muad'Dibs Kinder einsetzte: »Es sei die heilige Pflicht des befehlshabenden Offiziers …«

Die getragene, wichtigtuerische Sprache dieser Funktionäre machte Idaho wütend. Sie hatte die Fremen verführt. Sie hatte alle verführt. Ein Mann, ein großer Mann, starb dort draußen, aber die

Sprache schleppte sich weiter träge dahin … und weiter … und weiter …

Was, fragte er sich, war aus dem Reich der klaren Bedeutungen geworden, das allen Unsinn aussonderte? Es befand sich irgendwo an einem vom Imperium erschaffenen Ort, eingemauert, jeder Möglichkeit einer zufälligen Entdeckung entzogen. Nach Art der Mentaten suchte Idahos Verstand nach Lösungen. Wissensmuster schimmerten in seinem Kopf. Vielleicht schimmerte das Haar der Lorelei auch so, lockend … Es lockte den bezauberten Seemann in smaragdgrüne Kavernen …

Idaho schrak aus seiner scheintodartigen Versunkenheit hoch.

Sieh an, dachte er. *Anstatt mich meinem Versagen zu stellen, will ich mich wohl lieber in mir selbst verlieren!*

Der Moment dieses Beinahe-Abtauchens blieb in seiner Erinnerung, und als er ihn genauer in Augenschein nahm, stellte er fest, dass sich sein Leben so weit erstreckte wie die Existenz des Universums. Sein eigentliches Fleisch lag verdichtet, endlich in seiner smaragdgrünen Kaverne des Bewusstseins, doch sein Sein hatte am grenzenlosen Leben teilgehabt.

Er erhob sich. Er fühlte sich durch die Wüste gereinigt. Der Sand säuselte im Wind und traf raschelnd auf die Blätter der Pflanzung hinter ihm. Der trockene, raue Geruch von Staub lag in der Nachtluft. Idahos Robe wurde von einer plötzlich aufkommenden Böe erfasst.

Irgendwo weit draußen in der Bled, begriff er, tobte ein Muttersturm und zog einen fauchenden Staubwirbel empor – ein großer, grausamer Wurm aus Sand, der stark genug war, um einem das Fleisch von den Knochen zu schälen.

Er wird eins mit der Wüste werden. Die Wüste wird ihn erfüllen.

Das war ein Zensunni-Gedanke, der wie klares Wasser durch Idahos Kopf strömte. Paul würde immer weiter hinausmarschieren. Ein Atreides würde sich nicht ganz und gar dem Schicksal überlassen, nicht einmal im vollen Bewusstsein des Unausweichlichen.

In diesem Moment wurde Idaho von einer Vorahnung gestreift – er erkannte, dass die Menschen der Zukunft von Paul in den Begrifflichkeiten des Meeres sprechen würden. Obwohl er sein Leben getränkt von Staub verbracht hatte, würde ihm das Wasser in den Tod folgen. »Sein Fleisch ging unter«, würde man sagen, »doch er schwamm weiter.«

Hinter Idaho räusperte sich jemand.

Idaho drehte sich um und sah Stilgar, der auf der Brücke über den Qanat stand.

»Man wird ihn nicht finden«, sagte der alte Fremen. »Und doch wird ein jeder ihn finden.«

»Die Wüste nimmt ihn – und vergöttlicht ihn«, erwiderte Idaho. »Obwohl er hier ein Eindringling war. Er hat eine fremde Chemie auf diesen Planeten gebracht: Wasser.«

»Die Wüste zwingt den Dingen ihren eigenen Rhythmus auf«, sagte Stilgar. »Wir haben ihn aufgenommen, ihn unseren Mahdi geheißen, unseren Muad'Dib, und wir haben ihm seinen geheimen Namen gegeben, das Fundament der Säule: Usul.«

»Und doch kam er nicht als Fremen zur Welt.«

»Und das ändert nichts daran, dass wir ihn für uns beansprucht haben ... und nun auch zuletzt Anspruch auf ihn erheben.« Stilgar legte eine Hand auf Idahos Schulter. »Alle Menschen sind Eindringlinge, alter Freund.«

»Du bist ein tiefes Wasser, nicht wahr, Stil?«

»Tief genug. Ich erkenne, wie wir das Universum mit unseren Wanderungsbewegungen in Unordnung bringen. Muad'Dib hat uns etwas Geordnetes gegeben. Zumindest dafür werden sich die Menschen an seinen Dschihad erinnern.«

»Er wird sich nicht einfach der Wüste überlassen. Er ist blind, aber er wird nicht aufgeben. Er ist ein Mann von Ehre und Prinzipien. Er hat eine Atreides-Ausbildung genossen.«

»Und sein Wasser wird in den Sand fließen ... Komm.« Stilgar zog Idaho behutsam am Arm. »Alia ist zurück. Sie fragt nach dir.«

»War sie mit dir beim Sietch Makab?«

»Ja, sie hat mir geholfen, diese verweichlichten Naibs auf Linie zu bringen. Sie nehmen ihre Befehle nun von ihr entgegen … und ich auch.«

»Was für Befehle?«

»Sie befahl die Hinrichtung der Verräter.«

»Oh.« Idaho unterdrückte ein Schwindelgefühl, als er an der Felswand emporblickte. »Welcher Verräter?«

»Der Gildenmann, die Ehrwürdige Mutter Mohiam, Korba … noch einige andere.«

»Du hast eine Ehrwürdige Mutter getötet?«

»Das habe ich. Muad'Dib hat die Anweisung hinterlassen, das nicht zu tun.« Stilgar zuckte mit den Schultern. »Aber ich habe mich seinem Befehl widersetzt, und Alia wusste, dass ich das tun würde.«

Wieder blickte Idaho in die Wüste hinaus. Er hatte das Gefühl, zu einem Ganzen zu werden, zu einer Person, die fähig war, das Muster von Pauls Schöpfung zu erkennen. *Die Strategie des Urteilens*, nannten die Atreides es in ihren Lehrbüchern. *Das Volk ist der Regierung untergeordnet, aber die Beherrschten nehmen Einfluss auf die Herrscher.* Er fragte sich, ob die Beherrschten eine Vorstellung von dem hatten, was sie hier miterschaffen hatten?

»Alia …«, sagte Stilgar und räusperte sich. Er klang peinlich berührt. »Sie braucht den Trost deiner Anwesenheit.«

»Und sie ist der Staat«, murmelte Idaho.

»Nur eine Regentin, weiter nichts.«

»Das Glück kommt zu jedem einmal, wie ihr Vater oft sagte.«

»Ein jeder von uns schließt seinen Handel mit der Zukunft ab … Kommst du nun? Wir brauchen dich dort.« Wieder klang Stilgar peinlich berührt. »Sie ist … durcheinander. Mal wütet sie gegen ihren Bruder, um ihn im nächsten Augenblick wieder zu betrauern.«

»Sofort«, sagte Idaho. Er hörte, wie Stilgar ging, während er, das

Gesicht in den auffrischenden Wind gewandt, stehen blieb und sich die Sandkörner auf den Destillanzug prasseln ließ.

Sein Mentatenbewusstsein projizierte die von hier aus in die Zukunft strömenden Muster. Die Möglichkeiten ließen ihn schwindeln. Paul hatte einen Wirbelsturm in Bewegung gesetzt – und nichts konnte sich ihm widersetzen.

Die Bene Tleilax und die Gilde hatten zu viel gewagt und verloren. Nun waren sie diskreditiert. Der Qizarat war durch den Verrat Korbas und anderer hochrangiger Mitglieder erschüttert. Und Pauls letzter freiwilliger Akt – seine Anerkennung der Fremen-Bräuche – hatte ihm und seinem Haus die Treue des Wüstenvolkes gesichert. Nun war er für immer einer von ihnen.

»Paul ist tot.« Alias Stimme stockte. Fast lautlos war sie zu Idaho gekommen und stand nun neben ihm. »Er war ein Dummkopf, Duncan!«

»Sag das nicht!«, erwiderte Idaho.

»Das ganze Universum wird das sagen, noch bevor ich mit ihm fertig bin.«

»Warum, um Himmels willen?«

»Um meines Bruders willen, nicht um Himmels willen.«

Zensunni-Einsichten weiteten Idahos Bewusstsein. Er spürte, dass Alia über keinerlei Hellsicht mehr verfügte – nicht mehr seit Chanis Tod. »Du praktizierst eine seltsame Form von Liebe«, sagte er.

»Liebe? Duncan, er musste nur von den Schienen treten! Was für eine Rolle spielt es, dass das restliche Universum hinter ihm in die Brüche gegangen wäre? Er wäre in Sicherheit gewesen … und Chani wäre bei ihm gewesen!«

»Und … warum hat er es dann nicht getan?«

»Um Himmels willen!«, flüsterte Alia. Und fügte lauter hinzu: »Pauls ganzes Leben bestand aus dem Ankämpfen gegen seinen Dschihad und dessen Vergöttlichung. Davon ist er jetzt zumindest frei. *Dafür* hat er sich entschieden.«

»Ah, ja … das Orakel.« Idaho schüttelte verwundert den Kopf. »Sogar Chanis Tod. Sein Mond ist gefallen.«

»Er *war* ein Dummkopf, oder, Duncan?«

Idahos Kehle schnürte sich vor unterdrückter Trauer zu.

»So ein Dummkopf!« Alia schnappte nach Luft, als ihre Selbstkontrolle versagte. »Er wird ewig leben, während wir sterben müssen!«

»Alia, nicht …«

»Das ist nur die Trauer«, sagte sie leise. »Nur die Trauer. Weißt du, was ich für ihn tun muss? Ich muss das Leben von Prinzessin Irulan retten. Gerade sie! Du solltest hören, wie traurig *sie* ist. Sie weint, gibt den Toten Feuchtigkeit. Sie schwört, dass sie ihn geliebt hat, ohne es zu wissen. Sie verabscheut die Schwesternschaft und sagt, dass sie ihr Leben damit verbringen wird, Pauls Kinder zu lehren.«

»Traust du ihr?«

»Sie stinkt nach Vertrauenswürdigkeit!«

»Ah«, murmelte Idaho. Das letzte Stück des Musters spulte sich in seinem Bewusstsein ab wie ein gewebter Teppich. Das Überlaufen von Prinzessin Irulan war das letzte Teil des Mosaiks. Damit hatten die Bene Gesserit keinen Hebel mehr gegen die Erben der Atreides in der Hand.

Alia begann zu schluchzen. Sie lehnte sich gegen Idaho, drückte das Gesicht an seine Brust. »Oh, Duncan, Duncan! Er ist tot!«

Idaho drückte die Lippen in ihr Haar. »Bitte«, flüsterte er. Er spürte, wie sich ihre Trauer mit seiner vermischte – zwei Ströme, die in dasselbe Becken flossen.

»Ich brauche dich, Duncan«, schluchzte sie. »Liebe mich!«

»Das tue ich«, flüsterte er.

Sie hob den Kopf und sah in sein mondbestäubtes Gesicht. »Ich weiß, Duncan. Liebe erkennt ihresgleichen.«

Ihre Worte ließen ihn erzittern, und er empfand ein Gefühl der Entfremdung von seinem alten Selbst. Er war auf der Suche nach etwas hierhergekommen, aber gefunden hatte er etwas anderes. Es kam ihm vor, als wäre er in ein Zimmer voll vertrauter Menschen gewankt – nur um festzustellen, dass er keinen einzigen davon kannte.

Alia löste sich von ihm und nahm seine Hand. »Kommst du mit mir mit, Duncan?«

»Wohin du mich auch führst«, erwiderte er.

Und so führte Alia Duncan Idaho über den Qanat zurück in die Dunkelheit am Fuß des Felsmassivs. Führte ihn an einen sicheren Ort.

Epilog

Nicht der bittere Gestank der Totendestille erwartet Muad'Dib.
Keine Totenglocke und kein feierlicher Ritus, der den Geist
Von habsüchtigen Schatten befreit.
Er ist der heilige Narr,
der ewig lebende goldene Fremde
Am Rande der Vernunft.
Lässt du die Deckung fallen, ist er da!
Sein scharlachroter Friede, seine herrschaftliche Blässe,
Auf Orakelgewebe dringen sie in unser Universum ein
Bis an den Rand eines leisen Blicks – dort!
Aus den stachelbewehrten Sternenwäldern kommt er
Rätselhaft, tödlich, ein augenloser Seher,
Werkzeug der Prophezeiung, dessen Stimme nie erstirbt!
Shai-Hulud erwartet dich an einem Strand,
Auf dem Paare spazieren und, Auge in Auge,
Der Liebe köstliche Müßigkeit schauen.
Er schreitet durch die Kaverne der Zeit
Und verstreut seines Traumes närrisches Selbst.

– Die Hymne des Gholas

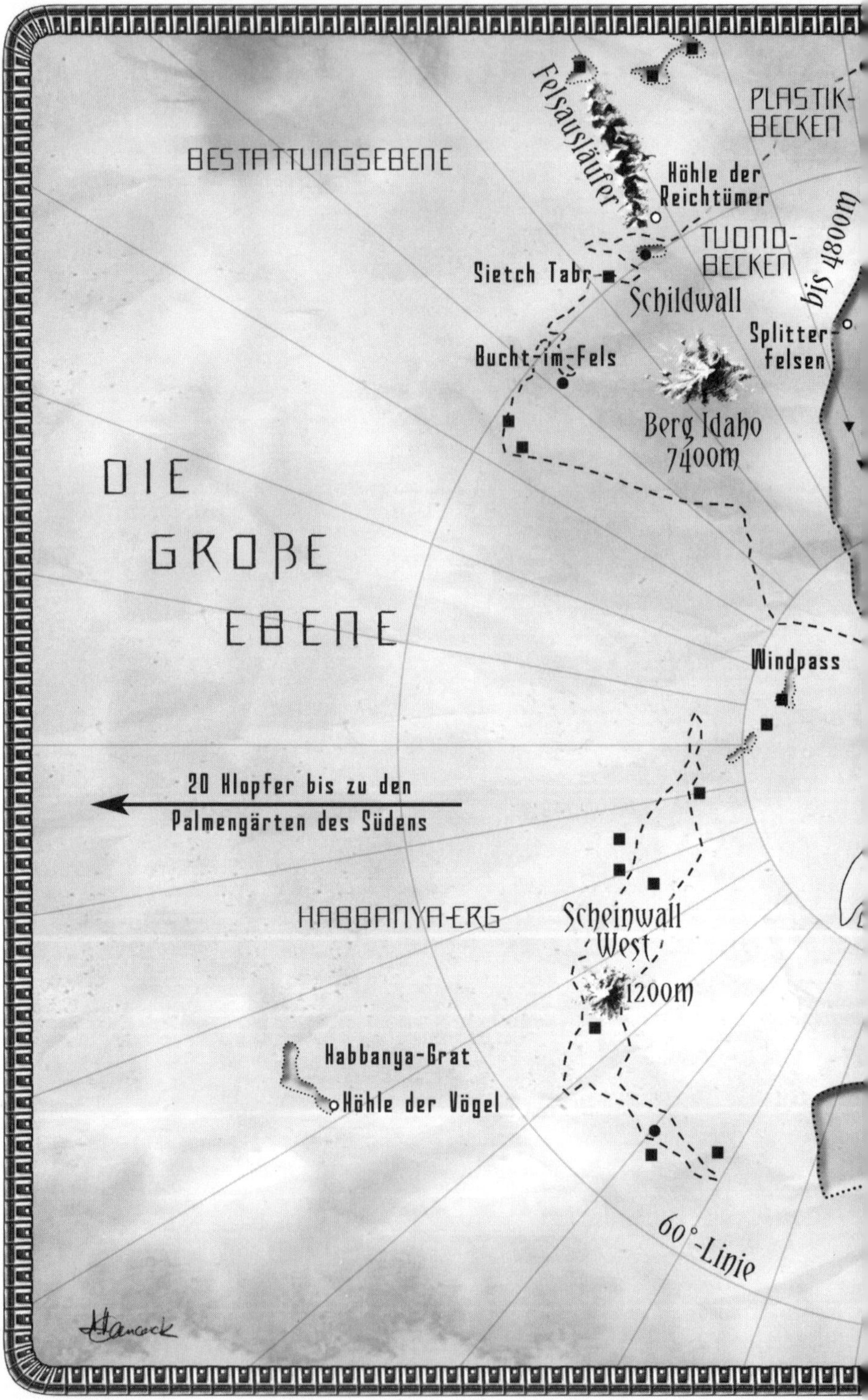
BESTATTUNGSEBENE
Felsausläufer
PLASTIK-BECKEN
Höhle der Reichtümer
TUONO-BECKEN
Sietch Tabr
Schildwall
bis 4800m
Splitter-felsen
Bucht-im-Fels
Berg Idaho 7400m
DIE GROßE EBENE
Windpass
20 Klopfer bis zu den Palmengärten des Südens
HABBANYA-ERG
Scheinwall West
1200m
Habbanya-Grat
Höhle der Vögel
60°-Linie

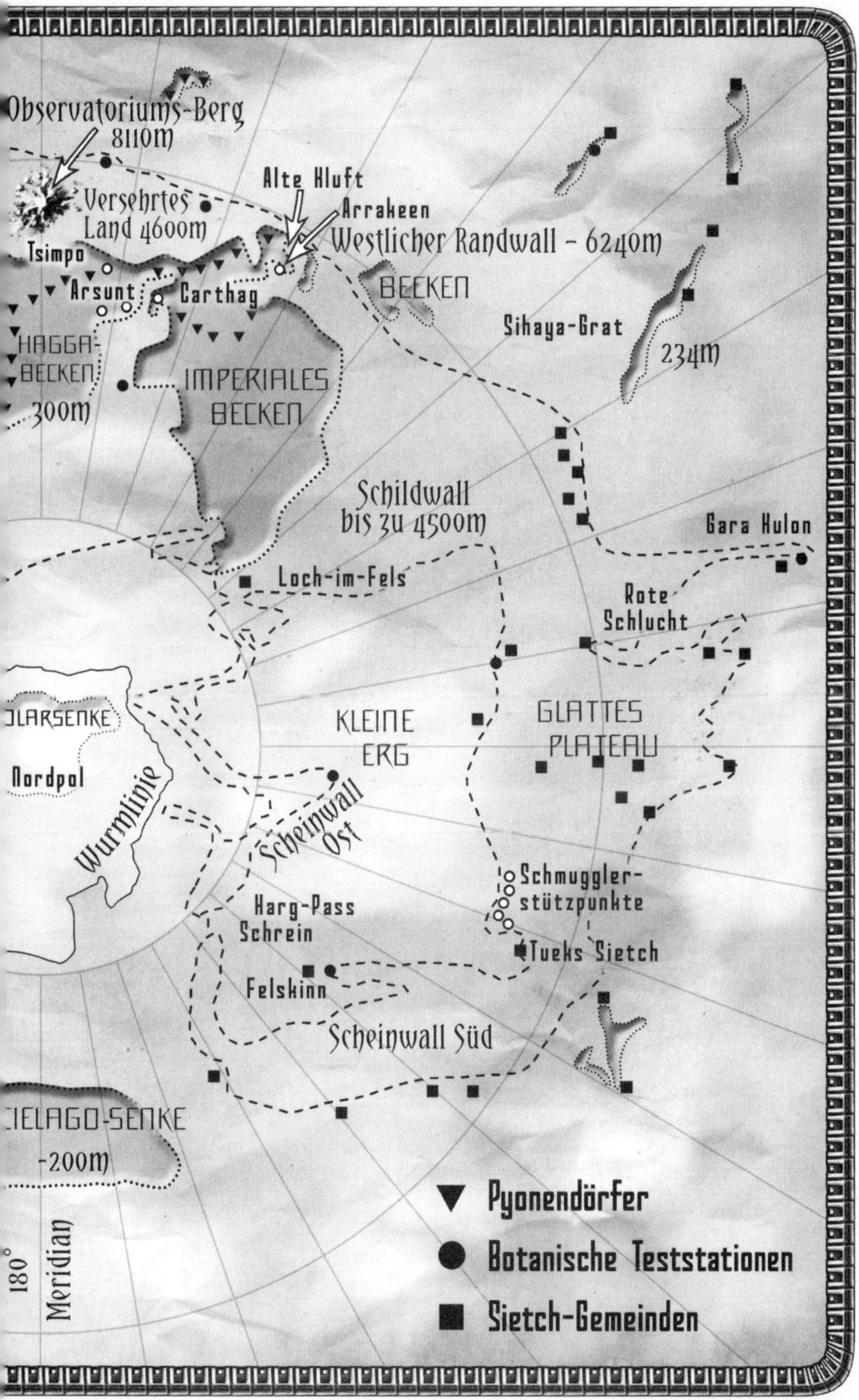

Observatoriums-Berg
8110m
Alte Kluft
Arrakeen
Versehrtes
Land 4600m
Westlicher Randwall - 6240m
Tsimpo
Arsunt
Carthag
BECKEN
Sihaya-Grat
HAGGA-
BECKEN
300m
IMPERIALES
BECKEN
234m
Schildwall
bis zu 4500m
Gara Kulon
Loch-im-Fels
Rote
Schlucht
KLEINE
ERG
GLATTES
PLATEAU
Nordpol
Wurmlinie
Scheinwall
Ost
Schmuggler-
stützpunkte
Harg-Pass
Schrein
Tueks Sietch
Felskinn
Scheinwall Süd
-200m
Pyonendörfer
Botanische Teststationen
Sietch-Gemeinden
180°
Meridian

Kartografische Erläuterungen

Grundlinie zur Höhenbestimmung: Die Große Bled.
Grundlinie für den Breitengrad: Der Meridian, der durch den Observatoriumsberg verläuft.
Polarsenke: 500 Meter unter dem Bledspiegel.

Alte Kluft: Eine 2240 Meter tiefe Spalte im Schildwall, von Paul-Muad'Dib aufgesprengt.
Bestattungsebene: In der offenen Erg.
Carthag: Etwa 200 Kilometer nordöstlich von Arrakeen.
Große Bled: Offene, flache Wüste – im Gegensatz zu den Erg-Dünengebieten. Sie erstreckt sich von etwa 60 Grad nördlicher bis etwa 70 Grad südlicher Breite. Größtenteils besteht sie aus Sand und Steinen, allerdings ragen hier und dort Teile des Felsuntergrunds als Inseln empor.
Große Ebene: Eine offene Vertiefung im Fels, die in die Erg übergeht. Sie liegt auf einer Höhe von etwa 100 Metern über dem Bledspiegel. Irgendwo auf der Ebene befindet sich die von Pardot Kynes (Vater von Liet-Kynes) entdeckte Salzpfanne. Zwischen Sietch Tabr und den eingezeichneten Sietch-Gemeinden weiter südlich gibt es bis zu 200 Meter hohe Felsformationen.
Harg-Pass: Oberhalb dieses Passes ist der Schrein errichtet, der Letos Schädel enthält.
Höhle der Vögel: Im Habbanya-Grat.
Rote Schlucht: 1582 Meter unter dem Bledspiegel.
Südliche Palmengärten: Nicht auf dieser Karte verzeichnet. Sie liegen bei etwa 40 Grad südlicher Breite.
Westlicher Randwall: Ein hoher (4600 Meter) Steilhang, der sich aus dem Schildwall von Arrakeen erhebt.
Windpass: Dieser Pass zwischen zwei Felswänden führt zu den Dörfern der Sinks.
Wurmlinie: Verbindet die nördlichsten Punkte, an denen Wurmsichtungen gemeldet wurden (hierbei ist Feuchtigkeit, nicht Kälte der entscheidende Faktor).